M A S S O U … A N

아프간 불멸의 전사 마수드

아프간 불멸의 전사

마수드

크리스토프 드 퐁피이 지음 | 우종길 옮김

MASSOUD L'AFGHAN

꿈엔들

MASSOUD

L'AFGHAN

살람 알라이쿰!

평화가 당신과 함께 하기를!

사망자들, 부상자들, 망가진 꿈들,

그리고 나쁜 소식들이 끊임없이 생겨나는

전쟁이라는 상황에서 이들의 인사는

소중하고도 소중한 말이 아닐 수 없었다.

AFGHANISTAN

아프가니스탄,

이곳에서는 꿈이 현실보다 더 아름답게 깨어 있었다

이 독립심 강한 방랑자들은

죽고 나서도 자네트(천국)에 가기 때문에

죽음을 두려워하지 않았다.

내가 만난 아프간 사람들은 그런 사람들이었다.

KUNDUZ
BALKH
TAKHAR
BADAKHSHA
SAMANGAN
FARYAB
JOWZJAN
BAGHLAN
KAPISA
KUNAR
BADGHIS
BAMIYAN
PARWAN
LAGHMAN
WARDAK
KABUL
NANGARHAR
GHOR
LOGAR
URUZGAN
PAKTYA
GHAZNI

MASSOUD

L'AFGHAN

마지막 남은 힘, 아직 남아 있는
사람들의 마지막 믿음을 가지고서,
마수드는 대규모 기습공격의 계획을 세우고 있었다.
대규모 전투가 있기 전에는, 신기하게도
쥐 죽은 듯한 고요가 세상을 지배한다.

그의 인생에 점철되었던 갖가지 비극들이
그의 얼굴에다 깊은 고랑들을 파 놓기는 했지만,
영혼에까지 이르도록 깊이 파여진 그 고랑들은
일체의 역경으로부터 그를 방어하고 있었다.

무거운 미래가 그의 두 어깨에 달려 있었다.

그래서 그는 이 나라를 결코 떠날 수가 없는 것일까?

소련군이 주둔했던 그 10년 동안,

언제라도 죽음을 당할 수 있는 위험이 상존했지만,

마수드와 대원들을 비롯한 용감한 사람들은

결코 아프가니스탄을 떠나지 않았다.

카불이 폭격으로 무너졌을 때에도

다른 사령관들과는 달리

마수드는 판지시르 계곡에서 무장투쟁을 계속했다.

마수드는 전설이었다.

소련군에 당당하게 맞서 대항하다니,

그 얼마나 대단한 도전이던가!

전쟁은 누구도 좋아서 하는 게 아니예요.
이건 의무예요. 우리는 조국과 민족을 지켜야 합니다.
나라가 공격을 당했을 때,
국민이 침략의 희생자가 되었을 때,
싸워서 스스로를 지키는 것 외에 다른 해결책은 없어요.
– 마수드의 인터뷰 중에서

MASSOUD

우리는 자유를 위해 싸우는 것입니다.

우리에게 최악의 상황은 노예로 사는 것입니다.

먹을 것, 마실 것, 입을 것, 잠을 잘 집 등등 모든 것을 가질 수는 있습니다.

그러나 우리에게 긍지가 없다면, 우리가 독립을 하지 못한다면,

그런 것들은 음미할 아무런 가치도 없습니다.

MASSO

L'A

UD

FGHAN

게릴라전은 테러리즘이 아니라
가난한 자들의 전쟁이었다. 내일도 전투를
계속해야 하고, 적을 괴롭혀야 하고,
퇴각해야 하고, 적에게 타격을 입혀야 한다.
더욱 멀리, 언제나 더 멀리 가야 한다.

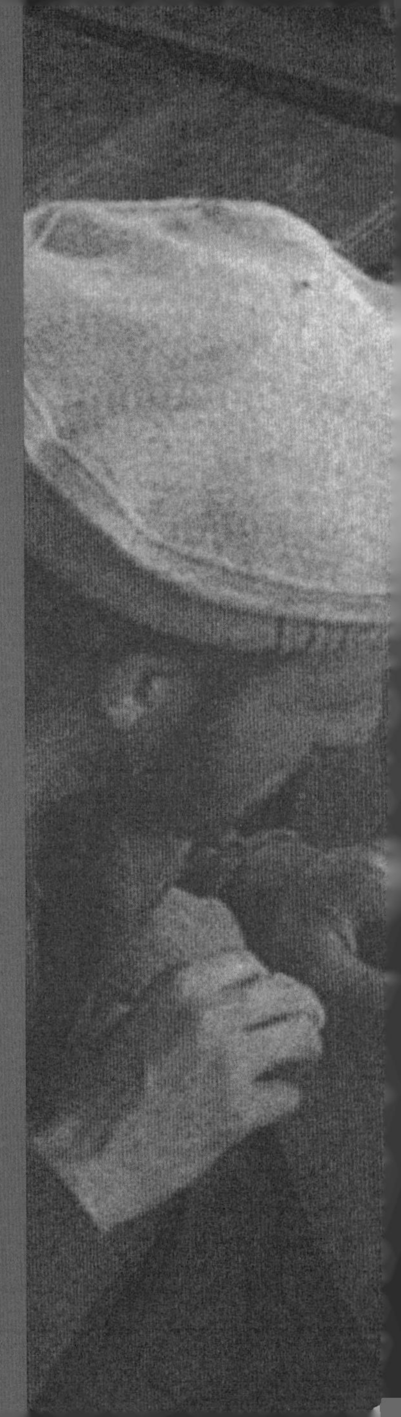

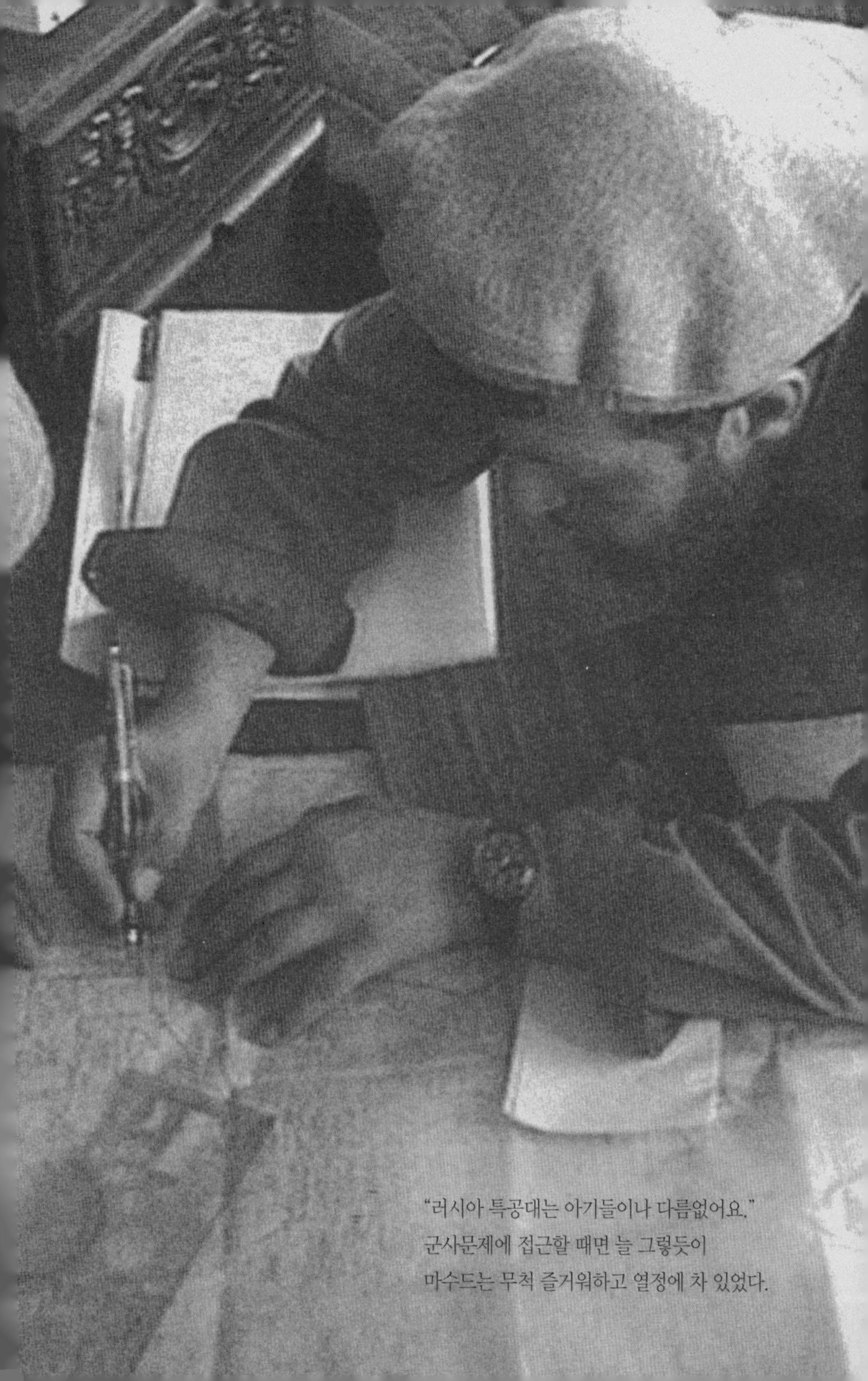

“러시아 특공대는 아기들이나 다름없어요.”
군사문제에 접근할 때면 늘 그렇듯이
마수드는 무척 즐거워하고 열정에 차 있었다.

마수드는 시를 좋아했다.
그에게 시를 자주 읽느냐고 묻자,
그는 겸손하게 "시간이 나면요..."라고 대답한다.

알라의 이름으로도
사람들의 자유를 막을 수는 없었다.
알라는 독재자가 아니다.
더욱이 선지자 마호메트는 인간이
노예가 되기를 원한 적이 없었다.

Massoud

■ 편집자 서문 1

판지시르의 사자 마수드

1. 포화 속의 나라

2001년 9월 11일, 뉴욕의 세계무역센터가 무너진다. 어떤 영화에서도 보지 못했던 스펙타클한 화면으로 기억되는 그 날은 인류에게 21세기가 희망일지 절망일지 알 수 없는 혼돈임을 제시한다. 9.11테러에 격분한 미국은 알카에다의 수장 오사마 빈 라덴을 잡는다는 명목으로 아프간을 침공한다. 미군에게 길 내주기를 거부한 무사라프 파키스탄 대통령에게 부시 행정부의 국무부 차관보가 '석기시대로 만들겠다'고 위협했다는 뒷얘기는 팩트다.

그렇게 20년, 미국은 2조 3천만 달러, 우리 돈으로 2,600조 원을 아프간에 쏟아 붇는다. 하지만 미군이 아프간을 점령한 시간 동안 아프간의 민간인 사망자는(그들의 축소발표에도 불구하고) 8만여 명이며, 이 중 43%가 아이와 여성으로 조사됐다. 또한 전쟁난민은 2012년 이후 집계만 해도 500만 명에 이른다.

2021년, 미국은 목적 달성 여부를 알지 못한 채 철수를 결정한다.

아프간 점령군으로서의 20년은 세계 역사에 어떤 이름을 남기게 될까?

1979년은 아프가니스탄 국민들에게 가장 가혹한 해였다. 공산정권인 '아프간 인민공화국'을 돕겠다며 소련이 침공한다. 수십만 명의 군인이 카불 공항으로 입성했고, 미사일과 전투기가 유입되었다.

10년의 전쟁 기간 동안, 소련이 발표한 자국 군인 전사자는 15,000명. 하지만 다른 기록에서는 대부분 열 배 이상으로 추산한다. 소련의 병사들은 자신이 어디에 있는지도 알지 못한 채, 아니 알지만 규정상 말할 수 없는 곳에서 쓰러져 간다. 아프간 정부군과 무자헤딘 저항군도 각각 5만 명~7만 명이 전사한다. 그리고 또 하나의 충격적인 기록이 탄생하는데, 민간인 사망자가 150만 명에 육박하는 것이다. 전쟁은 아프간 국민은 물론이고, 가옥과 도로, 관계시설과 농토까지 남김없이 파괴해 버린다.

점령군만 만행을 저지른 것이 아니었다. 외세가 침략하는 동안, 그들의 지원을 받는 아프간 정부는 자기 국민을 상대로 끔찍한 범죄를 일삼았다. "우리는 탈레반이 국민에게 끔찍한 짓을 저지른다기에, 국민의 인권을 짓밟는다기에 이곳에 왔는데, 우리는 탈레반이 했던 짓보다 더 나쁜 일을 하는 사람들에게 권력을 쥐어주고 있었다"고 말한 어느 특수부대원의 외침이 상황의 심각성을 전하고 있다.

소련과 미국의 무차별 폭격, 그리고 그들을 등에 업은 괴뢰정부의 타락이 2021년 탈레반의 부활을 불러왔는지도 모른다.

2. 피의 보복에 나선 탈레반

소련과 미국의 전쟁범죄가 지난 시간 탈레반이 저지른 학살의 총량을 넘어서는 것은 아니다. 탈레반의 잔혹성은 그들이 처음 아프간에 모습을 드러낸 1996년부터 줄기차게 보여져 왔고, 미국이 철수한 2021년에도 똑같은 모습을 보여주고 있다.

숨어있는 공무원과 언론인을 찾기 위해 집을 수색하는 탈레반, 그들이 겨누는 총구에 밀려 몸을 더 가리기 위해 거리에서 내몰리는 여성들, 탈출하기 위해 공항에서 노숙을 하고, 이륙하는 비행기에 매달리는 사람들, 또 그러다 떨어져 죽는 사람들... 탈레반 치하의 아프간은 지옥의 모습이다

아프간의 유명 코메디언 나자르 모하마드는 탈레반에 대한 풍자를 이어가다 그들의 표적이 됐고, 칸다하르주 자택에서 납치됐다. 그리곤 신체 일부가 훼손된 채 나무에 묶인 시체 사진으로 대중에게 공개됐다. 헤라트 인근 바기스의 하지 물라 아차크자이 경찰청장은 기관총으로 처형됐고, 미군을 통역했던 통역사는 공개처형을 당했다. 탈레반은 사면령을 선포하며 정부관료, 병사, 외국 조력자에게 복수하지 않겠다고 선언했지만 믿는 사람은 없다.

미군이 철수 중인 카불 공항에서 자살폭탄테러가 일어났다. 미군 13명을 포함해 최소 130명이 사망했다. 이번엔 IS의 짓이다. 미국은 분개

했다. 대통령이 나서 공격적 메시지를 남긴다.

We will hunt you down

끝까지 가서 너희를 사냥하겠다

이슬람 무장단체는 정치적 종교적 사상적 이유로 복잡한 관계를 형성하고 있다. 먼저, '무자헤딘'은 소련의 침공에 맞서 싸우던 아프간의 독립군을 말한다. 성전을 치르는 자(단수는 무자히드인데, 통상 복수형의 무자헤딘이라 불린다)를 뜻하며, 아프간 내에서만 활동하는 저항군이며 게릴라이다. 무자헤딘의 독립전쟁 중, 극단주의를 표방하는 '탈레반'이 등장한다. 코란을 공부하는 신학생(단수는 탈레비, 통상 복수형의 탈레반이라 부른다)인데, 파키스탄과 알카에다의 지원을 받아 성장했고, 집권한 뒤 바미얀 석불을 파괴하면서 국제사회에 이름을 떨치기 시작했다. 이들이 모두 아프간 내부의 무장세력이라면, 같은 수니파 이슬람 국제조직으로 '알카에다'가 있다. 오사마 빈 라덴으로 잘 알려진 국제테러조직이다. 반면, 최악의 잔혹성을 보인다고 알려진 IS는 이슬람 시아파의 국제조직이다. 이란, 이라크, 시리아 등 시아파 국가를 연합하는 '이슬람 스테이트'를 꿈꾸었지만, 지금은 근거지조차 남아있지 않게 되었다. IS의 아프간 유입은 자신들의 본거지 확보 투쟁이다.

소련과의 전쟁, 미군의 주둔, 탈레반의 집권, 더 나아가 알카에다나

IS의 유입.

불행하게도 아프가니스탄 국민에게 주어진 선택 중에 좋은 것은 없다. 서로 다른 종류의 폭정 중에 하나를 선택할 수 있을 뿐이다. 모든 것을 정상으로 돌리기엔 너무 늦은 시간이다. 아프간에는 실낱같은 희망도 없는 것인가?

3. 아프간 독립과 자유의 순교자

슬프게도 전쟁과 자유는 불가분이다. Freedom is not free. 자유는 공짜가 아니기 때문이다. 머리에 파콜을 쓴 젊은 공학도는 소련이 침공해오자 제도펜 대신 총을 들었다. '알라후 아크바르'(알라는 위대하다)를 외치며 전사가 되었다. 마수드의 나이 26살 때의 일이다.

아흐마드 샤 마수드. 그는 1953년 9월 2일 판지시르 계곡에 있는 자갈라크에서 태어났다. 학교 교육과 종교 교육을 같이 받은 마수드는 언어쪽에서 상당한 재능을 발휘했는데 공용어인 다리어는 물론, 프랑스어, 파슈토어와 우르두어에 유창했으며 아랍어에도 뛰어난 지식을 가지고 있었다. 1972년 카불대학 건축과에 재학하던 마수드는 이슬람 학생조직에 가입, 공산주의를 반대하고 이슬람 원리를 지지하는 적극적인 활동을 펼쳤다.

1979년 소련이 아프간을 침공하자 10년 동안 고향인 판지시르에서 무자헤딘을 이끌고 무장투쟁을 펼친다. 소련은 그를 제거하기 위해 대규모 공습을 감행했지만, 마수드의 게릴라군에게 9전 9패 했다. 소련이 물러난 뒤, 아프간은 부족간의 권력투쟁이 계속된다. 특히 새롭게 등장한 탈레반 세력은 파키스탄의 지원을 받으며 아프간 전역을 장악한다.

약자에게는 명분이 무기이며, 그 명분이 이슬람의 진정한 전통이라고 생각한 마수드는 평생 동안 거친 사막과 먼지바람 부는 산악을 떠돌며 게릴라전을 펼쳤지만 결코 테러리즘의 유혹에 빠지지 않았다. 오히려 카불을 잿더미로 만들겠다는 탈레반의 협박에 무고한 주민을 해칠 수 없다며 카불을 비우고 판지시르로 철수하기도 했었다. 마수드는 여성들에게 개방적이었고, 여성의 권리 회복과 교육에 상당한 관심을 기울이는 등 탈레반과 정반대의 정책을 취했다.

소련과 맞서, 탈레반과 맞서 싸우며 아프간 무자헤딘 지도자 겸 군인으로, 마수드는 아프간 국민의 영웅이 되었다. 사람들은 그를 '판지시르의 사자'라 불렀다.

운명의 날, 2001년 9월 9일. 벨기에 여권을 소지한 서방 기자들이 마수드를 취재하러 왔다. 마수드는 환대했지만, 기자로 위장한 그들은 알카에다 소속의 자폭테러범이었다. 카메라 안에 가득 든 폭탄이 터졌고, 마수드는 현장에서 사망한다. 평소에 '나의 동지이자 나의 적'이라고 말했던 오사마 빈 라덴의 소행이었고, 테러범들 또한 튀니지 국적의 알카에다였다. 이때 마수드의 나이 48세였다.

마수드의 죽음은 모든 아프간인에게 최악의 불행이었다. 아프간의 독립과 자유를 위해 타오르던 마지막 불꽃이 꺼진 것이다. '아프간 이슬람 공화국' 수립 후 마수드는 국가 영웅으로 선포되었고, 기일인 9월 9일은 국가기념일로 제정되었다.

아프간은 지리적 거리보다 심리적 거리로 우리에게 매우 먼 나라이다. 탈레반, 빈 라덴, 알카에다는 알아도 마수드는 모른다. 이 책은 감상적이거나 피상적 전쟁이 아닌 아프간 전쟁의 한복판, 그 현장으로 우리를 인도한다. 자유가 왜 필요한지, 평화가 어떻게 얻어지는지를 '아프간 불멸의 전사' 마수드의 고단하고 처절한 삶의 궤적을 통해 보여준다.

마수드는 생전에 자기가 죽으면 미국에 뭔가 큰 일이 일어날 것이라고 말했는데, 그의 예언대로 이틀 뒤 9.11 테러가 벌어진다. 미국은 오사마 빈 라덴과 알카에다를 잡겠다며 아프간에 진입하는데, 이것이 2001년의 미국 아프간 침공이다.

4. 마수드의 아들, 아프간 최후의 항쟁을 이끌다

우리는 너무나 오랜 기간 그저 여자 아이가 의사가 될 수 있고, 언론이 자유롭게 보도할 수 있으며, 우리의 젊은이들이 춤추고 음악을 듣고, 한

때 탈레반이 공개처형장으로 사용했고 또 지금도 그렇게 될지 모르는 그 경기장에 축구를 보러갈 수 있는 사회를 위해서 이렇게 싸워왔습니다.

– 아들 마수드의 [워싱턴포스트] 기고문 중에서

판지시르 계곡에는 힌두쿠시 산맥 만년설이 흐른다. 판지시르는 페르시아어로 다섯 사자다. 이 눈물겹도록 아름다운 계곡에 눈 녹은 물소리 대신 총성이 들린다. 20여 년만이다. 이번에는 아버지 대신 아들이 총을 들었다. 그들은 '마수드'라는 핏줄로 묶여있다. 또한 '판지시르'라는 영혼으로 섞여있다. 아흐마드 샤 마수드와 아흐마드 마수드 주니어, 과연 영웅의 죽음은 판지시르 계곡에서 부활할 것인가?

아프간 국민 저항 전선을 이끄는 마수드 주니어는 영국 육군사관학교에서 1년간 군사교육을 받았고, 국제관계학 석사학위를 가지고 있다. 하지만 사람들의 이목을 끄는 것은 이러한 생애 때문이 아니라, 아흐마드 샤 마수드, 판지시르의 사자로 불린 전설적 야전사령관의 아들이기 때문이다. 탈레반에 저항하는 아프간 국민은 물론이고, 세계 자유시민을 향한 그의 호소는 의미있는 외침이 될 것인가. 현재 판지시르에는 2만 명의 젊은 무자헤딘이 집결한 것으로 알려져 있고, 판지시르 계곡을 둘러싼 이 대치는 여전하다.

저항군 또는 반군으로 불리는 판지시르의 무자헤딘. 그들은 소련의 반군이었고, 미군의 반군이었으며, 탈레반의 반군이다. 그러나 아프간 민중들에게 그 이름은 반군이 아니라 조국의 독립과 인권과 자유와 평등을 위해 싸우는 전사이다.

한번도 조국을 떠나지 않았으며
한시도 적을 향한 총구를 내려놓은 적이 없었던 전사,
아프간의 전설적인 야전사령관 마수드!

이제 필요한 건 마수드의 부활이다. 그러나 그건 '장군의 아들'(사람들은 마수드 주니어를 그렇게 부른다) 몫이다. 언제나 그랬듯이 아프간 자유의 마지막 보루인 판지시르에서 하지 않으면 안 되는 싸움을 위해, 마수드의 부활을 위해, 아들 마수드와 무자헤딘은 총을 들었다.

■ 편집자 서문 2

제국의 무덤 _ 짧은 연대기

아프가니스탄의 역사는 복잡하다. 중앙아시아의 중심, 고대부터 동서교역의 중심에 위치한 지리적 요인과 정치사회학적 충돌이 끊이지 않았던 역사가 오늘날의 아프간을 예견했는지도 모른다. 때로는 놀라운 속도로 동맹에서 배신으로 넘어가면서 이중의 혹은 삼중의 플레이를 할 수 있다는 것을 보여준 아프간의 지난 시간, 프랑스인이지만 서구의 아프간 전문가로 인정받는 저자 크리스토프 드 퐁피이가 아프간의 짧은 연대기를 적는다.

1.

기원전 8세기 조로아스터교의 창시자인 조로아스터가 현재의 아프가니스탄 북부 발크시에서 탄생한다.

기원전 550년부터 545년 페르시아를 세운 키루스가 이 지역을 정복한다.

기원전 331년부터 323년 알렉산더 대왕이 아프간 지역에 그리스 식민지를 건설한다.

이후 1,000년 아프가니스탄은 불교 국가로 역사를 이어간다.

871년 아랍인들이 헤라트를 정복한 후로 아프가니스탄은 이슬람 국가가 된다.

1220년 아무다리아 강을 건너온 칭기스칸이 이곳 호라즘 제국을 쑥밭으로 만든다.

1364년 티무르가 지배한다.

16세기~17세기 아프간은 서부로는 페르시아(사파비 왕조)의 영향력과 동부로는 인도(무굴제국)의 영향력 사이에서 양분된다.

1747년 파쉬툰족 압달리 왕가에 의해 아프가니스탄 왕국이 창건된다. 이때부터 러시아와 영국이 이 땅을 두고 투쟁을 시작한다. 이른바 '그레이트 게임'이다. 영국에 의해 인도(현재의 파키스탄)와 아프간 국경이 그어지고, 남하하려는 러시아와 지키려는 영국의 합의로 '와칸회랑'이라는 기묘한 꼬리를 가진 현재의 국경선이 완성된다.

1919년 자주독립을 이룩한다.

1934년 국제사회에 참여한다.

제2차 세계대전 중립상태에 있던 아프간은 전쟁 후 군주제에 종말을 고한다.

2.

1953년 9월 6일 국왕의 사촌이자 처남인 다우드가 수상에 즉위한다.

이후 소련과의 교류를 활발히 하며, 파키스탄과의 분쟁과 국경 폐쇄를 반복하게 된다.

1955년 소련의 후르시초프가 카불을 방문한다.

1959년 미국의 아이젠하워 대통령이 방문한다.

1963년 수상 다우드가 사임하고, 모함마드 유소프가 수상에 오른다.

1965년 '아프간 인민민주당(PDPA)'이 창설되는데, 아프간에 등장한 최초의 공산당이다. 정치적 이유로 유소프는 수상직을 사임하고 그 뒤를 마이완드왈이 잇는다. 카불에서 국왕의 집권을 비판하는 대학생의 시위가 발생하고, '회교청년단'이 탄생한다.

1973년 마수드는 카불대학 이공계 학생이었으며, '회교청년단'의 적극적 행동주의자로 활약한다.

4월 27일 모하메드 다우드가 국왕에 맞서 쿠데타를 선동, 마이완드왈을 제거하고 소련의 인정을 받아내며, 7월 18일 아프가니스탄 공화국을 세운다. 미 외무장관 키신저의 카불 방문이 이뤄지며, 아프가니스탄에서 영향력이 커지는 소련에 대해 심각한 우려를 표명한다.

1975년 '회교청년단' 강경파들이 쿠데타를 시도하지만, 헤크마티야르의 배신으로 실패로 돌아간다. 마수드만이 몇몇 동지들과 판지시르 계곡에서 무기를 든다.

1977년 다우드가 새 헌법에 따른 아프칸공화국 대통령으로 공식 선출

되고, 공산당에 맞서기 위해 '민족혁명당'을 창당한다. 이듬해 아프간 공산당의 핵심 인물 야크바르 카이바르가 암살되고, 그의 장례식은 대규모 시위를 촉발한다.

1978년 4월 '아프칸 공산당'이 '인칼라브 에 사우르'(4월 혁명)라는 이름의 군사쿠데타에 성공한다. 다우드 대통령이 죽음을 맞이한다. '아프가니스탄 인민공화국'이 탄생한다. 국가 곳곳에서 저항 세력이 등장하고 정부는 무자비하게 진압하는 충돌이 되풀이된다. 회교도들은 공산주의의 반작용 여파로 탄생한 비밀반군단체에 집결한다. 인민공화국은 새로운 깃발을 채택하는데, 이슬람을 상기시키는 녹색 대신에 공산주의의 상징인 붉은 색으로 대체된다. 국민들은 충격을 받는다.

1979년 타라키는 소위 '건강상의 이유'로 대통령직을 사임하고, 하피줄라 아민이 새로운 수장이 된다. 25일 후 타라키는 사망한다.

12월 6일 소련이 GRU(소련군 특수 기관)를 아프간에 파견할 것을 결정하고, 이들 500명의 특공대는 '소련군 소속임을 드러내지 않는 복장'을 한 채 아프간에 잠입, 정보를 수집한다.

12월 12일 소련의 아프간 침공이 이뤄진다. 수송기가 카불을 향해 군 병력과 무기를 실어나르고 다음날 카불에 입성, 대통령궁을 점령한다. 하피줄라 아민이 암살되고 바브라크 카르말이 대통령이 된다.

1980년 미국 대통령 지미 카터가 소련으로의 곡물 운송 금지령을 발표하고, 유엔총회 특별회기에서 '아프가니스탄으로부터 모든 외국 군대의 즉각적이고도 무조건적인 철수'가 채택된다. 중화인민공화국이 소련과 외교관계를 단절하고, '이슬람협의회'도 소련의 아프간 침공을 비난하고 나선다. 수도 카불에서 '알라후 아크바르'(알라는 위대하다)는 이름의 반소 시위가 발생, 수백 명이 사망한다. 오늘날 아프간은 2월 21일을 '알라후 아크바르의 날'로 부른다.

3월 19일 파키스탄 페샤와르에서 '아프간 무자헤딘 동맹'이 창설된다. 외부세계에 '아프간 저항군'으로 알려진 '무자헤딘'의 시초이다. 소련의 침공 1년 뒤 아프간 난민 수는 140만 명을 넘어선다. 9월 말에는 파키스칸에 240만 명, 이란에 100만 명으로 늘어나 세계에서 가장 많은 난민의 기록을 세운다.

1982년 3월 아프간 저항세력은 '무자헤딘 동맹'을 포함해 대규모 정당이 7개가 된다. 미국은 파키스탄을 통해 막대한 물자와 자금을 지원하는데, CIA의 목표는 소련식 '베트남 전쟁'을 조성함으로써 소련을 함정에 빠트리는 데 있었다. 소련군이 판지시르 계곡에 대규모 공격을 단행하지만, 마수드의 유격대에 끊임없이 괴롭힘을 당한 채 퇴각한다.

11월 10일 브레즈네프가 사망한다. 소련의 아프간 침공 이유도 무덤 속으로 사라진다.

1983년 1월 마수드가 소련 군장성들과 휴전협정을 체결한다. 그러나 일시적인 휴전이다.

1984년 4월 20일 소련군과 아프간 정부군이 판지시르에 사상 최대 규모의 공세를 가한다. 난민의 수는 더 늘어나 파키스탄에 290만, 이란에 180만 명으로 추산된다.

1985년 미국이 아프간 저항군을 지원할 것을 고려하지만. 지원대상은 마수드의 적 굴부딘 헤크마티야르였다. 이는 파키스탄 정보국의 말만 들은 CIA의 오판이었다.

3월 15일 마수드의 유격대가 살랑 도로에서 소련군의 보급품 수송차를 공격한다. 이에 대한 보복으로 소련군은 10만 명의 병사로 살랑 도로 인근의 여러 마을을 파괴한다.

1986년 2월 카불에서는 아프간 비밀경찰인 '카드'의 국장 나지불라 장군이 카르말의 대통령직을 인수한다.

6월에서 7월 사이 미국이 지대공미사일을 파키스탄에 제공한다. 바로 스팅거 미사일이다. 하지만 아프간에 배달된 것은 극소량이었고, 그나마 헤크마티야르에게 주어지는데, 그는 미사일을 사용하지 않고 주로 저장해둔다. 마수드는 1년이 지나서야 겨우 10대도 안 되는 미사일을 받는다. 그러나 이 미사일 덕분에 소련 비행기들이 종말을 맞이한다. 아프간 전쟁의 전환점이 이루어진다.

10월 소련군 6개 대대가 아프간에서 철수한다.

1988년 고르바초프가 제네바 협정이 이루어진다면 6개월 내에 아프간에서 소련군을 철수하겠다고 선언한다.

6월 파키스탄에 망명 중인 아프간 저항군 7개 정당들이 '임시정부'를 구성하고, 사이아프의 오른팔인 아흐메드 샤를 대통령으로 선출한다. 임시정부 대통령 임기는 4개월(4년이 아니다)이다.

1989년 2월 15일 소련군이 아프가니스탄으로부터 철수한다고 공식 발표한다. 그러나 3,000명에 가까운 소련의 자문위원들이 비밀리에 아프간군과 정부 요직에 머무르면서 나지불라 공산체제를 돕고 있었다.

2월 23일 아프간 '임시정부'가 탄생한다.

3.

1990년 8월 2일 이라크의 쿠웨이트 무력 침공이 발발한다. 아프간 무자헤딘은 분열된다.

10월 마수드는 파키스탄 골람 이샤크 칸 대통령과 '지하드' 정당 지도자들을 만나기 위해 파키스탄을 방문한다. 회담 끝에 각 정당 사령관들이 통제하는 지역을 행정적으로 분배한다.

1991년 무자헤딘의 각 사령관들이 카불 회복을 꿈꾸며 병력을 집중시키려 애쓰지만, 아프간의 상황은 큰 진전을 보지 못한다. 마수드는 아프간 북동부에서 북부동맹(슈라 드 나자르)을 발전시킨다.

12월 21일 소비에트 연방 공화국이 사라지고, 독립국가 연합이 탄생한다.

1992년 나지불라 대통령이 달아나려고 시도하지만 공항에서 체포된다. 아프가니스탄 공산체제는 종말을 맞이한다. 정부군 장교들과 병사들이 대규모로 탈주한다. 폴 에 샤르기 감옥이 무자헤딘의 통제권으로 넘어오고 모든 포로들이 석방된다. 심지어 일반범, 악명 높은 흉악범들까지 석방된다. 누구의 책임인지 알 수 없는 이 결정으로 무질서한 아프간 사회에서는 약탈, 살인, 강간 등 광기 어린 행동들이 발생한다.

4월 23일 카불로 입성하기 위한 조건을 놓고 헤크마티야르와 마수드가 무선통신을 주고 받는다.

4월 24일 페샤와르에 있는 저항군 임시정부가 카불로 들어오겠다는 결정을 발표한다. 무자헤딘 대표들이 임시정부 수립을 발표하고, 마수드를 수반으로 인정할 것을 정부군에 요구한다. 당시 마수드는 국방장관이었다.

4월 30일 마수드와 그의 군대가 카불에 입성한다. 카불에 날마다 최대 2,000대에 이르는 로켓포와 포탄이 터진다. 헤크마티야르와 파키스탄 정보기관(ISI) 때문이다.

랍바니 대통령은 헤크마티야르에게 국무총리를 제안하면서 화해를 시도한다. 마수드는 협상에 장애물이 되고 싶지 않다는 이유로 국방장관을 사임한다.

10월 12일 '코란 연구 학생들' 즉 '탈레반'이 처음 등장한다.

1995년 탈레반은 파키스탄의 병력지원으로 카불 어귀까지 진격을 단행한다. 이때부터 파키스탄은 헤크마티야르를 버리고 탈레반 측에 가세한다.

9월 탈레반 세력에 두려움을 느낀 도스툼과 헤크마티야르는 마수드에게 협상을 제안한다.

1996년 9월 26일 탈레반이 카불을 장악한다. 탈레반 시대의 시작을 알리면서, 그들은 마수드를 제거하는 일에 군대를 집결시킨다.

1997년 마수드군과 탈레반의 공방전이 계속된다. 사우디아라비아와 파키스탄의 지원을 받는 탈레반군이 승기를 잡아간다.

1998년 8월 12일 북부 고원 전체가 탈레반의 수중에 떨어진다. 판지시르 계곡으로 퇴각한 마수드는 탈레반 독재에 항거하는 유일한 세력으로 남는다.

2001년 3월 14일 바미얀의 불상이 탈레반에 의해 파괴된다.

4월 마침내 마수드가 서방세계로 나오기로 결심하고 파리와 스트라스부르를 방문한다. 그러나 마땅히 받아야 할 환대를 받지 못한다.

9월 9일 마수드는 두 명의 자살 특공대가 들고 있던 카메라의 함정으로 인하여 암살을 당한다. 자살폭탄테러가 그의 투쟁에 종지부를 찍는다.

9월 11일 미국은 광기 어린 테러를 맛보게 된다. 두 대의 자살 비행기에 의해 뉴욕의 세계무역센터가 붕괴된다. 미국은 아프가니스탄을 지목하고, 배후 조종자로 수니파 국제조직인 알카에다의 오사마 빈 라덴을 지목한다.

10월 7일 탈레반의 진지에 미국이 최초의 폭격을 가하는 모습이 전 세계에 방영된다.

⋮

2021년 미국이 20년간 점령한 아프간에서 철수한다

탈레반 세력이 곧바로 아프간 전역을 장악한다.

아흐마드 샤 마수드의 아들 아흐마드 마수드 주니어가 '아프간 저항 전선'을 구축, 판지시르 계곡에서 자유를 향한 투쟁을 시작한다.

■ **차례**

■ 올리비에 루아의 서문

아프가니스탄식 서커스

1980년대 초 파키스탄 북서부 국경 페샤와르. 이 도시는 흡사 아프간 전쟁을 향해 열려 있는 하나의 발코니와도 같다. 이상한 외국인들이 딘스 호텔, 그린스 호텔 등 몇몇 '유럽인 전용' 호텔에 자리를 잡고 있고, 운좋은 사람들은 따분한 펄 인터콘티넨털 호텔('제8장. 역사의 뒤안길에서' 편에 이곳이 국제전화를 걸 수 있는 유일한 호텔이라는 언급이 나온다-역주)에 묵고 있다. 폭격 소문으로 인해 관광객들은 달아나 버린 후였다. 은밀히 소비되는 알코올 음료는 사실은 이슬람교도가 아닌 외국인들만 마실 수 있도록 법으로 제한되어 있다. 국경 저편 아프가니스탄으로 넘어가기에 앞서, 김빠진 뮈리 맥주나마 마실 권리를 부여해 주는 서류를 조심스레 작성한다. 오랜 기다림의 무료함을 달래기 위해 결국 그 맥주를 함께 마시게 되는 이 사람들은 누구일까? 기자들, 인도주의자들, 정보기관의 요원들(외교관 여권을 가진 사람들도 있고 그렇지 않은 사람들도 있다), 스스로 앞의 세 부류 중 하나라고 주장하는 모험가들, 그리고 좀 드물기는 하지만 연구자들도 몇 명 있는데 나도 그 중 한 사람이다. 그밖에 파리를 미끼로 써서 송어를 낚는 낚시꾼도 한 사람 있다. 페샤와르라는 소우주에서 흥미로운 점이라면 다른 세계에서였다면 피했을 사람들을, 아니면 그냥 간단히 말해 절대 만나지도 못했을 사람들을 이곳에서는 자주 만나게 된다는 사실이다. 공간이 너무나 폐쇄되어 있고 은근히 무기력이 지배하는 곳이기 때문이다.

나는 아프가니스탄에 관한 책을 쓰기 위해 그곳에 가 있었다. 거기서 4년을 보낼 생각이었다. 그때까지 전부 해서 국경 저편에서 18개월을 보낸 터였다. 그러니 간단히 말해, 나는 바쁠 것이 없었다. 처음에 사람들 사이의 친밀성은 같은 언어, 같은 학연, 같은 정치적 민감성, 같은 출신국가 등에서 생겨 났다. 인권주의자들은 전투복 차림에 군화를 신은 냉전시대의 미치광이 전사들을 경멸했고, 학위소지자들은 독학자들을 무시했으며, 과거에 아프가니스탄에서 원조협력관으로 활동했던 사람들은 모든 신참들을, 자기들이 쓰는 말을 알아듣지 못하고 아직 손가락으로 음식을 집어먹을 줄 모르는 초보자들을 따돌리기 위해 자기들끼리의 추억과 페르시아어로 암호화된 언어를 썼다. 기자들은 정보원들의 뒤를 쫓아다녔고, 정보원들은 기자들을 피하면서 연구자들을 찾아 다녔으며, 연구자들은 프로로서의 순결성을 상실할까봐 꺼려하면서도 권태에 찌든 나머지 결국은 기자들을 청중 삼아 좀 지루한 강연을 늘어놓기에 이르렀다. 인도주의자들은 술취한 '경기병'과 역사의 새로운 주제 사이에서 갈피를 잡지 못했다. 한 마디로 말해, 이건 '아프가니스탄식 서커스'였다. 무엇인가에(즉 아프간 전쟁에) 연관된 비현실적인 비눗방울 같은 것이어서, 정확하게 의미를 전달하고 설명하기가 매우 어려웠다.

실제로, 우리 모두는 한 가지 비슷한 문제에 직면해 있었다. 어떻게 이해를 시키고, 어떻게 정보를 얻고, 어떻게 설명을 할 것인가? 물론 여기에는 완전히 새로운 내용은 하나도 없었다. 그러나 같은 시대의 다른 위기사태들과 비교한다면, 아프가니스탄의 경우는 매우 특별했다.

우리 기자들은 이 전쟁이 필름에 담기고 텔레비전을 통해 유럽의 시청자들에게 소개되는 한에서만 존재한다는 것을 알고 있었다. 그런데, 우리가 아는 바를, 아니 그냥 간단히 경험만이라도, 우리는 유럽에 어떻게 전달할 것인가? 우리들 각자는 나름대로의 시스템을 만들어냈다. 기자들은 맡은 일을 하고 있었다. 대체 어떤 면에서, 기자들의 작업이 피상적이고 거짓이고 모호하다고 말할 수 있단 말인가? 그들의 작업이 상황의 복잡성을 제대로 고려하지 않은 것이었다고? 물론 그렇다. 하지만 우리도 상황을 축소시키도록 유도된 측면이 없지 않았다. 어느 한쪽 편을 들 줄 알아야만 했으니까. 하지만 정말로 우리가 택한 쪽 방향의 축소("소련은 나쁘다")는 무조건 수용할 수 있는 것이고, 반대쪽 방향의 축소("아프간 사람들은 꼭두각시들이다")는 무조건 터무니없고 잘못된 것이었을까?

크리스토프 드 퐁피이의 책은 일부 저널리즘에 대항하는, 아니 차라리 전반적인 저널리즘에 대항하는, 9시 저녁뉴스의 강박관념에 대항하는 하나의 증언이다. 다른 기자들이 부패했다는 이야기는 아니다. 어쨌든 아프가니스탄에 갔다 온 대다수의 기자들은 정직하고 용기있는 사람들이었으니까. 더욱이 그들도 나름대로 시간을 들일만큼 들였다. 우리처럼 주(週) 단위가 아니라 시(時) 단위로 시간을 계산하기는 했지만 말이다. 물론, 그들이나 우리들이나 모두 '가짜들'을 봤다. 예를 들어 진짜 매복은 야간에 이루어져서 필름에 담을 수가 없기 때문에, 공범 노릇을 하는 무자헤딘(이슬람을 수호하기 위해 전쟁을 이끄는 유격대원들. 단수는 '무자히드'이나, 이 책에서는 혼동을 피하기 위해 '무자헤딘'으로 용어를 통일한다.-역주) 몇명과 함께 가짜 매복을 꾸민 것 따위가 그렇다. 우리는 중개인이나 통역 노릇을 하여 그런 일에 한몫 거들었다. 우리 저널리스트들은 또한 언론에다 웅변조의 말이나 진부한 말을 늘어놓기도 했는데, 이런 말들은 세계를 단순한 몇 개의 카테고리로 분류해 놓고 말았다. 그러면, 이것보다 더 정확하고 더 진실에 가깝고 더 체험에서 우러나오는 내용이 존재한다고 말할 수 있는 기준은 과연 무엇일까?

그 기준은 시간이다. 그냥 단순히 흘러가는 시간이다. 이 기준은 저널리스트들의 세계를 둘로 나누어 놓는다. 시간을 들이는 기자들과 그렇지 않은 기자들인데, 후자는 매복까지 포함하여 그들이 본 작은 전쟁 한마당을 48시간 안에 의무적으로 마감해야만 하는 사람들이다. 결국 관건은 시간을 들이느냐 마느냐다.

시간이란 우선 구속의 시간이다. 우리가 아프가니스탄에서 처음으로 사용하는 시간은 우리를 국경 저편으로 데려가 줄 불법월경 안내인을 기다리는 일이다. 처음에는 시간 낭비가 된다. 하지만 기다리는 것보다 더 나은 방법은 없기 때문에, 우리는 되돌아오는 자들의 말에 귀를 기울이고, 자료를 읽고, 시험삼아 스스로 안내인이 되는 상상을 해보기도 한다. 그 다음으로는 걸어서 길을 가는 데 들이는 시간이 있다. 피로와 추억들을 짊어지고 해발고도가 달라지는 고개들을 넘는 시간들이 있고, 갖가지 작전과 새로운 소식의 무대를 따라잡으려다가 들이게 되는 쓸모없이 허탕치는 하루하루의 시간들이 있다. 안내인으로 적임자이기는 하지만 소시민들의 일상생활을 들여다보지 않을 수 없게 만드는 사람을 만나기 위해 들이는 시간이 있다. 결국 그것이야말로 아프간 사회의 진정한 구조를 발견할 수 있게 해주는 '잃어버린' 시간이다. 이런 지식을 습득하고 나면 그 다음에는 군사적 혹은 정치적 사건들을 이해할 수 있게 된다. 그리고 식사가 준비되거나 아니면 간단히 어둠이 내리기를 기다리는 끝없이 긴 저녁나절의 시간들이 있다. 그런 시간을 통해서 우리는 어떤 사건에 대한 자질구레한 내용과 몇 가지 일화를 알게 되는데, 이런 것들은 그때까지 이해가 되지 않았던 것들을 설명해준다. 또 긴 이야기를 나누거나 페이지 밑부분에 메모를 달아 놓는 시간들이 있고, 별로 쓸데없는 이야기들을 주고받는 시간들이 있다. 그러나 또한 침묵의 시간도 있다. 차이는 바로 그것이다. 이런 것들이 반드시 9시 저녁뉴스에서 다루어지는 내용으로 적절한 것은 아니다. 이런 것들은 전달하기가 어렵기 마련인데, 그 이유는 독자나 시청자들에게도 역시 시간을 들여 보아줄 것을 요구하기 때문이다.

퐁피이가 한 일이 그것이다. 그는 시간까지 필름에 담았다. 자신의 이야기를 하면서, 장장 16년에 걸쳐 필름의 주인공들이 스스로를 표현하고 드러내도록 두었다. 그가 들인 시간은 나선형의 시간이다. 차츰차츰 상황이 명확해질 때까지 같은 장소로, 같은 사람들에게로, 같은 문제들로 몇 번이고 되돌아가는 시간을 들였다. 나이 들어 늙어 버린 한 얼굴에게로 되돌아가 보기도 했고, 기억 속에 아직도 모습이 생생한 사람의 죽음을 알게 되기도 했다. 처음에는 멀쩡했다가, 파괴되었다가, 결국 재건된 마을을 다시 찾아가 보기도 했다. 고색(古色) 창연함, 상처, 상흔, 이것이야말로 언어 밖에서 들끓는 삶이기 때문이다.

물론 시간만이 모든 진실은 아니다. 그러나 시간은 독자나 시청자로 하여금 책이나 다큐멘터리를 천천히 음미할 수 있게 해주고, 따라서 어떤 견해를 가질 수 있게 해준다. 이런 의미에서 책의 문체나 다큐멘터리의 촬영 스타일 또한 하나의 여행이고, 하나의 건설이며, 하나의 작은 기행(紀行)이다. 주어-동사-보어의 형식에 맞추어 앵커가 프롬프터를 따라 읽는, 항변의 여지가 없는 형식과는 거리가 먼 형식이다.

그렇다면 드물게도 텔레비전에서 여러 편의 장편 다큐멘터리(긴 것은 1시간 30분 짜리도 있었다) 방영을 따낸 운좋은 필름쟁이가 왜 책을 쓰게 되었을까? 글쓰기 행위라는 것이 거의 물리적인 도정으로 되돌아갈 수 있게 해주기 때문은 아닐까? 그리고 필름이란 것은 방영이 되어야만, 그것도 정해진 채널에서 예정된 시간에 방영이 되어야만 볼 수 있는 반면에, 책이라는 것은 별다른 조건 없이도 존재할 수 있고 독자의 리듬에 맞추어 읽혀지므로 '소비자'에게 자율성과 독립성을 보장해 주기 때문이 아닐까? 책은 읽다가 중단하기도 하고, 메모를 하기 위해 잠시 내려 놓기도 하며, 앞 페이지로 되돌아가기도 한다. 반면에 필름은 필름의 형식을 강요한다. 아무리 책에 대한 그리움과도 같은 느낌을 주는 필름이라 할지라도 말이다.

따라서 이 책은 독자로 하여금 나름대로 시간을 들이도록 하고 또 시간을 잃도록 하는 한 장의 초대장이다. 하나의 풍경과 하나의 이야기와 한 자락의 역사를 따라 거닐도록 하는 한 장의 초대장이다.

올리비에 루아

■ 머리말

샛길의 먼지가 내게로 날아와 눈을 따갑게 하기 전에는, 내게 아프가니스탄은 우선 책 페이지를 읽어감에 따라 하나씩 뽑혀 나오는 단어들이었다. 은밀한 불법여행을 떠나기에 앞서, 나는 독서를 통하여 아프가니스탄의 고원과 산맥을 발견했고, 다양한 인종과 관습에 매료되었으며, 역사의 발전과정에 대한 호기심에 이끌렸다. 사진작가 미쇼 부부가 찍은 사진들은 전에는 본 적이 없던 빛으로 나의 시선을 가득 채워 놓았다. 내게 아프간 사람들은 살과 피를 가진 살아 있는 존재이기 이전에 종이 속의 영웅들이었다.

작가 조제프 케셀(Joseph Kessel(1898-1979). 프랑스의 모험소설 작가이자 기자. 대표작으로 「승무원」 「사자」가 있다-역주)은 말을 타고 인정사정 없는 보즈카쉬 시합에 뛰어들어 격렬한 난투를 벌이는 기사(騎射)들의 모습을 내 머릿속에 심어 놓았다. 보즈카쉬란 공 대신 염소의 해골을 사용하는, 럭비의 먼 사촌 격인 아프가니스탄의 마상시합이다.

이처럼 가장 먼저 내 머릿속을 채운 것은 그 머나먼 나라의 거대함이었다. 마치 사람들이 동화 속으로 빠져 들어가듯이, 마치 어린아이가 모든 게 모험인 강렬한 세계를 계속해서 꿈꾸고 싶어하고 사람을 도취시키는 광기를 삶으로부터 계속해서 지키고 싶어하는 것과 똑같은 방식으로, 나는 아마 그래서 이 신비로운 나라에 접근하게 되었던 것 같다.

마침내 전쟁의 위험을 어렴풋이 접하게 되었을 때, 나에게는 모든 것이 너무나도 특별한 현실이 되었다. 이 모험에 뛰어들던 당시만 해도, 나는 아프가니스탄이 내 인생에 이토록 많은 자리를 차지하게 될 줄을 몰랐다. 내가 이렇게 멀리까지 이끌려 오게 될 줄도 몰랐고, 이렇게 절박하게 종이 위에다 내 추억들을 쏟아 내게 될 줄도 몰랐다.

내게는 두 가지 소망이 있다. 아주 오래 전부터 태양이 넘쳐 흘렀듯이 언젠가 이 나라에도 평화가 넘쳐 흐르기를, 그리고 인간의 광기가 애초에 절대로 빠져 나오지 말았어야 할 지옥으로 되돌아가기를 바란다.

크리스토프 드 퐁피이

제1장

은밀한 여행의 시작

내가 아프가니스탄에 처음 잠입해 들어간 일은 별스러울 것 하나없이 지극히 진부한 일이었다. 의사, 남녀 간호사, 몇몇 기자, 그리고 소수의 완고한 이상주의자 등 수많은 프랑스인들도 그렇게 했으니까 말이다. 만화영화처럼 지어낸 가짜 우상을 가지고 영웅을 만드는 일에는 너무나도 신속한 우리의 매스컴이 아프가니스탄에 대해서는 거의 입을 다물고 있었으니, 이 침묵은 우리 매스컴의 명예를 실추시키는 것이 아닐 수 없었다.

아프가니스탄에 잠입해 들어갔던 이야기를 나는 가벼운 마음으로 추억할 수가 없다. 파키스탄 북동부의 아프간 국경에 이르기 전 마지막 마을인 가름쉬스마의 가옥들 사이로 한 무리의 사람들이 조심스럽게 나타났을 때, 어둠 속에서 하나의 위험한 모험이 시작되었다. 달빛을 받은 산들은 마치 중국 그림자놀이의 배경처럼 보였다. 길바닥의 자갈에 부딪치던 말의 발굽소리가 아직도 선명하게 들리는 것만 같다. 무기와 군수품을 실은 50마리의 짐승이 무리를 구성하고 있었다. 1979년 12월 이후로 전쟁을 계속하고 있는 이 나라에서, 나는 이렇게 은밀한 불법여행을 시작했다.

'파콜'(머리에 쓰는 양모 베레모이며 마수드가 지휘하는 무자헤딘의 트레이드마크가 되었다), 긴 윗저고리, 풍성한 바지, 그리고 '파투'(망토, 보자기, 경우에 따라서는 들것으로 사용되는 양모 담요) 등 아프간식 옷 차림을 하고서, 우리는 어둠을 이용하여 무리 속의 사람들처럼 행세를 했다. 파키스탄 경찰의 검문소 세 곳이 등뒤로 사라져 간 후에야 크게 안도의 한숨을 내쉬었다. 우리는 아프가니스탄에 들어서고 있었다. 그 때가 1981년 7월 어느 날 밤이었다.

오랫동안 행군을 했던 일은 나의 기억에 지워지지 않는 흔적을 새겨 놓았다. 특히, 그때그때 만들어지는 샛길을 따라 자국을 남기며 길게 이어지던 불그스레한 흙바닥의 모습을 보았다. 넓이가 겨우 사람 하나 지나다닐 정도밖에 되지 않았다. 그리고 산을 가로질러 끊임없이 이어지던 흐릿한 실타래 같은 자국도 보았는데, 그것은 돌과 자갈에 상처를 입은 짐승들의 피로 인해 생겨난 것이었다. 얼마나 많은 당나귀와 노새와 말들이 그리로 지나갔을까? 그런 짐승들이 이미 많았다는 것과 그것이 아직은 시작에 불과하다는 것을 제외하고는, 도무지 짐작하기가 불가능했다.

과거에 중요했고 앞으로도 영원히 중요할 일들이 그렇듯이, 그것은 아득히 머나먼 과거의 일이기도 했고 동시에 현재의 일이기도 했다. 그곳에서 나는 믿기 어려운 세계로 들어서고 있었다. 강렬하고, 아름답고, 광대하고, 친근하고, 위험한 세계로…….

마수드. 아흐마드 샤 마수드는 아직 하나의 이름에 지나지 않았다. 아직은 실체적인 사람이 아니었다. 전설은 더더욱 아니었다. 겨우 하나의 이야기였다. 그저 메아리일 뿐이었다. 그러나 그 메아리는 크게 울리는 메아리였다. 사람들의 망각에 저항하는 메아리였다. 우리가 앞으로 오랫동안 기억하게 될 이름이었다.

마수드는 누구인가? 그가 전쟁의 지도자로서 쌓은 수훈들, 천부적인 권위, 조직에 대한 감각 따위에 대해 자랑이나 할 뿐, 무리 중 어느 누구도 우리에게 정확하게 그가 어떤 사람인지 말해줄 수 있는 사람이 없었다. 아프간 사람들 말대로 '로랑스 박사님'이 열렬하게 찬양하는 말을 들어봤어야 한다. 그녀는 우리가 출발하기 전에 이렇게 말했었다.

"아프가니스탄의 모든 사령관들 중에서도 마수드야말로 단연 제일 놀라운 사람이에요. 최고예요! 독수리같은 사람이에요. 매력으로 보자면 밥 딜런 같고요. 또 얼굴 표정은 영락 없는 체 게바라라니까요."

로랑스 로모니에는 국제의료지원단이라는 프랑스 비정부기구의 일원으로서, 마수드의 활동지대에다 병원을 세운 최초의 여의사였다. 처음 만났을 때부터 그녀는 '판지시르의 사자(獅子)'가 될 마수드에 매료되고 말았다. 한편 똑같은 식으로, 자기들을 돕기 위해 그 많은 위험을 감수하러 온 이 젊은 의사에게서 아프간 사람들도 깊은 인상을 받았다.

그래서 이 산악지대 사람들의 기억 속에는 영원토록 '로랑스 박사님'의 명성이 새겨지게 되었다.

마수드의 나이가 몇인가? 이것 역시 정확하게 말해줄 수 있는 사람이 하나도 없었다. 살아 있다는 것을 보여 주면 그뿐이지 출생증명서 따위는 소유하지 않는 이곳의 다른 모든 사람들과 마찬가지로, 그 역시 나이가 없는 사람인 모양이었다. 여기서는 나이를 따지면 흔히 웃음거리가 되곤 했다. 아프간 사람들은 죽음을 조롱하는 법을 배웠다. 그들은 죽음을 초월했다. 그것은 하늘에서 내려오는 것이니까.

1981년 그 당시에, 아프간 사람들은 비행기에 대해 노이로제와 같은 공포심을 갖고 있었다. 전에는 한번도 본 적이 없던 물건이었다. 신이 날개 달린 존재라면, 다른 세계에서 온 그 비행기라는 것은 신보다도 더 무서운 존재였다. 금속성 물체에다, 진흙탕을 뒹군 듯이 밤색과 초록의 얼룩으로 덕지덕지 칠해져 있으며, 사파이어 같은 하늘을 배경으로 날아다니는 조잡한 물건인 데다가, 사냥감인 자고새를 향해 던진 돌멩이보다도 더 빨랐다. 아프간 사람들은 오래 전부터 자신들의 땅에서 사냥을 해왔다. 그랬는데 이제는 남들이 그들을 산에서 쫓아내려 하고 있었다.

아프가니스탄에서는 날짜도 전혀 들어맞지가 않았다. 사람들은 1358년 '자디'월 6일이라고 했다. 그날 아프간 영토에 소련군이 들어왔다. 소련군은 무기와 짐을 갖고 왔지만, 그곳에서 전쟁을 벌일 만한 충분한 이유는 가져오지 못했다. 자기네 혈족을 수호한다고 했지만 신념을 가지고 싸울 만한 충분한 명분이 없었다. 당시 소련 선전자들의 마음이 꺼림칙하더라도, 어쩔 수 없는 일이었다. 비록 진보라는 이름으로 합리화시키기는 했어도, 이것은 결코 '깨끗한' 전쟁이 되지는 못할 테니까. 그 이전에 치렀던 전쟁처럼, 즉 나치의 백정들과 맞서 싸웠던 세계대전처럼 애국적인 전쟁은 더더욱 못되었다. 인간이 저지른 길고 긴 오류의 목록에 새겨지게 될 또 하나의 추악한 짓거리였고, 없었으면 좋았을 참극일 뿐이었다. 1979년 12월에 시작된 이 한바탕의 광기는 소련과 아프가니스탄 사람들이라는 두 민족간의 집단의식에 영원히 아로새겨질 하나의 상처를 후벼파 놓았다. 어느 쪽 민족이든 어느 누구에게도 아무것도 부탁한 적이 없었는 데 말이다. 그러니, 잘난 브레즈네프 동지 만세다!

브레즈네프는 이 정치 군사적인 모험을 대체 왜 시작했을까? 그 이유는 끝까지 알려지지 않게 된다. 이 노인이 전쟁을 시작한 정확한 동기는 그의 죽음과 함께 영영 사라져 버렸기 때문이다. 소련군의 아프간 침공은 머리끝에서 발끝까지 오류가 아닐 수 없었다. 이 전쟁은 예기치 못한 내적 붕괴 직전의 소비에트 제국을 온통 뒤흔들어 놓았을 뿐, 정말로 어떤 측면에서도 브레즈네프에게 도움이 되지 않았다. 이 이야기에서 가장 심각하고 부당한 점이라면, 아직 세계에, 특히 이슬람 세계에 권장할 만한 수많은 가치와 풍요로움을 지니고 있던 아프간 사회를 이 전쟁이 깡그리 무너뜨려 놓았다는 점이다. 전쟁 전에 그곳에서 살아 본 사람들은 안다. 아프가니스탄에서는 광신이 아니라 관용이 실천되고 있었다는 것을.

1981년에 운명의 주사위는 던져졌지만, 사람들은 아직 이 이야기의 결말을 모르고 있었다. 하루하루 전쟁은 계속되었고, 수없이 많은 아프간 사람들이 전쟁을 겪고 있었다. 그곳에 러시아인들이 있었다. 그들이 그곳에 눌러앉아 있었다. 러시아인들은 포기를 모르는 사람 같았다. 아프간 사람들은 그들이 강하다고, 실제보다도 더 강하다고 생각했지만, 사실은 그렇지 않다는 것을 당시에는 아무도 몰랐다. 투박하고 흉물스러운 군 장비들, 탱크, 스탈린 풍금(소련제 대포인 BM 12포의 별명. 한 세트의 관(管)으로 구성되어 있어서, 스탈린 풍금이라는 이름을 얻게 되었다-역주) 등을 가지고서, 러시아인들은 산맥 속에서, 거대한 사막 안에서, 계곡 안에서 뿌리를 내리려 시도하고 있었고, 또 그럴 수 있다고 믿었다. 사실은 아직 손상되지 않은 몇 개 도시에서 주로 자리를 잡고 있었을 뿐인데도 말이다. 저들은 전에도 이미 다른 배우들이 공연해 본 적이 있는 연극작품을 부조리하게 되풀이해 공연하고 있었다. 연극의 결말은 한결같이 비극이었다. 거기서 치명상을 입었으니까. 그것은 절대로 잊지 못하게 될, 사람들의 인생에서는 영원과도 같이 긴 10년이라는 세월이었다. 어느 날 갑자기 불구가 되어 버린 사람들, 다리가 하나뿐인 사람들, 앉은뱅이가 된 사람들, 수없이 많은 신체 장애자들,

영원히 마음에 상처를 안고 눈물과 악몽의 세계에 흩어져 사는 한 무리의 불행한 사람들의 인생에서는. 그러니, 브레즈네프 만세다!

함께 모험을 떠난 제롬 보니와 나는 아직 그런 것에 대해 하나도 모르고 있었다. 우리는 전쟁에 관해 백지상태였다. 전쟁에 대해 아는 것이라고는 남들에게서 전해들은 이야기들뿐이었다. 비장하지만 입을 열었다 하면 조롱이나 자조하는 퇴역군인들은 불쑥불쑥 찾아드는 공포감에 유령처럼 되어 있었다.

1981년 7월 15일, 발이 아팠다. 삐죽삐죽 튀어나온 화강암 덩어리 사이로 걸어가야 할 수많은 걸음들이 우리를 불안하게 했다. 지평선은 현기증을 일으켰다. 이런 행군은 미친짓이었다. 신발 밑창과 말발굽들이 샛길에서 먼지를 일으켰다. 사람과 짐승의 기운을 소진시키는 절벽과 산봉우리, 바위 등으로 이루어진 그런 미궁들에서나 찾아볼 수 있을 뿐, 다른 어디에도 존재하지 않는 먼지였다. 갑갑하고 비좁아 터진 샛길들은 끝도 보이지 않는 비탈길 위로 한없이 지그재그로 뻗쳐 있어 정신이 다 아찔했다. 비탈길은 대개의 경우 수평적이라기보다 수직적이었다. 아프간 사람들이 고개를 넘어야 한다고 말할 때, 그 고개란 것은 사람의 시선을 멈추게 만들고 심장을 미친듯이 뛰게 만들며 호흡을 약하게 만드는 산맥의 능선을 뜻한다. 아프간 사람들은 미치광이에다 허풍선이들이다. 그들은 이런 행군이 쉽다고 말하는 것이다.

마수드와 그의 무자헤딘을 만나기까지는 그런 밤과 그런 낮을 15번이나 보내야 했다.

"이렇게 힘들다고 누가 말해줬으면, 안 왔을 건데."

마치 지팡이에 의지하듯 유머에 매달리며, 제롬이 신음하듯 내뱉었다.

그는 숨을 헐떡거렸지만, 사기까지 잃지는 않았다. 피로로 오히려 정신이 맑아진 그는 자신의 심장소리에 귀를 기울였다.

"심장이 너무 빨리 뛰어! 여기서 빠져나가기만 하면 뉴욕마라톤 협회에 등록해야지. 빌어먹을 산맥 같으니!"

제일 처음으로 넘은 고개는 고도가 해발 5,200미터였다. 정작 옷도 제대로 갖추어 입지 못했고 신발도 제대로 신지 못한 아프간 사람들은 고통에 대해 말이 없었다. 자존심 문제였다. 이건 전쟁이지, 여행이 아니었던 것이다. 전쟁이었다. 이 웅대한 풍경 어디에도 자취를 찾아볼 수 없는 전쟁이 하나의 위협과도 같이 거기에 버티고 있었다. 튀어 오를 준비를 갖춘 한 마리 짐승과도 같이 웅크린 채, 사람들의 머릿속을 차지하고 있었다. 이건 확실했다. 전쟁은 들이닥칠 것이다. 하지만 어디로? 언제? 어떤 형태로?

얼마간 우리들 무리는 앞으로 나아갔다. 굽이굽이 샛길 위로 끝도 없이 길게 늘어서서 걸어갔다. 대원들은 시메노프 장총을 메고 있었다. 이들 말로는 이집트에서 제공한 것들이라고 했다. 짐승들은 지구 야와 다샤카 등 12.7 지대공 고사포들에서 해체한 부품들과 RPG 7용 로켓포, PK용 탄띠, 박격포 포탄 등 많은 군수장비들을 싣고 있었다. 마치 관광객처럼 군복무를 했던 우리로서는 도무지 알 수 없는 이름들이었다. 제롬은 후진국원조협력관으로 대리복무를 했다. 그리고 나는 헬리콥터 탑재 항공모함인 잔다르크호 선상에서 수병으로 있었는데, 말이 수병이지 직책은 피륙 담당자(시트, 베개, 담요 등 취침장비를 관리하는 사람)였다. 전쟁과는 그다지 관련이 없는 직책이었다. 코미디언 레몽 드보식으로 말하자면, 붕어빵에 붕어가 없는 격이었다. 그러니까, 우리가 받은 군대훈련은 사실은 제로 상태나 다름없었다. 우리는 영화에서나 포탄을 보았을 뿐, 포탄이 내는 '슝슝' 소리조차 알고 있지 못했다. 그래서 진짜 전쟁이 영화 속의 전쟁과 얼마나 다른지 알고 보니 미칠 노릇이었다. 다른 사람들도 그랬을 것으로 생각되는데, 우리는 본능적으로 줄창 달린다는 것 외에는 전쟁에 대해 아는 게 하나도 없었다.

기운도 아껴야 했고 무엇보다도 촬영을 해야 했다. 사람들 무리보다 좀 더 앞서 나가서 촬영을 하려면 무진장 애를 써야 하는데, 장면을 포착하기가 어려웠다. 촬영한다는 것은 언제나 어려운 법이다. 카메라를 꺼내야 했고, 손가락이 꽁꽁 얼어도 부동자세로 카메라를 들고 있어야 했기 때문에, 거기서는 촬영하기가 훨씬 더 어려웠다. 무엇보다 입을 다물고 있어야 했다. 리튬전지를 써서 윙윙거리는 볼리외 카메라의 작은 네모 칸 안에 그 광기 어린 모습들을 담아야 했다. 우표 크기 안에다 웅장한 힌두쿠시 산맥을 담아야 했다. 고통을 겪고 있는 사람들과 말들을, 보이지 않는 전쟁을 담아야 했다.

프랑스에서였다면 아마추어용 카메라를 가진 우리는 놀림감이 되었을 것이다. 우리는 슈퍼 8 카메라 장비와 이 산악지대의 추위에 걸맞지 않은 싸구려 침낭, 그리고 너무 무거운 신발을 구비한 프리랜서들이었다. 한마디로 말해 아프간 사람들이 위협받고 있는 자유에 대해 증언하려는 욕구만 뺀다면, 우리가 갖고 있는 것은 하나같이 시시껄렁한 것들이었다. 우리는 벌써부터 찬미하고 있던 아프간 사람들에 관해 우리가 꿈꾸던 필름을 만들기 위해서, 어느 누구의 명령에 의해서도 아니고 순전히 우리의 자유의지에 의해서 이곳에 와 있었다.

이곳 사람들은 우리를 존중해 주고, 맞이해 주고, 자상하게 손님대접을 해 주었다. 우리는 처음에는 불법여행의 발걸음을, 그 다음에는 신뢰의 발걸음을 내디뎠다. 그것은 또한 공동체의식의 발걸음이기도 했다. 그리고 오래지 않아, 사람들을 자꾸 만나가면서 공동체의식은 우정이 되어갔다.

날씨가 추웠다. 눈이 내려 있었다. 바위가 차디찼다. 하늘도, 공기도, 바람도, 그리고 우리의 지친 몸뚱어리들도. 아프가니스탄의 비탈길을 따라 내려가다 보면 전율을 느끼게 된다. 비탈이 너무 가파르고, 너무 매끈하고, 거의 수직이기 때문이다.

이 아프간 사람들은 미치광이들이었다! 그래서 우리는 벌써부터 그들을 사랑하고 있었다. 아프간 사람들과 프랑스 사람들은 서로 통하는 게 있었다. 우리는 웃어대고 허세를 부리고 서로 놀리기를 좋아했다.

우리는 지독한 개인주의자들이었다. 그리고 삶을 사랑했다. 그들도 역시 그랬다.

말의 발굽이 미끄러져 샛길에서 이탈하곤 했다. 짐승들이 넘어지려 했다. 대원들이 투덜대면서 꼬리를 붙잡았다. 짐승들이 겁을 내고 있었다. 장애물을 넘기 위해, 대원들이 다샤카 고사포의 받침대를 말에서 내려 등에 짊어졌다. 멀고도 위험한 길이었다. 고난의 길이었다. 짐승들은 기진맥진해 있어서 발굽이 화강암을 헛디디곤 했다. 50미터쯤 미끄러져 가며 장애물을 넘고 나니, 다음은 흙먼지 속에 들어 박혔다. 추락해서 죽을 가능성이 있었기 때문에 우리는 줄곧 긴장에 휩싸여 있었다. 전쟁 때문이기도 했다. '전쟁은 어디에 있을까? 미그기라도 지나가면 우리는 끝장이다.' 첫 번째 고갯마루를 넘는 우리의 머릿속에 들어 있던 것은 그런 생각들이었다.

이 여행에 참여하고 있는 우리는 여러 국적의 외국인들이었다. 우선 국제의료지원단 프랑스 지부의 단원 세 명이 있었다. 둘 다 의사인 베르트랑과 프레데리크, 그리고 간호사인 에블린(훗날을 위해 정확한 이름을 밝혀둔다. 베르트랑 나베, 프레데리크 엥글랭, 에블린 기욤이다)이었다. 이들은 모두 자원봉사자들이었다. 훌륭하지 않은가. 진지한 미국인 기자 에드워드 지라르데도 있었다. 우리보다 경험이 많고, 마음이 따뜻하고, 불어도 할 줄 아는 친구였다. 그리고 파리에서 온 장 조제 퓌라는 수상한 여행자 한 명이 있었다. 우리 모두는 그가 정보기관을 위해 일하는 기관원이라고 생각했다. 그는 아프가니스탄의 매력에 그리고 낚시에 대한 끝없는 (그리고 위험한) 열정에 이끌렸다고 주장했다. 이 나라를 사랑한다고 했다. 그는 말에다 배낭을 매어 달고서 말의 뒤를 바짝 따라갔는데, 배낭 뿐 아니라 낚싯대에서도 절대 떨어지는 법이 없었다. 그가 기가 막히게 잘 다룰 줄 아는 진짜 낚싯대였다. 나중에, 아무도 낚시를 해본 적이 없는 강에서 커다란 송어를 열두 마리나 잡아 올렸을 때, 이 낚싯대의 진가는 여실히 확인되었다. 아프간 사람들은 낚시질을 거의 하지 않는다. 양고기나 염소고기를 더 좋아한다. 그리고 빵과 쌀밥과 홍차를 먹고산다.

당시 청소년을 위한 백과사전 편집을 맡아보던 파리의 로베르 라퐁 출판사에서는 내가 휴가를 떠난 줄로 알고 있었다. 1981년 그해 7월에 파리에서는, 프랑스 텔레비전의 어떤 제작국에서도 아프가니스탄으로 기자를 파견하지 않았다. 신문지상에서 아프간 전쟁은 그저 짤막한 기사거리일 뿐이었다. 언론매체에게 여름은 해마다 한결같이 되풀이되는 테마인 바캉스 특집기사의 시기였다. 아프가니스탄에서보다 더 많은 사망자가 발생하는 교통사고 소식이라든가, 잡다한 삼단기사들, 끊임없이 보고 또 고쳐 쓰는 섹스 이야기, 해변에서 이성을 낚는 비결, 여름의 놀이들, 십자 말풀이 게임, 글자 맞추기 게임, 단어 게임, 오늘의 운세 등등.

이곳 아프간에서 우리는 게임을 하고 있는 것이 아니었다. 사람들 무리가 원래의 리듬을 되찾았을 때, 누군가가 외쳤다.

"지뢰다!"

오후 3시였다. 갑자기 전쟁이 터졌다. 무자헤딘 한 명이 추악한 인명살상용 소형 지뢰를 밟은 것이다. 사건은 소란스러운 급류 한가운데의, 비위와 흙으로 이루어진 작은 섬 위에서 일어났다. 소란스러운 물소리 때문에 악을 쓰지 않을 수가 없었다.

괴이한 장면이었다. 풍경이 풍경이니만큼 꼭 악몽이라고 할 수도 없는 장면이었다. 프레데리크, 에블린과 베르트랑이 희생자 주변에서 분주하게 움직였다. 한 남자가 자갈이 깔린 풀밭 위에 눕혀져 있었다. 내가 기억하는 한, 그들의 얼굴은 감당하기 어려운 일을 맡은 심각한 얼굴이었다. 의과대학을 갓 졸업한 젊은 의사들로서는 부상자의 출혈을 멈추게 하고, 검게 타고 갈가리 찢겨진 다리 하나를 절단하는 일은 쉬운 일이 아니었다. 한 사람의 생명을 그것도 서둘러서 구해 낸다는 것은, 결코 쉬운 일이 아니었다.

"캇굿?"

베르트랑이 물었다.

"봉합용 실을 말하는 거야."

간호사인 에블린이 통역을 했다.

"없으면, 말의 갈기를 한 올 뽑아오면 돼."

"수술장비를 실은 말들은 저 앞에 있어. 누가 가지러 갔어?"

"못 갈 거야. 너무 멀어."

"장비가 필요하단 말야."

눈 덮인 산봉우리의 기슭에서, 인적 없는 고원 위에 고립된 우리는 헬리콥터가 나타날까봐 겁이 났다. 저들의 눈에 띄기만 한다면, 우리는 살아날 가망이 전혀 없었다. 수술이 시작되었다. 우리의 미국인 친구 에드워드가 두 팔로 '파투'를 활짝 펼쳐서 바람을 막아주었다. 얼음처럼 차가운 바람이 우리의 면옷을 펄럭거리게 했다. 그러나 우리는 춥지 않았다. 그저 한 생명이 달아나 버릴까봐 두려울 뿐이었다.

링거병을 들고 있던 무자헤딘이 외마디 비명을 지르지 않았다면, 이 모든 것은 심각하고 비극적인 모습으로 남았을 것이다. 방금 벌 한 마리에 목덜미를 쏘인 사람이었다. 그는 의사를 불러댔다. 무리의 우두머리인 오로굴이 그를 붙잡고 흔들어서 제정신으로 돌려 놓았다. 그렇지만, 사람들은 마구 웃어댔다. 아프간 사람들은 그랬다.

나는 슈퍼 8 카메라를 꺼내 놓고 있었고, 제롬은 마이크와 장대를 붙들고 있었다. 모양이 우스꽝스럽게 생긴 장대였다. 빳빳한 전기 케이블 조각에다 마구리를 대고 마이크 밑부분을 조여 놓은 것이었다. 우리의 바람막이 장치는 별로 효과적이지도 못하고 미관과는 전혀 거리가 먼 주먹구구식 장치였다. 마이크를 스카프로 둘둘 말아 놓은 것이었으니까. 그러고 보니, 천으로 만든 커다란 공 꼴이었다. 내가 부상자의 다리를 절단하느라고 바쁜 의사들의 모습을 필름에 담고 있는 동안, 제롬이 이 도구를 들이댔다. 무슨 곤봉이나 몽둥이같아 보였다. 그러자 아프간 사람 하나는 우리가 부상자를 때려 죽이려는 것으로 착각했다. 어리석은 이유로 우리는 입씨름을 했다. 하긴 그런 상황에서, 그렇게 둘둘 말은 마이크를 꼭 보여 줬어야 옳았을까?

모두들 긴장하고 신경이 곤두서 있었다. 오로굴은 카메라 앞에서 분노와 고통을 털어 놓았다. 그는 페르시아어로 말했다. 우리는 그 언어를 배운 적이 없었다. 하지만 우리는 그가 하는 말 한마디 한마디를 알아들을 수 있었다.

"우리 민족은 이런 식으로 형편없이 취급당할 아무런 짓도 하지 않았어요. 러시아 놈들이 우리 산에다, 우리 마을의 집과 우리 마음속에다 불행을 뿌려 놓고 있어요. 아프가니스탄은 어떻게 될까요? 누가 우리를 도와줄까요?"

우리들처럼 그의 눈에는 눈물이 고여 있었다. 그때 우리 모두는 참 순수했고 감성적이었다.

그것이 리포터로서 내가 찍은 최초의 영상이었다. 나의 유일한 무기인 보잘것없는 소형 카메라를 들고서 아프간 사태에 처음으로 끼여든 것이었다. 카메라는 플라스틱 통 속에 들어 있는 3분짜리 필름을 연동시킬 때면 아주 시끄러운 소리를 냈다. 베르트랑, 프레데리크와 에블린은 작업을 하고 있었다. 생명을 구하기 위해.

"감염만 되지 않으면, 발뒤꿈치를 보존하고 걸을 수 있게 될 겁니다."

두 시간 후에, 베르트랑은 그렇게 일러주었다.

그가 마음을 놓는 것이 느껴졌다. 몹시 지쳐있으면서도 안도를 하는 것이 느껴졌다. 여자들도 마찬가지였다. 그러나 일이 완전히 해결된 것은 아니었다. 분위기를 이완시키기 위해, 제롬이 일행 전체의 웃음보를 터뜨렸다. 장터의 어릿광대 같은 목소리로 이렇게 말했던 것이다.

"아프가니스탄은 각자 소화기를 소지하고 행군할 것이 권장되는 세계에서 유일한 국가랍니다."

무슨 일에든 웃어야 했다. 그것이 삶을 찬양하는 방식이었다. 나는 웃을 줄 아는 사람들, 남을 웃길 줄 아는 사람들을 좋아한다. 하지만 그 다음에 이어지는 행군은 덜 재미있었다. 어둠이 내리고 있었다. 주변에는 사방이 지뢰밭이었다. 오로골의 말에 따르면, 그곳에서 2시간 거리에 마을이 하나 있다고 했다. 지뢰가 있든 없든, 그곳으로 가는 것 외에는 선택의 여지가 없었다. 추위를 막아줄 만한 것이 전혀 없었기 때문이다.

전쟁은 아름다운 것이 못된다. 이제는 나도 그것을 안다. 그러나 전쟁이라는 상황이 둘러싸고 있는 강렬함 때문에 이따금 매력적인 측면이 생기기도 했다. 삶의 긴박함에 처한 이 순간이 우리를 하나로 뭉치게 해준다는 점이 그것이었다. 이 모든 것이 전쟁의 위험스럽고 불건전하고 사악한 매력이었다.

보리수나무 잎사귀 모양으로 생긴 초록색의 플라스틱 함정들은 여기저기서 발견되었다. '반동분자들'이 숨어 있을 것으로 의심되는 풍경들 위로 소련 비행기와 헬리콥터들이 마구 쏟아 놓은 것들이었다. 더 많은 사람들을 불구자로 만들기 위해, 사람들에게 부상을 입히고, 우리의 진군속도를 늦추며, 주민들을 공포에 질리게 만드는 데 쓸 목적으로, 머리 좋은 엔지니어들이 고안해 낸 발명품이었다. 그들은 프로그램을 잘도 짜냈다. 얼마나 효과적인 고안품인가. 잘하는 짓이었다, 악당들 같으니!

전투복 윗도리와 '파투'로 얼렁뚱땅 손질하여 만든 들것을 들어 올리는 데는 네 명의 남자가 필요했다. 부상자는 무겁지 않았지만, 고통을 겪고 있었다. 아프간 사람이기 때문에, 그리고 전사이기 때문에, 그는 고통을 감추기 위해 안간힘을 썼지만, 소용이 없었다. 그의 헐떡거리는 숨소리가 우리를 아프게 했다. 그러나 우리도 괴로운 마음을 드러내서는 안되었다. 두려움도 마찬가지였다. 그건 추하니까. 두려움도 전쟁의 일부였다. 두려움도 추악함도…….

어둠 속에서 급류를 건넌다는 것은 우리 중 누구도 훈련을 받지 않은 일종의 곡예에 속하는 일이었다. 하지만 앞으로 지나가야 할 지뢰밭에 비한다면 이런 건 아무것도 아니었다. 우리는 농담하려 애써 가면서, 용기를 내고 있다는 환상을 서로에게 주었다.

"이런 얘기 아세요. 전쟁 전에 아프가니스탄에서는 여행을 떠날 때면 남자가 항상 맨 앞에서 걸었답니다. 아프가니스탄의 전통이 그렇거든요. 그 뒤를 노새와 말과 낙타가 따라왔고, 여자는 맨 뒤에 따라왔지요. 그런데 요새는 여자가 앞장을 선대요. 지뢰 때문에 말이에요!"

운이 없었다. 우리 일행의 여자들은 프랑스 사람들이었으니까. 우리와 함께 있는 유일한 말이 영웅놀이의 주역이 되었다. 그 말은 어둠 속에서 씩씩하게 앞장서서 길을 열어 나갔다.

또각또각 자갈에 부딪치는 말발굽 소리가 귀에 거슬리게 울려 퍼졌다. 그 뒤를 들것이 따라갔고, 아프간 사람들과 우리가 또 그 뒤를 따라갔다. 후레쉬가 없었기 때문에 우리는 끊임없이 비틀거렸다. 발걸음을 옮길 때마다, 지뢰를 밟는 신발의 모습을 머릿속에서 지우기가 어려웠다. 땅바닥은 평평하지가 못했다. 평평했으면 걷기가 너무 쉬웠을 것이다. 언제나 너무 울퉁불퉁한 기슭 위로 돌덩이들이 삐죽삐죽 솟은 채로 사방에 흩어져 있었다. 부상자는 어찌 될 것인가? 그리고 우리는? 이건 우리의 전쟁이 아니었다. 하지만 우리의 전쟁이 되어가고 있었다. 시련은 사람들 사이의 거리감을 없애 주었다. 우리는 더 이상 이방인이 아니었다. 희생자가 될지도 모르는 똑같은 사람들이었다.

마을에 도달하기까지는 4시간이 걸려야 했다. 영원 같이 긴 시간이었다. 동네 어귀에 간단한 캠프가 설치되었다. 이건 천국이나 다름없었다. 우리는 부상자를 회교사원의 밀짚 위에 눕혔다. 베르트랑이 짐 속에서 모르핀을 찾아냈다. 그것은 천사의 선물과도 같은 것이었다.

그로부터 14일이 지나, 계곡을 건널 일을 앞두고 있는 마지막 고개의 문턱에 도달했을 때, 우리는 더 이상 예전의 그 초보자들이 아니었다. 산과 고개들이 이어지고 또 이어졌다. 마치 거인처럼 거대한 해발 5,600미터의 파프루크 산, 그리고 '늙은 미치광이 고개'도 그랬다. 이 고개는 배수용 자갈 위에 세워진 버팀벽들 때문에 끝없이 길고 긴 통로를 따라 나아가도록 되어 있었다. 눈과 빙하가 녹았는데도 불구하고, 을씨년스러워 보이는 굵다란 검정 자갈들과 돌무더기 아래로 걸러져 물이라고는 흔적도 없었다. 그 자갈들 위로 신발 밑창이 타박타박 소리를 내다가 미끄러지고는 했다. '늙은 미치광이 고개!' 고개를 넘고 나서 보니, 그렇게 이름을 붙여놓은 사람의 마음이 이해가 갔다.

길은 멀었다. 여기저기 버려진 말의 시체들이 썩어 가고 있었다. 작은 돌 피라미드(성황당과 유사한 돌무더기-역주)로 표시가 되어 있는 길은 좁지만 아름다웠다. 과거에는 비옥했지만 지금은 대개 버려진 계곡들을 향해 비탈이 나 있었다. 계곡의 잿더미 둔덕은 과거에 농민들의 집 위로 폭격기들이 지나갔다는 것을 이야기해 주고 있었다. 유일하게 즐거웠던 기억이라면 아무리 보아도 싫증나지 않을 그 곳의 아름다운 풍경과 달콤하고 부드러운 과실이 달린 복숭아나무 숲이었다. 우리는 끊임없이 그곳에 없는 요리들을 꿈꾸었고, 끊임없이 수많은 생각들을 곱씹었으며, 끊임없이 걸었다. 하루에 10시간, 11시간, 12시간, 때로는 16시간씩을 걸은 끝에, 새털처럼 얇은 이불 속에서 웅크린 채 잠이 들기에 이르렀다. 자주 몸이 떨렸고, 담요나 말안장이나 밀짚으로 만든 깔개가 더 있었으면 싶었다. 아프간 사람들은 늘상 내일이면 판지시르 계곡에 도착한다고 했다. '파르다' 즉 내일이라는 말은 상황이 상황이니 만큼 툭하면 튀어나오는 '인샬라!'라는 말 다음으로 내가 두 번째로 배운 페르시아 말이었다. 첫날에 발생한 부상자는 현장에서 급조해 만든 들것에 실려 다섯 명의 남자에 의해 파키스탄 쪽으로 이송되었다. '인샬라!'

프레데리크, 에블린, 그리고 베르트랑은 러시아인들이 파괴하려 했던 것을 끊임없이 고쳐 놓고 있었다. 이들은 6개월간의 임무를 띠고 떠나온 사람들이었다. '인샬라!'

처음으로 사람의 다리를 절단한 지 12일이 지나서, 아직 사람이 살고 있는 어느 마을을 지나갈 때, 한 남자가 우리를 멈춰 세우더니 어떤 집으로 데려갔다. 처마 밑에는 잔혹하게 손이 날아간 한 아이가 울지도 않고 한 마디 불평조차 없이 자신을 내맡겨 두고 있었다. 상처를 소독할 준비를 하던 프레데리크에게 아이가 말했다.

"상가 (돌 때문이에요)."

돌이란 것은 지뢰였다.

초록색의 혹은 밤색의 플라스틱으로 만든 작은 물건, '나비지뢰'라고 불리는 인명살상용 지뢰가 그 아이의 왼손을 날려 버렸다. 아이의 아버지가 출혈을 멈추게 하려고 상처에다 찰흙과 진흙을 발라 놓았다.

더 이상 피는 흐르지 않았지만, 감염이 진행되었다. 보기 좋은 광경이 아니었다.

우리를 둘러싸고 있던 가족에게 베르트랑이 처방을 내렸다.

"판지시르에 있는 병원으로 데려가야 합니다. 그렇지 않으면 가망이 없어요."

나는 기억한다. 프레데리크에게 몸을 맡겨둔 채 울지도 않던 아이와, 그 모습을 필름에 담던 제롬을. 말없이 이 장면을 바라보던 친구들, 이웃들, 가족들을. 두 손으로 턱수염을 쓸어 내리던 아이의 아버지를. 가제 붕대를 감아주던 에블린을……. 제롬은 제대로 필름을 찍고 있었다. 이 크나큰 희생 앞에 선 우리의 격분을 소리 높여 외치기 위해서인 듯, 제대로 촬영을 하고 있었다. 눈물을 참으려는 듯이.

"사람 죽이는 물건을 고안해 내는 데에다 잘난 지식을 써먹고 있군. 나쁜 놈들 같으니."

베르트랑이 되풀이해 말했다.

"이런 짓거리가 수백 년 동안이나 계속되고 있으니, 정말……."

필름에 담자. 사람들에게 보여주고 알리자. 그렇다, 우리는 순진했다. 우리 이전에 다른 사람들도 이미 전쟁의 참상들을, 인간 세계에 존재한다고는 믿을 수 없는 온갖 지옥의 모습들을 전했다. 심지어 위험을 무릅쓴 증언의 대가로 자신의 목숨을 희생시킨 이들도 있었다. 그렇다고 해서 무엇 하나 달라진 것이 있는가? 아무것도 없었다. 혹은, 달라진 것이 너무나 적었다. 아니, 틀렸다. 베트남 전쟁은 미국의 텔레비전에다 그 잔혹성을 토해 놓았고, 급기야 미국 국민들로 하여금 구역질을 하게 만들었다. 그래서 전쟁은 끝이 났다. 그건 분명한 사실이다.

하지만 그런 일이 소련인들에게 일어날 가능성은 거의 없었다. 소련군은 자국 국민들에게 너무나 철저하게 전쟁을 감추고 있었다. 훗날 나는 소련 병사들이 자기 가족에게 보내는 편지에다 '아프가니스탄'이라는 말을 쓸 권리가 없었다는 사실을 알게 되었다. 그들은 '탐'이라는 말을 썼는데, '그곳'이라는 뜻이었다. 그래서, 공식화하기 좋아하는 사람들이 예상한 것과는 달리, 아프가니스탄은 전혀 '러시아의 베트남'이 되지 않았다.

발이 뽑혀나간 사람, 다리가 으스러진 사람, 손이 잘린 사람, 몸뚱어리가 불에 타버린 사람, 살이 찢긴 사람, 머리가 날아간 사람, 상반신이 으깨진 사람……. 사람들은 모두가 안다. 전쟁은 아름다운 것이 못된다는 사실을. 그럼에도 불구하고 수도 없이 많은 사람들이 전쟁을 하고 또 전쟁을 한다. 일상생활에서 겪는 작은 함정까지, 온통 전쟁이다.

아이는 이틀 후에 죽었다. 아이의 아버지는 이방인들의 의술을 탓하기보다는 차라리 알라신의 뜻으로 돌리는 게 낫다고 생각했다. 촬영을 할 때는 늘 받아들일 수 없는 것을 받아들여야 하는 위험이 따르곤 했다. 이날의 장면을 나는 절대로 잊지 못할 것이다. '인샬라!'

"저기 좀 봐. 산다는 게 얼마나 아름다울 수 있는지 보라고."

잿빛으로 휘감긴 안주만 고개를 넘어서자, 우리의 시선은 초록빛과 포근함으로 가득찼다. 파리얀 계곡, 즉 '천사의 계곡'인 판지시르 계곡의 꼭대기는 자연이 인간에게 선사한 아름다운 보석상자였다. 수세기에 걸쳐 인간은 그것을 돌보았고 그 풍요로움을 지켜왔으며 그곳에 조용히 정착해 살아왔다. 닳게 하지도 파괴하지도 않은 채 그것이 존재하게 해왔다. 그리하여 계곡은 이제 우리 앞에 펼쳐져 있었다. 급류는 산악지대에서 구불거리며 빠져 나와 물 속에서 운모의 반사광에 반짝거리고, 들판 사이로 협곡으로 구불구불 뻗어 나가 판지시르를 포효하게 했다. 그곳의 색조들은 너무나도 다채로워서, 마치 화가의 팔레트 위를 걷고 있는 것만 같았다. 한걸음 한걸음 나아갈수록 우리는 완벽한 조화를 발견할 수 있었다. 전쟁의 흔적이라고는 조금도 없었다. 이끼 낀 풀밭을 향해 끝없이 내려가던 샛길을 돌아서니, 관개용 운하가 급류에서 뻗어 나온 지류의 방향을 돌려 그 다채로운 물빛을 진정시켰다. 그리고 나서는 급기야 귀를 멍하게 만드는 소음을 내며 돌아가는 물레방앗간의 지붕 위에까지 물을 끌어다 놓고 있었다. 겨울 동안 먹을 밀가루를 만드는 곳이었다. 화강암을 깎아 만든 물레방아는 오래 전부터 돌아가고 있었다. 급류가 기계를 먹여 살리고 있었다. 여기서 눈에 띄는 유일하게 진보된 것이 있다면 바로 방앗간이었다. 땅을 갈 때도 파리얀의 농부는 긴 낫을 쓰지 않았다. 수확을 할 때도 작은 낫을 사용했다. 허리는 휘어져 있었지만, 굶지 않고 살 정도는 되었다. 농부의 가축도 평온했다. 소련의 미그기들도 이 이례적으로 비옥한 밭을 향해 허리를 수그린 사람들 위로는 그저 날아가는 것으로 만족했다. 이 밭은 바위에서 생겨난 하나의 천국이었다.

파리얀 계곡을 건너고 나니, 젊은 판지시르 강이 협곡 속에서 부글부글 들끓었다. 우리가 걷고 있는 샛길은 현기증 나는 산봉우리를 따라나 있었다. 여러 시간이 걸려서야 광경에 익숙해졌고, 또 여러 시간이 걸려서야 마침내 계곡의 중심지에 도달했다. 저 유명한 판지시르 계곡의 다치 리바트, 사피드 치르, 켄쉬, 아스타나, 보조라크 마을들…….

밤늦게 우리는 시디크의 집으로 갔다. 시디크는 모든 면에서 자상하고 멋진 남자였다. 순간 순간 시인이 되기도 했고, 행복한 마음으로 우리 프랑스인들을 맞이해 주었다. 자기 집의 모든 문을 활짝 열어 주었고, 심지어 자기 마음까지 열어 주었다. 마수드의 충실한 지지자인 시디크는 사태가 터지기 전에는 카불의 한 호텔에서 요리사로 있었다. 이런 전력 덕분에 서양요리의 맛을 알게 되었다. 그가 우리를 즐겁게 해줄 최고의 요리를 만들어 주겠다고 했다. 감자튀김을 말이다. 다음날 하루는 완전히 때를 벗기는 일에 할애되었고, 우리는 다시 사람으로 돌와왔다. 이어서 병원을 방문했다. 병원이란 단순히 돌로 지어 놓은 건물일 뿐으로, 그곳에서는 국제의료지원단 최초의 팀에서 교육을 받은 3명의 간호사들이 부상자들을 돌보고 있었다. 그들은 그토록 기다려

왔던 교대자들을 보게 되자 안도하는 기색이었다. 전선에서 오는 부상자 수가 자꾸 늘어나고 있었기 때문에 더더욱 그랬다. '슈라비', 즉 소련군이 대규모 공격을 준비하고 있다고 했다.

"놈들이 쇼틀 앞에 와 있습니다. 계곡 어귀에 있는 작은 마을 말이에요."

메라부딘이 설명했다. 그는 프랑스어를 구사하는 대학생으로, 전쟁이 터지기 훨씬 전에 퐁피두 대통령이 선물로 지어준 카불 프랑스 중고등학교에서 불어를 배웠다고 한다. 마수드 역시 그곳 출신이었다.

메라부딘은 여행 내내 줄곧 우리와 함께 해 주었다. 우리에게 통역 노릇을 해 주었고, 가이드가 되어 주었으며, 소중한 친구가 되어 주었다. 오후 늦게, 미그기 두 대가 지붕 위를 바짝 스치며 날아가 계곡을 온통 뒤흔들어 놓았다. 우리는 폭탄을 기다리며 난리통 속에 몸을 웅크렸다. '인샬라!'

"별 것 아닙니다. 놈들이 우리에게 반갑다고 인사를 하는 거예요."

붉은 석양과 감자튀김 냄새 속에서 저녁이 찾아왔다. 시디크의 작은 텃밭은 녹색 식물과 꽃들의 천국이었다. 나중에는 폐허와 공동묘지가 되고 말지만. 벚나무 가지 위에 앉아 있던 그의 앵무새 한 마리가 기억난다. 그날 앵무새는 우리를 지켜보며 꼼짝도 하지 않았다. 이상하게도 말이 없었다.

우리는 메라부딘의 말마따나 '대장님'을 기다렸다. 우리가 조바심을 치자 메라부딘은 웃어 댔다. 시디크가 만들어준 감자튀김이 식었을 때쯤, 육중한 나무문이 열렸다. 무자헤딘이 들어왔다. 그들은 말소리가 컸다. 모두들 무장을 하고 있었다. 칼라슈니코프 장총의 탄창이 장착된 허리띠를 메고 있었다. 초록색 전투복 차림이었다. 석유램프에 비추어진 그들의 얼굴은 피로에 지쳐 있었다. 그들은 턱수염을 기르고 있었으며, 머리에는 앞으로 전설이 될 '파콜'을 쓰고 있었다. 우리는 마수드를 찾아 보았다. 하지만 그는 아직 오지 않았다. 이 무자헤딘이 마수드의 동지들이었다. 1978년부터 그를 따라 온 가장 충실한 사람들 중 일부였다. 그들은 마수드를 '아흐마드 샤'라고 불렀는데, 마수드는 이웃 사람들에게 붙들려 있다고 말해 주었다. 그들이 웃는 모습을 보니, 우리와 만나게 된 것을 반가워하는 것 같았다. 하지만 유감스럽게도 카메라를 사용할 수가 없었다. 어둠 때문이었다. 그것이 슈퍼 8 카메라의 한계였다. 필름에 감광성이 없었다. 아사 25 필름은 그랬다. 빛이 있어야 했다. 그것도 많은 빛이.

우리는 많은 장면을 놓치게 되어서 유감스러웠다. 우선, 이웃 사람이 선물로 준 사과 한 알을 손에 들고 등장한 마수드의 장면부터가 그랬다. 그가 보여 주는 태도라든가, 부하들이 그에게 표하는 존경심도 그랬다. 그는 우리에게 따스하게 인사를 건넸다. 우리 맞은편에 그를 위해 비워둔 자리에 앉았다. 어딘지 모를 곳으로 떠나는 대원 두 사람에게 몇 가지 짧은 명령을 내리고 나서, 마수드는 우리에게 피곤하지 않느냐고 물었다. 그가 지어 보인 미소는 그가 현지사정을 잘 알고 있다는 것을 말해 주었다. 마수드는 우리에게 이곳까지 와 주어서 고맙다고 했다. 그는 예의상 프랑스어로 말하려고 애썼다. 하지만 그에게 프랑스어는 문법은 잘 알지만 실제로 사용해 본 적이 거의 없는 외국어였다. 젊은 메라부딘이 통역 노릇을 해주었다.

"프랑스는 어때요? 그곳에도 공산주의자들이 있나요?"

우리는 프랑스 공산주의자는 아프간 공산주의자와는 성격이 다르다고 설명했다. 프랑스는 많은 갈등을 통해 민주주의를 오랫동안 배운 나라라고 했다. 스위스도 그랬던 것처럼.

프랑스에서는 아프간 사태를 어떻게 생각하고 있는지 알고 싶어서 모두들 궁금해 했다. 특히 마수드는 서방세계에서 아프간 전쟁을 어떻게 인식하고 있는지 끈질기게 물었다. 프랑스에서는 이 전쟁을 거의 모르고 있다고 전했지만, 그는 별로 놀라지 않았다.

"그럼 당신은 우리가 왜 싸운다고 생각합니까?"

이건 통과 테스트인가?

"아프간 사람들은 스스로를 방어하는 것이고, 침략자들과 맞서 싸우는 겁니다. 아프가니스탄에서 소련군을 몰아내려는 거지요."

전기가 들어온 듯 분위기가 확 밝아졌다.

"종교와 신앙을 수호하기 위해 싸우는 것이기도 하지요."

제롬이 끝마무리를 하자, 모두가 크게 안도했다.

신앙인 마수드는 빙그레 웃음을 지었고, 다른 사람들도 긴장을 풀었다. 서방세계에서는 일체의 이슬람 전투를 과격한 이란 혁명과 똑같은 것으로 해석하고 있었기 때문에, 비록 그의 마음속에 깃들여 있는 정신적 차원이 서방세계의 눈에는 거슬린다 하더라도, 그에게 종교적 차원은 심오한 것이었으며 삶의 방향을 인도해주는 것이었다. 우리는 그의 매력에 흠뻑 빠져 들었다.

"언젠가 전쟁에서 승리하면, 아프간 사회를 어떻게 조직하실 겁니까?"

"무자헤딘과 함께 할 때처럼 하면 되겠지요. 의회가 생기고, 대표위원회가 생길 겁니다. 모두가 투표를 하게 될 거예요. 한 사람 한 사람이 위원회 전체를 존중하면서 각자 맡은 바 책임을 다해야 할 겁니다."

"여성들도 투표권을 갖게 됩니까?"

마수드가 파안대소하며 대답했다.

"난 반대하지 않아요. 다른 사람들과도 논의해 봐야겠지만요."

다른 사람들? 그들이 껄껄껄 웃어댔다. 변함없이 조용한 목소리로 그리고 진정한 지성을 가늠하게 해주는 유머를 담고서, 마수드는 여러 가지 질문을 했다. 우리는 계곡의 일상생활을 촬영하고 싶다고 그에게 설명했다. 그는 당장 그 자리에서 모든 무자헤딘에게 통할 통행증 하나를 써 주고는, 우리가 쓸 수 있는 지프차가 한 대밖에 없다며 미안해했다. 우리가 시디크의 집까지 타고 온 바로 그 소련제 지프차였다. 이 차는 산너머에서 매복에 걸린 수송차를 탈취해서 마련한 것이라고 했다. 차를 분해해서 부품들을 대원들과 노새들이 계곡까지 등에 짊어져 운반해 왔다고 한다. 참으로 대단한 사람들이 아닌가. 마수드는 자신이 지금 건설하고 있는 모든 것을 보여줄 준비가 되어 있다고 했다.

저녁을 먹고 나서, 마수드는 의사들과 함께 병원으로 갔다. 초저녁에 실려온 마지막 부상자는 그의 동지 가운데 한 사람이었다. 베르트랑, 프레데리크와 에블린의 노력에도 불구하고, 환자는 출혈을 멈출 수가 없어서 그날 밤에 숨을 거두고 말았다. 하지만 그가 마지막 희생자는 아니었다.

그 다음 며칠 동안, 우리는 놀라운 친화력을 가진 이 젊은 지휘관의 재능을 확실하게 알게 되었다. 마수드는 언제나 상대방의 말을 열심히 귀기울여 들었다. 그래서 '울레마'들(종교법을 담당하는 사람), '물라'들, 전사들뿐만 아니라 계곡의 농민들에 관련된 온갖 문제에도 관심을 표해 주었다. 그는 모든 것에 관심을 보였다. 조직에 열정을 갖고 있는 것 같았다. 한꺼번에 각기 다른 여러가지 메모를 받아쓰게 했고, 앞으로 취할 행동을 생각했으며, 이러저러한 사람이 제안해 온 것을 깊이 숙고해 볼 능력까지 갖추고 있었으니, 가히 전지전능한 사람이었다. 지극히 평범하게도 마오쩌둥 사상에 심취한 이 사람에게는 한 가지 강박관념이 있었다. 금붕어가 다른 곳으로 떠나지 않도록 어항의 물을 보호해 줘야 한다는 것이었다. 달리 말하자면, 판지시르 주민들이 계곡에 남아 있을 수 있게 해 주고, 농민들이 계속해서 밭을 경작하고 가축을 돌보면서 먹고 살게 해 주며, 전사들을 숨겨줄 수 있도록 해 주어야 한다는 것이었다.

소련군의 압박에도 불구하고, 2년도 채 안 걸려서, 마수드는 공동체 관리를 담당하는 일련의 위원회들을 만들어 냈다. 종교법정과 '울레마'들로 사법위원회를 만들었고, 여러 개의 주민대표회의를 만들었으며, 남의 나라에 점령된 나라에서 해낸 일이라고는 믿기 어려운 일로 계곡 꼭대기 아래 협곡 바로 앞 땅에다가 흙바닥 감옥을 만들었다. 우리는 감옥을 필름에 담았지만, 그곳에 있는 포로들에게 질문을 하지는 못했다. 우리의 새로운 친구들은 이 포로들을 '카불의 정보요원들'이라고 소개했는데, 확인할 수는 없었다. 그리고 또, 어린이 교육위원회가 임시로 만든 여러 개의 학교를 운영했다. 계곡의 모든 마을에서는 나무 그늘 아래서 수업이 진행되었다. 경제위원회에서는 물가조절을 감시하고, 청금석과 에메랄드의 거래에 관한 세금을 비롯하여 계곡 밖에서 직업을 갖고 있는 모든 사람들의 소득에 대해서도 세금을 거두어 들였다. 이 세금은 전쟁의 수행을 지원하는 데 쓰도록 되어 있었다. 군사위원회로 말하자면 정보기관을 소유하고 있어서, 마수드가 이끌어 가는 조직의 생존에 필수불가결한 것이 되어 있었다.

마수드가 설명했다.

"내가 아는 모든 것은 책에서, 그리고 적을 관찰하면서 발견했어요.

우리는 전쟁을 하면서 전쟁을 배웁니다. 전쟁이야말로 최고의 학교지요. 전쟁 전에 내가 관심 있었던 것은 건축이었지만요."

알면 알수록 마수드는 우리를 놀라게 했다. 무엇 하나도 아무렇게나 방치해 두는 법이 없는 치밀한 사람이었다. 그렇지만 그 많은 자질들은 그가 곤경에 빠지게 될 수 있는 한 가지 단점을 내포하고 있었다. 모든 것이 그를 중심으로 돌아갔고 그에게 의지하고 있었기 때문이다. 사방에서 모두들 그에게 매달리는 모습을 보고 있자니, 우리는 저 남자가 대체 언제나 휴식을 취할 수 있을런지 궁금해졌다.

하지만 처음에 활동을 시작할 때부터 마수드는 승리를 믿었다. 그의 주된 문제점이 조직이 취약하다는 점이 아니라 아프가니스탄이라는 나라의 역사 자체에서 기인한다는 사실을 외국의 관측자들이 이해하는 데에는 오랜 세월이 걸리게 된다. 아직 단일한 아프간 민족이 존재하지 않고 있는데, 어떻게 아프간 연합을 탄생시키겠는가?

아프가니스탄은 각기 다른 언어와 풍습과 고유한 감수성을 가진 매우 다양한 인종이 살고 있는 영토다. 그 가운데 주요 인종만을 인용하자면, 마수드와 같은 타지크족, 우즈베크족, 투르크멘족, 하자라족, 키르기즈족, 파쉬툰족 등이 있다. 파쉬툰족은 이 나라의 엘리트층을 구성하고 있는 종족으로서, 아프간 왕국에 역사상 가장 많은 왕과 가장 많은 교양인들을 배출했으며, 따라서 '지배적인' 종족이었다. 소련군이 오기 전까지는 말이다. 따라서 아프가니스탄에서는 인종간의 상호관계를 확립하기가 어려웠다. 그렇지만 마수드의 노력은 그런 방향으로 흘러가고 있었다. 그는 명확하고도 전체적인 계획을 갖고 있었다. 하나의 플랜을. 그는 전 세계를 놀라게 할 사람이었다.

무자헤딘의 훈련 장면을 필름에 담던 날이 기억난다. 아흐마드 샤 마수드가 몸소 새로 들어온 신병들의 교육을 담당하고 있었다. 신병들 대다수가 농민들이었다. 필름에 담긴 모습들은 이랬다. 마수드가 소련제 장총 다루는 법을 보여 주었고, 두 번째 그룹에게는 체조를 시켰다(대학생 시절에 그는 가라테를 했다고 한다). 훈련장소는 들판이었고, 모두들 그의 교육을 열심히 따랐다. 몇몇 사람들은 나무조각을 깎아 만든 장총으로 훈련을 받기도 했다. 그 당시에는 판지시르에 무기가 부족했다. 마수드는 오랫동안 백지상태로 있던 작은 수첩에 무기의 수를 적어 넣기 시작했다. 무기를 구하는 방법은 그리 많지 않았다. 적에게서 탈취하거나, 카불에 있는 공산체제하의 군이 통제하는 외딴 초소를 공격하는 것이었다. 이렇게 위험하고도 불확실한 방법으로 무기를 조달하다 보니 '순교자'들의 명단이 길게 늘어나서, 이들의 수는 얼마 지나지 않아 수천 명을 헤아리게 되었다. 귀중한 외부세계의 지원은 여전히 불충분한 상태였다. 만약에 우리와 함께 여행한 대원들 무리가 계곡에 도착하지 못했더라면, 마수드는 아마 군수품이 없어서 계곡 어귀로부터 활동대원들을 퇴각시키지 않을 수 없었을 것이다.

그가 우리에게 설명했다.

"파키스탄 사람들은 타지크족을 좋아하지 않아요. 우리에게 도움이 되는 일이라면 손가락 하나도 까딱하지 않을 사람들이에요. 오히려 그 반대지요. 그자들은 우리를 자기네 봉신(封臣)으로 만들어 놓으려 하고 있어요. 하지만 판지시르에 있는 사람들은 모두가 자유인들입니다."

솔직하게 말해서, 세계에서 가장 강력한 군대 중 하나인 소련군과 싸워 이길 가능성이 있다고 생각하는지, 우리는 카메라 앞의 그에게 물었다. 그는 빙그레 웃었다.

"물론이지요, 우린 이길 겁니다."

그가 더듬더듬 프랑스어로 대답했다.

"왜 그렇게 생각하시죠?"

"신의 은총이 있으니까요. 우린 죽음이 두렵지 않으니까요. 죽은 무자헤딘은 '자나트', 즉 천당에 갑니다. 그리고 우리는 우리 영토를 잘 알아요. 그래요, 난 우리가 이기리라고 확신합니다."

"정말입니까?"

"그럼요, 확실해요."

그렇지만, 1981년 8월에는 마수드의 말을 믿을 수 있게 해주는 것이라고는 하나도 없었다. 모든 것이 그 반대를 예고하고 있었다. 소련군은 계곡에다 두 차례나 대규모 공격을 단행했고, 마수드와 그의 대원들이 계속해서 살랑 도로를 통해 소련에서 들어오는 수송차들을 괴롭힌다고 해서 그 정도에서 공격을 멈출 생각도 없었다. 소련군의 비행기들은 가옥들을 잿더미로 만들어 버리기 시작했고, 이미 관개용 운하들도 폭탄에 맞고 말았다. 주민들은 수리를 했다. 저항을 했다. 그러나 시간이 갈수록 무력의 차이는 개인주의적이고 자부심 강하다는 평판을 가진 농민들에게 불리하게 작용했다. 그들이 아무리 '판지시르 사람'이라 해도, 또 그 사실에 긍지를 가졌다 해도 소용이 없었다. 장비를 제대로 갖추지 못하고 있고 고립되어 있다는 사실에는 변함이 없었다. 압박은 날이 갈수록 더욱더 심해져만 갔다.

이번 여행에 가져온 수첩에다, 나는 촬영에 급작스러운 종지부를 찍을 수도 있었을지 모를 한 가지 에피소드를 적어 놓았다. 활동 중인 '이동대원그룹'을 시찰하러 전선지대로 떠나는 마수드를 따라갔을 때였다. 그곳에서는 소련-아프간 정부군이 쇼틀 마을 주변에서 돌파작전을 시도하고 있었다.

내 자료실에서 찾아낸 여행수첩을 보면 이렇게 나와 있다.

상황이 불안정하다는 것과 동시에 이것이 절호의 기회라는 것을 우리는 알고 있었다. 우리는 어둠을 틈타 밤에 행군을 하고 산을 기어올라갔다. 계곡의 중심지에서부터 시작하여 그 산을 넘으면 파괴된 마을이 있는 작은 우회로에 도달했다. 아침이 되어, 우리는 처음으로 전사들을 만났다. 한 팀에 33명씩이었다. 전사들은 몰골이 지저분했고 기진맥진해 있었으며 폭격으로 인하여 정신을 차리지 못하고 있었다. 그들은 인근 산맥 도처에서 벌이는 긴박한 전투 상태로 일주일 동안을 견뎠다. 한 참호 안에서 14~18명의 병사들이 어떤 몰골들을 하고 있었는지 지금도 생각이 난다.

우리는 산기슭에서 폭발하는 박격포 포탄들을 촬영하려고 애쓰며 여러 시간을 보냈다. 이것은 영화가 아니었다. 특수효과는 없었다. 우리 앞에 MI 24 헬리콥터가 와서 마치 사나운 독수리처럼 공중을 선회하며 사람들을 쫓아 냈고, 사람이 있다는 최소한의 낌새만 보여도 로켓을 투하했다. 그들은 좀더 먼곳에 있었지만, 우리는 두려움에 휩싸였다. 마수드가 인광폭탄 잔류물을 우리에게 보여 주었다. 까맣게 탄 물질인데, 손가락으로 비벼 보니 불이 붙었다. 우리는 이 물질의 견본을 필름에 담았고, 프랑스로 가져왔다. 저녁. 강렬하고도 아름다운 광경이었다. 아쉽게도, 충분히 밝은 불빛이 없어서 촬영은 불가능했다. 절반쯤 허물어진 집에서 땅바닥에 놓여진 석유램프를 중심으로, 전투지대에 흩어져 있는 팀들로부터 파견된 전령들이 앉아서 일과 보고를 했다. 그들의 얼굴이 대장을 향해 기울어졌다. 노란 불빛이 그들의 긴장된 얼굴 윤곽을 드러내 주었다. 한사람 한사람의 소식을, 고뇌에 찬 침묵이 맞이했다. 한 전령이 작은 숲 너머 저 꼭대기에서 무자헤딘 한 명을 잃었다고 했다. 침묵이 그의 영혼을 거두어 들였다. 사람들의 긴장감이 고통스러워졌다. 남자가 말을 이었다. 적이 버리고 간 박격포 하나를 탈취했다고 했다. 마수드가 긴장을 풀었다. 다른 사람들도 고개를 끄덕였다. 전령들이 앞으로 바짝 다가앉으며 자기 차례가 오기를 기다렸다. 그날 하루의 집계상황은 심각했다. 사망자 3명, 부상자 4명, 이것이 몇 개의 무기를 빼앗고 진지를 유지하는 대가였다. 언제까지 그럴 것인가? 내일도 전투를 계속해야 하고, 적을 괴롭혀야 하고, 퇴각해야 하고, 적에게 타격을 입혀야 한다. 더욱 멀리, 언제나 더 멀리 가야 한다. 게릴라전은 테러리즘 이전에 있는 빈자들의 전쟁이었다. 테러리즘은 소모전이었다. 어렵고 끝도 없고 보람도 없는 전쟁이었다. 마수드는 테러리즘을 혐오했다. 생명을 존중했다.

"생명은 신이 내린 선물입니다. 생명을 취하는 것은 신이 결정할 일이에요, 인간이 아니라……."

현명한 말이다. 어떤 비극의 한 장면 같은 야릇한 밤샘이었다. 좋은 소식과 나쁜 소식을 반복적으로 전하는 코러스단과, 원하지도 않는 수많은 비극적 효과를 곳곳에 배치해 둔 주인공들이 등장하고 있었으니 말이다. 그런데 이 야릇한 밤샘은 우리 모두의 생명을 앗아갈 뻔했다. 램프 불빛을 알아보고 적(소련군일까, 아니면 정부군일까?)이 우리에게 박격포를 조준했기 때문이다. 몇 시간 후인 새벽 1시경에, 수면을 취하기 위해, 그리고 이 비참함을 모두 잊어버리기 위해 이 집에서 유일하게 손상되지 않은 방의 바닥에 누웠을 때, 우박처럼 포탄이 쏟아져 내렸다.

나중에 서둘러 끼적거린 메모는 다음과 같다.

첫 번째 포탄에 우리는 깜짝 놀라 잠에서 깨어났다. 처마 뒤에 포탄이 떨어진 것이었다. 우리는 용수철 상자에서 악마가 튀어 나오듯이 침낭에서 튕겨져 나왔다. 우리는 정말이지 뭘 몰라도 한참 모르는 신참들이었다. 잠자기 위해 신발을 벗어 놓고 있었으니. 우리는 도망쳤다. 달리고, 풀린 신발 끈에 걸리고, 바위 위에 넘어졌다. 포탄들이 사방에서, 때로는 바로 코앞에서 터졌다. 하도 가까워서, 튀어 올랐던 돌 파편들이 다시 떨어지면서 폭풍우와 소나기 소리를 냈다. 1시간 후에 뼛속까지 겁을 집어 먹은 우리는 마을 끝에 가 있었다. 소련군이 조명탄을 투하했다. 그들은 먹잇감을 찾고 있었다. 무서운 일이었다. 이윽고 모든 것이 어둠의 질서 속으로 되돌아왔다. 귀뚜라미 소리, 나뭇잎에 부는 산들바람 소리……. 폭격에 익숙해진 무자헤딘은 여러 다른 집으로 나뉘어 다시 잠을 자러 갔다. 4명의 부상자는 날이 밝기를 기다렸다. 우리는 또다시 일거리가 생긴 의사 친구들을 생각했다. 새벽에 대원 두 명이 함께 가자고 우리를 찾아왔다. 그들은 저 고지대에다, 소련의 수송차들이 통과할 살랑 도로상에다 매복을 쳐 놓을 거라고 했다. 총을 쏘면 맞을 수 있는 전투지대의 도로였다. 우리는 초대를 사양했다. 충분히 훈련받은 사람들이 아니었으니까. 우리에게 같이 가자고 하다니, 이 사람들이 제정신인가. 게다가 그런 영상들은 우리의 눈에 유용해 보이지도 않았다. 만들어낸 전쟁영화에 비한다면, 그런 정도의 센세이션은 너무 시시해 보여서 쓸모가 없었다. 뒤로 돌아서다가, 대원 하나가 어깨에 메고 있던 칼라슈니코프 개머리판으로 나를 툭 쳤다. 사람들이 웃어 댔다. 두 사람은 실망해서 가 버렸다. 다른 시련들이, 훨씬 끔찍한 시련들이 그들을 기다리고 있었다. 우리는 하루하루의, 한순간 한순간의 삶을 필름에 담으며 3주일을 보냈다. 하루하루 쇼틀 마을은 폐허로 변해갔다.

우리가 1981년 8월말에 판지시르 계곡을 떠나던 때, 관개운하를 따라 나 있던 과일나무들에는 아직 과일이 열려 있었다. 아프간 사람들이 '투트'라고 부르는 과일을 생산해 내는 뽕나무, 사과나무, 복숭아나무, 게다가 포도나무, 포플러나무, 그리고 버드나무들이 바람에 단련되고 태양에 달구어진 메마른 산기슭에서 장장 100여 킬로미터나 펼쳐져서 오아시스의 풍경을 초록으로 물들이고 있었다. 하지만 그 위풍당당하던 고요도 오래 가지는 못했다. 그들의 전쟁논리대로, 소련군은 결정을 달리 내렸던 것이다. 신도들의 열성적인 기도에도 불구하고, 알라신은 비행기도 탱크도 멈추게 하지 못했으며, 전쟁은 더더욱 멈추게 하지 못했다.

우리가 헤어질 날이 왔을 때에도, 좋은 징조라고는 하나도 없이, 규칙적으로 폭격이 되풀이되었다. 마수드의 상황은 전투에서 승리한 것과는 거리가 멀었다. 모든 것이 너무나 취약했다. 우리는 우울했고, 평화의 나라 프랑스로 되돌아가게 된 것에 미안한 마음이 들었다. 준비되고 있는 대규모 공격으로부터 이들은 과연 살아남을 것인가? 당분간 하늘의 주인은 초음속 비행기들이었다. 비행기들은 원하는 곳에, 원하는 시간에 폭격을 가해 댔다. 그러는 한편 도로상에서는 장갑차들이 모래와 바위 위에 입힌 얇은 아스팔트에다 그들의 위협적인 자국을 남겼다. 바로 그 모래와 바위의 땅에서 특공대는 고통을 겪는 법을 배우게 될 것이다. 힌두쿠시 산맥은 접근하기가 끔찍하게도 어렵다는 전설을 갖고 있었다. 이런 배경에서, 러시아인들은 1세기 전에 수모를 당하고 떠났던 영국인들보다 과연 나을 것인가?

판지시르를 떠나오면서, 우리는 이제는 동지가 된, 우리의 일부가 되어버린 모든 사람들을, 6개월 예정으로 남아 있던 베르트랑, 프레데리크, 에블린을, 그리고 그 당시 세상의 온갖 무게를 두 어깨에 짊어지고 있던 마수드를 생각했다.

제2장

미치광이의 포커 게임

1997년 7월 3일. 국제적십자위원회의 하얀 비행기가 파키스탄을 이륙했다. 피로에 지쳤을, 그리고 최근의 전투에서 겪은 긴장감 때문에 필시 충격을 받았을 적십자사 대표 몇 명을 데리러 가기 위해 아프간 북부 도시 마자르 에 샤리프를 향해서 비행기는 날아갔다.

국제 언론계로서야 이번 비행이 전혀 사건이 될 수가 없었지만, 우리에게는 그렇지 않았다. 산맥을 넘기 위해서는 엄청난 노력을 기울여야 한다는 사실을 알고 있는 우리에게, 비행기는 호사스러운 여행수단이 아닐 수 없었다. 모든 것이 순조롭게 진행된다면, 마자르 에 샤리프에 도달하기까지는 1시간 30분도 채 걸리지 않을 것이다. 반면에 지난번처럼 걸어서 갔다면 여행은 3주일이, 아니 그 이상이 걸렸을 것이다.

1997년 7월에도 탈레반(성서를 공부하는 학생들)과 맞서 싸우는 사람들을 방문하기 위해 몰려드는 기자는 여전히 없었다. 한도 끝도 없이 복잡하기만 한 아프간의 분쟁 상황은 다윗과 골리앗의 싸움으로 이야기할 수 있었던 소련군 점령시절보다도 지금이 훨씬 더 기자들에게 거부감을 주었다. 지금은 상황이 더욱 어려웠다. 그토록 오랜 세월 동안 전쟁으로 온통 뒤집히고 쑥밭이 되어버린 아프가니스탄에서 이제는 내전까지 전개되고 있었기 때문이다. 아직 제대로 된 국가가 아닌 나라, 국가가 되기 위해 19년 전부터 전쟁중인 나라를 상상해 보라. 아프가니스탄은 산맥의 나라이고, 제각기 분리된 작은 계곡들의 나라이며, 사막과 몇몇 도시들의 나라였다. 여러 개의 언어가 사용되고 있었고, 어딜 가든 제각기 종교가 다른 여러 인종들로 구성된 나라였다. 이슬람 세계에서 말하자면, 수니파(마호메트의 언행록이며 회교의 구전 율법인 하디스를 존중하는 정통 회교도파-역주) 교도와 시아파 교도로 구분되었다. 아프가니스탄 회교도 인구의 90퍼센트가 수니파였다. 또한 이스마엘 교도(허무주의와 절대적 숙명론을 주장한 4교의 1파-역주)와 수피교도(페르시아 회교의 신비파-역주)의 분열도 고려하지 않을 수 없었다. 온갖 파당들로 짜깁기가 되어 있는 데다가, 전쟁의 추이에 따라서 가지각색으로 변화되는 나라였다. 그러니 아무런 사전 지식도 없이 이 역사 속으로 뛰어드는 기자를 상상해 보라. 그런데 대다수 기자들의 경우가 그러했다.

서두르다가 언론은 엄밀성을 상실하고 말았다. 실제로 언론은 1995년에 아프간 분쟁의 무대에 등장한 탈레반의 여러 가지 과도한 (스펙터클한!) 행위에 주로 관심을 집중했다. 처음에 탈레반은 신학을 공부하는 학생들로, 장차 '나라의 구원자가 될 사람들'로 소개되었다. 탈레반 운동에 참여하는 수많은 젊은 아프간 신도들에게 이것은 오늘날까지도 사실이다. 1995년에, 탈레반은 전쟁의 미치광이들을 무장해제시키고 평화를 정착시키겠다는 의지를 목소리 높여 선언했다. 그도 그럴 것이 카불에서는 3년 전부터 오로지 전쟁, 언제나 전쟁뿐이었기 때문이다. 탈레반은 아프간 영토에서 신속히 진격을 해나갔다. 예상하지 못했던 성공이었다. 하도 예기치 못했던 성공이라 몇 안되는 아프간 문제 전문가들은 그저 놀라고 어리둥절할 뿐이었다. 이들 전문가들이 이 새로운 세력이 어디에서 갑자기 부상했는지 이해할 수 있기까지는 상당한 시간이 필요했다. 탈레반은 과연 어떤 사람들인가? 전쟁에 필수적인 병참기술을 지원해주고 자금과 무기와 군수품을 이들에게 제공해 준 자들은 과연 누구였는가? 답은 서서히 드러났지만, 그 때쯤에는 이미 이 답이 많은 사람들의 관심을 끌지 못했다. 탈레반의 이미지는 주로 서방세계의 여기자들에 의해 언론에 부각되기 시작했는데, 이들 여기자들은 흔히 아프간 사회의 여러 분파에 대해 거의 예비지식을 갖추고 있지 못했다. 이들은 다시금 강제로 베일을 쓰게 된 아프간 여성들의 운명에 대해 분노했고, 때로는 그것이 오직 탈레반이 아프간 여성들을 억압한 탓이라고 오해하며 비난을 해댔다. 사실 망을 친 베일인 '부르카'는 시골에서도 예전부터 이미 착용되고 있었다. 화장을 한 얼굴을 만인의 시선에 노출시키고 원피스와 스커트를 입은 여성을 길거리에서 볼 수 있었던 것은 전쟁 전에나, 그리고 소련군 점령 시절의 카불에서나 가능한 일이었다. 그런데 무자헤딘의 도래와 더불어, 카불 여성의 상황은 좀 더 복잡해졌다. 마수드는 여성의 적극적인 사회 활동에 찬성했지만 헤크마티야르는 이에 맹렬하게 반대했다. 헤크마티야르가 국무총리가 되기 전에는, 여성들도 교사로, 의사로, 간호사로 활동을 했었다. 이것은 우리의 친구 메라부딘의 부인이 증명해 줄 수 있었다. 수도 카불에서 무자헤딘이 존재하는 동안 내내 젊은 여기자로 활동했으니까 말이다. 그러나 카불의 여성들에게 쉬운 일은 하나도 없었다. 시골 출신의 일부 무자헤딘은 여성들이 얼굴을 드러내놓은 것을 불쾌해 했기 때문이다. 조심을 기하기 위해 대다수의 여성들은 전사들을 만나게 될 때를 대비해 얼굴을 덮는 베일을 지니고 다녔다. 그러던 중 탈레반이 나타나면서 모든 것은 정도를 지나치게 되었고, 그 다음에는 목불인견의 지경이 되어 버렸다. 아프간 남부 시골에서 올라온 이 남자들은 아직도 카불을 처벌해야 할 러시아군의 도시로 간주했다.

채 2년도 걸리지 않아서, 탈레반은 오늘날 아프가니스탄의 30개 지방 주(州) 가운데 20개를 점령하는데 성공했다. 그리하여 1997년 7월에, 그들이 정복하지 못한 곳은 북동부 몇 지방만 남게 되었다. 그곳 북동부에는 동맹군의 여러 정당들로 구성된 '연합전선'이 후퇴해 있었는데, 이들은 과거 '아프가니스탄 이슬람 국가' 정부의 멤버들이었다. 마수드가 수도를 포기하고 탈레반에게 넘겨주기로 결정한 1996년 9월 26일에, 이들의 정부는 카불을 피해 달아났었다. 그 당시 이 정부는 대다수 인종들이 인정하는 대통령 랍바니를 여전히 국가 원수로 하는, 아프가니스탄에서 유일한 합법정부였다. 하지만 혼돈 속에서 살아 남았다는 단 한 가지 수훈밖에 세운 것이 없었기 때문에, 이 정부는 진정한 의미에서 제대로 존재해본 적이 없는 허수아비 정부였다. 하지만 수도 카불을 비롯하여 이 나라 영토의 대부분을 차지했으면서도, 탈레반은 국제적인 인정을 얻어내지 못하고 있었다. 오직 파키스탄과 사우디아라비아만이 탈레반을 새로운 국가의 합법적인 대표로 간주하였고, 서방세계의 견해 따위에는 별로 신경쓰지 않은 채 이들을 '아프가니스탄의 수장들'이라고 지칭했다.

페샤와르라는 파키스탄의 작은 촌락을 뒤로 남겨둔 채, 적십자사의 비행기는 하늘로 날아올랐다. 이른바 '아프간 저항군'의 과거 분파들이 아프간 영토상에 뿔뿔이 흩어져 버린 후로, 페샤와르는 매우 조용해져 있었다.

1997년 7월에, 사람들이 그들에 대해 무지했던 탓으로 허용했던 신뢰를 탈레반은 결국 무너뜨리고야 말았다. 율법을 최대한 과도하게 (그것도 선지자 마호메트가 20세기 사람이 아니라는 사실을 망각한 채), 코란의 율법을 문자 그대로 적용하려고 고집하는 탈레반은 겉으로 보기보다 덜 평화적인 사람들인 것으로 드러났다. 1996년 9월 사태 이후로 카불을 비롯하여 그들의 통제 상태로 넘어간 모든 지역에서, 탈레반은 그야말로 평화에다 독재의 옷을 입혀 놓고 말았다. 자비로운 알라신의 이름으로, 소위 이들 신학자들은 그때까지 유례가 없던 완력으로 온갖 금지사항들을 준수하게 만드느라고 여념이 없었다. 여성들에게는 직업을 갖는 것이 금지되었고, 교육을 받을 수 있는 기회조차 박탈되었다. 건강에 문제가 생길 경우에도 여성들은 병원에 가는 일이 상당히 복잡해졌다. 대단히 불행스럽게도 남성들의 무능력을 입증해온 아프간 사회에서 여성들은 어떠한 역할도 맡지 못하도록 선고를 받았다. 여성들은 각자 집에 갇힌 채 '부르카' 속에 숨어 지내는 형국이었다. 내가 알기로 이들 가운데 일부 저항하는 사람들도 있기는 했지만 말이다. 또한 수염을 기르지 않는 남자들도 금지대상이었다. 음악, 라디오, 텔레비전도 금지되었다. 텔레비전 수상기는 쓰레기로 간주하여 정부청사 앞에다 쌓아 놓았고, 음악과 노래가 흘러나오던 카세트 테이프는 터져서 나뭇가지 위에 걸쳐져 있었다. 연날리기도 금지되었다. 아프간 사람들이 그토록 좋아하던 새들의 노래까지도 금지되었다.

이렇게 아프간 국민은 새로운 시대를 맞이하며 전쟁의 19번째 해에 들어서고 있었다. 새 시대는 불합리하고 기괴하기 짝이 없는 광기의 시대였다. 탈레반이라는 단체가 태생에서부터 그렇게 극단으로 치닫지는 않았었기 때문에 가뜩이나 더 불합리할 수밖에 없었다.

비극의 뒤안길을 살펴보면 상황은 훨씬 더 복잡했다. 사실 이미 오래 전부터 파키스탄은 계속해서 미국의 지원을 받고 있으면서, 줄을 당겨 조종하는 꼭두각시처럼 이들 탈레반을 배후조종했다. 파키스탄의 이러한 책동에 대한 증거는 여러 차례에 걸쳐 제시된 바 있었다. 탈레반이 북부동맹을 공격하던 중 동맹군에게 붙잡힌 탈레반 포로들 가운데, 특히 지금은 고향인 판지시르 계곡에서 방어진지를 구축한 마수드 장군의 군에 붙잡힌 탈레반 포로들 가운데 파키스탄 포로들이 섞여 있었다. 이 파키스탄 포로들은 사진이 찍히고 신분이 확인되었으며 서류철에 분류되었다. 그러나 아프간 사람들은 UN에 파키스탄의 간섭에 대한 고발을 전달하는데 성공하지 못했다. 서방세계 사람들의 눈에는 파키스탄이 대다수가 파쉬툰족으로 구성되어 있는 수니파 극단주의자들을 지원하는 동기가 뚜렷하게 포착되지 않았기 때문이었다. 미국 국무성과 CIA의 전문가들이 세계의 발전을 고려하거나 아프간 분쟁을 파악하는 방식은 매우 이상했다. 내가 미국을 사랑하는 사람이었기 때문에, 이 점은 더욱더 나에게 충격을 주었다. 그러나 대 소련전쟁 동안 내내, 암암리에 미국은 주로 한 사람의 근본주의적 극단주의자에게 지원을 제공해 주었다. 그 사람은 바로 '헤즈브 에 이슬라미'라는 정교(政敎)당의 지도자 굴부딘 헤크마티야르로서, 소련군에 대한 자신의 저항능력을 자랑하느라고 많은 선전을 해댔지만 막상 전투지대에서는 거의 활동적인 모습을 보여주지 못한 자였다. '아야톨라'('신으로부터 신학을 가르칠 허락을 받은 사람'이라는 뜻이다. 대다수가 예언자 마호메트의 후손이다-역주) 호메이니에 현혹되고 자기 자신에 빠져버린 헤크마티야르는 미국인들에게 대화 상대가 되기 위한 무시할 수 없는 조커 카드를 갖고 있었으니, 그것은 바로 그가 영어를 구사한다는 점이었다. 여기서 이름을 밝힐 수 없는 미국의 한 민간 방송사 기자가 어느 날 나에게 털어놓은 충격적인 말이 있다. 그는 이렇게 말했었다.

"영어를 말할 줄 안다는 것은 그 사람이 똑똑하다는 겁니다."

그가 전개한 논리는 이런 식이었다.

"똑똑한 사람은 모두가 영어를 하니까, 따라서 영어를 하는 사람은 똑똑한 사람이고, 당연히 받아들일 수 있는 대화 상대가 되는 거죠."

이런 식으로 해서 미국인들은 헤크마티야르를 택했고, 소련 공산주의자들에 대항하는 근본주의적 극단주의자들을 지원한 이유였다. 소련에게 가장 위험한 적은 이슬람 근본주의 자들일 수밖에 없었다. 파키스탄도 이 선택을 거부하지 않았다. 그들도 나름의 방식으로 미국의 탈레반 지원을 배후관리했다. 문제는 마수드가 우리와 같은 민주주의자들의 대화 상대가 되었어야 했는데 그렇지 못했다는 점이었다. 마수드는 파키스탄에 좋게 보일 수가 없는 사람이었다. 첫째로 북부 인종인 타지크족이었기 때문이고, 둘째로 지나치게 독립적인 사람이었기 때문이다. 그리고 결정적으로 영어를 할 줄 몰랐기 때문이다. 이건 절대 웃자고 하는 소리가 아니다.

1984년에, 한 미국 방송사가 어느 유명잡지에 실렸던 마수드의 게릴라전에 관한 현지탐방 기사에 관심을 보인 적이 있었다. 그들이 사용하기로 한 내 필름들 외에도, 나는 판지시르로 마수드와의 인터뷰를 직접 제작하러 갈 스타 앵커우먼을 촬영할 준비를 해야 했고, 따라서 여행준비를 해야 했다. 상황이 상황이니 만큼 여행계획을 짜기가 어려웠다. 산맥과 엄청난 여행거리, 그리고 감수해야 할 위험 정도 등의 악조건들 때문이었다. 이 스타 저널리스트는 아무리 길게 잡아도 3주일밖에 시간 여유가 없었기 때문에 계획을 세우기가 더더욱 까다로웠다. 하지만 우리는 산맥을 가로질러 여행시간을 단축하고 또 마수드가 그의 집에서 미국인들에게 증언할 수 있도록 만들기 위해서 말을 갈아타는 시스템을 조직했다.

말을 갈아타는 시스템이 가동되고 났을 때, 통역자들이 막 스타팅 블록에 서 있었을 때, 그리고 내가 이 일에 엄청난 시간을 보내고 났을 때, 모든 것이 불쑥 취소되어 버렸다. 미국인들이 제시한 이유는 이랬다. 마수드가 영어를 못한다는 사실을 프로그램 제작자가 알게 된 것이다. 나는 처음에는 농담인 줄 알았다. 그런데 아니었다. 나는 제대로 양식을 갖춘 텔렉스 한 장을 받았는데, 그 문구는 내 기억 속에 언제까지나 간직될 것이다.

영어를 할 줄 아는 다른 저항군 사령관을 찾아낼 수는 없겠습니까?

헤크마티야르는 마수드의 적이었다. 그는 소련이 아프가니스탄을 침공하기 얼마 전에 이미 마수드를 배신한 적이 있었다. 그 후로도 마수드의 가장 끈질긴 적이 되었으며, 소련군보다도 마수드를 파멸시키는 일에 더 열중한 자였다. 그리하여, 1992년 4월에 마수드가 카불을 점령했을 때, 헤크마티야르는 자기 우방인 파키스탄과 미국으로부터 선물로 받은 무기들을 여러 해 전부터 저장해 두고 있다가, 개인적인 이득을 위해서 이 무기들로 주저 없이 카불을 폭격했던 것이다.

비행기가 파키스탄 영토로부터 멀어져 갔다. 북부 쪽으로 선회하여, 히말라야의 서부 산악지대인 힌두쿠시 산맥으로 서서히 접근해 갔다. 조종사들은 남아프리카 사람들이었다. 국제적십자위원회를 위해 일하는 프리랜서들이었다. 우리 앞에 아프가니스탄이 있었다. 나는 사랑하는 아프가니스탄을 향하여 되돌아 가고 있었지만, 불안감이 없지 않았다. 나를 매혹시키기도 하고 두렵게도 하는 그 세계를 향하여, 여덟 번째 여행을 떠나고 있었다. 새로이 여행을 떠날 때마다, 이번이 마지막 여행이 될지도 모른다는 생각에 두려움을 갖게 되곤 했다. 비록 경험을 통해서, 흔히 전쟁이란 가까이에서 볼 때보다 멀리서 볼 때 더 두려움을 준다는 사실을 알고 있기는 했지만 말이다. 왜냐하면 막상 현지에서는 두려움을 다스리는 법과 위험에 대처하는 법을 배우게 되기 때문이다. 더욱이 사람들이 말하는 것처럼 위험이 늘 있는 것도 아니거니와, 있다 해도 적응을 하게 된다. 전쟁으로 인해 나라 전체가 한꺼번에 불타오르는 것은 아니다. 전쟁은 흔히 기다림과 공백 상태 그리고 권태로 이루어지곤 한다. 전쟁에서 맹렬한 공격은 급작스럽고 일시적으로 일어날 뿐이다. 매번 새로이 여행을 떠날 때마다 내 머릿속에서는 모든 것들이 뒤죽박죽 혼란스러웠다. 여러 가지 욕구와 두려움과 앞으로 발생할 모든 일에 대해 지녀야 하는 예리한 주의력 등등이 어지럽게 뒤섞이곤 했다.

이번 여행은 소련군에 저항하는 전쟁을 증언하러 왔던 예전의 여행들과는 달랐다. 나는 저널리스트로서의 역할을 수행하기 위해 비행기에 타고 있는 것이 아니었다. 좀 더 멀리 가보고 싶었다. 마수드를 향해서, 그리고 나 자신을 향해서, 아프가니스탄의 비극을 향해서, 그리고 서방세계의 비극을 향해서, 내가 무엇을 피해 달아나고 있는지는 알았지만, 앞으로 무엇을 발견하게 될지는 전혀 알 수 없었다. 이전의 마지막 아프간 여행은 1993년 7월로 거슬러 올라간다. 카불 여행이었다. 그때는 우울했다. 다시는 그곳에 돌아가지 않겠다고 생각했던 기억이 난다. 하지만 마수드가 탈레반에 포위되었다는 사실을 신문을 통해 알고서는 결심이 흔들렸다. 나는 아주 오래전부터 이 남자에 대한 믿음을 갖고 있었다. 다들 그가 끝장났다고 말했지만, 그를 저버리고 싶지가 않았다. 마수드에 관한 한, 아직 역사는 마지막 말을 하지 않은 것 같았다. 우리의 넓디넓은 지구상에는 이렇게 큰 인물이 거의 존재하지 않았으니까.

비행기 안은 자리가 넉넉했다. 안락하기 그지없었다. 승객이라고는 우리 세 사람밖에 없었으니까. 누구와도 바꿀 수 없는 아프간 친구 메라부딘은 내 대다수의 필름을 제작할 때 도와주었고, 치료를 받느라고 프랑스에서 1년간 체류했을 때 밤낮으로 프랑스 텔레비전을 보며 배운 프랑스어로 통역 노릇을 해 주었다. 그 바람에 광고문구에 대해서도 모르는 게 없었다. 이번에도, 다시 한번 더, 메라부딘은 파키스탄에 피난 가 있는 아내와 두살배기 딸 옴라와 헤어져 있을 것을 수락했다. 파키스탄에 피난해 있기는 메라부딘도 마찬가지였다. 마수드의 측근들이 싫어서 정치적 역할을 맡을 것을 포기해 버렸던 것이다. 무능한 자들이 너무 많았고, 쓸데없이 가르치려 드는 자들이 너무 많았으며, 기회주의 자들도 너무나 많았다. 이건 중요한 이야기이므로 나중에 다시 언급하도록 하자. 다시 한번 더 우리와의 동반여행을 수락함으로써, 메라부딘은 여러 가지 새로운 위험을 감수하게 된다. 반쯤은 빈정거리는 듯하고 반쯤은 진지한 '인샬라!'라는 요술주문 외에는, 생명보험도 들어 있지 않은 상태였다. '인샬라!'야말로 모든 것을 요약하는 한 가지 방식이었다. 메라부딘은 비행기를 좋아하지 않았다. 비행기를 신뢰하지 않았다. 그러나 용기든 두려움이든 무거운 마음이든, 혼자서 간직하는 것이 그의 스타일이었다.

비행기 창 밖으로 줄을 지어 지나가는 눈 덮인 산봉우리에 시선을 빼앗긴 채, 베르트랑 갈레가 우리와 동행하고 있었다. 이 소중한 동지는 여러 차례 나의 기나긴 아프간 여행에 동참해준 친구였다. 부수적으로는, 음향을 담당하는 친구였다. 내가 아프가니스탄에서 제작한 8편의 필름 중에, 그는 1984년과 1987년 두 차례나 따라와서, 유난히 어려웠던 도보여행을 함께 해 주었다. 나로서는 믿을 수 있는 팀원이기는 했지만, 그렇다고는 해도 그가 최악의 음향 담당자로 남았다는 점은 고백하지 않을 수가 없다. 하지만 베르트랑은 친구였지, 직업적인 음향담당 엔지니어가 아니었다. 고등사범학교 출신으로서 역사교사였던 그는 종종 다양한 지식으로 내가 모르던 사실을 일깨워 주곤 했다.

베르트랑은 결코 포기하지 않는 지칠 줄 모르는 보행자였다. 1987년에는 산 속에서 신발이 떨어지자 오른쪽 발꿈치의 생살이 드러난 채로 1천 킬로미터 가까이를 걸었던 적도 있었다. 그래도 결코 포기하겠다는 말을 하지 않았다. 거의 맨발로 노정을 주파한 것이나 다름없었다. 아프간 사람들에게는 흔히 있는 일이었지만, 그 사람들이야 어렸을 때부터 훈련을 받은 사람들이 아닌가.

단조롭고 가벼운 소리를 내는 비행기 창을 통하여 눈과 구름으로 뒤덮인 여러 산맥이 굽이굽이 펼쳐졌다. 그런데 느닷없이, 모든 것이 어두워졌다. 비행기는 폭풍우 속으로 들어섰고, 기체가 흔들리기 시작했다. 주변에서는 번쩍거리는 번개들이 공포 분위기를 조성했다. 메라부딘은 금도금된 손목시계를 바라보았다. 겉으로 보기에 조용한 기계들을 조종사들이 살펴보았다. 하늘의 비바람 속으로 빠져 들어가는 기체의 하얀 날개 위로 붉은 십자가가 안도감을 주었다. 이 비행기는 새 비행기 냄새가 났다. 이건 아프간식으로 얼렁뚱땅 두드려 만든 기계가 아니었다. 분위기를 이완시키려는 듯, 오랫동안 길들여진 습관에 따라서, 메라부딘이 아직 수도 카불에 살고 있는 한 친척이 최근에 경험했다는 이야기를 우리에게 들려주었다.

"카불에서 사진사로 일하는 사촌 얘기예요. 지금은 별로 활동이 많지 않아요. 탈레반이 사진을 금지시켰으니까요. 국제 여권에 필요한 증명사진만 빼고, 인간의 것이라고는 아무것도 재현시켜서는 안되거든요. 한 달 전에, 실직 직전 상태의 사촌이 가게 안에서 풍기문란 행위 금지 홍보활동에 나선 경찰 특공대의 점검을 받았대요. 특공대 대장이 사진 현상실로 들어오더니, 벽면에 붙어 있는 사진 한 장을 가리키더래요. 근육이 울룩불룩한 상체에다 비스듬히 12.7 기관총을 멘 실베스터 스탤론이 나와 있는 작은 포스터였대요. 「아프가니스탄의 람보」라는 영화에서 발췌된 사진이었죠. 사촌을 곤봉으로 위협하며 탈레반 경찰관이 묻더래요."

"이게 누구야?"

메라부딘은 여전히 자세하게 설명했다.

"다들 아시다시피, 탈레반은 아무 이유 없이 사람을 팹니다. 사촌은 겁에 질려서 달달 떨었지요. 그래서 사진 속의 람보가 자기 삼촌이라고 했대요. 지금은 미국에 살고 있는 삼촌이라고요. 그랬더니 경찰관이 사진을 뜯어내더래요. 그리고서 뭐랬는지 아세요?"

"물론, 모르지."

"네 삼촌에게 편지를 써. 집으로 돌아와서 수염을 기르라고 말해. 특히 무기를 가져오라는 말 잊지 말고."

메라부딘과는 항상 이런 식이었다. 우리에게 일상적인 웃음은 어떤 의미에서는 보호막 같은 것이었다.

간간이 천둥소리와 웃음소리가 터져 나오는 가운데, 비행기는 비바람을 가르며 나아갔고, 종이컵은 부조종사가 제공한 뜨거운 홍차로 채워졌다. 좌석은 푹신푹신했다. 도착하려면 1시간도 채 남지 않았다. 우리는 싫증낼 줄 모르고 비행기 창 밖의 산맥들을 바라보았다. 끝도 없이 펼쳐지던 저 기슭들이 생각났다. 어려웠던 호흡과 먼지도 생각났다. 그때는 힘들었다. 하지만, 미친 듯이 오래 오래 걷던 일을 얼마나 다시 해보고 싶었던가. 길었지만 너무나도 아름다웠던 행군을. 모든 것이 더 이상은 극복할 수 없을 것처럼 보였을 때, 베르트랑은 어느 텍사스 사람이 이야기해 줬다던 속담을 꺼냈다.

"일이 어려울 때는 약간의 시간이 필요하다. 일이 불가능할 때는 시간이 조금 더 필요하다."

묘약과도 같은 유머가 아닌가. 그날 아침 비행기 안에서는 예전의 여러 여행에서 겪었던 고난은 하나도 만날 일이 없었다. 안락함이 감각을 마비시키고 있었다. 그날, 바로 그 순간, 우리는 복 많은 20세기 말의 서구 여행자들이었다. 그 먼 거리를 가느라고 치렀던 노력의 대가를 찾으러 가는 것 외에는 별다른 노력을 할 필요도 느끼지 못한 채 공간을 가로지르고 있었으니 말이다. 나는 아프가니스탄에서 겪는 위험이 파리에서 오토바이를 탈 때보다 덜하다고 항상 생각해 왔다. 아프간 사람들을 도우러 왔던 1천 명도 더 되는 프랑스인들 가운데, 아프간 전쟁 동안, 한 사람이 산사태로 죽었고, 국경없는의사회의 의사 한 사람이 죽었으며, 아프간 공동체 회원 한 사람이 죽었다. 폭격 때 여간호사 한 명이 부상을 입었고, 네 명의 프랑스인이 풀 에 샤르키 지하감옥에 갇혔다가, 사람에 따라 감금기간이 다르긴 했지만, 어쨌든 석방되었다. 그렇다. 아프가니스탄에 위험이 있기는 했지만, 이들은 마음에 와 닿는 무엇인가를 위해서 일했다.

산맥이 지나가고 나자, 구불구불하던 땅이 파도치는 바다처럼 넓어지더니, 마침내 평평해져서 대초원으로 변했다. 거대한 대초원은 끝이 없어 보였고, 베이지색과 황토색 먼지로 물들었으며, 여기저기서 목화밭이 펼쳐졌다.

부조종사가 경고했다.

"벨트를 매십시오. 급강하하겠습니다."

비행기는 급강하했고, 아마 폭격을 피하려는 듯 나선형으로 빙글빙글 돌았다.

조종사는 능숙하게 활주로 중심선을 따라 기체를 몰아갔고, 부드럽게 내려와 브레이크를 걸었다. 작은 마자르 에 샤리프 공항이 우리의 눈앞에 펼쳐졌다. 나는 국제적십자위원회의 중립성을 존중하는 마음에서 촬영은 하지 않았다. 우리는 전투기 20여 대가 차지하고 있는 공항

활주로를 지나쳐갔다. 그들 전투기 중 극소수만이 비행이 가능한 상태로 보였다. 대부분이 미그기들이었다. 상태가 한심스러운 몇 대의 러시아제 헬리콥터 잔해들, 헤라클레스처럼 거대한 두 대의 군 수송기, 방금 전선으로부터 비행을 마치고 착륙하는 비행기 한 대, 무질서한 덩어리처럼 쌓여 있는 폭탄 더미들. 비행기는 중앙의 건물 앞에서 움직임을 멈추었는데, 그 건물에서 몇 명의 무자헤딘이 손에 무기를 든 채 나왔다. 조종사들은 스튜어디스 흉내를 내느라고 우리에게 미소를 지어 보였다. 그들 중 한 사람이 문을 열어주었다. 공기가 뜨겁게 달아오르고 있었다. 아프가니스탄이었다.

로비에서, 마치 아프가니스탄은 평화와 질서가 지배한다고 외국인 방문객들에게 과시라도 하려는 듯이, 경찰관 한명이 거드름을 피우며 우리에게 여권을 요구했다. 웃기는 일이었다. 그렇지만 마자르 에 샤리프는 많은 아프간 사람들의 생명을 앗아간 폭풍우에서 막 벗어난 참이었다. 역시 서방세계 언론에는 알려지지 않은 채로 넘어갔지만, 페르시아 동화집에라도 등장할 법한 엄청난 광란의 순간이었다.

하지만 역사는, 진짜 역사는 5월에, 정확히 말하자면 5월 25일에 이루어졌다. 그날, 탈레반은 아프가니스탄 전체를 정복하려는 생각에 사로잡혀서 수천 명 단위로 도시 안으로 진입해 들어갔다. 당시 마자르에 샤리프 지역의 지도자는 이슬람 엄격주의자들인 이들 탈레반이 유난히 증오하는 사람이었다. 나라 전체에서도 유명한 우즈베크족으로,

라쉬드 도스톰이라는 인물이었다. 소련군으로 인해 전쟁의 소용돌이에 빠져든 이후로 아프간 역사에 전매특허가 되어버린 '아프간식 배신행위'에도 그의 이름은 끊임없이 거론되어 왔다. 이 도스톰이라는 자는 정부군 소속의 군인으로서 장군의 지위에 오른 자였는데, 소련군과 한통속이 되어 활동했었다. 소련군이 아프가니스탄에 주둔한 10년 동안, 도스톰은 카불에서 가공할 만한 민병대를 지휘했었다. 이 민병대는 평판이 무시무시한 우즈베크족으로 구성되어 있었다. 이들은 대개 보드카에 취해 있었고 품행이 거칠었으며, 공산체제를 도와서 적들을 무력화시키는 것을 임무로 하고 있었다. 이 민병대는 당시의 대통령을 위해 사람들을 체포했고, 살상을 범했고, 고문을 자행했으며, 닥치는 대로 유린을 했다. 간단히 말해, 민병대는 협박과 테러를 남용했다. 모두들 민병대를 두려워했다. 그렇지만 교활하고 영리한 전략가 도스톰은 자신이 아프간 출신임을 잊지 않았다. 그래서 비밀리에, 소련군과 대립하던 자들과의 관계도 계속해서 유지해 나갔다. 그리하여 1989년 2월에 소련군이 아프간 영토를 포기하고 떠나가자, 도스톰은 자신의 미래를 보호받을 일념으로 여러 사람들과의 접촉에 들어가기 시작했다. 자연스럽게 마수드와도 대화를 하게 되었다. 마수드야말로 언젠가 카불을 장악할 수 있고 당시 대통령 나지불라의 손에 들어 있던 공산체제를 뒤집어엎을 수 있는 유일한 세력을 대표하고 있었기 때문이다. 이것은 부자연스럽고 이상한 동맹이었지만, 결과적으로 나중에는 매우 유용한 동맹이었던 것으로 밝혀졌다. 왜냐하면 도스톰이 배신을 하는 바람에 나지불라가 카불에 대한 통제력을 상실하게 되었고, 마수드가 거의 전투도 없이 도시 안으로 입성할 수 있게 되었기 때문이다. 그러나 영혼이 용병이었던(그에게 영혼이라는 것이 있다면 말이다) 이 성가신 동맹자는 마수드에게 보상을 요구했고 또 그 보상을 받아냈다. 그것은 돈과, 카불에 대한 지배권과, 과거에 저질렀던 범죄들에 대해 처벌을 받지 않는다는 조건이었다. 저항군의 다른 대다수 사령관들은 이를 못마땅하게 여겼고, 따라서 도스톰을 용서가 거부되어야 마땅할 범죄인으로 간주하였는데, 충분히 그럴 만도 했다. 여자와 술과 권력을 좋아했던 도스톰은 저항군 사령관들의 견해를 무시했고 점점 더 그들의 증오를 자초했다. 그런 자와 동맹을 맺었으니, 마수드도 어느 정도 위신을 상실하지 않을 수가 없었다. 그 후로도, 카불을 피로 물들인 여러 차례의 전쟁에서 도스톰은 물과 불을 가지고 놀 듯이 전쟁과 평화를 가지고 장난질을 쳤다. 때로는 마수드 편에서 또 때로는 마수드의 반대 편에서, 언제나 탁류 속에서 배신을 밥먹듯이 해댔다. 그러던 중, 1996년 9월에는 마자르 에 샤리프 시에서 랍바니와 동맹군 정부를 맞아들였다. 자기를 죽이겠다고 맹세한 탈레반이 두려웠기 때문이다. 그러나 1997년 5월에는 그의 오른팔이었던 말레크 장군이라는 자가 역시 이중 플레이로 장난질을 쳐서 모두를 놀라게 하였다. 이 배신자는 탈레반과의 비밀협약을 체결함으로써, 돈과 북부지역 통제권과 자신의 안전보장을 대가로 탈레반에게 카불 시를 넘겨 버렸던 것이다.

압둘 말레크는 메이마나라는 엄청나게 부유한 집안의 출신이었다. 그는 500필이 넘는 보즈카쉬 시합용 말과 양 10만 마리를 소유하고 있다고들 했다. 그의 형 라술 팔라완은 저항군의 사령관이었는데, 그 후 정부의 민병대에 들어갔다가, 1996년에 암살을 당했다.

말레크의 형 암살사건의 배후 조종자라는 의심을 받은 사람이 바로 도스톰이었다. 아마 이것으로 말레크가 도스톰을 배신한 일이 설명될지도 모르겠다. 탈레반은 바드기스의 일부, 파리야브, 주지안, 사레 폴, 발크, 사망간, 그리고 보글란 등 여러 지방에 대한 권한을 존중해 주겠다고 말레크에게 약속했다고 한다. 조건은 말레크가 좀 더 동쪽에 위치한 도시 쿤두즈로 가는 통행로를 탈레반에게 양보한다는 것이었는데, 그렇게 해서 탈레반은 타크라르 지방과 바다크샨에 접근할 수 있게 되었다. 그리하여 탈레반으로서는 오매불망 마수드와 끝장을 볼 것을 꿈꾸던 차에 판지시르 계곡에 들어가는 일이 식은 죽 먹기가 될 판이었다. 과거에 말레크의 부하였던 어떤 사람의 이야기대로라면, 탈레반은 말레크에게 이렇게 말했다고 한다.

"당신은 아프간 북부 전체에 대한 권한을 갖게 될 것이고, 카불에서 확대될 내각을 구성할 때 우리의 파트너가 될 것이오. 우리는 당신의 부하도 무기도 건드리지 않을 것이오."

그렇지만 이 배신자와의 계약을 보장받기 위해서, 탈레반은 말레크에게 그의 지대에 피신하러 온 한 귀중한 측근을 자기들에게 넘겨 달라고 요구했다. 그는 이스마엘 칸이라는 사람으로서, 대도시 헤라트의 반소련 저항군 사령관이었다. 이란 국경 인근에 위치해 있는 헤라트는 카불이 함락된 후로 탈레반의 손아귀에 떨어져 있었다.

두 사람 다 기질이 비슷했던 이스마엘 칸과 마수드는 상호 관계를 맺고 있었고 서로를 높이 평가했다. 두 사람이 같이 '자미아트 에 이슬라미'라는 정당에 소속되어 있었다. 탈레반에게 이스마엘 칸을 넘겨준다는 것은 말레크로 하여금 배신의 끝까지 가지 않을 수 없게 만드는 것이었다. 이스마엘 칸을 탈레반에게 넘겨줌으로써, 말레크는 자연히 마수드와도 절연을 하게 되었다.

5월 25일, 말레크는 계약의 제1국면을 이행했다. 탈레반이 자기 지대로 들어오게 내버려두었고, 이스마엘 칸과 그 부하들이 체포되게 했다. 탈레반은 총 한방 쏘지 않고 마자르 에 샤리프에 입성했다. 그리하여 카불에서 나오는 도로는 금방 4륜 구동 지프차들로 가득 들어찬 도로로 탈바꿈해 버렸다. 지프차들마다 무거운 기관총으로 무장하고 승리를 확신하며 코란의 구절들을 노래부르는 턱수염의 사내들로 미어터졌다. 계산하기 좋아하는 일부 사람들의 말을 믿자면, 그렇게 해서 1,700대의 지프차가 살랑 도로로 쇄도해 들어갔다고 한다. 영공을 통한 진군도 속속 이루어졌다. 건장한 파키스탄 짐꾼들과 교대한 15명의 병사들이 마자르 에 샤리프 공항에다 중장비와 군수품들을 내려놓았다. 아지즈 칸이라는 파키스탄 대사와 함께 많은 탈레반 책임자들이 승리를 축하하러 왔다. 진군을 확실히 해두고 싶어서 조바심이 난 탈레반은 어서 쿤두즈에 도달해 도시를 함락시키고 싶었다. 하지만 그들은 앞으로 치명적이 될 몇가지 중대한 실수를 범하고 말았다. 먼저, 그들은 바퀴 달린 모든 것을 몰수했다. 그들의 계획을 실행시키기 위해서는, 즉 아직 그들의 통제권 밖에 있는 마지막 여러 지방에 평화를 정착시키기 위해서는 공격을 해야 했고, 그것도 빨리 해야 했기 때문이다. 이어서, 말레크에게 약속했던 바와는 달리, 탈레반은 말레크의 부하들을 무장해제시키기 시작했다. 끝으로, 탈레반 몇 명이 '칼리프' 알리(이슬람 4대 칼리프이며 선지자 마호메트의 사촌이자 사위. 살해된 후 마자르 에 샤리프에 묻혔는데, '영광스러운 무덤'을 뜻하는 도시의 이름이 여기서 비롯되었다.)의 무덤을 훼손시켜 신성모독을 가했다. 이 무덤은 푸른색의 모자이크 기념물로서 도시 중심부에 위치해 있었는데, 아프간 사람들의 순례성지였다. 수니파뿐만이 아니라 시아파에게도 성지였는데, 시아파 가운데 하자라족 일부가 도시와 인근에 살고 있었다.

도스툼은 구사일생으로 탈레반에서 벗어났고, 도망을 쳤다. 그리고는 아무다리아 강을 건넜다. 전하는 말로는 그가 터키에 있다고들 했다. 5월 27일, 하자라족의 반항이 폭발했다. 먼저 도시의 남부 구역 여러 곳에서, 그 다음에는 마자르 에 샤리프 전체에서 폭동이 일어났다. 일시적 소강상태가 찾아왔을 때, 국제적십자사 사람들은 숨어 있던 곳에서 나와 사망자들의 시신을 수습하고 묻어 주었다. 하자라족은 너무나 격분한 나머지 이 새로운 적들의 사체를 훼손시켰고, 길거리에다 시신을 내다버렸다. 또한 2천 명의 탈레반을 붙잡아서 병영에 가두었다. 나중에 그들 가운데 많은 사람들이 살해되었다는 사실이 알려지게 된다. 사령부에서 말레크는 분위기가 달라지고 있다는 것을 느꼈고, 또 탈레반이 자신을 배신했다는 것을 깨닫고서 갑자기 전략을 바꾸었다. 위성전화 덕분으로 말레크는 이웃 타지키스탄에 피신해 있던 랍바니와, 유일하게 달아나지 않고 판지시르 계곡에 있던 마수드와 접촉하는데 성공했다. 말레크는 예전에 자기 상관이었던 도스툼 장군이 상징하던 공산주의의 마지막 보루를 자기가 방금 무너뜨렸으며, 앞으로 치명적이 될 함정에 탈레반을 빠뜨렸노라고 그들에게 알렸다. 심지어, 작전의 후속작업에 관하여 마수드에게 여러 가지 지시까지 요청했다. 마수드는 포로를 잡아오라고, 특히 전투를 중지하라고 그에게 말했다. 배신과 동맹이 난무하는 곳이었다. 이곳 아프가니스탄에서는 우리가 익숙해 있는 민주주의와는 규칙이 다르게 돌아간다는 것을 알아야 한다. 하지만, 아무리 그렇다고는 해도…….

제3장

‘인샬라!’ 그리고 헬리콥터는 날아올랐다

조식적이지 못하고 무엇이든 얼렁뚱땅 만들어내는 기술이 도사급으로 보이는 아프간 사람들을 남들은 흔히 비웃는다. 하지만 아이러니컬하게도 아직 살아 있는 많은 사람들에게 필요한 것은 바로 이런 즉흥적인 자질인 것 같다.

소련군과 전쟁을 하던 시절부터 첩자들이 수집한 정보만 믿고서 저항군 집단에 매복을 펼쳤던 특공대들은 대개의 경우 자기네 숙영지에서 참패를 당하고 말았다. 저항군 집단의 대장이 월요일에 출발한다고 했을 수도 있다. 그렇지만 그게 대체 어느 월요일을 말하는 것인가? 1주일 후이든 2주일 후이든, 그건 그리 중요하지 않았다. 대장은 때로는 사촌 집에서 걸음을 멈추기도 하고, 그곳에서 며칠씩 머무르기도 했다. 아프가니스탄에서 시간은 전체적으로 그리고 대략적으로 인식되었다. 사람들은 생일을 기념하지 않는다. 시골 사람들 대다수가 자기들이 언제 태어났는지 정확하게 알지 못하기 때문이다. 살고 있다는 것, 그것만이 유일하게 확실한 사실이다. 미래에다 어떤 행동을 투사해 본다는 것, 그것은 신의 뜻이 허용할 때에나 이루어지게 될 소망과도 같은

것이다. '인샬라!'

처음에 아프가니스탄을 여행했을 때, 나는 끝도 없는 기다림에 언제나 골을 내곤 했었다. 하지만 그 후로는 자신을 내맡겨두는 법을, 더 이상 서두르지 않는 법을, 그리고 기회가 오면 그 기회를 포착하는 법을 배웠다. 이제는 마자르 에 샤리프에서 판지시르 쪽으로 내려갈 방법을 찾아내야 했다. 찾아내게 될 것이다. 필요한 시간을 들이면 되니까.

메라부딘이 말했다.

"아시는지 모르지만, 아프간 사람에게 생일이 언제냐고 물어보면, 이렇게 대답한답니다. '지진이 일어났던 해에는 군복무 중이었어요.' 나이가 몇이냐고 물어보면, 이렇게 대답하지요. '아, 서른, 마흔, 아니면 쉰 살쯤 되었겠지요, 뭐.' "

7월의 마자르 에 샤리프는 공기가 더운 정도가 아니다. 사람이 참을 수 있는 한계에 도달하게 된다. 활활 불이 타오르는 것만 같다. 저녁이 되면, 지하실이 있는 집에서는 좀 더 편안하게 잠을 잘 수 있도록 지하실로 피신을 한다. 1997년 7월에, 마자르 에 샤리프의 밤은 고요하기만 했다.

하룻 저녁 이야기를 나누고 잠시 휴식을 취하고 나서, 우리는 다음날 오후에 판지시르 계곡 쪽으로 헬리콥터를 타고 떠나기로 예정이 되어 있다는 것을 알고서 놀라지 않을 수 없었다. 아프간 사람들이 유지하고 관리하는 러시아제 헬리콥터를 탄다는 것은 다른 말로 하면 목적지에 절대로 도착하지 못할, 아니면 목적지가 달라질 위험을 받아들이는 것이었다.

메라부딘이 웃음보를 터뜨렸다.

"아 예, 여러분, 이제 천국으로 가실 겁니다."

우리를 안심시키려는 듯, 메라부딘은 어쨌거나 판지시르에는 살랑 도로를 타고 가는 것도 역시 쉽지 않을 뿐더러 위험할 것 같다고 털어놓았다. 무장한 사람들 무리가 그곳에서 강도행각을 벌인다는 것이었다. 결정은 우리가 하기로 했다. 밤새도록 이야기를 나누어 보았지만, 친구들은 나를 극구 말렸다. 하지만 입씨름은 끝났다. 결국 모두들 만장일치로 그곳에 가기로 입을 모았다. '인샬라!'

우리는 아침나절에 시간을 내서 마수드의 지지자 한명을 방문하기로 했다. 동맹군 즉 연합전선, 좀 더 정확히 말하면 '아프가니스탄 구원을 위한 연합 이슬람 및 국민전선' 정부의 내무부 장관이었다. 그의 이름은 모하메드 유누스 콰누니였다. 그는 우리를 열렬히 환대했다. 1994년에 카불에서 헤크마티야르의 부하들이 가한 테러에서 부상을 입은 후로 프랑스에 가서 치료를 받은 적이 있어서, 그는 프랑스를 좋아한다고 했다. 우리의 '안식처'에서 제대로 대우를 받아 큰 감사를 느낀다고 했다. 사리가 분명하고 영리하며 머리 회전이 빠른 남자로서, 효율적으로 보이는 정치인이었다. 아프가니스탄에서는 보긴 드문 사람이었다. 서구식으로 양복을 입은 그는 턱수염도 기르고 있지 않았다.

새로운 내각을 구성하는 작업을 진행하고 있는데, 이 내각에는 두 명의 여성이 영입될 것이라고 했다. 한 사람은 사회부 장관, 다른 한 사람은 보건부 장관을 맡게 될 거라고 했다. 탈레반과의 차별성을 표시하기 위한 주도면밀한 방법이었다.

홍차와 사탕과 작은 과자들이 놓인 쟁반 앞에서, 그리고 나의 카메라 파인더 안에서, 콰누니는 아프가니스탄에 관한 미국의 정책을 이해할 수가 없다고 말했다.

"우리는 수년 동안 이란의 근본주의에 대항해 싸웠어요. 그런데 서방세계에서는 아무도 우리를 지원해 주지도 않았고 인정해 주지도 않았어요. 미국인들은 아프간 사람들이 아니라 파키스탄 사람들하고만 이야기를 합니다. 이젠 그만하면 됐어요!"

그리고 과거의 과오들에 관해서는 공개적으로 사과를 했다.

"우리는 평화를 가져오지 못했어요. 카불 전쟁이 중단될 수 없었던 데에는 두 가지 이유가 있습니다. 하나는 외국의 간섭이었고, 다른 하나는 우리에게 너무나 많은 파당이 있고 그 파당들을 하나로 연합시킬 사람이 아무도 없었다는 점입니다."

그의 말에 따르면 탈레반 때문에, 그리고 동맹군의 정치인들이 나약하기 때문에, 상황이 좀 더 분명해져야 유리해진다는 것이었다.

"이제는 마수드가 자연스럽게 지도자로 부각되고 있어요. 당시에, 탈레반이 마자르 에 샤리프에 입성했을 때는 모든 것이 끝장난 것 같았어요. 아프가니스탄에 남아 있었던 사람은 마수드 단 한 사람뿐이었어요. 국민들도 그걸 압니다. 다른 지도자들은 모조리 도망쳤어요. 그 전에는 마수드가 인종상의 이유로 해서 이 나라의 정치 지도자가 될 수 없었지요. 하지만 이제는 모든 지혜를 모아야 하고 모든 노력을 기울여야 합니다. 인종이 분열되는 함정에 빠지는 일은 피해야 해요. 진정한 아프간 국가의 구성은 다시 연합을 이룩할 수 있느냐 없느냐에 달려 있어요. 그게 안되면 아프간 국가의 꿈은 끝장입니다. 남부에는 파쉬툰족이 있고, 북부에는 타지크족, 우즈베크족, 투르크멘족이 있게 될 거예요. 그리고 하자라족은 그 가운데서 익사하고 말 테고요. 그건 대재앙이 될 겁니다."

이렇게 정치 및 외교에 관해서 대화를 나누었지만, 우리는 회의적인 상태로 머물 수밖에 없었다. 실용주의자인 베르트랑은 자기 머릿속에 들어 있는 말을 행동으로 옮겨놓을 수만 있다면, 이 콰누니라는 사람이 매우 귀중한 사람이 될 거라고 했다. 하지만 미사여구나 호언장담은 항상 경계해야 할 일이다. 물론 그의 이야기 내용은 중요해 보였지만, 아프가니스탄에서든 프랑스에서든 아니면 다른 어디에서든 때때로 자신의 말에 속는 일도 있으니까 말이다. 아프가니스탄에서는 많은 사람들이 전체의 이해관계가 걸려 있는 일에 끼어들었기 때문에 더욱더 복잡했다. 정치인들뿐만 아니라 종교인들까지도 발언권을 마다하지 않았다. 오늘날 아프가니스탄에 제대로 교육받은 사람들이 별로 없다는 사실도 이 복잡성을 한층 더하게 만들었다. 혁명과 전쟁이 지식인들을 앗아가 버렸다. 대부분은 죽었고, 나머지 사람들은 외국에서 망명상태로 살고 있다. 원하는 사람들이 이 나라에 돌아와 완전히 파괴되어 버린 조국을 재건할 수 있도록 하기 위해서는, 우선적으로 안전이 보장되어야만 할 것이다. 오늘날 이른바 간부 계층의 무지와 무능력은 전쟁 못지않게 큰 재앙이 아닐 수 없었다.

아침나절이 끝나갈 무렵에, 두 명의 영국인 외교관이 아샤의 집으로 찾아왔다. 그 중 한 사람은 외국인사무소의 아시아 분야 책임자였다. 그는 우리가 있거나 말거나 조금도 신경 쓰지 않았다. 아프간 문제에 관한 자료들을 수정 보완하기 위해 마수드를 방문하러 왔다고 했다. 반면에, 역시 같은 일을 하는 프랑스인 외교관들은 기자 앞에서는 좀 불편해 하곤 한다. 그들에게 기자는 하얀 발을 내보인 사람들만 제외하고는 언제나 신중하게 다루어야 할 일종의 검은 짐승들이기 때문이다. 일반적으로 정부기관들은 기자들의 독립적인 어조를 마음에 들어 하지 않는다. 내가 처한 위치가 위치이니 만큼 그건 나도 잘 알았다.

아샤는 영국 외교관들이 온 김에 현재 판지시르 계곡의 감옥에 감금되어 있는 파키스탄 포로들의 자료 사본을 외교관들에게 넘겨주었다. 거기에는 72건의 케이스가 언급되어 있었다. 시간이 흘렀지만, 우리는 여전히 출발은 하지 못하고 있었다.

오후 4시경이 되어서야, 우리 모두는 집을 나와서 메르세데스 미니버스에 타라는 초대를 받았다. 그야말로 관광객이 된 기분이었다. 마자르 에 샤리프는 쥐 죽은 듯 고요했다. 우리의 유일한 근심은 뜻하지 않게 야밤에 비행기를 타는 것이었다. 아프간 사람들은 이따금 예측불허일 때가 있었기 때문이다. 그곳에는 레이더 기지국이 없었다. 늘 사람들을 안심시켜 주는 메라부딘은 산맥 위를 비행 중이던 어느 조종사가 폭풍우 때문에 예상보다 일찍 날이 어두워지자 가까스로 기체를 착륙시킬 수 있었다는 이야기를 해 주었다. 승객 한 명이 기체 밖으로 직접 몸을 내밀어서 착륙할 장소를 육안으로 찾아내야만 했다는 것이었다. 비행기가 고원에 도달했을 때, 기체는 나무숲에 바짝 닿을 정도로 낮게 비행을 하고 있었고, 밖은 거의 어두컴컴했다고 한다. 연료가 거의 떨어졌을 때, 확실한 장소를 찾아냈다는 얘기였다. 그렇다, 확실한 장소를.

공항에는, 우리가 탄 미니버스와 동시에, 폭탄을 수송하는 트럭 한 대가 도착했다. 말레크 장군의 수중에 들어 있는 비행기들이 카불 상공에다 쏟아내게 될 더러운 물건들이었다. 쇳덩어리로 만든 좌약(坐藥)이었을 뿐, 겉으로는 대수롭지 않아 보였다. 혁명시대 러시아의 저장고에서 나온 원시적인 폭탄들이었다. 하지만 사람들을 죽이고 다치게 하고 테러를 가하고 파괴를 하기에는 충분한 폭발물을 함유하고 있었다.

마침내 우리를 판지시르 계곡까지 데려다 줄 헬리콥터가 보이자, 그 공을 메라부딘과 그의 '인샬라!'에 돌리지 않을 수가 없었다. 헬리콥터의 모양새는 한심스럽기 그지없었다. 기름 얼룩 때문에 몰골이 처음의 모습과는 거리가 멀었다. 기체 내부의 계기들로 말하자면, 일부 눈금반은 언젠가 작동한 적이 있었음을 보여줄 뿐, 더 이상 어디에도 소용이 되지 못할 것처럼 보였다.

손에 영국식 열쇠를 하나 들고, 조종사가 우리에게 환영한다는 표시를 해 보였다. 천국으로 가서 한 바퀴 돌고 오자고 초대하는 사람이 바로 저 천사인가? 천사는 팔꿈치까지 더러운 기름때가 묻어 있었지만, 너무나도 따스한 웃음을 짓고 있어서 그만, 우리는 사람을 믿지 못하고 신경을 곤두세웠던 것을 후회하게 되었다. 삶이란 이렇게도 단순한 것이었다. 그러니 무엇을 걱정한단 말인가.

메라부딘이 웃음 반 걱정 반으로 말했다.

"다 잘될 거예요."

사실은 메라부딘 역시 진심에서 마음이 놓이는 것은 아니었다. 이미 적십자사의 비행기를 탔을 때 위험이 극히 적었는데도 불구하고 착륙하고 싶어 안절부절 못했던 그가 아닌가. 또한 비행기가 탈레반 쪽에 내려 앉게 될까봐 겁을 내기도 했었다.

"이 헬리콥터는 비교적 튼튼할 겁니다. 우리가 갖고 있는, 작동 가능한 상태의 두 대 가운데 한 대거든요."

마수드가 이런 기체를 몇 대나 소유하고 있느냐고 묻자, 12대라는 대답이 나왔다.

"그럼 나머지는? 어디 있나?"

물론 추락했다. 비행시간은 1시간 30분쯤 걸릴 거라고 했다. 그 외에도(별의별 일이 다 일어날 수 있으니까), 비행하는 데에 큰 어려움이 있다고 했다. 판지시르 강이 평화로이 흐르는 계곡을 향해 하강하기에 앞서, 해발 5,000미터의 고개를 아슬아슬하게 스치듯이 넘어가야 한다는 것이었다. 순간, 우리는 눈앞이 아득해졌다.

오후 5시였다. 조종사가 계기조정을 마쳤고, 우리는 탑승을 했다. 탑승객으로는 베이지색 바지에 하늘색 셔츠와 학교 넥타이(어느 대학 출신일까? 자세히 보지 않아서 모르겠다) 차림의 아주 우아한 영국인 외교관들, 우즈베키스탄에서 있었던 일을 마수드에게 보고하게 될 아샤, 헬리콥터를 기다리던 또 한 명의 아프간 사람, 메라부딘, 베르트랑, 그리고 내가 있었다. 승객의 좌석들 사이사이에는, 탈레반에 거의 포위된 상태라 판지시르에서는 찾아볼 수 없는 몇 가지 식료품들이 끼어 있었다. 타원형의 하얀 멜론들, 외바퀴 손수레의 타이어 2개, 뭐가 들어 있는지 알 수 없는 상자 몇 개(혹시 폭발물은 아닐까?) 메라부딘의 말마따나 '대장님께 드릴' 코카콜라였다. 우리는 객실에 자리를 잡았는데, VIP용 헬리콥터인 까닭에 객실은 작은 살롱식으로 변형되어 있었다. 소련군 장성이 사용하던 헬리콥터가 틀림없었다. 테이블에는 레이스로 수를 놓은 작은 식탁보가 덮여 있었고, 꽃병에는 한 송이 플라스틱 꽃이 지루한 듯 꽂혀 있었다. 벽면에는 붉은 카페트가 덮여 있었는데, 1930년대 사창굴 같은 분위기가 났다. 적어도 내가 받은 인상은 그랬다.

엔진이 가동되면서, 모든 것이 흔들리기 시작했다. 헬리콥터에는 과연 연료가 들어 있었다. 기체가 진동을 하고 소음은 귀청을 찢을 듯했다. 이륙이 임박해 있었다. 나는 앞창 너머로 촬영을 하기 위해 조종실로 들어가는 모험을 감행했다. 기체는 활주로 위를 구르기 시작하더니, 이윽고 불쑥 이륙을 했다. 그런데 느닷없이, 별 이유도 없어 보이는데, 조종사가 커브를 틀어 기체를 흔들리게 했다. 기체는 대초원의 모래바닥을 바짝 스치다시피 해서 바닥에 거의 닿을 뻔했다. 기체의 그림자가 전속력으로 바닥 위를 미끄러지며 앞으로 나아갔다. 방금 일어난 일은 또 하나의 대참사로 이어질 수도 있었던 사태였다. 미그기 한 대가 착륙을 하는 순간 우리 헬리콥터가 활주로 위를 날아가면서 그 미그기의 진로를 차단했던 것이다. 하지만 통신이 더 이상 작동되지 않아서 조종사도 그것을 모르고 있었다. '인샬라!'

모험이 시작되었다. 하지만 우리는 벌써 불안스러운 마음이 덜해졌다. 조종사가 반사신경이 좋은 사람이었으니까. 그것만 해도 이미 나쁘지 않았다. 전에는 대마초 연기에 얼이 나간 채 난간도 없는 낭떠러지를 따라서 차를 몰아대는 트럭 운전기사에게 목숨을 내맡긴 적도 있었다. 그때는 곡예사가 타는 줄 위에 서서 술 취한 상태로 춤을 추는 기분이었다.

다루는 법을 미처 다 익히지 못한 소형 카메스코프 카메라를 가지고 작업을 하자니, 앵글 맞추기가 굉장히 어려웠다. 슈퍼 8 카메라 생각이 났다. 모든 것이 너무 심하게 흔들렸다. 비행중인 기체(베르트랑은 '비행중인 관(棺)'이라고 고쳐 말했다)와 우리 모두가 마구 떨렸다. 이번에야말로 정말로 이곳이 남들이 어떻게 되든 말든 모두들 철저히 무관심한, 아니면 거의 무관심한 아프가니스탄 땅이라는 것이 뼈저리게 느껴졌다.

이 여행에서 나는 저널리즘이 요구하는 이른바 객관성 추구로부터 고의적으로 벗어나기로 결심을 했다. 객관성 추구라는 것이 건방진 생각이라고 여겨졌다. 그리고 많은 착각을 일으키는 방법이라고 생각되었다. 신성하고 올바르다는 객관성 추구의 이름으로 저질러지는 오류가 너무나도 많았다. 그 어느 때보다도 더, 나는 이번 필름에 개인적으로 끼어들려고 애썼다. 그리고 분위기에 직접 젖어들기 위해 애썼다. 나는 촬영하는 사람들 앞에 내 모습을 드러내지 않는 습관이 있었기 때문에, 쉽지 않은 낯두꺼움이었다. 하지만 고의적인 편견을 가지고 대하듯이, 이 개별적이고 주관적인 공간을 탐험해 보고 싶었다.

"수선스러운 영상과 음향 속에서, 카메라를 잡고 있다는 것이 과연 의미가 있을까?"

훗날 나는 완성된 필름에다 나중에 덧붙인 목소리로 이렇게 낭독했다.

16년 전에 이 필름을 촬영하기 시작했을 때, 나는 이런 것에 의문을 품지 않았다. 그 필름은 내가 찍은 최초의 필름이었다. 나는 마수드 장군을 비롯하여 훌륭한 사람들을 만났다. 이들은 오늘날 너무 많이 제조되고 있는 마케팅용 영웅들도 아니고 싸구려 영웅들도 아니었다. 나는 우리를 둘러싸고 있는 일체의 과장된 허풍보다 생명력이 길어질 수 있도록 하기 위해, 그리고 지금부터 털어놓게 될 더 소중한 무엇을 위해서, 이 특별한 모험의 흔적들을 수집했다.

그리고는, 맨 처음에 제롬 보니와 함께 촬영했던 「계곡 대 제국」이라는 필름에서 발췌한 영상 몇 장면을 사용했다. 지금도 아프가니스탄에서 완전히 돌아왔다고 할 수는 없지만, 어쨌든 맨 처음 그 나라에 들어갔을 때를 요약한 내용은 이랬다.

나에게 아프가니스탄은 이런 것이었다. 수주일 동안이나 하루에 16시간, 17시간, 18시간씩 감행하는 행군이었다. 마수드를 위해 무기를 수송하는 사람들과 프랑스 의사단체와 함께, 우리는 파키스탄 북부로 갔고, 금지된 국경을 비밀리에 넘어갔다. 그때가 1981년 7월이었다. 그것이 내 인생 최초의 르포였다.

이제 우리 앞에는 산이 버티고 있었고, 나는 최초의 영상들을 필름에 담았다. 산은 너무나 가까워 보여서 거의 꼭대기를 뛰어넘을 수 있을 것만 같았다. 화강암 산이었다. 눈이 내려 있었다. 샛길 하나 보이지 않았다. 비행하다 말고 기항해 있는 것만 같은 기분이었다. 하지만 천만의 말씀, 기체는 천천히, 아주 천천히 상승하고 있었다. 그리고 그 어느 때보다도 더 흔들렸다. 비록 겉모습은 침착해 보였지만 외국인 사무소의 외교관들이 좀 긴장하고 있다는 것이 느껴졌다. 다른 사람들도 긴장하기는 마찬가지였다. 눈뜨고 보기 가장 신기한 사람은 우리에게 소개되지 않은 아프간 사람이었다. 그는 두 눈을 동그랗게 뜬 채, 창 앞에 우뚝 선 산에다 시선을 고정하고 있었다. 오른손으로는 기다란 턱수염을 연신 쓸어 내렸다. 축축한 손으로 하도 잡아늘이다 보니 수염이 다 뻣뻣해져 있었다.

당연히 웃음을 참지 못하며 메라부딘이 내게 귀엣말을 했다.

"저 사람, 탈레반이에요. 남부 쿠나르 계곡의 사령관으로 있는 파쉬툰족이에요. 거기는 탈레반 통제지대거든요. 이름이 하지 로훌라라는 사람인데, 동맹을 제안하려고 마수드 대장님을 만나러 가는 길이에요."

웅웅거리는 소리 때문에 대화를 길게 할 수가 없었다. 이 이야기는 나중에 더 하기로 했다. 꽤 오랫동안 기체가 상승하고 있었다. 고도가 5,300미터였다. 베르트랑이 고도계에서 본 것이 그랬다. 기체가 너무나 움직이지 않는 것 같아서 상승이 불가능해 보였는데, 상승할 때의 불쾌했던 기분은 이제 다 사라져 버렸다. 기체는 천천히, 아주 천천히 능선 위로 나아갔다. 조종사는 바위의 뾰족한 부분들을 기체 아랫부분이 간지르게 될까봐 겁이라도 나는 것 같았다. 나는 촬영을 했다. 하지만 조종사 때문에 깜짝 놀라는 바람에 촬영이 오래 가지는 못했다. 예고도 없이 조종사가 기체를 급강하시켰기 때문이다. 대뜸 계곡이 우리 눈 속에 들어왔다. 기체는 하강하고, 선회하더니, 어떤 마을의 가옥들을 스칠 듯이 지나갔다.

"보조라크예요, 기억 나요? 1990년에 일주일을 보냈던 마을 말이에요."

메라부딘이 외쳤다. 그는 반가운 얼굴이었다.

헬리콥터는 해가 산너머로 사라져서 회색빛으로 물든 강을 거슬러 올라갔다. 우리는 마수드가 머무르고 있다는 젠갈레크에 도달했다. 마수드는 자기 아버지 소유의 집에서 살고 있었다. 산 암벽 언저리의 좀 더 높은 지대에서.

다시 판지시르에 돌아온 것이다.

제4장

마수드의 폭로

1997년 7월의 판지시르에서는 말보다도 전천후 차량을 더 많이 볼 수 있었다. 또한 노랑과 흰색으로 구분되는 카불의 택시도 많이 볼 수 있었다. 하지만 택시들은 연료가 없어서 통행을 거의 못하는 실정이었다. 실제로, 마수드가 카불을 포기한 1996년 9월 26일부터, 계곡이 탈레반에 완전히 포위당할 위험이 있는데도 불구하고 10만 명 이상의 사람들이 계곡으로 피신을 왔다. 태어나서 줄곧 그곳을 떠난 적이 없는 주민들에다 이 피난민들까지 가세해서, 판지시르 계곡의 주민수는 두 배로 늘어났다. 현재 이곳에는 20만 명에 가까운 사람들이 살고 있었다. 집안에서는 임시로 급조한 수단들을 가지고 콩나물 시루처럼 얽혀 지내는 여러 세대들을 드물지 않게 만나볼 수 있었다. 먹을거리가 부족했지만, 공동체의식이 효과를 발휘했다. 도로 가에서는, 뒤집어진 채, 때로는 방수포가 덮인 채로, 움직이지 않는 자동차들이 좀 더 나은 날이 오기를 기다리고 있었다. 판지시르 계곡에서는 긴장과 고요의 묘한 분위기가 지배했다. 상황이 어떻게 진행될지 정말로 아무도 몰랐지만, 그곳 사람들은 모두가 한 가지 희망을 갖고 있었다. 아마 신 다음으로 갖고 있는 마지막 희망이었을 것이다. 그 희망의 이름은 바로 아흐마드 샤 마수드였다.

판지시르 계곡은 먼저 냄새로 알아볼 수 있었다. 지금은 수확의 시기였다. 내 기억 속에 유일하게 스며 있는 이것은 나뭇잎과 마른 흙이 뒤섞인 냄새일까, 과일 나무일까, 포도일까, 아니면 복숭아 냄새일까? 그것은 설탕과 모래와 먼지 냄새였다.

헬리콥터에서 가까스로 살아서 나와, 우리는 마수드가 살고 있는 좀 더 큰 집과 나란히 있는 작은 집으로 인도되었다. 마수드는 우리를 맞이 하러 왔고, 우리를 알아보고는 좀 기다려 달라고 했다. 그의 집 뒷부분에는 차양이 쳐진 작은 마당이 간소한 대기실로 바뀌어 있었다. 목재와 밀짚을 짜서 만든 전통 의자들이, 프랑스에서 흔히 볼 수 있는 정원용의 싸구려 하얀 플라스틱 가구들과 나란히 늘어서 있었다.

마수드는 우아하게 밤색과 베이지 색 '차판'을 몸에 두른 채 돌아 왔다. 그는 메라부딘 옆에 앉았고, 메라부딘은 약간 겁을 먹은 착한 학생 같은 태도를 보였다. 마수드에게 압도당한 것이었다. 마수드가 시간이 넉넉한 사람이 아니라는 것을 알고 있었으므로, 나는 내가 아프가니스탄의 상황에 관한 필름을 찍으러 온 것이 아니라고 말했다. 좀 더 개인적인 필름을, 그에 관한 필름이면서 동시에 우리로 하여금 그를 지지하게 만들었던 그의 면면에 관한 개인적인 필름을 찍으러 왔노라고 설명했다. 그는 진지하게 귀를 기울였다. 베르트랑은 일단 마수드가 왜 카불에서 권력을 장악하지 않았는지 알고 싶다고 했다. 메라부딘이 통역을 했다. 나로서는 그가 왜 도스톰처럼 혐오스러운 자들과, 그 다음에는 하자라족의 적인 사이아프 같은 자들과 동맹을 맺었는지 이해하고 싶었다. 사이아프는 하자라족을 몰살시키려 한 자였기 때문이다. 비록 프랑스어를 상당부분 잘 알아듣기는 했지만, 마수드는 메라부딘의 통역에 귀를 기울였다. 그는 주위 사람들에게서 비판을 당하는 데 익숙하지 않은 사람이었다. 마수드는 화가 난 듯한 얼굴로 사과를 하더니, 조금 이따가 대답해 주겠노라고 퉁명스럽게 말했다. 어둠이 내리고 있었다. 마지막 기도를 올릴 시간이었다. 기도 시간은 길었다.

이윽고, 어둠 속에 혼자서, 그는 하얀 플라스틱 의자에 앉아 있는 우리를 다시 찾아왔다. 우리를 둘러싼 계곡의 칠흑같은 어둠과 고요 속에서, 활기차고 명확한 어조에 진지한 목소리로 두 시간 동안이나, 마수드는 자기가 왜 동맹을 맺었으며 왜 대통령직을 차지하지 않았는지 설명을 했다.

라쉬드 도스톰과의 동맹은 우선 도시를 폭격할 필요 없이 카불 시내로 신속하게 들어가기 위한 것이었다. 이 공산민병대 대장과 협약을 맺은 덕분에 도시는 내부에서부터 붕괴되었다. 둘째로, 일단 카불에 들어간 이상 마수드는 자신이 속해 있는 정당이며 보르하누딘 랍바니가 이끄는 '자미아트 에 이슬라미' 당을 존중하고 싶었다고 털어놓았다. 마수드는 정권을 랍바니에게 남겨준 것이었다. 그의 역할은 질서를 회복하기 위해 싸웠던 곳에다 무질서를 퍼뜨리는 것이 아니었기 때문이다.

문제는 랍바니가 통치를 잘못 한다는 점이었다. 그보다도 더 나쁜 것은, 랍바니가 저항군의 다른 7개 정당 지도자들에게 차례로 대통령 자리를 넘겨주었어야 했는데도 대통령직에 집착함으로써 적대감을 자초했다는 것이었다. 급기야, 나지불라 공산체제가 무너지고 5주가 지나자, 헤크마티야르가 도시를 폭격하기 시작했다.

마수드가 잘못을 지적하면 할수록, 그와 랍바니 사이의 공조관계는 희미해질 수밖에 없었다. 1995년에는 '로야 지르가'(부족원로회의)가 열리도록 되어 있었고, 이 회의는 실제로 헤라트 시에서 열렸다고 한다. 거기서 랍바니는 1천 명의 아프간 사람들 앞에서 대통령직 사임을 발표하는 연설을 하기로 되어 있었다. 저항군의 사령관들, 파쉬툰족, 타지크족, 하자라족, 외국에서 온 지식인들, 전 국왕이 보낸 대표들, 전 국무총리였던 유소프 박사, 전 아마눌라 국왕의 아들인 에사눌라 등등의 아프간 사람들이 모두 모이는 자리였기 때문에 이 회의는 매우 중요했다. 랍바니의 대통령직 사임발표는 아프가니스탄에 새로운 기회를 부여해 줄 참이었고, 랍바니에게는 현명하다는 후광을 입혀 줄 터였다. 아프가니스탄에 마침내 평화가 지배하도록 하기 위해서 랍바니가 연합국가의 조직을 돕게 될 사람들에게 자리를 넘겨주는 자리가 아닌가?

마수드는 말을 계속했다.

"대통령 궁으로 랍바니를 만나러 갔던 기억이 납니다. 헤라트로 가는 비행기에 나도 같이 탔어요. 자동차 안에서, 나는 그가 사람들을 분열시키기보다 결집시키는데 성공한다면 위대한 평화의 사도가 될 거라고 되풀이해 말해줬어요. 비행기 안에서는 그의 좌석에까지 가서 내 모든 희망은 우리 국민의 희망과 똑같은 것이라고 털어놓았어요. 미래가 그의 두 손에 달려 있다고 했어요. 그가 평화를, 오직 평화만을 생각해야 하며, 너무도 많은 다른 집단들을 배제시키고 권력을 혼자서 차지할 생각을 더 이상은 하지 말아야 한다고 말했어요. 비행기는 이륙했어요. 그랬는데, 그 당시에 뭐가 어떻게 됐는지 모르겠어요. 다음날 저녁에 그의 역사적인 연설을 듣기 위해 라디오를 켰을 때, 이건 완전한 실망이었어요. 랍바니가 입을 열었는데, 이렇게 연설을 시작하더군요. '저에게 아직도 신뢰를 보내주시는 모든 분들께 감사를 드립니다.' 그 순간 모든 사람들은 실망을 금할 수 없었고, 나 개인적으로도 그에 대한 믿음을 상실했지요."

마수드는 진지한 모습이었다. 이 배신에 대한 기억이 그를 분노에 휩싸이게 했다. 추위가 엄습했다. 다른 여러 지방에서 온 사절과 외교관들이 그를 기다리고 있었다.

"잊지 마세요, 선생들은 프랑스인들이니까요. 내 적들은 나를 툭하면 '프랑스의 사람'이라고 비난했어요. 실제로는 프랑스로부터 지원 다운 지원은 한번도 받아본 적이 없는데도 말이에요. 그리고 외부의 간섭이 계속해서 아프간 집단들을 서로 이간질시키는 한, 카불에서는 결코 전쟁이 끊이지 않으리라는 것을 깨닫고서 내가 국방부 장관직을 사임했다는 사실도 잊지 마세요. 내가 사임한 또 다른 이유는 굴부딘 헤크마티야르가 도시의 폭격을 중단하도록 하기 위해서이기도 했어요. 대신에 그자가 요구하는 국무총리 자리를 차지할 수 있도록 해 주었지요. 하지만 그자에게는 그것으로 충분하지가 않았어요. 그자의 배후에는 파키스탄이 있어서 끊임없이 사악하게 꼭두각시의 끈을 잡아 당겼어요. 파키스탄은 아프가니스탄에서 질서가 너무 빨리 회복되는 것을 바라지 않았거든요. 우리 나라를 끊임없이 통제할 수 있기를 원했지요. 저들이 이웃나라 인도와 분쟁상태에 있다는 것을, 그래서 아프가니스탄이 그들에게는 전략적으로 중요한 어떤 보루와 같은 나라라는 것을 머릿속에 기억해 두세요. 저들은 헤크마티야르가 파쉬툰족이기 때문에 그자를 택한 거예요, 나는 타지크족이고. 나는 우리 나라의 독립을 믿습니다. 내 나라가 분열될 거라고도, 이웃나라에 굴복할 거라고도 생각하지 않아요."

시간이 조금 더 지나서, 마수드의 운전기사가 메라부딘의 고향인 아스타나 인근에 있는 계곡 위쪽에다 우리를 실어다 주었다. 16년전에 국제의료지원단 팀의 제롬, 프레데리크, 에블린, 그리고 베르트랑과 함께 갔었던 바로 그 마을이었다. 어서 밝은 대낮이 되어 마을을 보고 싶었다. 한시바삐 살아남은 사람들을 다시 만나 보고 싶었다.

우리가 가는 골목을 달빛이 희미하게 밝혀 주고 있었다. 메라부딘이 어느 집의 나무 대문을 두드렸다.

"시디크의 집이에요. 시디크 기억나세요?"

시디크는 내가 결코 잊을래야 잊을 수 없는 사람이었다. 베르트랑도 기억하고 있었고, 그를 알아보았다. 1984년에, 이번보다 훨씬 더 어려웠던 여행길에서, 계곡 전체가 파괴되었을 때, 처음 만난 사람이었다.

그 후, 우리는 더 높은 곳, 훨씬 더 고지대의 어느 동굴 속에서 시디크를 다시 만났었다. 아스타나는 러시아인들에 의해 쑥밭이 되어 버린 후였다. 그래서 시디크는 해발 3,000에서 4,000미터 사이의 능선에서 가까운 빙하 동굴 속에서 비참하게 숨어 지내는 무자헤딘을 위해 식량과 생필품을 전달해 주는 일을 맡고 있었다. 날씨가 너무나도 추워서, 나의 기억은 아픈 상처 하나를 간직하게 되었다. 무자헤딘은 서로를 꼭 끌어안은 채로 노래를 부르면서, 그 엄청난 고난을 불평 없이 참아 내고 있었다. 그것은 생존의 대가였다. 밤이 되면, 이따금씩 나귀나 말을 타고서, 대원들이 아직 손상되지 않은 이웃 계곡의 농부들 집으로 밀가루를 구하러 가기 위해 믿기 어려운 먼 거리를 주파하곤 했다. 악마같은 러시아인들도, '신보다도 더 무섭고, 불과 천둥과 죽음을 뱉어내는' 비행기들도 아직은 파괴하지 못한 곳으로 말이다.

"시디크가 우리에게 잼을 한 병 줬었지요!"

오디로 만든 잼이었다. 그들 모두가 당시에 처해 있던 불안정한 상황을 고려해 볼 때, 그건 보물이나 다름없었다. 이유는 간단했다. 우리가 외국인이었기 때문이고, 친구였기 때문이며, 그들을 잊지 않았기 때문이었다. 개인적으로 1990년 8월에 「전쟁의 잿더미들」이라는, 프레데릭 라퐁과 계약을 체결하고 제작했던 필름을 촬영할 때, 시디크를 다시 만났다. 이 필름을 찍기 위해서 전쟁에 연루된 아프가니스탄과 백러시아의 남자들과 여자들 몇 명에게 전쟁이 남겨 놓은 상흔을 수집한 적이 있었다. 시디크는 아들이 지뢰를 밟는 바람에 그 아들을 잃은 후였다. 나는 다시 사람이 살고 있는 그 마을에서 시디크를 필름에 담았다. 마을의 일부는 재건되어 있었다. 그 필름의 한 시퀀스에 그가 나온다. 그가 폐허가 된 집들을 가리키면서, 전쟁 전에 사람들이 춤을 추던 곳이라고 이야기한다. 그런 다음 나는 신선한 흙냄새가 나는 그의 집에서 또다시 촬영했다. 내 카메라 앞에서 그는 자신이 목격한 참상들에 대해 증언했다. 러시아 병사들이 불태워 죽여서는 마을 어느 집의 대문에다가 못박아 놓은 개 한 마리에 대해서 이야기했었다.

메라부딘이 주먹으로 어느 집 마당 입구의 대문을 두드렸다. 주변의 마을은 고요했다. 농민들은 잠을 자고 있었다. 시냇물 소리가 들려왔다. 과일 나무의 잎사귀들이 소리를 내며 산들바람에 살랑거렸다. 메라부딘이 다시 문을 두드렸다. 마침내 발소리가 들렸다. 그림자를 춤추게 만드는 석유등잔의 불빛에 둘러싸인 채로, 한 남자가 다가왔다. 대문이 열렸다. 시디크가 보였다. 메라부딘의 말마따나 코코 시디크였다. 그들이 서로 얼싸안았다. 우리도 서로 포옹을 했다. 누가 우리 배낭을 커다란 손님방에다 올려놓아 주었다. 시디크는 불빛에 둘러싸여 있었다. 더 늙었고(물론 늙기는 나도 마찬가지였지만), 아마도 더 많은 근심거리가 생겼을 것이다. 그러나 여전히 그 소중한 미소를 띠고 있었고, 여전히 따스하게 손님들을 맞이하는 자상함을 지니고 있었다. 우리를 보자마자 배고프지 않느냐고 물었다. 우리는 폐를 끼치고 싶지 않았다. 밤이 너무 늦었고, 그는 자고 있던 참이었다. 하지만 그런 말이 그에게 무슨 상관 있으랴. 그는 아무 말도 없이 밖으로 나갔다. 우리는 그가 내준 깨끗한 담요를 덮고 기분 좋게 잠이 들려는 순간이었는데, 그가 되돌아왔다. 따뜻한 우유와 빵, 그리고 잼을 가지고서 말이다. 나의 소중한 친구 시디크.

제5장

살아남은 자, 코코 시디크

수탉 울음소리가 들렸을 때는 기도시간이 지났을 때였다. 어둠 속에서 서서히 동이 트기 시작했다. 도도하게, 아프간의 땅에서도 똑같은 시간이 흘러가고 있었다. 사람들 각자에게 마치 카운트다운처럼 인생이 흘러가고 있었다. 우리는 얼마나 더 많은 아침을 맞이하게 될 것인가? 전쟁은 저 편에, 좀 더 먼 곳에, 그렇지만 프랑스보다는 덜 먼 곳에 있었다. 하기야 미덕과 악덕이 교차하는, 하나같이 비틀린, 불완전한 우리 인간의 머릿속이 아닌 다른 어느 곳에 전쟁이 존재하겠는가?

창 밖을 보니 다채로운 색채 속에서 태양과 함께 계곡이 탄생하고 있었다. 파스텔 색조의 초록이며, 솜털처럼 보풀보풀한 초록이며, 거의 하얗다시피 한 초록까지. 밭에서는 사람들이 새벽부터 일을 하고 있었다. 수확을 하는 사람들도 있었고, 소나 말이 끄는 쟁기로 흙을 가는 사람들도 있었다. 창 밖의 광경은 내가 전에 두 차례나 와서 머무르던 때의 기억과 일치하는 것이 하나도 없었다. 차라리 1981년으로 되돌아가 있는 듯한 인상이 들었다. 그때는 계곡이 아직 멀쩡했었다. 전쟁이 정말로 이곳을 훑고 지나갔단 말인가?

정성스럽게 휘저어 만든 스크램블 에그, 홍차, 빵, 심지어 버터까지 들고서 시디크가 일찌감치 우리를 찾아왔다. 그는 뜸들일 것 없이 사람들의 마음 상태가 얼마나 달라졌는지 이야기하기 시작했다.

"전쟁은 아프카니스탄 사람들의 마음속 깊은 곳까지 변화시켜 놓았어요. 공동체가 아니라 자기 자신만을 생각하는 사람들이 너무나 많아졌어요."

그리고는 한숨을 내쉬었다.

그랬다. 시디크는 늙었다. 이제는 검은 반점들이 피부를 덮고 있었다. 온갖 근심거리를 생각하고 또 생각하다 보니, 마치 그것들과 일심동체가 되어버린 사람 같았다. 고개가 건들건들 흔들거렸으나, 시디크의 어조는 진지했다. 전쟁을 이용하는 기회주의자들을 고발하는 자리였으니 그럴 만도 했다. 메라부딘도 알고 있는 바였다. 그 점에 대해서는 우리도 이미 오랜 이야기를 나눈 적이 있었다. 그것은 하나의 생채기였다. 누가 했는지 더 이상 기억나지는 않지만, 이런 말이 있다.

"전쟁이 파괴한다면, 그에 못지 않게 평화는 부패시킨다."

우리는 여기서 그 말을 확인하고 있었다. 수많은 군소 우두머리들이 자신의 이득만을 위해 권력을 쟁취했고, 남들과 권력을 함께 나누면 자신들이 더욱 성장한다는 사실을 깨닫지 못했다. 언젠가는 죽을 사람들이 흔히 자신이 유한한 존재임을 망각하고서 마치 영원히 살 것처럼 행동했다. 인생은 짧다. 너무나도 짧다. 코코 시디크는 그것을 아는 사람이었다. 아들을 잃었고 인간의 본성에 관하여 적지않은 환상을 이미 잃어버린 그는 알고 있었다. 우리는 그를 통하여 판지시르의 상황이 비극적이라는 것을 알았다. 인구는 두 배로 늘었지만, 보유하고 있는 식량은 예전 그대로였기 때문에, 앞으로 식량은 모두를 먹여 살리기에 충분하지 못할 터였다. 이유가 무엇인가? 탈레반이 판지시르 계곡 어귀와 연장선상에 있는 샤말리 고원을 점령하고 있기 때문이었다. 식량은 소련군 점령시대처럼 산을 통하여 짐꾼에 의해 찔끔찔끔 소량으로 도달했다. 일부 간덩이가 부은 사람들은 감히 아스팔트가 깔린 도로를 타고 다니기도 했다. 하지만 이건 매우 위험천만한 짓이었을 뿐만 아니라, 물가인상을 초래하는 짓이기도 했다. 위험한 방법으로 조달한 식량에 대해서 상인들이 비싼 값을 받았기 때문이다. 이런 봉쇄상태가 얼마 동안이나 지속될 것인가? 그건 아무도 몰랐다. 모든 것은 대장인 마수드에게 달려 있었다. 그 오랜 세월을 마수드와 함께 투쟁해 왔는데, 시디크는 과연 마수드를 어떻게 생각할까?

시디크가 중얼중얼 말했다.

"판지시르 사람들의 마음속에는 아직도 아흐마드 샤가 자리를 차지하고 있어요. 하지만 카불에서 있었던 일은 이곳 농민들에게도 아주 큰 환멸이었어요. 우선, 우린 모든 것으로부터 차단되어 버렸거든요. 마수드와 함께 했던 사령관들은 카불로 가버렸고, 그 중에는 장관이 된 사람들도 있어요. 하지만 단 한명도 계곡을 생각하는 사람이 없었어요.

직접들 보세요. 여기서 재건된 것은 다 주민들이 스스로 해낸 거예요. 주요인사가 된 그 사람들은 주민들을 위해서는 손가락 하나 까딱하지 않았고, 오로지 자신들의 지위를 이용해서 부를 축적했을 뿐이에요. 아프가니스탄에 평화가 정착되지 못하고 있는 데에는 그들도 책임이 있어요. 외국인들이 와서 이곳을 쑥밭으로 만들어 놓은 건 사실이지만, 아프간 사람들 역시 자신들의 운명에 책임이 있어요."

시디크의 집에서 하루 종일 눌러앉아 있을 수도 있었지만, 마수드와 다른 사람들을 만나러 가야 했다. 나는 카메스코프 카메라를 준비했고, 베르트랑에게는 장대와 마이크, 그리고 우리의 추억이 서려 있는 좀 더 고지대의 작은 마을인 말라스파의 샘에서 가득 채우게 될 물바가지 두 개를 맡겼다. 이윽고 우리는 걸어서 출발을 했다. 갖가지 추억이 밀려왔다. 도로 가에는 몇 대의 탱크 잔해들이 굴러 다녔다. 그것은 시간이 결국은 언제나 맡은 바 제 소임을 다 해내고 만다는 것을 상기시키는 한 가지 방식이었다. 몇 백 년이 지나면 이 전쟁의 도구들은 파괴되고 말 것이다. 해가 갈수록 그것들은 점점 더 제 빛깔을 잃어가고 있었다. 러시아제 탱크를 보니 공포에 휩싸였던 순간으로 생각이 되돌아갔다. 골목들을 누비고 다니던 때였는데, 그때는 무슨 일이라도 일어날 수 있었다.

"기억나나, 메라부딘? 1984년에는 모든 게 다 망가졌었지. 집들이며, 나무들이며, 관개용 운하들이며……."

베르트랑도 확실히 기억하고 있었다. 그때 함께 여행을 했으니까. 그러나 이토록 아름다운 계곡을 보니, 그때의 악몽이 실제로 존재했었다고는 도저히 말할 수가 없을 것 같았다. 나무들은 생기가 있었고, 잎사귀들은 아무런 근심 걱정도 없이 살랑살랑 바람에 흔들거렸다. 뽕나무, 복숭아나무, 사과나무들에는 과일들이 넘쳐 났다. 관개용 운하들은 수리가 되어서, 논과 밭으로 물을 대주고 있었다. 음악처럼 흐르는 물소리가 듣기 좋았다. 너무나 소중하고, 너무나 맑은 소리였다. 이보다 더 힘찬 소리는 없을 것처럼, 언제나 귀를 즐겁게 해주는 경쾌한 소리였다.

집들에도 상흔이 사라지고 없었다. 인정 사정 없이 돌과 흙의 상태로 되돌려 놓았던 포탄의 흔적 따위는 더 이상 있지도 않았다. 이제는 이 마을 저 마을에서, 계절과 악천후를 무시한 채, 평평한 지붕을 머리에 인 황토 가옥들이 세워지고 있었다. 집집마다 햇볕에 널어 말리는 암소똥이나 겨울에 쓸 장작을 준비하느라 번잡했다. 그러나 계곡에는 군부대의 수송 차량들, 러시아제 장갑차들이 존재했었던 흔적들이 남아 있었다. 어떤 것들은 뒤집어지고 어떤 것들은 여기저기 강물 속에 처박힌 채였다. 하지만 이런 건 아무것도 아니었다. 계곡에는 훨씬 더 비극적인 유물이 남아 있었다. 그것은 바로 끝나지 않은 전쟁의 메세지처럼 아직 폭발하지 않은 상태로 땅 속에 숨어 있는 지뢰들이었다. 없어야 좋을 추악한 것들이었다. 메라부딘은 그것을 '잉여물'이라고 말했다.

1990년에 만난 적이 있는 한 아프간 사람이 이런 말을 했었다.

"가장 고통스러운 상흔은 사람의 마음속에 둥지를 틀고 있습니다. 아내가, 때로는 자식이 죽는 모습을 본 사람은 더 이상은 예전처럼 살 수가 없거든요."

베르트랑과 함께 나는 다치 리바트라고 불리는 마을 쪽의, 좀 더 고지대에 있는 계곡에 갔던 일을 회상했다. 그때가 1984년 9월 9일이었다. 저녁이 오면 길가에서, 홍차를 마시던 집에서, 바위 위에 앉아서, 강가에서, 그 시절에 관한 것은 뭐든지 그때그때 다 적어 놓던 내 작은 검정 수첩들을 간직해 두고 있었기 때문에, 나는 기억을 하고 있었다.

세월과 망각 속에 모든 것이 날아가 버리지 않도록 하기 위해서, 모험을 해 나가면서 수집한 자질구레한 내용들과 인상들을 모조리 적어 두었었다.

9월 9일. 아프간 북부를 통해 판지시르 계곡에 도달했다. 첫 번째 마을에 도달한 우리는 마을을 지배하는 고요에 충격을 받았다. 그곳은 약탈을 당하고 파괴되고 불에 탄 유령 마을로 변해 있었다. 길거리 사방에 소련군 특공대가 버리고 간 통조림통들이 널려 있었다. 그들이 떠난 것은 겨우 48시간 전이었다. 탄약통과 포탄의 탄피들, 군수품 상자 조각들도 널려 있었다. 화약 냄새가 진동했다. 기관총 세례를 받아 구멍이 숭숭 뚫려 여과기로 탈바꿈해 버린 자동차 한 대, 미처 흙이 다 마셔 버리지 못한 마른 피의 흔적들도 있었다. 시체는 없었다. 소련군이 동료들의 시신을 수거해갔기 때문이다. 그곳을 지배하는 고요는 우리를 불안스럽게 했다. 그 쥐 죽은 듯하던 고요야말로 방금 그곳에서 있었던 죽음의 게임에서 유일하게 살아남은 승리자였다. 어둠이 내리면서 무대는 더욱 인상적으로 변했다. 1981년에 지나갔을 때에는 그토록 생기 넘치고, 그토록 소란스럽고, 보고 듣고 느끼기에 그토록 아름다웠던 시장에는 전쟁의 잔해들이 산더미처럼 쌓여 있었다. 마치 거대한 쓰레기 하치장과도 같았다. 포도나무들은 흡사 죽음의 춤을 추다가 얼어붙어 버린 해골과도 같았다. 모든 것이 회색빛과 검정빛과 어둠으로 변해 있었다. 배가 고팠다. 우리는 땅바닥에 흩어져 있는 통조림 몇 개를 칼로 땄다. 메뉴는 러시아제 콘 비프였다. 아프간 사람들은 몸과 마음이 더럽혀질까봐 무서워 먹지 못했다. 그들은 러시아인들이 이슬람교도를 모욕하기 위해 돼지고기를 '소고기'라고 적어 놓았다고 생각했던 것이다. 폐허가 된 한 회교사원에서 돌바닥 위에 찢기고 구겨진 채 흩어져 있는 코란의 낱장들이 보였다. "러시아 놈들이 경전으로 밑을 닦은 거예요"라고 한 남자가 말해 주었다. 이 황량하고 삭막한 무대의 유일한 주민은 무자헤딘이다. 낮 동안에는, 또다시 공중폭격이 있을까봐서, 그들은 더 높은 지대의 산 속, 동굴 속으로 이주해서 임시로 만든 은신처에서 숨어 살았다. 그리고는 밤이 되면 내려와서, 마치 절대로 마을을 포기하지 않겠다는 것을 보여주기라도 하려는 듯이, 폐허가 된 집들에서 야영을 했다.

우리는 을씨년스러운 계곡을 가로질러 여러 주일을 여행했다. 때로는 촬영을 하기 위해 폐허 속을 통과했고, 때로는 좀 더 안전을 기하고 전사들과 함께 생활하기 위해 능선을 따라 걷기도 했다. 사실, 소련군은 판지시르를 샅샅이 훑다시피 했지만, 마수드와 대원들을 끝장내는 일에서는 무능력을 보여줄 뿐이었다. 그들은 거창한 수단을 동원하는 매우 이론적인 계획을 실행했다. 15일간이나 융단폭격을 가하고 나서, 무려 2만 명의 병사를 전투에 투입했다. 무대배경이 모든 것을 말해 주고 있었다. 와서 보고, 목격자가 되고, 두 눈을 똑바로 뜨고 기록을 하면, 그것만으로도 충분히 알 수 있었다. 반경 100킬로미터에 걸쳐 보이는 것이라고는 그저 황폐함뿐이었다.

다른 모든 마을처럼, 시디크와 메라부딘의 고향인 아스타나도 파괴되어 있었다. 아마 마수드가 자주 그곳에 왔었기 때문에 더욱 철저하게 파괴한 모양이었다. 러시아인들에게 매수된 첩자들이 알려준 것이 틀림없었다. 집이란 집은 모조리, 심지어 폭탄을 맞아 지표면에 흩어져 있던 골조들까지도, 특공대에 의해 화염방사기에 불타 버리고 말았다. 그 당시 1984년에, 러시아군 장성들의 의도는 마수드의 저항군과 끝장을 보는 것이었다. 그들이 마을을 완전히 파괴하기로 결정한 것은 명백히 분노와 무능력의 고백이나 다름없었다. 마수드는 도저히 붙잡을 수 없는 사람이었기 때문이다. 첩자들이 그를 추격했지만, 붙잡지 못했다. 그래서 어항 속의 물을 비우기로 했던 것이다. 이 교활한 전략가들은 주민들의 도움 없이는 마수드가 자신들의 압박에 오랫동안 버티지 못할 것이라고 생각했다. 그러나 이것은 아프간 사람들의 끈질긴 근성을 고려하지 않은 처사였다. 이 독립심 강한 방랑자들은 죽고 나서도 '자네트'(천국)에 가기 때문에 죽음을 두려워하지 않았다. 내가 겪어본 아프간 사람들은 그런 사람들이었다. 신발 주인의 신발창 밑에 밟히는 흙과 같은 사람들이어서, 결국에는 신발 주인이 흙에 굴복을 하게 되고 말았다. 바위와 눈과 그림자와 햇빛으로 이루어진 이 자연 속에서, 러시아인들은 길을 잃고 방황했던 것이다.

소련-아프간 정부군의 참모본부에 침투한 정보원들로부터 예고를 받은 마수드는 정부군의 작전 제 1국면이 시작되기 며칠 전에 계곡 주민들 10만 명을 철수시켜 버렸다. 몇 시간 사이에 내려진 결정이었다.

그런데도 주민들 모두가 결정에 따라 주었다. 그렇게 판지시르의 10만 농민들은 집을 떠났고, 수확이 한창인데도 논과 밭을 포기했다. 그들이 가져갈 수 있는 것이라고는 별 것이 없었다. 가축을 몰며, 자식들의 손을 이끌며, 여자들을 짐승 위에 태워서 산 속으로 떠났다. 한 프랑스 여의사가 몇 가지 장면을 촬영해 놓았다. 첫 번째 소련군 특공대가 도착하기 6시간 전에 마수드는 이미 그곳을 떠나 북쪽으로 가라고 무자헤딘에게 명령을 내려 놓은 후였다. 고지대의 능선부분에는 적의 동태를 살피고 정보를 제공할 것을 유일한 임무로 하는 소수의 정찰대원들만 남겨 놓았다. 만약에 러시아인들이 마지막 순간에 작전을 취소했더라면 마수드의 신용은 상당히 추락했을 테지만, 러시아군 장성들은 그저 폭력밖에는 아는 게 없는 자들이었다. 참모본부 수준까지 정보를 올려 보내고 다시 새로운 명령을 내려 보내기에 그들의 관료주의는 너무나도 속도가 느렸다. 그리하여 강도 높은 폭격이 15일간이나 지속되었다. 계획된 대로 한밤의 몇시간을 제외하고는 중단없이 폭격이 가해졌다. 그로 인해 철수결정을 내린 마수드는 파키스탄으로 피난 가지 않고 이웃 계곡으로 피신한 판지시르 사람들로부터 계속해서 신뢰를 받을 수 있었다. 주민들은 언제라도 가까운 곳에서 저항군에 협조를 하고 저항군의 투쟁에 지원을 해줄 수 있는 상태가 되었다. 마수드는 유능한 전략가였다. 주민들은 그가 자신들을 구원하기 위해 승리할 때까지 싸워줄 사람이라고 믿었다. 전설이 생겨나서 커져 가는 것을 어찌 막을 수 있겠는가?

감탄에 찬 베르트랑이 생각에 잠기며 중얼거렸다.

"믿을 수가 없군. 계곡이 거의 다 재건됐어. 마치 에덴동산 같아. 제롬과 함께 왔을 때 봤던 것과 꼭 같은 상태야. 정확히 16년 전에 말이야."

계곡에는 더 이상 상흔이 남아 있지 않았기 때문에, 현실이 잘 믿어지지가 않았다.

1997년 7월. 마수드가 아스타나 마을로부터 사무실을 옮겨 놓은 곳에 도달하기까지는, 장정의 걸음으로 50여 분이면 족했다. 그런데 그날은 무려 6시간이나 걸려야 했다. 그러나 그것은 전에는 겪어 보지 못해서 몰랐던 6시간 동안의 행복이었다. 사람이 어떤 일에 충실하면 모든 것을 얻게 된다는 것을 그 어느 때보다도 더 절실하게 깨달았다. 나는 같은 곳에 너무 자주 간다는 핀잔을 많이 들어온 사람이었다.

나는 전문가 취급은 못 받아도 좋다고 생각한다. 매번 '미지의 땅'에 느닷없이 들이닥쳐서 무지로 인하여 잘못된 생각을 갖게 되는 것보다는, 알기 시작한 곳으로 몇 번이고 다시 가보는 것이 더 중요하다고 생각하기 때문이다. 전문가들을 만나는 시간도 들이지 않고, 현실에 대한 이해를 도와 줄 책들도 읽어 보지 않고서, 사람의 문제와 장소에 접근하는 기자들을 보면 나는 경악을 금할 수가 없다.

자주 되돌아가 보면 사람과 사람 사이의 관계가 만들어지고, 만날 때마다 그 관계는 더욱 구체적으로 바뀌어 간다. 우정이 생겨나는 것이다. 그밖에도, 전쟁에서는 살아남는 것이 쉽지 않기 때문에 예외적인 측면이 있다. 전쟁은 순간 순간을 밀도 높게 압축시켜 주고, 가상의 희생자들로 하여금 위험 때문에 우애 좋은 한 가족으로 뭉치게 만들어 준다. 상황이 언제나 그런 식으로 발전한다는 것이 내 생각이다. 나는 아프가니스탄의 다른 어느 곳보다도 판지시르에 친구들이 많았다. 그리고 이들 때문에라도 나는 중립적일 수가 없었다.

코코 샤하보딘을 맨 처음 만난 것은 메라부딘이 1981년에 마수드의 러시아제 지프차 운전기사였던 그를 내게 소개해 주었을 때였다. 그는 나를 기억하고 있었다. 굉장한 기억력이었다. 하지만 내 편에서는 그를 알아보는 데 어려움이 있었다. 우리는 나이가 같았지만, 그는 하얀 수염 때문에 꼭 할아버지 같았다. 그가 말했다.

"당신들은 진짜 특공대처럼 행군했어요."

전에는 머리에 '파콜'을 쓰고 있었는데, 이제는 터번을 두르고 있었다. 그는 '바바'(어르신)가 되어 있었다. 그의 나이는 겨우 50살이었다. 그런데 이제 계곡 안에서 '하얀 수염'이었고, 현자였다. 사람들은 그를 존경했지만, 그는 더 이상 아무 일도 하지 않았다. 늙어가고 있었다. 이 남자는 프랑스인 의사들을 추억하며 감동에 잠겼다. 그리하여, 지리학에 대해 아는 것이라고는 하나도 없으면서도, 관대하고 용기 있었던 사람들과 자기들을 저버리지 않았던 땅덩어리 하나를 의식 속에 지니고 있었다. 그 머나먼 땅덩어리의 이름은 프랑스였다.

계산에 의해 이루어지는 우리나라의 외교는 냉정하고 대개 결실 없는 전통주의 상태로 머물러 있었지만, 많은 프랑스인들로 하여금 아프간 국민을 도우러 현지로 오게 이끌었던 마음들은 소중한 관계를 만들어 냈고, 그 관계는 앞으로도 계속 공고해지기만 할 것이다. 프랑스에서 정치인들은 실효가 뒤따르지 않는 의지를 선언하는 것만으로 그쳤는데 반해, 여론은 항상 아프가니스탄의 대의명분을 인식하고 비교적 잘 이해했다. 아프가니스탄이 너무 먼 나라라고 말하지 말자. 수백 명의 의사, 간호사, 학자들이 아프가니스탄에 다녀왔다. 올리비에 루아, 마이크 배리, 장 프랑수아 드니오, 베르나르 쿠슈네르, 클로드 말뤼레, 장 크리스토프 빅토르, 파트리스 프랑세쉬 등과 같은 수많은 기자들과 관측자들이 아프간 저항군의 실상을 보러 현지에 갔었다. 그러니 아프간 문제가 사람들에게 설명되지 않았다고 말할 수는 없다. 그러나 프랑스 당국은 한번도 아프간 문제를 진정으로 진지하게 다루어 본 일이 없었다. 이토록 소중한 관계가 존재하는데도 말이다. 카불에 있는 프랑스 중고등학교에서 프랑스어를 공부한 수많은 아프간 사람들은 프랑스가 그들을 위해 국제무대에서 변호사 역할을 해줄 수 있도록, 이러한 우정의 이름으로, 아니 그보다도 더 확실한 공동체의식의 이름으로 프랑스에 기대를 했는데도 말이다. 그래도 프랑스는 여전히 무관심했고, 아니면 적어도 활동이 너무 소극적이었다. 프랑스는 이 나라가 이슬람 테러리즘의 지옥 속으로 침몰해 들어가는 것을 막아줄 만한 용기와 불타오르는 대담함이 없었다. 얼마나 아쉬운 일인가. 만약에 카불에서 마수드가 진지한 도움을 받을 수 있었더라면, 기존의 관계를 기반으로 하여 양국의 경제에도 유용한 협력관계가 건설되었을 것이다. 모든 것은 건설되어야 한다. 우리 프랑스인들에게는 모든 선택이 열려 있다. 카불을 무장해제시켜야만 한다.

이곳에서부터 거의 100킬로미터에 걸쳐 펼쳐져 있는 이 판지시르 계곡에서 나는, 그러니까 저항할 줄을 알았던 남자들과 여자들을 알고 지냈다. 프랑스인인 나에게 용기있게 선행을 베풀어 준 사람들을.

판지시르 계곡은 굽이굽이 판지시르 강을 따라 나 있었다. 나는 불현듯 그 친밀한 냄새들로 인해 마치 정지된 듯했던 아프가니스탄의 시간으로 되돌아왔다. 우리와 마주치는 사람들이 아는 체를 해 주었다. 나는 가슴 위에 손을 얹는 그들의 제스처를 너무나도 사랑한다. '살람 알라이쿰'(평화가 당신과 함께 하기를). 사망자들, 부상자들, 망가진 꿈들, 그리고 나쁜 소식들이 끊임없이 생겨나는 전쟁이라는 상황에서 이것은 소중하고도 소중한 말이 아닐 수 없었다. 여기서 유일하게 새로운 것이라고는 얼마 전부터 도로 가의 어느 집에 설치된 국제적십자사의 안테나였다.

"국제적십자사 대표들은 주로 탈레반 포로들을 돌봅니다. 주민들에게는 거의 신경도 쓰지 않아요."

메라부딘이 털어놓았다. 그는 우리가 요청만 하면 이용하게 해줄 수많은 정보를 벌써 수집해 놓고 있었다.

메라부딘은 말수가 적고 수줍으며 숫기가 없는 사람이었다. 말해 달라고 졸라야지, 그렇지 않으면 혼자서 알고 마는 사람이었다. 그의 아버지 역시 말수가 적은 사람이었다. 그는 마을의 '마울라위'이기도 했지만, 또한 모든 것에 관심을 가진 은근히 박식한 남자였다. 이미 말한 적이 있지만, 나는 그에게 경의를 표하고 싶었고, 닮지 않는 우정과 사랑의 말들을 되풀이하고 싶었다. 여자들이 아마 이런 마음을 잘 알 것이다.

메라부딘의 아버지는 연금술을 연구했다. 액체로 만들어 보라고 하면서 내게 운모조각을 선물하기도 했다. 머나먼 현대국가인 프랑스에서는 그런 변형이 가능하다고 믿었던 것이다.

"플라스크에 담아서 그 액체를 내게 도로 가져와요. 그러면 나하고 당신은 영원히 부자가 될 거예요."

그는 매우 정중하게 그렇게 일러 주었었다. 아들은 아무 말도 덧붙이지 않았다. 1981년에 그를 인터뷰했던 기억이 난다.

옛날 화면에서 청년시절의 메라부딘을 찾아볼 수 있다. 더듬거리는 불어로 그는 아버지의 말을 통역한다. 아버지는 마을에 소련군이 처음으로 폭격했던 이야기를 하고 있다. 메라부딘이 왼쪽에, 아버지가 오른쪽에 있다. 두 사람 다 아스타나의 어느 집 잔해 앞에, 돌더미 위에 서 있다. 나는 그들의 오른쪽에 있다. 제롬이 촬영을 했다. 그 뒤로는 우리가 무슨 일을 하고 있는지 잘 이해하지 못한 채 우리를 바라보는 여자들과 아이들도 보인다. 그도 그럴 것이, 그 당시에 카메라라는 것이 무엇인지 계곡에서 아는 사람이 누가 있었던가? 아무도 없었다. 이 장면은 「계곡 대 제국」이라는 필름의 한 부분이다. 이 필름은 느닷없이 비행기들이 날아와서 화염과 죽음을 토해냈다는 이야기를 하는 메라부딘의 아버지를 오늘날 다시 부활시켜 놓았다.

"그때 불시의 공격에서 두 사람이 목숨을 잃었어요."

그것은 매우 긴 시리즈인 죽음의 폭격들 가운데 하나였다.

메라부딘의 아버지는 집에 여러 가지 보물을 간직하고 있었다. 그곳에서는 수백 년은 묵은 천문관측의 한 대와 서적들을 볼 수 있었는데, 그 많은 책들 가운데는 아랍 수학의 개요서 몇 권과, 그곳을 혹은 그곳에서 멀지 않은 곳을 지나간 적이 있다는 저 위대한 페르시아 의사인 아비켄나(본명은 이븐 시나(980~1037). 이란의 의사이자 철학자. 동양에서 가장 위대한 학자 중 한 사람으로, 아리스토텔레스와 신플라톤주의를 종합하여 스콜라 철학에 많은 영향을 주었다. 중세의 가장 뛰어난 의서인 『의학규범』 외에 『회복의 서』 등 저서가 있다-역주)의 원서도 한 권 있었다. 또한 증류기들도 있었는데, 그 안에다 식물을 넣고서 끓이곤 했다. 어느 누구에게도 조제법을 넘겨주지 않는 이상한 탕약들을 끓였다. 어쨌든 그는 '마울라위'였고, 또한 나름의 방식으로 의학공부도 한 사람이었다. 그런식으로 프랑스인 의사들의 설사를 치료해준 적이 있노라고 자랑하기도 했다. 아마 아편과 엉터리 약 몇 가지를 묘하게 섞어 넣었던 모양이다.

어느 날 저녁은 비밀을 고백하는 어투로 투명인간이 되는 비법을 털어 놓기까지 했다. 그렇다, 투명인간 말이다.

"산에 올라가서, 여기서는 '바이드 안지르'라고 부르는 관목을 찾아

봐요. 봄에 꽃이 피는 관목이에요. 그 꽃 속에 씨앗이 있어요. 바로 그 씨앗을 구하러 가는 거요. 그걸 마을로 가져와요. 그런 다음에 찰흙을 구해다가 당신 부인의 생리 피에다 섞는 겁니다. 날마다 물을 줘야 해요. 잘 다루어야 해요. 구름 사이로 해가 약간 나오면 그 햇빛을 쪼이게 해요. 그러면 이듬해에 봄이 오면 관목 하나가 생기겠지요. 그 어린 관목에서도 역시 꽃이 피어나고 씨앗이 생길 거요. 그 씨앗을 잘 보살펴 줘야 해요. 그것을 수확해서 주머니에다 넣고 떠나는 거예요. 산으로 멀리 떠나란 말이지요. 사람이나 가축이 없는 곳으로 걸어가야 해요. 조용한 곳을 찾아서 자리에 앉아요. 주위에 아무도 없다는 것이 확인되면 거울을 꺼내요. 그리고 주머니에 넣어 온 씨앗을 꺼내요. 한 알씩 한 알씩 혓바닥 밑에다 넣어 보는 겁니다. (이쯤에서, 그의 짓궂은 얼굴이 보인다. 반짝거리는 두 눈이 나를 뚫어져라 바라보고 있다.) 그러면 어느 순간, 어떤 씨앗을 넣으면, 더 이상 거울 속에서 자신의 모습이 보이지 않는다는 걸 확인하게 될 거예요. 바로 그 씨앗을 잘 간직해야 해요. 그게 바로 투명인간으로 만들어 주는 씨앗이니까 말이오. 하지만, 조심해요."

그리고는 덧붙여 말했다.

"이 능력은 좋은 일에만 써야 해요. 그렇지 않으면……."

그는 투명인간이 되는 능력을 남용할 경우 어떤 위험이 있는지 털어놓지 않았다. 하지만 무시무시하고 소름끼치는 귀신 이야기가 나올 게 틀림없었다. 학자이자 시인이었던 그 남자는 10년간의 망명생활에서 돌아온 지 일주일만에 카불에서 죽었다. 눈에 보이는 게 없는 특공대가 닥치는 대로 그의 서적들과 연금술 장비들 그리고 집까지 불태워 버리는 바람에 10년간이나 멀리 고향을 떠나 살다가 돌아왔는데 말이다.

우리는 산책하듯 도로 위를 걷고 있었다. 한 무리의 아프간 사람들이 우리가 있는 곳으로 올라왔다. 메라부딘이 그들과 포옹하고 인사를 나누었다. 우리는 서로 얼싸안았다. 그들은 예의 바른 인사말을 되풀이했다. '만수무강 하세요, 평화가 당신과 함께 하기를 바랍니다…….' 갑자기 한 남자가 메라부딘을 얼싸안았다. 키가 크고 마른 체격에 힘이 센 농부가 얼굴에 잊을 수 없는 환한 미소를 띠고 있었다. 치아가 몇 개 없었기 때문에 그 미소는 더더욱 화려했다. 그러고 보니 그의 얼굴은 내가 기억 속에 간직하고 있던 또 다른 미소와 겹쳐졌다. 코코 아스가르, 바로 그 사람이었다. 아프가니스탄 영토에서 소련군의 철수라는 믿기 어려운 사건이 일어난 지 몇 달 후인 1989년에 그를 필름에 담은 적이 있었다. 다른 모든 아프간 사람들과 마찬가지로, 그 역시 승리를 너무나도 자랑스러워 했었다. 기억이 났다. 그곳은 오늘 내가 그를 만나고 있는 이곳에서 멀지 않은 곳이었다. 그는 침략자들과 어떻게 맞서 싸웠는지 보여 주겠다고 말했었다. 내가 겨우 어깨 위에다 카메라를 얹어 놓기가 무섭게 허리를 굽히고 돌 하나를 줍더니 20여 미터 거리에서 무슨 조각상처럼 꼼짝도 하지 않는 탱크의 잔해에다 던졌다. 그리고는 내가 그에게 무엇을 물어볼 필요도 없이 촬영을 하고 있던 내 쪽으로 돌아서더니 이렇게 말하는 것이었다.

"러시아 탱크예요. 바로 이렇게 수류탄을 던졌어요. 그래서 놈들이 떠난 거예요."

아무도 못 말릴 아프간 사람들. 살아 있는 그를 다시 만나다니, 너무나 기뻤다. 이 사람은 변하지 않았다. 맡은 바 임무에 엄격한 사람이었고, 아주 오랜 시간이 흘러야만 달라질 그런 사람이었다. 그는 자기네 작은 포도밭으로 따라오라고 했다. 아주 가깝다고 했다. 사양한다는 건 있을 수 없었다. 우리는 즐거운 기분전환 거리를 위해 길을 떠났다. 이번에는 촬영을 놓치지 않도록 애썼다.

당연히 코코 아스가르는 옛날 아프간식에 따라 교육받은 대로 온갖 배려로써 우리를 대했다. 우리는 그의 손님들이었으니까. 손님에게는 자기가 가진 가장 좋은 것을 선사해야 할 의무가 있었다. 그와 같은 농부에게 가장 좋은 것이란 바로 과일이었다. 그는 복숭아를 따러 가서는 몇 개 안 남은 마지막 치아에 함박웃음을 머금고서 내게 복숭아를 내밀었다. 그리고는 웃어댔다. 자기 선물은 어디 있느냐고 물었는데, 나는 선물을 가져오지 않았던 것이다. 나로서는 부끄러운 일이 아닐 수 없었다. 그는 신발이 있었으면 했지만, 제일 좋은 것은 우리가 거기에 있다는 것, 비록 정신적으로나마 그들에게 힘이 되어주기 위해 다시 그곳에

와 있다는 것이라고 했다. 힘든 상황에서 사기는 중요한 것이니까. 이윽고 그는 러시아인들의 폭탄에 가장 타격을 크게 입은 나무들이 사실은 가장 멋진 나무들이었다고 이야기했다. 하지만 운명은 아이러니컬하기도 했다. 바싹 잘리고 갈가리 찢겨진 그 나무들을 위해 자연은 자랑스럽고도 멋진 복수를 해주었다. 1997년 7월 햇살 좋은 그 달에 나무들은 어느 때보다도 더 쑥쑥 자라났으며 더 많은 과실을 맺어 절대로 파괴되지 않는다는 것을 증명해 보여 주고 있었다.

코코 아스가르가 말했다.

"여기는 봉쇄되어 있는 상태라서 지금 갖고 있는 것에 의존할 수밖에 없어요. 하지만 구걸은 하지 않아요. 우리는 무자헤딘이니까요. 우리는 무장을 하고 있고 아직 손님들에게 과일을 대접할 수 있어요."

그는 카메라 앞에서 그렇게 선언했다.

고향인 이 계곡에서 가장 사랑하는 것이 무엇인지 말해 보라고 했더니 그는 대답을 사양하지 않았다. 깊이 생각할 필요조차 없었다. 그의 말은 산에서 강물이 흘러나오는 것처럼 자연스럽게 마음속에서부터 우러나왔다.

"직접 느껴보세요. 그리고 이 공기를 맛보세요. 공기가 가슴속으로 들어오면, 마음까지 시원해지잖아요. 신록이며, 그늘이며, 달콤한 과실들하며, 이게 판지시르예요."

얼굴을 환하게 만드는 이 빠진 미소를 지어 보이면서 코코 아스가르는 소중한 이 계곡에 관한 시를 오래오래 읊어댔다. 시인 농군이 따로 없었다.

마수드가 있는 마을로 다시 행군을 시작하기까지는 외교적인 노력이 필요했다. 코코 아스가르는 풍성한 포도밭만 갖고 있는 게 아니었기 때문이다. 홍차와 빵, 그리고 짓궂게도 밝히려 들지 않는 몇 가지 놀라운 것들도 갖고 있어서 우리에게 맛을 보여주려 들었다. 우리는 달아났다, 어쩔 수 없이.

"내일, 내일 또 봅시다."

도로상에서는 또 하나의 매복이 우리를 기다리고 있었다. 이번에는 '바바'들이, 즉 어르신들이 우리가 온 김에 가슴속에 맺혀 있던 것들을 풀어 놓으려 했다. 나는 카메스코프 카메라에 흙탕물을 튀기는 그들의 분노를 촬영했다.

그 중 한명이 힘주어 말했다.

"미국 달러와 파키스탄 루피 몇 푼에 탈레반이라는 놈들이 제 형제들을 죽이고 제 나라를 팔아 넘기려 하고 있소. 놈들은 우즈베크족과 타지크족, 그리고 하자라족을 분열시키고 있어요."

메라부딘이 위험을 무릅쓰고 한 가지를 지적했다.

"그건 우리 책임자들의 잘못이기도 하지 않습니까?"

말 한번 잘했다는 투로 노인이 점점 더 화를 내며 대꾸했다.

"천만에. 수년 동안이나 파키스탄과 미국놈들은 우리를 소련놈들에 대항하는 졸(卒)로 이용했소. 이젠 소련이 공중 분해되니까 파키스탄이 아프가니스탄을 손에 넣으려고 해. 하지만 요람에 아프간 사람이 하나라도 남아 있는 한 성공 못할 게야. 지금 아프가니스탄에는 수백 명의 파키스탄 포로들이 있소. 그놈들이 아프가니스탄에 무엇을 하러 왔겠소? 당신들은 왜 유엔에 가서 이런 간섭을 고발하지 않는 거요? 대체 무슨 명목으로 파키스탄 놈들이 여기 와서 싸움을 하겠소? 왜 이것을 전 세계에 외치지 않는 거요? 왜? 무슨 명목으로 파키스탄 놈들이 우리나라에 오는 거요? 여기서 일어나는 일은 순전히 우리들 일이오. 대체 무엇 때문에 놈들이 우리 일에 끼여든다는 말이오?"

우리는 그 파키스탄 포로들을 촬영하러 가겠다고 약속을 했다. 노인은 화를 낸 것을 사과하고는 우리의 손을 잡았다. 우리는 좋은 친구가 되어 헤어졌다.

베르트랑이 지적했다.

"좀 서둘러야 할 것 같아. 안 그러면 마수드를 만나기 어렵겠어."

메라부딘도 동의했다. 그는 대장이 얼마나 바쁜 사람인지 잘 알았다. 우리는 마수드의 사무실에서 그를 만나기로 약속이 되어 있었다. 하지만 오랜 세월이 흘렀는데도 불구하고 함께 했었던 순간들을 기억하는 사람들을 또 만났다. 우리를 국제의료지원단의 의사들로 혼동한 하얀 양모모자를 쓴 농부도 만났다. 「전쟁의 잿더미들」 이야기를 하는 두 명의 사령관도 만났다. 이 필름은 내가 프레데릭 라퐁과 계약을 체결하고 제작한 것으로서, 대 소련 전쟁의 흔적들에 관한 필름이었다. 두 시간짜리인 이 필름은 '무기의 노래'와 '눈물의 시간'이라는 두 부분으로 나뉘어 있었다. 메라부딘이 이 필름을 페르시아어로 번역해서, 우리는 복사본 하나를 마수드에게 선사하기도 했다. 1992년 4월 중순에 카불을 점령하고, 텔레비전 방송사 건물이 무자헤딘 대원들의 손에 넘어오자, 마수드는 그 필름을 방송에 내보내도록 했다. 그렇게 해서 당시 프랑스의 앙텐 2 방송국 통신원으로 있던 내 최초 여행의 동반자 제롬 보니는 그때까지 예외적으로 기자단과 함께 남아 있던 인터콘티넨털 호텔 로비의 텔레비전에서 우리의 모습을 보게 되었던 것이다…….
아프간 텔레비전 방송사가 존재하는 한에서는, 다시 말해 방송사를 파괴한 탈레반이 오기 전까지는, 우리의 필름 「전쟁의 잿더미들」이 페르시아어 버전으로 열 번도 더 방영되었다. 크게 자랑할 건 아니었지만, 즐거움은 컸다.

우리는 걸음을 재촉했다. 거의 오후 2시가 다 되어 있었다.

제6장

마수드, 그의 사무실, 나의 추억들

마수드의 사무실은 판지시르 계곡에 수직으로 깎아지른 듯이 붙어 있는 파렌드라는 작은 계곡에 둥지를 틀고 있었다. 특이한 점이라고는 하나도 없이 너무나도 평범했기 때문에 아무도 신경 쓰지 않고 지나갈 법한 그런 장소였다. 너무나 가팔라서 흡사 낭떠러지와도 같이 생긴 산의 흉벽에 바짝 붙여서, 이긴 흙으로 지은 전통건물 세 채였다. 거기에는 소형의 단파수신기로 집약되는 통신장비 전용실도 있었다. 그 옆에는 시설이 불충분하기는 해도 없어서는 안될 간이 회교 사원이 있었다. 또 그 옆으로 나란히 모함메드 이스하크가 운영하는 판지시르 소식지의 편집실로 쓰이는 어두운 방도 있었다. 그는 나의 오랜 지인으로서 '엔지니어 이스하크'라고 불렸다. 1981년에, 우리가 비밀불법여행을 떠나려는 견습기자였던 당시에 제롬 보니와 나를 받아주었던 사람이 바로 그 친구였다. 친구들이 제공해 준 매킨토시 장비 덕분에, 이스하크는 수년 동안이나 작은 소식지인 「아프간 뉴스」를 영자로 제작하고 인쇄했다. 거기에는 실려서 마땅해 보이는 정보란 정보는 모조리 실렸다. 그 덕분에 나는 수년 동안 전선으로부터, 모든 전선으로부터 나오는 새 소식들을 받아볼 수 있었다. 하지만 이 소식지는 마수드와 판지시르 사람들이 카불을 버리던 바로 그날로 생명을 다 하고 말았다.

"자네들도 알겠지만, 언론 따위는 우습게 아는 탈레반이 지금쯤 틀림없이 내 장비를 파괴해 버렸을 거야."

이스하크의 생각이었다.

그러나 「파이얌 모자헤드」(무자헤딘의 메시지)라는 이름을 지닌 새 소식지가 지금 바로 여기서 발행부수 500부씩 낡은 윤전등사기에 의해 인쇄되고 있었다. 종이가 떨어지지 않을 때면 말이다.

흙벽에서 거리가 떨어진 또 하나의 건물에는 유리는 없고 커튼이 쳐진 창문이 있었다. 바로 그곳이 대장의 사무실과 비서실이 있는 곳이었다. 비서실은 중요인사들을 위한 대기실로 사용되기도 했다. 그 외의 다른 사람들은 밖에서, 그 주변에서, 길가에서, 그리고 건물들 사이의 공간을 거닐면서 이야기를 나누었다. 주차되어 있는 자동차 수를 보면 마수드가 있는지 없는지 알 수 있었다. 그날은 자동차 수가 많았다.

그날, 오후 늦은 시간에 마수드는 그곳에 있었다. 도로와 급류가 보이는 창가 한쪽 구석에 놓인 왁스칠한 나무책상 앞에 앉아 있었다. 안테나 달린 위성전화기의 연결케이블이 바로 그 창문을 통해서 지나갔는데, 무선통신 기사는 무슨 귀중품처럼 그 위성전화기를 항상 간이의자 위에 올려놓았다. 위성통신 요금을 누가 지불하는지는 모르지만, 비용이 상당히 부담스러울 것이 틀림없었다. 마수드가 아프가니스탄의 여러 지방에서 올라온 이런 저런 사람들과의 문제를 전화로 해결했다. 그렇지 않을 때면 그의 오른팔인 압둘라 박사가 당면한 문제를 해결했으며, 뉴질랜드 친구인 테렌스 화이트라는 AFP 통신의 카불 통신원과도 자주 통화를 했다. 우리가 사무실에 자리를 잡고 마수드와 겨우 몇 마디 말을 교환했을 때인데, 마침 압둘라는 간밤에 느닷없이 들이닥친 카불의 공중폭격에 관해 테렌스와 열띤 통화를 하고 있는 중이었다. 압둘라가 해명을 하고 있었다. 그는 폭탄이 목표를 빗나갔으며 주민들을 겨냥한 것이 아니었다고 확언했다. 통화에 열기가 더해졌다. 끝에 가서 압둘라는 내가 동료기자와 한 마디 나눌 수 있도록 내게 전화기를 넘겨주었다.

테렌스 화이트는 내가 좋아하는 2미터 장신의 쾌활한 친구로 6개월 전에 파리에서 만났었다. 그는 복부에 박격포 포탄 파편 하나를 맞았는데, 미국에서 공부했고 휴가 동안 동포를 도우러 나왔던 한 아프간 외과의사의 능숙한 솜씨 덕분에 간신히 목숨을 구했었다. 카불에서 위급한 상황을 넘기기 위해 행해졌던 외과수술을 마무리짓기 위해 다시 수술을 받으러 온 테렌스를 나는 파리에서 다시 만났었다. 우리는 게릴라전 시절부터 서로 알고 지내던 사이였다. 처음에는 1987년에, 두 번째는 1989년에 만났었다. 군복 흉내를 낸 옷차림에다 튼튼하지 못한 발을 가졌다. 그리고 모기를 퇴치한답시고 미국 헌병의 포마드를 발라서 나를 항상 웃게 만들던 친구였다. 꼭 베트남 전쟁에서 살아 돌아온 사람 같았다. 그가 페르시아어를 말하는 태도는 듣는 사람들의 미친 듯한 폭소를 자아내곤 했다. 철저한 독신주의자였던 그는 나름의 기벽과 완벽한 자율성을 갖고 있었다.

1993년에 카불에서 마지막 르포작업을 할 때 그를 방문한 적이 있었다. 그 역시 AFP 통신사에서 일하고 있었지만, 여전히 프랑스어를 구사하지 못했다. 그 시기 동안에는 카불에서 살려면 제 정신이 아니어야 했다. 그는 미치광이처럼 보였다. 그가 사는 빌라는 꼭 「지옥의 묵시록」에 나오는 말론 브란도의 지하동굴 같았다. 잘린 머리통과 어둠 속에서 나와 "레디, 고!"를 외치는 천재 프란시스 코폴라 감독만 없을 뿐이었다. 벽난로 위에는 두 개의 양초 사이에 죽은 사람의 머리통 하나가 있었는데, 전장에서 주워온 진짜 해골인 것 같았다. 벽면 아래 부분을 따라서는 마치 수집품들처럼 포탄, 파편, 수류탄, 지뢰 그리고 러시아제 방독면 등등 전장에 존재할 수 있는 것은 뭐든지 다 죽 늘어서 있었다. 괴짜가 되어 가던 그 친구에게서 가장 재미난 점은 아무도 못 말릴 유머감각이었다. 그가 아직도 걸을 수 있는 상태인 것은 필시 바로 그런 자질 덕분일 것이다. 그리고 무엇보다도 그는 프로였다.

위성전화기 덕분에(시대가 시대인 만큼 당연했다. 그러나 이곳 계곡에서 위성전화기를 볼 수 있으리라고는 예상하지 못했었다) 우리는 마치 같은 도시에 살고 있는 듯이 서로 이야기를 나눌 수 있었다. 테렌스 화이트는 마수드 측에서 뭔가 중요한 일이 준비되고 있다는 냄새가 난다고 했다. 서로 안부를 묻고 나서 그 친구는 내게 일 잘하라고 말하더니, 이렇게 외쳤다.

"그럼, 곧 또 보세!"

그리고는 메시지가 매우 분명해지도록, 그 말을 다시 한번 되풀이하는 것이었다. 이 작은 사무실 안에서 가장 인상적인 점은 1981년에 그랬던 것처럼 마수드가 오만가지 임무에 여전히 눈코 뜰 새 없이 바쁜 모습이라는 점이었다. 다시 한번, 폐허에서 되살아난 그 계곡을 보며 받았던 인상은 문득 시간과 공간이 비정상적으로 압축된 것 같은 느낌을 주었다. 마수드의 움푹 패인 얼굴이며 흰머리가 아니었던들 아마 1981년으로 되돌아간 듯이 착각할 수도 있었을 것이다.

무대에서처럼 주연배우는 조연들을 맞아들였다. 어떤 허가를 받기 위해, 혹은 아무것도 아닌 일로, 이루 말할 수 없이 다양한 방문객들이 대기실로 밀려들었다. 마수드는 오만가지 서류들, 군수품과 연료취득 허가서와 임명장들 따위에 연신 서명을 해댔다. 그런 활동은 오래 전부터 아랫 사람들에게 위임할 수 있었어야 했다. 그런데 아니었다. 이것이야말로 그의 가장 큰 약점이었다. 마수드는 예전처럼 모든 것을 혼자서 도맡아서 처리하고 있었다. 하지만 전에는 모든 게 불투명했었다. 그리고 전에는 카불의 참사도 패배도 없었다.

그렇게 일하는 그의 모습을 보고 있자니 그의 운명에 대해 생각하지 않을 수가 없었다. 우리는 나이가 거의 같았다. 마수드는 1950년대 초에 태어난 사람이었다. 이공과 대학에 들어갈 때까지 카불의 프랑스 학교인 에스트클랄 중고등학교에서 중등교육을 받았고, 이공과 대학에서는 건축기사가 될 꿈을 안고 2년을 보냈다. 17세가 되어서는 '회교청년단'에 가입했다. 매우 일찍부터, '회교청년단' 안에서, 그리고 아버지가 군인이었기 때문에, 마수드는 아프간 군대의 장교들을 모집하는 비밀임무를 수행했다. 그의 집은 다우드의 비밀경찰요원들의 감시를 받았다. 그때부터 마수드는 지하활동을 하며 살았다. 몸을 숨기고 있다가 밤이 되어서야 담을 넘어서 집으로 돌아오곤 했다. 오직 한 사람, 그의 동생인 아흐마드 지아만이 이 사실을 알고 있었다. 그는 형의 일을 도왔다. 마수드의 라이벌은 그때부터 이미 헤크마티야르였다. 두 사람은 서로 뜻이 통하지가 않았다. 1975년에 마수드는 판지시르 봉기에 참여했다. '회교청년단'은 판지시르 계곡에서, 바다크 샨 지방에서, 팍티야 지방에서, 그리고 라그만 지방에서 작전을 벌이기로 결정했다. 단원은 마수드를 포함하여 40명이었다. 이 활동의 목적은 최초의 공화국 대통령인 다우드가 제거될 수 있도록 카불에서 쿠데타를 일으키는 것이었다. 이 계획은 헤크마티야르가 준비한 것이었다. '자이마트' 당은 찬성하지 않았다. 그들은 아프간 국민들에게 홍보활동을 벌여 공산당의 비중과 위험성을 설명하는 편이 더 낫다고 보았던 것이다. 그러나 '헤즈브' 당은 신속한 군대의 지원을 약속하며 사태를 장악했다. 헤크마티야르가 직접 나서서, 단원들을 잘 배치해야 한다고 강조했다. 어떤 날 어떤 진지에서 어떻게 할 것인지, 그는 마수드의 대원들에게 라디오를 듣고 명령을 기다리라는 지시를 내렸다. 메라부딘의 친구들이 한 말에 따르면, 사실은 헤크마티야르는 자기 마음에 들지 않는 사람들을 함정에 빠뜨리기 위해 카불 밖으로 내보냈던 것이라고 한다. 그는 쿠데타를 도모하는 데 아무것도 한 일이 없었으며, 정당 사람들과도 말을 맞춰 놓고 있었다고 한다.

헤크마티야르의 배신을 까맣게 모른 채, 마수드와 40명의 동지들은 판지시르의 로카구역을 점령했다. 그들의 행동은 주민들에게 큰 거부감을 불러일으켰다. 동지들 몇 명은 살해를 당했다. 나머지 사람들은 카불의 라디오에서 방송되기로 되어 있는 그 유명한 메시지를 초조하게 기다렸다. 하지만 아무 소식도 나오질 않았다. 그래서 그들은 계곡 안쪽으로 달아나지 않을 수 없었는데, 거기서는 마을 사람들에게까지 공격을 당했다. 몇 명은 부상을 당했고, 다른 몇 명은 마을 사람들에게 포로가 되었는데 이들은 군대에 넘겨졌다. 그랬어도 마수드와 대원들 무리는 산을 가로질러 도망치는 데 성공했다. 그들은 판지시르 계곡과 나란히 나 있는 계곡에 도달했다. 안다라브 계곡이었다. 그곳으로부터 마수드는 비밀리에 카불로 되돌아왔다. 이렇게 '회교청년단' 단원들의 쿠데타는 실패로 돌아갔지만, 마수드는 정치계에 그리고 전쟁에 뛰어들게 되었다. 헤크마티야르 역시 그랬다. 그는 이미 마수드의 적이 되어 있었다. 가장 위험한 불구대천의 원수가 되어 있었다. 나는 마수드가 투사로 활동했던 시기에 대해서는 알지 못했다. 메라부딘이 내게 자료들을 넘겨주어서 알게 되었다. 자료는 확인할 수 없는 상태로 남아 있었기 때문에 내용 역시 간략할 수밖에 없었다.

1981년부터 오늘날까지 16년간의 전쟁이 있었다. 노력과 전투와 패배와 승리의 16년, 동지들이 죽고, 팔다리가 날아가고, 감금당하고, 고문을 당한 16년, 그리고 나약해서 혹은 개인적인 이득을 위해서 배신을 한 사람들과 함께 한 16년의 세월이었다. 한 인간이 어떻게 그런 운명을 견뎌낼 수 있었을까? 이것이 오늘 내가 이 무더운 사무실에서 알고 싶은 것이었지만, 아직은 물어볼 때가 아니었다. 그저께 마수드에게 이번에는 통계 인터뷰 따위는 하지 않을 거라고 말해 두었다. 그저 그곳에 있게만 해달라고 요청했다. 그게 다라고 했다. 내 소형 슈퍼 8 카메라를 가지고 전처럼 촬영을 하게만 해달라고 했다. 마수드는 평소처럼 따스한 미소를 지으며 지극히 소박하게 내 요청을 수락했다. 나는 그가 이런 활동에서 기대하는 바가 무엇인지 알 수가 없었다. 서방세계는 그를 도와주지 않았으니 말이다. 그에게 언론은 눈곱만치도 쓸모가 없었다. 차라리 언론은 그에게 주로 부수적인 골칫거리들만 안겨 줄 뿐이었다.

내 손목시계가 멈추어 있어서, 몇 시인지 알 수가 없었다. 나는 마수드가 탈레반에게 점령당한 샤말리 고원에서 온 두 남자를 접견하고 있는 모습을 촬영했다. 탈레반식 턱수염을 단 비밀사절들이었다. 3개 마을의 주민들에 의해 파견된 두 명의 회색빛 턱수염쟁이들이었다. 그들에게는 낭비할 시간이 없었다. 지금 많은 위험을 감수하고 있다고 했다. 나는 촬영을 했다.

책상 앞에 앉아 있는 마수드 앞에서, 둘 중 말솜씨가 나은 사람이 선 채로 말했다.

"저희 모두는 탈레반과 싸울 준비가 되어 있습니다. 필요하다면 사냥총이나 돌을 갖고도 싸울 겁니다."

"무기를 얼마나 원하시오?"

"알아서 주십시오. 저희는 1,500에서 2,000명 사이입니다."

"모두들 무기를 들길 원하시오?"

"그렇습니다. 남녀 모두 그렇습니다. 모두들 싸우길 원합니다. 저희는 인내가 한계에 달해 있습니다."

마수드는 네모난 종이에 숫자 하나를 적고 서명을 했다. 그들에게 지급될 무기의 수를 기록한 것이었다. 남자들은 감사의 말을 전하고는, 들어왔을 때 못지 않게 재빨리 나갔다.

그리고 다음 사람이 들어왔다.

1984년에, 베르트랑과 메라부딘과 나는 순교의 계곡 위로 불쑥 솟아오른 산맥 안에서 마수드를 만나기까지 무려 3주일이 걸렸었다. 내 수첩에는 이렇게 적혀 있었다.

> 빙하 속처럼 추운 오후 끝 무렵이었다. 깎아지른 듯한 계곡. 촬영은 하지 않았다. 행군을 했다. 아니 차라리 저 위대한 대장이 과연 있을지 없을지 제각기 궁금해하면서, 동굴에서 능선으로, 그리고 산맥의 꼭대기들을 헤매고 다녔다. 그가 좀더 먼곳에 있다고, 그를 본 사람이 있다고, 머지않아 그곳에 오게 될 거라고, 우리가 찾고 있다는 것을 그가 알고 있다고, 사람들은 매번 우리에게 말해 왔었다. 그런데, 오늘 우리는 연녹색의 똑같은 제복 차림에다 허리에는 탄띠를 찼으며 장비를 철저히 갖춘 한 무리의 무자헤딘을 만났다. 몇 사람의 얼굴은 내게도 친근했다. 마수드의 지지자로서 나중에 그의 장인이 된 타주딘도 있었다. 그리고 다른 사람들도 있었는데 이름은 잊어버렸다. 그들이 우리에게 작은 동굴 안으로 들어오라는 손짓을 했다. 안에 사람들이 있었다. 마침내 우리의 목표물이 그 안에 있다는 감이 왔으므로 우리는 흥분했다. 출입문 대신 쓰이는 커튼이 제쳐졌다. 거기에 마수드가 있었다. 지치고 마른 그가. 소련군 침공 이후로 그는 끊임없이 걸었다. 동지들을 독려하고, 조직을 구성하고, 조직을 재정비하고, 공격을 계획하고, 그때그때의 상황에 활동을 맞추느라고 엄청난 거리를 걸어다니고 있었다. 마수드는 여전했다. 마수드는 아직도 활동 중에 있었다. 저항군의 마

수드는. 이 얼마나 동화처럼 믿기 어려운 일인가.

"소련군과 맞설 비결이라도 있습니까?"

"비결의 이름은 정의입니다. 러시아인들은 침략자들이에요. 우리의 명분은 올바릅니다. 신의 도움과 지지는 항상 우리와 함께 있어요. 신께서는 우리가 거둔 수많은 승리를 주도하셨어요. 아프간 저항군 단체가 우리 국민 전체를 대표한다는 사실을 절대 잊지 마세요. 이건 국민의 자발적인 충동이에요. 그것 없이는 우린 지탱할 수가 없을 거예요. 5년 만에 우리는 침략자들과 맞서 싸우는 법을 배웠어요. 우리는 이제 그들의 약점을 압니다. 우리는 그들에게 강하게, 적시에 타격을 입히는 법을 알고 있어요. 우리의 조직은 견고해요. 그래서 우리는 소련에 저항할 수 있는 거예요."

마수드가 말을 하는 동안, 그의 부관이자 비서가 '메이드 인 프랑스' 뒤랄렉스표 유리잔에다 홍차와 뜨거운 (가루) 우유를 우리에게 대접했다. 허리띠에다 칼라슈니코프 탄창을 매다는 대신에, 마수드와 비밀이 없이 지내는 이 무자헤딘은 대장이 받아쓰기를 시키면 언제라도 메모를 할 수 있는 수첩부터 시작하여 여분으로 갖고 있는 '빅'표 볼펜에다 '클림'표 가루 우유 상자에 이르기까지 온갖 자질구레한 물품들을 지니고 다녔다. 가히 걸어다니는 비서실이라 할 만했다.

"1983년 1월에, 소련군이 내게 협상을 제안하기 위해 문서로 접촉해 왔어요. 나는 그들을 만날 것을 수락했고, 우리는 휴전에 합의했어요.

이로써 더 이상은 러시아인들의 압박을 받지 않았기 때문에 나는 다른 사령관들과 접촉에 들어갈 수 있었고, 다른 지역들과의 동맹체계도 조직할 수 있었지요. 그러자 KGB와 아프간 비밀정보기관인 '카드'는 내가 구역을 확장하고 있다는 것을 깨닫고서 판지시르의 저항군을 끝장내기로 결정했지요. 선생들도 그들이 저지른 짓을 보았겠지요. 그들이 어떤 자들인지는 이제 아시겠지요. 그 해에 그들은 병력과 무기를 상당히 증강시켰어요. 압박이 강해진 것도 확실하고요. 그런데 우리측으로 말하자면, 갖고 있는 무력이나 받고 있는 원조가 여전히 같은 수준에 머무르고 있어요. 요컨대 형편없이 저조하다는 얘기지요. 그런데 비록 신께서는 원하시지 않더라도, 만일 무자헤딘이 병력과 무기를 보강하는데 성공하지 못한다면, 우리는 매우 심각한 문제들에 봉착하게 돼요. 반면에, 만일 외부세계가 우리를 지원해 준다면 우리 저항군은 또다시 승리를 거두게 될 겁니다."

이윽고 마수드는 소련 특공대에 대해 갖고 있던 생각들에 접근해갔다. 그는 목에 두르고 있던 머플러를 풀더니, 땅바닥에, 차디찬 땅바닥에 떨어뜨렸다.

"자, 여기에 산이 있다고 칩시다. 소련군은 이상해요. 산꼭대기에다 특공대를 배치시키지를 않아요. 저들의 전략을 보았을 때, 나는 위험하더라도 그들의 주둔군 한가운데에다 우리 대원들을 숨겨 놓는 걸 두려할 필요가 없다는 것을 알았어요. 우리는 밤에 공격을 했지요. 이 자리에서 말해두지만, 러시아 특공대는 아기들이나 다름없어요."

군사문제에 접근할 때면 늘 그렇듯이 마수드는 무척 즐거워하고 열정에 차 있었다.

이것이 비망록의 끝이었다.

인간의 두뇌는 경이롭다. 나의 정신은 이리 저리 시간여행을 하고 다녔다. 우리는 이제 여러 장면이 끊임없이 이어지는 사무실의 의자에 앉아 있었다. 방금 파쉬툰족 3명이 들어온 참이었다. 메라부딘의 말로는 그들 역시 탈레반의 통제권에 들어 있는 어느 지방에서 온 사람들이었다. 마수드는 놀라운 사람이 아닐 수 없었다. 우리에게 나가달라고 요구하지 않았다. 그렇지만 이 세 사람은 혹시라도 그 안에 있을지 모르는 첩자가 알아볼 수 없도록 머플러 속에 얼굴을 감춘 채로 들어 왔다. 나는 그들을 필름에 담았다. 그런데도 마수드는 내버려두었다. 그들은 페르시아어를 하지 않고 파쉬투어로 말했다. 파쉬투어도 알고 있는 메라부딘이 내게 귀엣말로 동시통역을 해 주었다. 그들은 마수드에게 동맹을 제안하러 온 것이었다. 여차하면 공격으로 넘어갈 수도 있는 사람들이었다. 논쟁은 계속되었다. 때로는 언성이 높아지기도 했다. 특히 마수드가 그들에게 병력과 무기규모를 밝히라고 요구했을 때는 더욱 그랬다. 마수드는 애매한 대답만을 얻어냈지만, 그것을 재미있게 생각했다. 탈레반을 무찌르려는 그들의 의지는 확고해 보였다. 그들 대장의 친척 한 사람이 회교사원에서 나오는 길에 탈레반에게 몹시 얻어맞은 일이 있었다고 했다. 사절 중 한 사람이 내린 결론은 이것이었다.

"이슬람교는 그런 것이 아닙니다."

마수드가 누구 지폐 한장 가진 사람 없느냐고 물었다. 압둘라 박사가 주머니에서 한장을 꺼냈다. 마수드는 지폐를 두 쪽으로 찢더니 상대에게 한쪽 부분을 내밀었다. 상대는 호기심과 약간의 놀라움으로 그를 바라보았다.

"우리 편 사람이 당신들에게 가서 공격명령을 전하면 그 사람은 이 지폐의 다른 쪽 절반을 지니고 있을 것이오. 이제는 당신들을 믿을 수 있기를 바라오. 가서 아까 말한 무기를 받아 가시오."

대기실은 비어지지가 않았다. 수많은 사람들이 두 명의 비서 주위로 몰려들었고, 두 비서는 정신이 없을 텐데도 여전히 침착했다. 나는 연금을 달라고 온 노인을 필름에 담았다.

"나는 세 아들을 잃었소. 모두가 '순교자'들이오. 아침부터 여기 와 있는데 아무도 신경 쓰지 않아요. 오늘은 날 도와줄 수 없다고 합디다. 도대체 날더러 어디로 가라는 거요!"

한 청년은 와서 새 신발 한 켤레를 달라고 했다. 메라부딘이 내게 말했다.

"압둘 와헤드 사령관의 아들이에요. 왜 아시죠. 1981년에 제롬과 함께 촬영하셨던 그 사령관요. 소련제 무기를 수리하던 그 사람 말이에요."

기억이 났다. 그는 이듬해에 체포되었고, 고문을 당했으며, 처형되었다.

필름의 최종편집과정에서, 나는 1981년에 촬영한 시퀀스를 다시 다루고 이렇게 해설을 붙였다.-게릴라 시절에, 대담한 수리공 노릇을 한 그의 아버지는 분열 로켓을 손으로 재구성해 만들었다. 매우 드물기는 했지만 격추된 헬리콥터에서 주워 모은 로켓들로 만들었다. 이런 아프간식 수리감각으로 소련군에 정정당당하게 대항했던 것이다. 그 나머지 일은 용기가 해냈다. 필요하다면 총의 격철 대신 망치를 사용하기도 했다.

우리가 사무실로 되돌아왔을 때는 마수드가 시급한 일들을 대충 끝마쳤을 때였다. 내가 10여 분간 촬영을 하는 동안 그는 네 사람을 맞이했다. 그들은 각자 다른 문제를 하나씩 가져와 그에게 내밀었다.

그가 자리에서 일어났을 때는 시간이 상당히 늦어 있었다. 그런데도 그는 우리에게 사적으로 시간을 내주지 못하게 되어 미안하다고 했다. 뭔가 긴급한 일이 계곡 아랫쪽에서 그를 기다리고 있다고 했다. 어떤 모임에 가야 하는데, 거기서 적어도 하루, 이틀, 아니 어쩌면 사흘간 붙들려 있어야 할 것 같다고 그의 조수가 말해주었다.

그가 떠나고 나자 사무실은 완전히 비워졌다. 철망이 쳐진 창문을 통해 들어오는 바람만이 남아 있을 뿐이었다. 그 바람이 커튼을 펄럭거리게 했고, 대기실 문을 쾅 쾅 닫히게 했다.

이번에는 마수드의 오른팔인 압둘라 박사가 나가면서 우리에게 중요한 이야기를 털어놓았다. 뭔가 임박한 일이 준비되고 있다는 것이었다. 테렌스 화이트는 과연 코가 예민한 친구였다. 대규모 공격이 사람들의 입에 오르내리고 있었다.

제7장

저항군의 별

앞에서 밝혀진 바와 같이 마수드는, 단 한번도 아프간 국가를 제대로 존립시키지 못하고 국민을 희생시켜가면서 대통령 자리에만 연연하는 랍바니와 점점 더 불화의 골이 깊어진 상태였다. 마수드는 4년간의 전투로 인하여 이미 70퍼센트가 파괴되어 버린 수도 카불에서 전쟁이 계속되기를 바라지 않았다. 그가 1996년 9월에 탈레반에게 카불을 포기한 것은 즉흥적으로 내려진 결정이었다. 몇 시간 사이에 마수드의 대원들과 그 가족들은 판지시르로 가는 하나밖에 없는 도로를 향해 몰려들었다.

"카불 철수 때, 마수드 대장님은 그 모든 일의 결과가 나중에 어떻게 나올지 알았더라면 절대로 정치투쟁에 참여하지 않았을 거라고 측근에게 털어 놓으셨대요."

이것은 메라부딘의 말이었다.

마수드가 전쟁을 시작한 지 어언 19년이었다. 베르트랑과 나는 마수드와 같은 사람들에게는 행운의 별이 존재하는 것이 틀림없다고 이야기하곤 했다. 너무나 많은 사람들로부터 증오를 받고 있는 야세르 아라파트처럼, 마수드 역시 살아남았다. 그렇지만 이 비범한 두 인물 사이에는 커다란 차이점들이 존재했다. 마수드는 항상 테러리즘을 혐오했고, 외국에다 자신을 제대로 소개하는 법을 몰랐다. 그 바람에 국제무대에 충분히 알려지지 못했다. 그렇지만 행운은 그와 함께 해왔다. 여러 차례 암살범들이 그를 암살하기 위해 고용되었다. 하지만 한번도 성공하지 못했다. 그렇지만 마수드는 경호를 받는 일이 거의 없거나 매우 드물었다. 판지시르 계곡에서도 때때로 혼자서 돌아다니는 일이 있었다. 그가 사는 집도 전혀 특별한 보호를 받는 혜택을 누리고 있지 않았다. 지평선과 그 인근을 살피는 일보다 그저 홍차나 즐겨 마시는 무장한 동지 몇 명이 있을 뿐이었다. 아닌게 아니라 마수드의 집은 모든 방문객들에게 활짝 열려 있었다. 사람들은 쉽사리 집에 드나들었다. 길 아래쪽에서 단지 상징적인 차단선이라고 할 수 있는 긴 줄을 지키고 있는 두 청년에게 말만 하면 그것으로 충분했다. 하지만 여기서는 모두들 그곳을 존중했다. 그래서, 시간이 흐르자 한 가지 좋은 습관이 생겨났다. 사람들은 명확한 이유가 있어야만 대장을 방해했던 것이다. 이곳 사람들은 그를 존경했고 사랑했다.

젠갈레크에 위치한 이 집은 원래 마수드 아버지의 소유였다. 그의 아버지는 아프간 군대의 장교였는데, 파키스탄에 피난 갔다가 자동차 사고로 죽었다. 판지시르에 있는 모든 마을의 집들과 마찬가지로 이 집도 소련군에 폭격을 당하기 전에는 크고 아름다운 집이었음에 틀림없었다. 멀리서 보면 사람이 살지 않는다고 믿어질 정도로 집에는 과거 폭력의 흔적들이 남아 있었다. 방문객들을 받아들이기 위해서 마수드는 가족이 쓰는 집에 붙여서 작은 건물 한 채를 짓도록 했다. 그의 가족이 쓰는 사적인 공간에는 아무도 들어가지 않았다. 그건 마수드의 비서조차 위반하지 않는 하나의 규칙이었다. 그곳에서 마수드는 아내와 세 딸 그리고 아들 하나와 함께 살고 있었다. 그 딸들을 나는 한번도 만나 본 적이 없었다. 하지만 아들은 건물 뒤편에 층계참처럼 이어지는 차양 밑에 자주 왔고, 때로는 여러 시간 동안이나 기다리는 손님들과 함께 놀곤 했다. 손님들은 그의 집에서 유숙하지 않았다. 계곡에 있는 여러 집들이 손님들을 맞는 장소로 사용되었다. 시디크의 집도, 모알렘 나임의 집도 그런 기능을 수행했다. 모알렘은 인상적으로 딱 벌어진 체격에 유순한 성격의 남자로서, 자기 집 한쪽을 내서 '저명인사' 손님들을 맞아들이곤 했다. 시디크의 집이 계곡에서 너무 고지대에 위치해 있었기 때문에, 우리도 편의를 위하여 짐을 모알렘의 집에 옮겨 놓았다. 드물게나마 여기까지 온 기자들은 대부분의 시간 동안 나임의 집에서 유숙했다. 그들 가운데는 오래 전부터 아프간 사태를 다루어온 사람들도 있었다. 영국인인 피터 저브날은 아프간 여행 분야에서 최고 기록을 보유하고 있는 기자가 틀림없었다. 만일 그가 아니라면, 토미 데이비스였다. 「르 피가로」사의 파트릭 드 생텍쥐페리와 역시 기자인 르노 지라르를 비롯하여 몇몇 기자들은 우리들처럼 이 나라에, 이 나라 역사에, 우리들 못지 않게 미치광이들인 이 아프간 사람들에 애착을 갖고서 단골 손님들처럼 이 나라를 드나들었다. 그러나 1997년 7월에는 아무도 없었다. 당시 신문들이 오로지 탈레반과 그들의 광기에만 관심을 집중하고 있었기 때문이다. 제인 폰다가 오로지 카불 여성들을 귀신처럼 보이게 만드는 '부르카' 문제로만 남편인 테드 터너의 마음을 움직여 놓았기 때문에 판지시르에는 CNN도 오지 않았다.

이곳 사람들은 다들 1997년 5월 사태에 관한 이야기만 했다. 그때 탈레반은 마자르 에 샤리프의 주인이 되었고, 판지시르에는 공황(恐慌)의 바람이 불어닥쳤다. 주위의 고요와 저녁 시간을 틈타 모알렘 나임이 우리에게 그 해 5월 27일에 있었던 일을 이야기해 주었다. 그날 마수드는 연속해서 나쁜 소식들을 전해들어야 했다.

"나는 하루 24시간 중 18시간을 대장님과 함께 지냈어요. 내가 평생 절대로 잊지 못할 일은 불과 6시간 사이에 16가지 중대한 사건들이 일어났다는 점이었어요. 그 중 몇 가지는 비극적인 것이었지요. 몇 가지는 위성전화를 통해서, 또 몇 가지는 무선통신을 통해서, 그리고 여러 가지가 전령들을 통해서 전해졌어요. 바로 내 눈앞에 대장님의 얼굴이 있었어요. 이건 몇 년 동안 겪어보지 못한, 끔찍한, 거의 절망적인 상황이었지요. 그런데 그때 나는 대장님이 얼마나 강인한 분인지 확인했어요. 그 분은 냉정을 유지하더군요. 여전히 침착하게 냉정을 유지하신 상태였어요. 우리를 둘러싼 모든 것이 일시에 와르르 무너져 내리는 것처럼 보였는데도 말이에요."

모알렘은 사촌이 양탄자 위에 내려놓은 홍차를 우리에게 따라주었다. 그리고는 속에 아몬드(혹은 복숭아 씨)가 들어 있는 사탕을 권했다. 그가 예의 부드럽고 침착한 목소리로 다시 말을 시작했다.

"대장님은 이 엄청난 사태들 앞에서 마치 산처럼 견고해 보였어요. 그래서 나는 다시 한번 그 분이 진정한 영웅이라는 생각을 했지요."

나임은 한숨을 내쉬더니 피곤한 듯 잠시 눈을 감고는, 그때의 기억에 무겁게 내리 눌리는 듯이 기억을 돌이켰다.

"맨 먼저 도달한 소식은 마자르 에 샤리프가 함락되었다는 것이었는데, 함락된 방식도 이루 말할 수 없이 비극적이었어요. 수천 명의 탈레반 전투원이 도시 안으로 들어갔고, 파키스탄 놈들이 직접 공항 활주로에 착륙한 점보기로 탈레반 놈들에게 중화기들을 대주었던 데다가, 우리는 우즈베크 동맹군을 잃었거든요. 두 번째 나쁜 소식은 도스톰 장군이 도망을 쳤다는 것과 하이라탄에서 상당수의 사람들이 체포되었다는 것이었어요. 우리 동맹군이 말이에요. 그러더니 이번에는 쿤두즈와 타카르가 함락되었고, 타지키스탄으로 피난을 떠났던 랍바니 교수와 사이야프 교수가 도망을 쳤다는 거예요. 마수드 대장님은 너무도 좋지 않는 상황에 대해 보고를 듣고 사태를 파악했지만, 여전히 침착했어요. 절대 한 마디도 언성을 높이지 않았어요. 그랬는데 상당수의 무자헤딘이 체포되었다는 소식과 안다라브 계곡의 유명한 사령관 포르물이 죽었다는 소식이 전해지지 뭡니까. 그래서 우리는 바다르샨 사람들이 끝장이 났다는 것과, 그들이 몹시 당황해 있다는 것, 그리고 우리가 세운 조직 전체가 일시에 붕괴되어 버렸다는 것을 알았지요. 완전히 혼돈 그 자체였어요. 코반드와 라그만 사람들은 완전히 낙담하고 말았고, 지금 벌어지고 있는 사태 앞에 공황상태에 빠져 버렸어요. 심지어 항복하게 해달라고 허락까지 구하면서 앞으로 어떻게 해야 할지 대장님께 묻더군요. 그때 울리던 위성전화 소리는 아직도 귀에 쟁쟁합니다. 랍바니 교수였는데, 다른 여러 이웃 공화국들과 타지크 당국의 태도도 달라졌다는 거예요. 그들은 우리를 지원하고 있었는데, 갑작스럽게 탈레반이 진군하자 불안해졌던 것이지요. 결론적으로 랍바니 교수는 대장님께 지체 없이 자기를 찾아와 달라고 했습니다. 자기 목숨이 큰 위험에 빠져 있으니 달아나야 한다면서 더 이상 방어할 게 하나도 없다고, 게임은 끝났다고 말하더군요. 다음에는 최전선에 로켓포가 떨어졌다는 전화가 왔지 뭡니까. 또, 계곡에서 장폐색에 걸린 청년 하나가 죽었다는 소식이 전해졌고, 계속 그런 식이었어요. 몇 가지 다른 소식들도 있었는데, 내 비망록에다 죄다 기록해 두었어요. 원하신다면 보여드릴 수도 있어요."

잠시 생각에 잠긴 듯하던 나임은 이윽고 그 악몽 같았던 기억을 쫓아내려는 듯이 빙그레 미소를 지었다. 앞으로 만나게 될 모든 사람들을 필름에 담자는 생각이 내 머리에 떠올랐다. 그때의 일에 참여했던 사람들을 만나게 되면, 탈레반의 위협이 그 어느 때보다도 더 심했다던 그 당시에, 연이어서 터져 나온 이 대재앙들이 알려진 후에 열렸다는 모임에 대해 이야기해 달라고 하자는 생각이 떠올랐다.

나임이 설명했다.

"마수드 대장님의 요청에 따라 모임이 이루어졌어요. 대장님은 소식을 듣고 달려온 모든 마을의 책임자들을 집합시켰어요. 사령관들, '울레마'들, '마울라위'들, '하얀 수염'들까지 전부 다요."

나임은 한숨을 토해냈다. 그로서는 이것이 모든 기억들 중에서도 가장 고통스러운 것이었다고 말했다. 사람들이 보는 앞에서 그때의 기억으로 되돌아가는 것은 괴로운 일이 아닐 수 없었다. 하지만 우리는 친구였다.

"상당수 사람들의 사기가 최악으로 떨어진 상태였어요."

내가 방금 작동시키기 시작한 카메라를 바라보며 나임이 말했다.

그런데 유감스럽게도 그때는 이미 그의 목소리 톤이 달라져 있었다. 더 이상 신뢰감 가득하고 조용하며 깊이 있는 목소리가 아니었다. 나임은 단어를 골라 썼고 자신을 억제했으며 감정을 억눌렀다. 이야기가 시작될 때부터 그를 필름에 담지 않은 내 자신이 원망스러웠다. 촬영하다 보면 자주 이런 식이었다.

나임은 내 작은 기계 때문에 당황해 있었다. 기계는 매우 조용했지만, 내가 그를 향해 겨누지 않을 수 없었기 때문이다. 도리가 없었다. 나는 그가 마자르 에 샤리프가 함락되었다는 소식에 판지시르 사람들의 사기가 형편없이 떨어졌다는 이야기를 하게 그냥 두었다. 하지만 그의 어조는 편집과정에서 그가 한 말을 그대로 유지해 둘 가망이 거의 없게 만드는 어조였다.

"너무 사기가 저하되면 대장님께 영향을 미칠 우려가 있었습니다. 적어도 그것이 제가 생각한 것이었습니다."

나임은 씩 웃더니 한 손으로 턱수염을 쓰다듬고는 천장으로(신을 향해서?) 두 눈을 들어올렸다가 우리를 바라보았다.

"그런데 오히려 대장님께서 침착함과 미소로써 사람들을 안심시키는 것을 보았어요. 가장 심각한 소식이 전해졌을 때조차도 그랬어요. 25명의 사령관들과 함께 바시르 살란키 장군이 탈레반에 가담했다는 소식이었지요. 이 모든 소식들이 불과 6시간 사이에 전해졌어요. 저는 바로 눈앞에서 대장님을 보고 있었는데, 결국 그분도 큰 충격을 받을 것이라고 생각했어요. 그런데 천만에 말씀, 사람들에게 이렇게 말하는 것이었어요.

'우리는 무자헤딘입니다. 별 일 아니에요. 모든 것은 질서를 되찾을 겁니다. 침착성과 신념을 유지하세요.'

대다수 동지들의 얼굴에는 온통 근심이 서려 있었어요. 그들의 쉰 목소리들만 들렸지요. 제가 몇 사람에게 말을 걸어보았지만, 그들은 이제 더 이상 할 일이 하나도 없다고, 그렇게 뻔한 파국에 저항해 보았자 아무 소용이 없을 것이고, 죽음의 사자가 그들을 찾아오기 위해 이미 길을 떠났다고 대답하더군요. 죽음 외에는 다른 아무것도 이 계곡 안으로 우리를 찾아오지 못할 거라고 했어요. 완전히 사기를 상실한 상태였지요. 고백하지만 저도 겁을 내고 있는 사람들 가운데 하나였어요. 하지만, 사람들 하나 하나를 주시하고 있었지요. 시간이 지나면 지날수록 상황은 점점 더 악화되기만 했어요."

그 다음날, 역시 그 모임에 대해서 우리에게 이야기해 준 사람은 오지였다. 보조라크 마을의 거인인 오지는 마자르 에 샤리프로 우리를 마중 나와 주었던 아샴의 아버지였다. 메라부딘에 따르면 대장은 아직도 돌아와 있지 않다고 했다.

우리에게는 이미 전설이 되어 버린 테너 목소리로, 오지는 이야기했다.

"마수드 대장님은 모두에게 상황을 설명했어요. 하나도 빼놓지 않고 전부 다 말했어요. 말레크와 있었던 이야기들, 도스툼이 도망친 일, 랍바니와 다른 사람들이 달아난 일 등등 전부 다요. 그리고 나서 모임에 온 사람들에게 어찌 해야 할지 조언을 청했지요. 가장 급한 일은 가족들을 안전한 곳으로 대피시키는 것이었지만, 그 나머지로 말하자면, 적이 나타나기만 하면 모두들 맞서서 스스로를 방어할 준비가 되어 있다고 느꼈어요. 마자르 에 샤리프가 함락된 것은 우리의 문제가 아니었어요. 과거에도 도스톰의 군대와 싸운 일이 있었으니까요. 그러니 별로 달라질 건 없었지요. 그렇게 해서 서서히 사람들은 마음을 가라 앉혀서 대장님을 안심시켰어요. 사실 사람들 각자가 서로를 돕고 있었던 셈이지요. 그러자 대장님은 어려움이 있는 사람들, 카불에서 온 사람들, 그리고 싸우기를 원하지 않는 사람들은 떠나고 싶은 곳으로 떠나도 좋다고 했어요.

'저는 남겠습니다. 무자헤딘과 함께 끝까지 싸우겠어요. 우리에게는 군수품이든 무기든 자금이든 필요한 게 다 있어요. 그러니 걱정할 게 없습니다.'

이런 결론으로 모임은 끝이 났어요. 어떤 사람들은 눈물을 흘리기도 했고요. 모두들 크게 감동을 한 상태였거든요. 앞으로 어떤 일이 닥칠지에 대해서는 전혀 알 수가 없었는데도 말이지요. 그리고 희망은 한푼의 값어치도 없었고요. 그 다음날 마자르 에 샤리프는 또다시 함락되었는데, 이번에는 하자라자 사람들의 손에 떨어졌지 뭐예요. 마치 신께서 놈들의 계획을 거부하기로 작정이라도 한 것처럼 탈레반은 전투에서 패배를 했던 거예요. 계곡은 완전히 환희의 도가니였지요. 다만 탈레반 세력이 굴바하르에, 우리 계곡 앞에 있다는 것, 놈들을 아직 거기서 몰아내지 못하고 있다는 것만 빼고요. 이것이 신화의 끝이에요."

과거에 '보즈카쉬' 시합의 챔피언이었고 한때 트럭 운전사였던 오지는 마수드의 열렬한 지지자였다. 그런 그가 오늘날에는 부자가 되어 있었다. 어떻게 부자가 되었는가? 메라부딘은 난처한 기색으로 입을 다

물었다. 나중에 다른 사람이 설명을 해주었다. 하지만 그것이 정말 맞는 애기였을까?

"오지는 전문적으로 지뢰제거 작업을 하는 어떤 기관의 책임자로 임명되었어요. 그가 맡은 일은 지뢰제거 교육을 받을 인원을 선발하는 것이었지요. 그 빌어먹을 작업에 드는 비용을 관리한 사람이 바로 오지였어요."

그것은 위험한 데다가 장시간의 노력을 요하는 작업이었고, 언젠가 사람들이 이 나라를 다시 방문할 수 있기를 원한다면 반드시 완수해야 할 중요한 작업이었다. 아프가니스탄에서는 날마다 두 사람씩 지뢰를 밟고 있었기 때문이다. 그런데 오지가 자금을 횡령해 개인적인 이득을 취했다는 애기였다. 만일 이 말이 맞다면 유감스러운 일이 아닐 수 없었다. 안타깝게도 정복된 카불로 돌아간 무자헤딘에게 이런 일은 비일비재했다.

나는 오지와 그의 아름다운 저택을 바라보았다. 그리고 안마당에 주차되어 있는 그의 커다랗고 멋진 승용차들을 바라보았다. 가로가 8미터는 족히 되어 보이는 유리창 달린 창문 밖으로 그 자동차들이 보였다. 나는 이 거구의 사나이를 바라보았지만, 미워할 수가 없었다. 소련군과 맞서 싸운 아프간 사람들은 대다수가 생애의 10년을, 청춘을 불태웠다. 그들은 아무런 요구도 하지 않았다. 오지는 부자였고 부를 이용했지만, 이곳에, 현지에 있었다. 외국에 나가 숨은 채 남들에게 훈계나 하고 있지 않았다. 그런 그가 이제 햇살이 환한 넓디 넓은 이 방에서 우리에게 점심식사를 제공하고, 우리가 지금 하고 있는 일에 대해 질문을 하며, 우리가 1984년에 산에서 만났을 때의 좋았던 순간들을 회상하고 있었다. 걸쭉하게 농담하기 좋아하는 사람이었지만, 우리가 그곳에서 하는 일에 대해 느끼는 존경심에 관해서는 매우 정중한 말을 잊지 않고 늘어놓았다. 이곳에 온 서구인들은 어느 누구의 요청을 받은 것도 아니고 단지 공동체의식에 의해서 온 것이라는 사실을 그는 알고 있었다. 반면에 국가들은 그저 주변에 머무른 채, 정작 지원 활동에 대해서는 수수방관하고 있었다. 그저 허울좋은 말들이나 늘어 놓을 뿐이었다. 후식으로 하얀 멜론이 나왔다. 오지는 최근에 자신이 베푼 선행에 대해 이야기하기 시작했다. 그가 세운 학교였다. 교사 한 사람의 월급은 우리 돈으로 200프랑 정도라고 했다.

"학교야말로 전쟁의 반대이니까요."

인상적인 거구를 들어올리면서, 자금횡령의 비리를 만회하면서, 그는 그렇게 주장했다.

점심을 먹고 나서 우리는 아프가니스탄의 젊은 남녀 학생들이 전쟁이 삶의 목적은 아니라는 것을 배우는 곳으로 오지의 양심을 확인하러 갔다. 이러한 교육사업은 오지 노인의 비리를 상쇄시켜 주고 있었다. 오지는 서방세계 사람들이 마수드를 저버린 일에 관해서는 지적하지 않았다. 다만 미국이 여성에게 학교교육을 금지하는 탈레반 문맹주의자들을 지원하고 있는 데 대해 유감을 표하는 것으로 만족했다.

그는 이렇게 설명했다.

"아시다시피, 결국 탈레반이 득세하는 것은 우리가 나약한 결과예요. 우리 진영에는 너무나도 많은 알력이 있었고, 제각기 자기 자신만을 생각하는 너무나도 많은 사람들이 있었어요. 게다가 사람들이 탈레반을 별로 잘 알지 못했던 점도 있고요. 처음에 탈레반은 일종의 신화처럼 보였어요. 하지만 오늘날에는, 직접 보시게 되겠지만, 탈레반이 점령하고 있는 마을의 주민들이 더 이상 견뎌내지 못하고 있어요. 그 사람들은 이제 우리의 편에 설 거예요. 아주 서서히 우리는 앞으로 나아가고 있는 중이에요. 주민들이 우리를 지지하고 있어요. 아시다시피 이제 마수드 대장님이 역공을 준비하고 있습니다. 탈레반의 신화는 붕괴되고 말 거예요. 무자헤딘이 카불에서 무질서와 여러 가지 실수를 저질러 놓기는 했지만, 그래도 나는 결국 주민들이 탈레반보다 무자헤딘이 낫다고 생각하게 될 거라고 믿습니다."

이 오지는 얼마나 대단한 사람인가. 개인적으로 나는 무자헤딘이 아직 카불에서 환영을 받고 있다고는 확신하지 못했다. 1997년 7월에 인도주의 비정부기구의 서방세계 책임자들 다수는 무자헤딘보다는 탈레반이 낫다고 생각하고 있었다. 그들은 탈레반이 더 성실한 사람들이라고 말했다. 무자헤딘 시절에는 절도와 흉기에 의한 습격 사건이 다반사였다. 앞에서도 기술한 바 있지만, 많은 무자헤딘은 카불에 있는 모든 것을 자기들 것이라고 간주했다. 소련군은 수도 카불에다 참모본부를 설치했었다. 지방은 상처 입어 멍이 들었는데, 수도는 전쟁을 모면한 상태였다. 무자헤딘은 지방에서 올라온 사람들이었고, 칼라슈니코프를 지닌 사람은 누구든 멋대로 개인적인 질서를 적용시킬 수 있었다. 1993년에 당시 상황을 촬영하러 갔던 나는 진정한 무자헤딘은 다들 어디로 가버렸는지 궁금했다. 카불에서는 누가 누구인지 알아보지 못할 지경이 되어 있었다. 과거에 공산주의자였던 사람들 다수가 무자헤딘 복장을 하고 있었다. 턱수염을 기르고, 가벼운 면 셔츠와 전통의 상인 풍성한 바지를 입고, 칼라슈니코프를 지니고, '파콜'을 머리에 쓰기만 하면 그것으로 족했다. 과거 공산체제의 신봉자였던 사람들 가운데 일부는 그런 식으로 재미를 보며 무자헤딘의 신망을 엄청나게 실추시켜 놓았다. 결국 신은, 알라신은 자기 사람들을 알아볼 텐데 말이다. 나임의 집에서 오후가 끝나가고 있었다.

그날 밤, 능선에 배치한 방공용 기관총들이 발사를 시작했다. 비행기 한 대가 지나갔던 것이다. 우리가 잠자고 있던 테라스로부터 예광탄들이 하늘을 가르며 지나갔다. 그것은 7월 14일(프랑스 대혁명 기념일-역주)의 불꽃놀이가 아니었다. 하지만 폭탄은 한 개도 떨어지지 않았다. 아무것도 아닌 일로 약간 두려움을 느낀 것 뿐이었다. 그리고 모든 것은 다시 조용해졌다. 그저 흐르는 강물 소리만이 우리가 있는 곳까지

들려왔다. 마치 전쟁 없는 아프가니스탄의 모습을 우리에게 스케치해 주려는 듯이.

제8장

역사의 뒤안길에서

새벽부터 나임은 정보수집이라는 맡은 바 의무를 다하기 위해 나가 버렸다. 그는 집을 나서기 전에 우리를 깨워 마수드가 오늘 사무실로 돌아올 거라고 알려 주었다. 우리는 마수드가 준비하고 있다는 작전에 관하여 좀 더 알고 싶어서 조바심이 났다. 나는 이 새로운 국면을 어떤 방식으로 촬영할지 궁리를 해보았다. 과연 마수드의 어떤 면을 포착할 수 있을는지 이미 전부터 의문을 갖고 있던 터였다. 파리에 있을 때는, 활기차고 정의로운 모습으로 묘사할 것을 꿈꾸었었다. 그런데 여기 와서 보니 일은 좀 더 복잡했다. 인터뷰는 하지 않을 거라고 그에게 명확히 밝혀둔 것이 후회되지는 않았다. 예전에 그의 저항활동을 증언하는 촬영을 할 때면, 마수드가 카메라 앞에서 얼어붙은 채 평소와는 다른 단조로운 어조로 미리 예상했던 말을 늘어놓곤 했던 것을 나는 경험을 통해 익히 알고 있었다. 최초의 증언으로서 신선함을 유지했던 「계곡 대 제국」만을 제외하고, 내 초기의 필름들에는 시간이 지날수록 점점 더 선입견이 배어들게 되었다는 생각이 들었다. 제롬 보니와 나는 아프간 사람들에게 깊은 인상을 받았고, 이 나라에도 매혹되어 있었기 때문이었다. 산맥의 능선 위로 둥그렇게 해가 떠오르는 동안, 나는 내 기억 속에 갇혀 있던 영상들을 하나하나 떠올려 보았다. 또한 내 두 번째 필름인 「기묘한 투사들」의 영상들도 떠올려 보았다. 베르트랑과 함께 메라부딘의 도움으로 1984년에 판지시르의 폐허와 산맥에서 촬영했던 필름이었다. 당시 우리는 판지시르 사람들이 그 파괴된 땅에 매달리는 것을 보면서 느끼지 않을 수 없었던 흥분에 완전히 젖어들어 있었다. 이 사람들은 정말로 절대 포기할 줄을 모르는 사람들이란 말인가?

내 기억은 1984년으로 거슬러 올라갔다. 당시 우리는 앙텐 2 방송사와 공동제작 계약을 체결했고, 방송사에서는 우리와 병행하여 기자인 자크 아부샤르의 팀을 아프가니스탄에 파견했다. 아부샤르는 북서부의 대도시 헤라트로 가서, 이스마엘 칸이 주도하는 도시 게릴라전을 촬영하도록 되어 있었다. 그런데 팀을 이끌고 비밀리에 자동차로 국경을 넘기가 무섭게, 아부샤르는 대로의 강도들이 펼쳐 놓은 매복에 걸리고 말았다. 당시 팀의 카메라맨이었던 장 루이 사포리토는 유순하고 다재다능한 사람이었지만, 갈비뼈가 여러 개 부러지는 중상을 입었다. 하지만 사포리토까지 포함하여 모두들 파키스탄으로 되돌아오는데 성공했다. 단 한 사람 자크 아부샤르만이 도로 건너편에서 빠져 나오지 못했다. 그 다음날 소련군에 붙잡힌 것이 틀림없었는데, 그래서 그는 세계에서 가장 유명한 텔레비전 방송사 기자가 되었다. 그의 석방을 요구하는 여론이 엄청나게 동원되었기 때문이다. 풀 에 샤르키 감옥에서 한 달을 보낸 후, 아부샤르는 온갖 명예를 안고 프랑스로 돌아왔다. 심지어 레지옹 돈뇌르 훈장까지 받았다. 상황이 상황이니 만큼 그럴만도 했겠지만, 다른 한편으로는 그가 제작한 다른 많은 르포 작품들 때문이기도 했다. 아부샤르는 오랫동안 훌륭한 근동 전문가로 활동해 왔던 것이다. 그렇게 아부샤르가 곡절을 겪는 동안 베르트랑과 나는 아직 살아서 그 이야기나 하고 있었을 뿐, 남의 이목을 끌만한 아무런 활동도 없이 온갖 쓴맛을 보고 있었다. 해가 떠오르는 동안, 이곳 나임의 십 차양 이래서 이 모든 것을 돌이켜 생각하고 있자니 기분이 묘했다. 아마도 이제 와서야 털어놓을 만큼 이 이야기는 내게는 내심 상당히 불편했던 모양이다.

해발 5,000미터의 첫 번째 고개를 오를 때, 훈련부족으로 맨 처음 넘던 때처럼 고통을 겪었다. 그렇게 산을 통해 북동부 국경을 가로지르기가 무섭게, 우리는 자기네 왕국의 영토를 지나가려면 반드시 필요하다며 비자를 요구하는 일군의 누리스탄 사람들에게 걸려 버렸다. 그런 얘기를 들어본 적은 있었지만, 비자는 발급 받아올 수가 없었다. 비자를 발급한다는 그들의 외무부 장관이 파키스탄에 거주하고 있었기 때문이다. 그곳 쉬트랄 부락에서 우리는 체포와 추방을 피하기 위해 파키스탄 경찰을 피해 다녀야만 했었다. 비자를 받기 위해 왔던 길로 되돌아갈 수는 없는 노릇이었다. 하지만 아무리 설명을 해도 불한당 같은 용모에 관리 노릇을 하는 그자들은 한 마디도 들으려 하지 않았다. 결국 장비를 싣고 있던 우리 말 두 마리가 몰수되었다. 우리는 이동의 자유는 있었지만, 마을 저편으로 넘어가는 것은 금지당하고 말았다. 그리하여 페샤와라크라고 하는 그 작은 마을은 언제까지나 내 기억 속에 남게 되었다.

"우리는 이 땅에 아무런 볼일이 없는 소련군이 저지르는 수탈을 증언해서 아프가니스탄에 도움을 주러 온 거라고요."

15일 동안이나 장황하게 설명을 늘어놓고 별 짓을 다했어도, 그런 건 신경쓰지 않는 이 누리스탄 사람들의 생각을 도저히 바꾸어 놓을 수가 없었다. 차라리 벽에다 대고 말하는 편이 나을 것 같았다. 도무지 우리를 보내달라고 그들을 설득할 수가 없었다. 우리가 처한 상황은 날이 갈수록 점점 더 불합리하고 위험해져 갔다. 혹시라도 빽빽 소리를 질러대는 두 외국인이 이 마을에 있다고 첩자들이 인근에 주둔하고 있는 러시아인들에게 일러바치기라도 한다면, 러시아군이 우리를 붙잡으러 오는 건 시간 문제였다. 우리는 신경이 곤두서기 시작했다. 이따금씩은 우리의 목소리가 너무 높게 올라가는 통에, 외교관 역할에는 완벽했지만 바짝 긴장했던 메라부딘은 우선 이 상황을 모면해야겠다는 생각에 빠져 있었다. 그래서 그는 우리가 눈을 똑바로 노려보며 그들에게 퍼부어 대는 욕설과 위협의 소리를 차마 통역하지 못했다. 그러는 바람에 대략 이런 장면이 발생하게 되었다. 유난히 우둔하고 약간 노망기가 있는 마을 수령인 '물라'가 지칠 줄도 모르고 이렇게 되풀이해 말했다.

"외국인들은 파키스탄으로 돌아가서 비자를 받아와야 해. 그럼 더 이상 문제가 없을 거요. 그러면 가던 길을 계속 가게 둘 거라니까."

이에 베르트랑이 트집 잡히지 않을 만큼 화를 내면서 이렇게 응수했다.

"그만하세요. 우리는 소련 침략자 앞에서 아프간 사람들의 저항과 용기를 증언하기 위해 여기에 와 있는 겁니다."

여기에 한술 더 떠서 나는 이렇게 말해줬다.

"계속 이런 식으로 나오면, 당신들 주둥이를 으깨버리겠소. 그 빌어먹을 비자 도장은 당신 엉덩이에나 찍으시오."

내 목소리가 올라가자, 호기심이 동한 '물라'는 당장 '외국인의 말'을 통역해 달라고 메라부딘을 졸랐다. 그러자 우리 공범자의 입에서는 이런 말이 나왔다.

"아 뭐, 이분들이 심한 복통이 있어서 좀 흥분한 겁니다. 약이 필요할 것 같습니다."

교활한 메라부딘 같으니. 그는 내가 가라테 시범이라도 보일까봐 겁을 내고 있었다. 하지만 나는 아주 오래 전부터 내 친구이자 사범인 사데크 마즈리의 도장 밖에서는 결코 가라테를 해본 적이 없었다. 칼라슈니코프 앞에서 가라테라니, 냉정을 잃지 않는 편이 좋았다. 우리는 비디오게임을 하고 있는 게 아니었으니까.

15일째 되던 날, 베르트랑이 꾀를 내어 그들의 회교사원의 방향이 잘못 잡혀 있다고 미치광이 '물라'에게 말해 주었다. 그랬더니 그날 밤 당장 그들은 우리에게 말을 돌려주었다.

이렇게 그곳에 묶여 꼼짝 못하는 바람에 엉뚱하게도 우리가 목숨을 구하게 되었다는 것은 의심할 여지가 없는 사실이었다. 아부샤르가 아프가니스탄의 반대쪽 끝 부분에서 소련군에게 사로잡혀 있고, 우리가 (말이 나왔으니 말이지만) 아름답고도 장엄한 누리스탄에서 포로로 붙잡혀 있는 동안, 소련군 특공대가 판지시르에서 대규모 군사작전을 단행했기 때문이다. 만약에 우리가 그때 그 자리에 있었더라면, 소련군에게서 벗어날 수 있었으리라고는 누구도 장담할 수 없었다.

1984년은 판지시르 역사상 가장 암울한 해였다. 1984년 8월과 9월은 나 개인으로서도 가장 혹독한 촬영을 경험한 달이었다. 다시 생각하기도 싫을 만큼 어려운 촬영이었다. 마수드를 다시 만나 계곡 전체가 파괴된 증거들과 투사들의 일상생활에 대한 촬영이 끝나고, 우리에게는 그 다음날 파키스탄으로 돌아가기 위한 기나긴 행군이 예정되어 있었다. 그때 마수드는 소련인 포로 한 명을 석방했고 그 포로를 우리에게 넘겨줄 것을 수락했다. 포로는 이름이 니콜라이였는데, 프랑스로 가기를 원했다. 우리와 친해진 니콜라이는 무자헤딘 그룹에 감금당해 있는 11명의 동료 포로들과는 달리, 러시아에서 온갖 만행을 저질렀던 보나파르트 나폴레옹의 나라 프랑스가 자기들에게 인권존중에 대해 시비를 걸 자격이 전혀 없다고 역설하며 비난했다. 니콜라이는 장 가뱅이나 알랭 드롱이 나오는 프랑스 영화들을 보았으며, 가수 미레유 마티외의 목소리를 들었고 또 좋아한다고 말했다. 그래서 프랑스로 가고 싶다고 했다. 내 마음 속에 살아 있는 갖가지 추억 가운데서도 이 러시아 청년에 대한 기억은 고통스러우면서도 어제 일처럼 너무나도 생생하다. 우리는 니콜라이가 아프간 북동부를 지날 수 있도록 도와주기로 결정했다. 당시 우리는 아부샤르가 억류되어 있다는 사실을 모르고 있었다. 다음날 아침, 우리는 출발을 했다. 니콜라이는 우리의 감동적인 친구가 되었다. 그를 프랑스로 데려가기 위해 우리는 불법적인 일이라도 감행할 각오가 되어 있었다. 15개월 전부터 마수드의 포로로 있었던 니콜라이는 무자헤딘과 잘 어울려 지내왔다. 그렇게 좋은 마음으로 '간수들'에게 작별인사를 하는 포로는 이제껏 본 적이 없었다. 그때 촬영한 장면은 내가 「기묘한 투사들」이라고 이름 붙인 필름의 마지막 부분에 나온다.

우리는 여기서는 이야기하기가 너무나 긴 우여곡절을 겪었다. 그리고 산맥을 넘어 18일 동안이나 행군을 하고 나자, 드디어 행운이 우리에게 미소를 지어 주었다. 우리는 니콜라이를 비밀리에 파키스탄으로 들어가도록 하는데 성공하고야 말았다. 그렇지만 누리스탄 사람들에게 여권을 몰수당하는 바람에, 우리에게는 새로운 문제가 발생했다. 페샤와르에 가까워지면서, 우리는 서류 없이는 니콜라이와 함께 펄 인터콘티넨털 호텔로 들어갈 수가 없다는 것을 깨달았다. 이 호텔은 국제전화를 걸 수 있는 유일한 장소였다. 메라부딘은 페샤와르 외곽지역에 살고 있는 마수드의 동생 집에 니콜라이를 맡겨 두자고 제안했다. 그 동안 호텔에 방 두 개를 잡아놓고, 다시 돌아가서 파키스탄 경찰의 검문을 피할 수 있도록 밤이 되기 전에 우리의 러시아인 친구를 데려 오자는 얘기였다.

호텔에서는 앙텐 2 방송사의 기자인 올리비에 바랭이 초조하게 우리를 기다리고 있었다. 바랭은 아부샤르가 체포된 일에 관하여 조사하는 한편, '앙텐 2 방송사의 또 다른 비밀팀'인 우리가 어떻게 되었는지 알아보기 위해 파견된 사람이었다. 그랬으니 우리는 이중으로 비밀스러운 팀이었다. 우리의 '짐' 속에 니콜라이가 들어 있다는 소리에 바랭이 완전히 공황상태에 빠졌다는 건 두말할 필요도 없을 것이다.

당시에 프랑스 당국이 아부샤르의 석방을 얻어내기 직전이었기 때문이다. 우리는 우리의 존재를 남들이 알게 해서는 안되었을 뿐만 아니라, 이 러시아인에 관한 이야기가 조금이라도 새나가게 해서도 안되었다. 그래서 우리는 아프간 국민을 지원하는 어느 비정부기구 소속의 한 프랑스인 친구에게 여권을 빌려 달라고 부탁했다. 그 친구는 생김새가 니콜라이와 흡사해서 니콜라이를 프랑스로 들여보내기가 그리 어렵지 않을 것 같았다. 그 다음 일은 나중에 생각해 보기로 했다. 그런데, 황당하게도 니콜라이의 종적이 묘연해졌다. 마수드의 동생인 아흐마드 지아가 매우 난처한 기색으로 우리에게 설명을 했다. 마수드가 속해 있는 '자미아트 에 이슬라미' 당의 정책 담당자인 이스하크가, 무자헤딘 소식지의 편집장이며 우리가 사흘 전에 마수드의 사무실에서 만난 적이 있는 바로 그 사람이, 그 정치인 본인이 이 석방을 수락하지 않는다는 것이었다. 이스하크는 이번 경우에 관하여 프랑스 당국이 공식적인 의사를 표명해야 한다면서, 니콜라이를 어딘가에 숨겨 놓도록 했다는 것이었다. 사실은 프랑스로부터 저항군에 대한 지원을 얻어내고 그 대가로 니콜라이를 내주고 싶었던 것이다. 무슨 말을 해도 도무지 그의 생각을 바꾸어 놓을 수는 없었다. 올리비에 바랭은 이 사건을 계속 취재하자고 제안했다. 베르트랑이 파리에 아는 정치인들이 있었기 때문에 우리는 니콜라이 사건을 변호하기 위해 일단 프랑스로 돌아갔다. 그러나 프랑스에서 우리가 할 수 있는 일은 하나도 없었다. 그러는 사이 나는 이 필름으로 알베르 롱드르 상을 수상했다. 아프간 사람들에 관하여 자크 아부샤르가 붙인 "이들은 광신도들이며 순진한 바보들이다"라는 해설은 아프가니스탄에 관한 모든 러시아 선전지에서 과도할 정도로 인용되었다. 그로부터 몇달 후, 니콜라이는 어느 폭발사고에서 죽고 말았다. 전하는 말로는 다른 네 명의 포로와 함께 도망쳐 군수품 보관창고에 숨어 있다가 탈출을 기도하던 중에 일을 당했다고 한다. 나는 니콜라이의 죽음에 관해 조사하기 위해 파키스탄으로 돌아왔다. 그리고 랍바니를 만났지만, 랍바니는 내게 아무 말도 하려 들지 않았다. 이어서, 프랑스에 난민으로 와 있던 몰다비아 출신의 기자 빅토르 루판과 함께, 나는 다른 소련 포로들에 관한 필름(「소련의 저주받은 사람들」)을 제작했다. 그때가 1985년이었다. 당시의 무더위는 지금도 기억이 난다. 온도는 섭씨 40도를 오르내렸고, 땀으로 목욕을 할 정도로 습도가 높았다. 두 명의 포로가 감금되어 있는 어느 장소로 아프간 사람들이 우리를 안내했다. 거기에는 건강상태가 나쁘고 비쩍 마른 두 사람이 있었는데, 그 중 한 사람은 링거 주사를 맞고 있었다. 그 역시 이름이 니콜라이였지만, 우리의 친구 니콜라이는 아니었다. 나는 촬영을 했다. 상태가 좀 나았던 이고르는 자신이 소속되어 있던 부대의 부대장이 어떤 식으로 포로로 잡힌 아프간 사람들을 다루었는지 루판에게 설명했다. 잔인한 이야기가 아닐 수 없었다. 도로상에다 눕혀 놓고 탱크의 무한궤도로 깔아뭉개게 했다는 것이었다. 나는 너무나도 간절히 니콜라이를 구해주고 싶었는데…….

필름이 방영되자, 우리의 르포는 러시아 타스통신으로부터 비난을 받았다. 노보스티통신은 감히 그 모든 것이 허위날조된 것에 지나지 않는다고 선언했다. 하지만 이 선전자들에게는 불행하게도, 우리가 1985년에 촬영했던 두 러시아 청년은 석방이 되었고 캐나다에 받아들여졌다. 루판과 함께 우리는 토론토로 가서 그들을 다시 만나보았고, 그들이 감금상태에 있었을 때 우리가 촬영했던 필름을 그들에게 보여주었다. 그리고 그 당시 그들이 카메라 앞에서 했던 말이 사실인지 아닌지, 단순히 간수들이 시키는 대로 말했던 것인지 어떤지를 확인했다.

우리 호텔방에서 투사된 필름을 다 보고 나자, 이고르는 훗날 자기 자식들에게 보여주겠다며 사본을 하나 만들어 달라고 부탁했다. 현재 그는 토론토에 살고 있는데, 결혼을 했고 두 아이를 두었으며, 보석상으로 일하고 있다. 우리가 죽음에 관한 타이틀로 필름을 촬영했던, 이름이 역시 니콜라이인 이고르의 감방동료는 시베리아로 돌아가서 역시 결혼을 했다. 그는 세 아이를 두고 있었다. 앙텐 2 방송사에서 방영된 이 필름(「잃어버린 병사들」)은 본 사람들을 감동시켰지만, 또 다른 니콜라이를 되살려내지는 못했다. 그에 대한 기억은 아직도 공간을 떠돌며 내 머리를 떠나지 않고 있다.

우리는 사무실에서 마수드를 다시 만났다. 그해 1997년 7월에 그는 놀라울 정도로 여유있고 편안해져 있었다. 메라부딘이 어떻게 정치적인 일과 군사적인 일을 조화시켜 나가느냐고 묻자, 마수드는 껄껄껄 웃었다. 기도하기 위해 벗었던 신발을 다시 신으면서, 그는 아주 자연스럽게 대답했다.

"자네도 보다시피, 그날 그날 닥치는 대로 문제를 해결하려고 노력한다네."

사무실 안에는 사람이 거의 없었다. 마침 상황에 딱 맞게 '축소회의'라는 모임에 참석하기 위해 모여든 사령관 몇 명이 있을 뿐이었다. 그들은 내각구성 작업이 어느 상태에 와 있는지 알아보기 위해, 마자르

에 샤리프에 있는 통신원으로부터 전화가 오기를 기다리고 있었다. 콰누니가 이야기했던 꿈이 실제로 진행되고 있었다. 그러나 우리 머리 위에서 빙빙 돌고 있던 위성은 아무 소식도 전해주지 않았다. 회계업무로 전령들이 드나드는 사이, 점점 시간은 흘러갔다. 이윽고 나는 엔지니어 이스하크와 기자들 팀이 매주 발행하는 소식지 한 부를 집어드는 마수드를 촬영했다.

"소식지에 시가 한 편 났던데, 누구 읽어본 사람 있나?"

마수드가 화면 저쪽에서 물었다.

거기 있던 사령관들이 소식지를 집어들더니, 그 안에다 코를 박고 열심히 들여다보았다. 재미있는 장면이었다. 꼭 잘못을 저지르다 걸린 불량학생들 같았다.

마수드가 말했다.

"「깨진 유리」야. 그게 시 제목일세. 난 두 번을 읽었네. 자, 내용은 이렇다네. '밤이다, 우리의 시선은 기다리는 사람의 눈을 하고 있다…….' 무슨 말인지 알겠나?"

대원들은 절반은 알겠다는 듯이, 절반은 모르겠다는 듯이 고개를 끄덕거렸다. 꾸지람을 들을까봐서.

그 모습을 지켜보던 마수드가 껄껄껄 웃어대며 말했다.

"'물라'인 자네한테는 너무 어려운 얘기지, 안 그런가?"

그러더니 다시 말했다.

"'밤이다, 우리의 시선은 기다리는 사람의 눈을 하고 있다……. 어둠 속에서, 여기 저기서 별들이 반짝인다…….' 무슨 뜻인지 알겠나?"

마수드가 한 사령관에게 물었다.

"네, 하늘을 보면 별이 잔뜩 보인다는 얘깁니다."

"아니지. 그게 무엇을 의미하는가?

'어둠 속에서, 여기 저기서 별이 반짝인다.

고통과 괴로움의 눈물에 젖어

나의 침대는 마치 불길 위에 놓인 듯하다.

용기가 뿌려지면, 아무것도 아닌 것이 진주가 된다

내 강물같은 의지에 도달하면.

정원의 모습처럼, 다가오는 봄처럼.' "

사무실 안의 누구도 감히 시에서 고개를 들지 못했지만, 그들의 머리로 도통 해석이 불가능하기는 마찬가지였다. 그러자 마수드는 내용을 설명하기 시작했고, 그동안 나는 그를 촬영했다.

"의미 없는 시시한 것, 아무것도 아닌 이슬 한 방울, 비 한 방울이라도 진주 위에 떨어지면, 그 한 방울은 진주가 된다는 얘기야. 알아듣겠나? 용기도 마찬가지야. 내 용기는 한 방울의 이슬이라네. 그런데 아무것도 아닌 그 이슬이 내 용기와 만나면 진주가 되지. 내가 용기있는 사람이 되면 어떤 문제나 괴로움도 내게 닥치지 못한다는 뜻이야. '정원의 모습처럼, 다가오는 봄처럼.' "

마수드는 테이블 위에 소식지를 내려 놓았다.

"이 젊은 시인은 재능이 많은 친구야. 로카에 살고 있는데, 아주 젊은 사람이지. 아마 아프가니스탄의 위대한 시인이 될 걸세. 풍부한 상상력과 번뜩이는 재능으로 멋진 시를 쓰고 있단 말일세."

나는 마수드에게 시를 좋아하느냐고 물었다.

"시간이 나면 읽지요"라고 그가 털어놓았다.

찾아갔다가 우연히 포착하게 된 이 순간은 필름 속에 담겨 있다. 있는 그대로의 마수드가, 상냥하고, 아프가니스탄을 사랑하며, 달을 가리키는데 손가락을 바라보는 부하들을 살짝 꼬집는 마수드의 모습이 담겨 있다. 그런 은총의 순간은 느닷없이 찾아오곤 한다. 이번에는 '시(詩) 시퀀스'였다.

일단 촬영되었기 때문에, 그 모습은 화면상에서 그리고 우리의 기억 속에서 오래오래 살아 있을 것이고, 또 언제고 되살아날 수 있을 것이다.

그렇다. 마수드는 (그를 만나본 적이 없는) 어떤 사람들이 말하듯이 전쟁의 야수 같은 면은 하나도 없는 사람이었다. 비록 그의 인생에 점철되었던 갖가지 비극들이 그의 얼굴에다 깊은 고랑들을 파놓기는 했지만 말이다. 영혼에까지 이르도록 깊이 파여진 그 고랑들을 그는 일체의 외부시선으로부터 방어하고 있었다. 하물며, 카메라야 말해 무엇하랴.

제9장

사자(獅子)의 전설

패배한 남자, 탈레반에 포위된 남자, 카불에서 보여주었던 것으로 보이는 무능력으로 인해 신뢰를 상실한 남자, 카불의 지배자가 될 줄을 몰랐던 남자, 그 남자는 우리가 생각했던 것 이상으로 건재했다.

농민들은 그를 '신이 내린 사람'이라고 불렀다. 그러나 그 '무적의 사나이'에서 하나의 전설이 탄생했으며, 또한 그에 관하여 터무니없이 정신 나간 혹은 시적인 이야기들이 오랫동안 나돌아다니기는 했지만, 마수드는 수퍼맨이 아니었다. 그는 바위 위를 날아다니는 사람이다, 한꺼번에 어디에든 존재한다, 신으로부터 영생을 부여받은 사람이다, 총알이든 폭탄이든 어떤 쇠로 된 물체도 건드릴 수 없는 사람이다, 이 모든 이야기들은 아프가니스탄에 널리고 널린 허풍선이들의 환상에 따라서 오만가지 방식으로 굴절된 것들이었다. 실제의 마수드는 그를 람보처럼 묘사해 놓은 파키스탄 난민촌의 인쇄된 광고 포스터들과 전혀 달랐을 뿐만 아니라, 이와 같은 헛소리들과도 상관이 없는 사람이었다. 하지만 마수드에게는 매우 특별한 무기가 하나 있었으니, 그것은 바로 판지시르 사람들로부터 받는 사랑이었다. 마수드는 그 사랑에서 힘을 길어냈다. 그 사랑 때문에, 실수를 용서해 주는 사람들의 신뢰를 한번도 배반한 일이 없었다. 기자들은 그에게 '판지시르의 사자(獅子)'라거나 '판지시르의 독수리'('판지시르'는 다섯 마리의 사자를 뜻한다)라는 별명을 붙여 주었다.

전설에 따르면, 15세기에 술탄 마흐무드 드 간자가 대규모 공사를 할 수 있도록 장정들을 보내라고 아프간 각지에 요구했다고 한다. 사방에서 수백 명씩 건장한 사내들을 보내왔다. 그런데 다른 곳들과는 달리 판지시르에서는 겨우 다섯 명만을 보내왔다. 술탄은 분노의 눈빛으로 다섯 명의 그 자신만만하고 쾌활한 남자들을 바라보았다. 판지시르 사람들이 술탄을 조롱하고 있다, 이건 하나의 도전이다! 하지만 격노한 술탄이 다른 사람들처럼 그들에게도 작업을 시켰을 때, 그는 판지시르 장정들 하나하나가 다른 지방에서 온 100명씩의 작업을 해낸다는 것을 깨달았다. 그리하여 술탄은 판지시르 계곡에 감사를 표했다고 한다. 판지시르 주민들이 명백한 우월감을 갖게 된 것은 그 일이 있고부터가 아니었을까?

이에 대해 역사는 말이 없지만, 현실은 남아 있었다. 판지시르 사람들은 약간 과장하는 기질이 있었다. 어쩌면 다른 아프간 사람들보다 훨씬 개인주의적이고 허풍선이들일 수도 있다. 하지만 각기 다른 여러 집단의 사람들은 서로를 시기하고 질투하기 마련이다. 어떤 마을 주민들은 다른 마을 사람들이 날마다 고기를 먹는 것처럼 보이려고 늘 이빨을

쑤시고 다닌다고 말하기도 하니까.

대장 마수드와 더불어, 판지시르 주민들은 사랑과 존경으로 짜여진 실제 이야기를 엮어가고 있었다. 실망은 없었다. 상황이 더 이상 그들이 꿈꾸었던 대로 되어가지 않을 때면, 차라리 슬픔이 있을 뿐이었다.

하지만 나는 모든 것을 목가적이라고 착각할 나이는 넘긴 사람이었다. 판지시르 사람들 가운데에도 멍청한 깡패들, 기회주의자들, 아무도 못 말릴 망나니들, 그리고 수많은 보통 사람들이 있었다.

판지시르는 마수드의 힘이기도 했고 동시에 약점이기도 했다. 나 역시 그곳을 사랑했다. 그곳은 내가 행복하고 또 쓸모있다고 느꼈던 제2의 고향과도 같은 땅이었다. 판지시르가 마수드에게 주는 힘이라면 방금 설명한 바 그대로다. 반면, 판지시르가 그의 약점인 이유는 그의 측근들이 공손하지만 능력이 뛰어난 사람들이 아니었기 때문이다. 이 측근들의 무능이 외부세계와 마수드 사이에서 차단막 노릇을 하고 있었다. 마수드는 외국에 나가본 적이 없었다. 그래서 자신의 시각을 재검토하고 사고를 살찌우고 다른 개념을 배양할 기회를 거의 갖지 못했다. 언제나 한결같은 측근들과 함께, 누에고치처럼 자기 자신에 파묻힌 채 살고 있었다. 처음에 촬영했던 그의 초기 모습들을 다시 살펴 보면, 그후로도 그의 세계관이 발전한 게 거의 없다는 생각이 들곤 했다. 마수드는 아프가니스탄에 머물러 있었다. 자신이 아프간 사람이라는 자각을 가지고 있었고, 아프간 민족의 평화가 현실이 되지 않는 한 외부세계로

나가보려 하지 않았다. 바로 이 점에서 마수드는 몇 가지 판단착오를 일으키고 있었다. 구체적으로 말하자면, 아마 상황을 변화시킬 수단은 갖고 있었는지 몰라도 그것을 이용하는 방법을 모르고 있었다. 그는 현대식 게임을 하지 않았다. 세상이 달라졌다는 것을, 테크놀로지가 사람들의 사고방식을 조금씩 변화시켜 놓았다는 것을, 그리고 정신력과 같은 인성에 관련된 가치들이 혹독한 시험대에 올라 있다는 것을 깨닫지 못하고 있었기 때문이다.

그렇지만 마수드는 뭐니뭐니해도 소련군과의 전쟁에서 가장 화려한 공을 세운 영웅들 가운데 한 사람이었다. 나지불라 공산체제의 붕괴를 주도하여 무대 위의 정치인들에게 아프가니스탄과 카불을 선사한 사람이 바로 마수드였다. 그것은 형언할 수 없는 고통을 통해 얻어 낸 선물이었다. 사령부에서 무게를 잡고 거드름이나 피우며 페샤와르에 머물러 있었던 그 모든 지도자들에게 그가 안겨준 선물이었다.

소련군이 주둔했던 그 10년 동안, 언제라도 죽음을 당할 수 있는 위험이 상존했지만, 마수드와 대원들을 비롯한 용감한 사령관들은 아프가니스탄을 떠나지 않았다. 그들은 고통을 겪었고, 두려움에 시달렸으며, 심지어 모든 것이 끝장이 난 것처럼 보일 때조차도 서로에게 의지했다. 마수드는 서방세계로부터 좀 더 많은 이해를 받을 자격이 있는 사람이었다. 특히, 카불 사건 때에도 서방세계의 지원을 받을 수 있었어야 마땅했다. 무자헤딘이 카불에 입성했을 때 마수드는 공개적으로 6명의 남자를 교수형에 처하기로 결정했다. 당시의 카불 상황을 알지도 못하면서 마수드의 결정을 비난했던 일부 성급한 지식인들이 나는 대단히 원망스럽다. 몇몇 기사와 논설에서 '마수드가 교수형에 처한 사람들'을 보고 실망감을 표현한 사람들의 글을 읽을 수 있었다. 무지하기 짝이 없는 글이었다. 이 교수형을 당한 자들은 다름 아니라 약탈과 강간과 살인을 저지르다 현행범으로 붙잡힌 여섯 명의 악당들이었다. 1992년 4월의 카불에서 무자헤딘은 어리석고 무식하고 탐욕스러운 행동을 저질렀을 뿐만 아니라, 복수를 원하는 '범죄자'들이 일반법 죄수들까지 감옥에서 석방시켜 버렸다. 사람들은 이 점을 간과했던 것이다. 카불에서는 군대는 없고 무기저장고만 소유한 군소 사령관들이 마구잡이로 사람들을 징집했다. 심지어 절도범들과 약탈자들까지도 마구 징집하고, 그들에게 무기를 지급했다. 통제할 능력도 없으면서 단지 많은 사람들을 지휘하는 강력한 사령관으로 보이고 싶어했다. 반면에 마수드는 자기가 지휘하는 무자헤딘에게 제복을 나누어 주었다. 그들을 최대한으로 잘 입혔고 완벽한 군인으로 만들고 싶어했다. 물론 보잘것 없는 군대이기는 했지만, 훈련을 시켰다. 대략적으로나마 선별된 이 사람들은 그들의 가치이고 마수드의 가치이며 또한 우리의 가치이기도 한 여러 가지 가치들을 존중하는 사람들이었다. 하지만, 서방세계에서 바라본 마수드는 그런 사람이 아니었다. 그는 지휘에 서투른 한 명의 중소 사령관일 뿐이었다. 아프가니스탄은 먼 나라였다. 너무나도 멀고 여전히 너무나도 복잡한 나라였다. 그래서 서방세계는 아프간 문제에 물리기도 했고 진저리가 나기도 했고 또……. 이 이야기는 이쯤 해두자.

나 역시 아프가니스탄을 처음 만난 후로 16년을 더 살았다. 아내와 자식들도 두었고, 친구들도 있고, 필름 제작자로서의 내 열정적인 활동에 신경 거슬려 하는 적들도 몇 명 있다. 오랫동안 나는 카메라로 정의를 위해 봉사할 수 있다고 믿어왔다. 그런데 오늘날에는 휴머니즘이 한낱 바보짓으로 통하는 경우가 종종 있다. 남을 잘 이용하기 위해 법과 규칙을 활용하는 자는 영웅이 되고, 정직하고 성실한 사람들이 바보 취급을 받는 일이 심심찮게 벌어진다. 오늘날의 영웅은 속물이다.

스스로를 미화하는 오늘날의 영웅은 차가운 종이 위에 대량으로 인쇄되어 나오는 스타다. 오늘날의 영웅은 자화자찬하는 데에나 이용되는 소문이며 명성이다. 진짜 영웅이 아니다. 이것이야말로 위험한 탈선이며, 일종의 집단적 폭거가 아닐 수 없다. 여론조사라는 고질병에 대해서는 두말할 필요조차 없다. 그때그때의 관심사를 만들어내는 사람들의 기벽 속에, 이 고질병은 뿌리깊게 파고들어 있다. 사람들은 별 것도 아닌 일로 흑인지 백인지 끊임없이 여론조사를 해댄다. '회색'이라는 것은 있을 수 없다. 그리고는 이 여론조사를 근거로 하여 행동지침을 세우는 것이다. 결국 삶은 이렇게 리스트에 분류되고 통제되고 분석된 행동들로 축소되고 말 것인가? 모험도 없고 즉흥성도 없이. 고백하

건대, 내가 아프가니스탄의 산맥 속으로 들어갈 때는 이러한 세계를 피해 달아나는 것이기도 하다.

마수드는 이런 문제를 놓고 고민하지 않았다. 그는 전쟁을 했다. 나는 전쟁하는 남자의 외면 속에 들어 있는 '평화의 사람'을 촬영하고 싶었지만, 이번에도 역시 그의 사무실 안에서 사람들은 전쟁 이야기만 했다. 마수드는 위성전화로 통화중이었다. 나는 촬영했다.

"당신들이 어제 카불에 가한 폭격으로 파키스탄 사령부가 맞았소. 아주 정확히 명중했더군요. 레이더 기지가 맞았소. 파키스탄인 스물 네 명이 죽었어요."

옆에서 압둘라가 틀렸다는 표시를 했다. 마수드가 고쳐 말했다.

"아니, 열여섯 명이 죽었소. 그 중에는 타리크라는 행정장교도 있다더군요. 누구 말로는 죽었다고 하고, 누구 말로는 부상을 입었다고 합디다. 오늘 폭격으로는 활주로를 맞추지 못했소."

통화는 끝없이 이어졌다. 대화가 끝나고 나서 나는 누구와 통화를 했는지 물었다. 메라부딘이 통역했다.

"말레크 장군이오."

마수드가 설명 없이 대답했다. 내가 이런 류의 동맹에 대해 어떤 생각을 갖고 있는지 잘 알고 있었기 때문이다.

내가 프랑스 사람이라는 것은 그도 알았다. 나는 아프간 사람이 아니었다. 이런 상황은 나의 이해력을 벗어났다. 말레크라니, 도스톰을 배신했던 바로 그자라니. 이스마엘 칸을 탈레반에 넘겨 주었던 바로 그자와 대화를 했다는 말인가!

탈레반은 남부 도시 칸다하르에 이스마엘 칸을 포로로 잡아 두고 있었다. 칸다하르는 외부인에게 절대로 모습을 드러내지 않는 모하마드 오마르라는 '물라'의, 탈레반 대장의 사령부가 있는 곳이었다. 사우디아라비아 출신의 오사마 빈 라덴이 아주 멀쩡하게 활개치며 살고 있는 곳도 바로 그 도시였다. 위험한 테러리스트 빈 라덴은 전하는 말로는 '자살폭탄테러범들을 지원하는 가장 통 큰 재정가'로서, 미국인들이 수배하고 있는 자였다. 하지만 그는 이미 러시아인들과의 전쟁이 일어나기 훨씬 전부터 칸다하르에 살고 있었다고 한다. 아프가니스탄은 적이나 배신자와도 협약을 맺는 이상한 나라였다. 나로서는 미국인들도 도저히 이해할 수 없는 사람들이었다. 이들을 지원하는 미국의 대외정책 전문가들이 제정신을 갖고 있는 사람들인지 의심스러웠다.

마수드는 내 부탁을 받고, 프랑스에 있는 우리 집으로 전화를 할 수 있도록 전화기를 내게 빌려 주었다. 사람에게는 마음속 깊은 곳에서 생겨나는 직관이란 것이 있는 법이다. 내 아버지는 환자였다. 백혈병을 앓고 계셨다. 오로지 전쟁만을 이야기하는 그 작은 사무실 안에서, 바로 그곳에서 나는 아버지의 죽음을 알게 되었다.

마수드는 한 사령관과 대화를 하고 있었고, 사무실은 바쁘게 활동하거나 아니면 활동하는 척하는 사람들로 분주했다. 그 안에서, 나는 슬픔에 차 있었다. 그곳 아프가니스탄은 내 형제들과 아이들, 나를 사랑하는 사람들로부터 수천 킬로미터나 떨어진 곳이었다. 하지만 내 삶은 그랬다. 나는 이곳과 그곳에서 동시에 살고 있었고, 마음으로나 몸으로나 똑같이 공간을 차지하고 있었으며, 아버지의 기쁨을 알고 아버지의 고통을 덜어드리고 있었다. 하지만 이것이 얼마나 사리에 맞는 것인지, 지금처럼 절실하게 생각하고 느껴본 적이 없었다.

아버지는 내가 아프가니스탄으로 여행을 떠날 때면 많은 격려를 해주셨다. 소식도 전할 수 없는 전쟁통 속으로 떠나는 아들을 위해 어머니가 너무 많은 근심걱정을 하지 않도록 돕곤 하셨다. 이건 잔인한 운명의 장난이었다. 생전 처음으로 위성전화기라는 신기한 발명품으로 서로의 소식을 주고받을 수 있게 되었는데, 알게 된 소식이 그토록 박식하고 지혜로웠던 내 아버지가 이 세상을 하직했다는 소식이었다.

아버지는 일곱 형제 가운데 막내로 태어났고, 파리 이공과대학 출신이었다. 해군 대령이었던 할아버지는 다르다넬(유럽과 아시아 사이에 위치한 터키의 해협. 1915년에 영불 연합군이 정복을 기도했으나 실패했다. -역주) 전투에서 부상을 입었고, 그 후유증으로 돌아가셨다. 할아버지에 대한 기억이 거의 없는 아버지는 자식 다섯을 두었는데, 자식들에게 어떤 식으로 말을 해야 하는지는 잘 몰랐어도, 타인을 존중하는 법, 열심히 일하는 법, 어떤 상황에서도 겸손해지는 법은 가르쳤다. 화학 제품을 만드는 기업을 운영했지만, 퇴직한 후에는 새로운 인생을 시작했다. 솔제니친에 깊은 영향을 받은 아버지는 러시아어를 공부하기 시작했다. 파리 이공과대학 출신이 일단 공부를 시작할 때는 기초 수준에 머무르지는 않는 법이다. 학사학위를 땄고, 이어서 석사학위를 따낸 아버지는 내친 김에 박사학위까지 취득했다. 러시아는 아버지를 매혹했다. 아버지는 러시아 사람들을 사랑했다. 소련의 전체주의 체제는 아버지에게 거의 무조건적인 지적 자극을 주었다. 그래서 아버지는 현대 러시아에 대한 가장 조용한 전문가가 되었다.

1984년에 아프가니스탄에서 돌아온 나는 처음으로 아버지가 우는 모습을 보았다. 내가 짐 속에다 판지시르 계곡에서 죽은 소련병사들의 시신에서 발견된 편지들을 넣어 왔던 것이다. 그 편지들을 번역해 주던 아버지의 말은 이내 눈물에 삼켜져 버리고 말았다. 나중에 1987년에 아버지는 내 친구이자 동업자인 프레데릭 라퐁을 도와 소련의 종교에 관한 필름 하나를 제작했다. 그런 다음 1989년에는 우리가 「전쟁의 잿더미들」을 성공시킬 수 있게 도와주었다. 아버지는 프레데릭과 함께 백러시아로 가서 아프가니스탄에서 싸웠던 퇴역군인들을 만나보았다. 그러는 동안 나는 이 전쟁이 아프간 사람들에게 남겨 놓은 상흔들을 찾아서 또 다른 동지인 크리스토프 피카르와 함께 아프가니스탄의 북동부를 가로지르고 있었다. 아프간 사람들은 때로는 소련 사람들이 인간이 아니라 기계라고 생각했다. 대개의 경우 소련 사람들에 대해 그들의 탱크, 비행기, 그리고 MI 24 방탄 헬리콥터 밖에는 본 것이 없었기 때문이다.

하루는 어떤 '물라'가 매우 진지하게 인간은 아담과 이브로부터 내려왔지만 러시아인들은 원숭이로부터 직접 내려왔다고 우리에게 설명한 적이 있었다. 카메라 앞에서 그는 자신이 전개하는 이론에 대해 너무나 강하게 확신을 하고 있어서, 우리가 진위 여부를 놓고 이론(異論)을 제기했더라면 아마 참지 않았을 것이다.

"옛날에, 한 우즈베크 청년이 먼 마을의 처녀와 혼인을 했대요. 신랑이 숲을 가로질러 자기네 마을로 신부를 데려왔을 때, 미친 원숭이들한테서 공격을 당했다는군요. 신랑은 짐승들에게 맞아 죽었지만, 신부는 개의 끈에 묶여 끌려갔지요. 원숭이들은 신부를 어떤 동굴 속으로 데려갔는데, 그곳에서 신부는 강간을 당했대요. 그리고 아홉 달 후에 두 아이를 낳아보니, 절반은 인간이었고 절반은 원숭이였다지 뭐요. 페르시아어로, 신부의 이름이 아루스였대요. 사람들은 이 피조물들에게 도저히 정상적인 이름을 붙여줄 수가 없었다지요. 그래서 그들을 신부의 아들들, 즉 아루스의 아들들이라고 불렀다는군요. 결국 그들이 러시아인들의 조상이 되었소. 세월이 흘러서 그게 러시아인들이 된 게요."

이런 아프간 사람들에게 소련 사람들은 도무지 이해할 수 없는 이데올로기를 고취시키려 했으니…….

훗날 1994년에, 나는 아버지와 함께 러시아에 가서 어느 작은 도시를 촬영한 적이 있었다. 아버지는 그 도시의 역사를 머리끝에서 발끝까지 철두철미하게 분석했다. 그것이 바로 「러시아의 어느 여름날」로서, 지금은 없어진 한 연속기획 시리즈물에서 방영되었다.

그날 저녁 나임의 집에서 나는 눈물을 흘리고 있을 수가 없었다. 이상한 만남이 우리를 기다리고 있었기 때문이다.

제10장

러시아 기자들의 단답형 설문

우리가 나인의 집으로 들어섰을 때, 거실에서는 한 남자가 보드카로 카메라를 닦고 있었다. 그는 위장 전투복 차림이었고, 사람을 만나도 인사할 줄 모르는 사람들이 흔히 갖는 찌푸린 얼굴을 하고 있었으며, 독서보다는 근육운동을 더 신봉하는 사람 같았다. 그의 빡빡 밀어 버린 머리 위에서는 특공대의 베레모가 그가 풍기고 있던 이미지를 완성시켜 주고 있었다. 그의 카메라를 보지 못했더라면, 우리는 운수 사납게 악몽같은 순간에 빠져들어 있다고 믿었을 것이다. 판지시르 계곡 한복판에 러시아 특공대원이라니! 그것은 우리가 은밀한 불법여행에 나서서 우여곡절을 겪던 때에나 일어날 법한 일이었다.

1989년에, 「전쟁의 잿더미들」을 완성한 후로, 프레데릭 라퐁과 나는 아버지의 도움으로 러시아어 버전을 한 편 제작한 바가 있었다. 서방세계에서는 스타였지만 정작 자기네 나라에서는 인기가 형편 없었던 고르바초프라는 사람에 의해 불어닥친 자유의 바람을 틈타, 우리는 프레데릭이 촬영을 했던 러시아로 이 필름을 상영하러 갔다. 이 방문은 한 러시아 제작자가 주선했는데, 우리와 협력을 체결한 사람이었다. 세르게이 루키안치코프라는 그 제작자는 아프간 전쟁에 참전했던 러시아 퇴역군인들에 관하여 매우 용기있고 감동적인 필름(「수치 La Honte」)을 만든 사람이었다. 잡지 「텔레라마」의 장 클로드 라스피엥자와 신문 「르 몽드」의 아리안 슈맹 등 두 기자와 함께, 그리고 프레데릭의 모든 촬영작업 가운데 러시아 부분 작업을 함께 해주었던 매력적인 통역 카미유 뒤랑을 동반하고서, 우리는 사람들이 기다리고 있는 민스크에 도착했다.

첫 번째 상영은 영화관으로 변모한 한 교회에서 이루어졌다. 두 대의 텔레비전 수상기가 테이블 위에 설치되어 있었다. 대략 300명 정도가 와 있었다. 그들 가운데에는 남편이나 약혼자나 아들을 아프가니스탄에서 잃은 여자들뿐만 아니라 아프간 전쟁에 참전했던 퇴역군인들도 있었다. 심각하고도 감동적인 일이었다. 프레데릭과 나는 그들의 반응이 어떨지 궁금했고, 어느 정도의 우려도 없지 않았다. 상영이 시작된지 30분쯤이 지나자 어둠 속에 잠긴 영화관 안에서 흐느끼는 소리들이 들려왔다. 그 소리는 상영되는 동안 내내 끊이지 않고 들려왔다. 불이 들어오자 우리 앞에는 엄청나게 혼란스러운 얼굴들이 보였다. 세르게이의 일그러진 얼굴은 아직도 기억이 난다. 그는 차마 말을 하지 못하고서 윗저고리 소매로 눈물을 닦았다. 그리고는 우리를 포옹했다. 외투를 입고 있고 한 손에는 핸드백을 든 여자가 다가왔다. 뭘 어쩌려는 것일까? 그녀는 우리를 포옹했다.

그리고는 이렇게 말했다.

"당국이 항상 감추어왔던 것을 보여 주셔서 고맙습니다. 당국은 우리에게 아프가니스탄이 검은 나라이고 괴물과 강도들로 들끓는 나라라고 말해왔어요. 선생님들이 촬영한 밝은 풍경들을, 선생님들이 촬영할 자격이 있는 그 사람들의 너무나도 아름다운 얼굴을 보았을 때, 저는 당국이 우리에게 얼마나 많은 거짓말을 해왔는지 알게 됐어요."

또 한 여자가 우리에게 감사 인사를 했고, 그리고는 다른 여자들이 자신들이 겪은 일들과 자신들이 받은 고통을 이야기하기 시작했다. 남자들은 여전히 엄숙하게 있었다. 아프간 사람들에 대해 말을 듣는 일은 평소에 흔히 있을 수 있는 일이 아니었다. 이 전쟁은 감추어진 상태로 머물러 있었고, '그곳'에 가족이 없는 사람들로서는 이 전쟁에 대한 소문만으로도 불편한 마음을 갖기에 충분했다. 그리고 나머지 사람들은 전쟁에서 행해진 범죄들이 소련군이 아닌 '반동분자들'에 의해 저질러진 짓이라고 믿어 의심치 않고 있었다. 그런데 갑자기, 방금 보고 들은 내용에 아연실색한 이 남자들과 여자들은 아프간 전쟁 때 저질러진 잔혹행위의 희생자들이 단지 자기네 진영 사람들만이 아니라는 것을 알게 된 것이었다. 참상은 아프간 사람들만이 단독으로 저지른 것이 아니었다. 신체를 훼손한 것은 그 '강도들'만의 짓이 아니라, 잔인한 처벌원정 때 러시아 장교 휘하의 병사들이 저지른 짓이기도 했다. 게다가 소문과 전설은 참상과 신화를 확대시키고 증폭시켜 놓았다. 예를 들면,

프레데릭의 카메라 앞에서 한 러시아 장교가 어떤 영웅을 기념하여 지은 작은 박물관 안에서 '괴물'이 그려져 있는 대형 벽화에 대해 설명을 할 때 필름이 보여주는 모습이 그랬다. 그 '괴물'은 러시아군이, 그러니까 당연히 선의 세력이 무찌른 '적'이었다.

다음날 우리는 러시아 텔레비전 방송사의 초청을 받아, 이 아프간 전쟁에서 가까운 사람들을 잃은 가족들과 토론을 나누기 위해 스튜디오로 갔다. 스튜디오는 무슨 대성당처럼 규모가 엄청나게 컸다. 문제는 러시아 텔레비전이 아직 이런 토론문화에 익숙해 있지 못하다는 데 있었다. 좌석들은 하나같이 두 대의 카메라를 향해서 배치되어 있었다. 그래서 앞에 앉아 있는 누군가가 뒷사람에게 질문을 할 때면 뒤를 돌아보아야만 했다. 이 토론회는 1시간이 넘도록 지속되었는데, 끝에 가서는 모두들 죽은 사람들의 커다란 관을 상징하는 붉은 벨벳으로 뒤덮인 단상으로 가서 그 위에 꽃을 얹어 놓았다.

그 다음날 천성적인 도발자인 세르게이는 소련군의 정책위원들을 양성하는 사관학교에서 우리를 초청하도록 만드는데 성공했다. 그는 양측을 대면시킬 생각에 기뻐 어쩔 줄 몰라했다. 민스크에는 두 개의 고등전문학교가 있었다. 하나는 KGB 장교를 배출하는 학교였고, 다른 하나는 우리가 햇빛 밝은 그날 오후에 도달한 바로 그곳이었다. 학교장인 장군은 우리를 따스하게, 어느 정도 편안한 마음으로 맞아들였다. 때는 바야흐로 '글라스노스트'(고르바초프가 관리들의 부정부패, 사회의 부조리, 정부정책의 과오 등을 공개보도하도록 한 정책이다. 소련 언론이 그 동안 자행해 왔던 선전선동식 편집에서 진실을 보도하는 언론 본연의 임무로 방향을 전환하자는 것이었다. 동시에 이런 공개를 통해 국민들의 비판 의식을 고취함으로써 소련 사회의 발전을 기하겠다는 사회 정책적인 목적을 갖고 있었다-역주)가 한창일 때였으니 그럴 만도 했다. 사진과 훈장이 역사를 설명해 주는 사관학교의 박물관에서 방문일정은 시작되었고, 이어서 장군은 우리를 강당으로 안내했다. 제복 차림의 생도 200명이 일제히 일어섰다. 매우 인상적인 집단이었다. 소련군의 금지사항들에 여러 번이나 용감무쌍하게 맞선 경험이 있던 나에게는 그곳에 들어서는 일이 특별한 감회를 갖게 했다. 나는 아마 상황이 달랐더라면 나를 공포에 떨게 만들었을 수도 있었을 그 남자들 앞에 있게 되었다는 도취감 같은 것에 휩싸였다. 더욱이 세르게이는 그 강당 안에는 군 정보기관인 GRU의 장교들도 있을 것이라고 내게 설명을 해놓은 터였다. 이들 장교들은 GRU와 관련된 훈련을 시키기 위해 생도들을 지도하는 사람들이었다. 그 중 일부는 '아프간 전쟁에 참여했던 사람들'이라고, 장군이 슬쩍 미소를 지으면서 내게 털어놓았다. 그들을 만나보게 되다니! 매우 관심이 가지 않을 수 없었다. 이런 환대는 기대하지 못했던 것이었다. 강당 안으로 들어서기가 무섭게 두 명의 생도가 우리에게 비닐로 둘러싼 카네이션 꽃을 선사했다. 그들은 자신들이 맞이 하는 사람들이 프랑스인 '동지들'이라고 생각하고 있었다. 러시아의 국민과 군대가 입은 상처에 관한 필름을 보여주러 온 동지들이라고 생각했다. 나는 VHS방식의 작은 비디오 테이프를 손에 들고 있었다. 이 두 시간짜리 필름은 아프간 전쟁의 위선에 관하여 많은 것을 이야기해주고 있었을 뿐만 아니라, 특히 전쟁으로 인하여 야기된 불필요한 여러 가지 고통들에 관하여도 많은 이야기를 해주고 있었다.

필름 상영이 시작되기에 앞서 너무나도 지루한 장군의 기나긴 연설이 있었다. 통역 카미유는 우리에게 그 긴 연설이 단지 의전적인 내용이라고 요약해 주었다. 보드카에 취하지 않은 러시아 장교들은 대개 과장을 좋아하고 허식적인데, 이번이 그런 경우였다. 이윽고 우리가 촬영한 영상들이, 우리가 기록한 증언들이, 아프간 사람들과 러시아 사람들, 양측 사람들의 말들이 강당의 넓디넓은 공간을 가득 채웠다. 이곳 사람들은 한번도 그러한 진실의 소리를 들어본 적이 없었음에 틀림이 없었다. 그들에게 이 진실은 귀기울여 듣기가 거북한 것들이 아닐 수 없었다. 불편한 분위기가 강당을 휩쓸고 있었다. 증언에 증언이 이어질수록, 장군의 얼굴은 점점 더 붉어져 갔다. 30분이 지나자 장군은 더 이상 화면을 집중해서 바라보지 않고 생각에 잠겼다. 앞으로 어떻게 대처해야 할 것인지 숙고하고 있음에 틀림이 없었다.

'그렇다, 이건 물론 선전용 필름은 아니다. 아니, 이건 CIA가 제작한 필름이 분명하다. 게다가 이 세르게이 루키안치코프라는 자는 괴상한 자유주의자가 아닌가! 이 외국인들을 초대할 생각을 하다니 얼마나 엉

뚱한 생각이었는가! 이들이 여기에 무엇을 하러 온 것일까? 아무려면 프랑스놈들이 아프간 전쟁에 관하여 우리에게 도덕교육을 할 일은 아니지 않은가! 프랑스 공수부대원 놈들은 알제리의 양치기들을, 목자들을 쓰러뜨리지 않았던가?'

확실히 장군은 편안하지가 못했다. 게다가, 이 강당은 덥기까지 했다. 너무나도 무더웠다. 이 모든 것이 대체 언제나 멈추어지게 될 것인가? 필름이 절반쯤 진행되었을 때, 다수의 생도들이 소란스러운 군화소리를 내면서 강당을 빠져나갔다. 우리의 동료 기자들이 생도들이 강당을 나가는 이유를 알아보았다. 훈련 때문이라고 했다.

아, 그런가! 필름 때문이 아니고?

아니다,

이 필름은 흥미롭다.

마지막 시퀀스(아프가니스탄의 정경들 사이에, 남편에게 보내는 한 젊은 여인의 사랑의 편지가 삽입되어 있었다. 우리는 나중에 판지시르에서 죽은 남편의 가슴 아픈 이야기를 여기에서 전하고 있었다)에 도달하자, 나타샤 디우제바의 목소리가 들렸다. 나타샤, 내가 좋아했던 러시아 친구. 파리에 기반을 둔 반체제 신문사인 「러시아 생각」사에서 일하던 나타샤는 필름을 위해서 그 여인이 쓴 편지를 번역하고 읽어 주었었다. 걱정에 차 있고 사랑에 빠진 이 여인의 편지는 네 조각으로 접힌 종이 위에 씌어져 있었다. 편지는 쾌활한 러시아 젊은이의 시신이 입고 있던 점퍼 안에서 발견되었다. 그 젊은이도 아마 스스로의 선택으로 전쟁에 온 것은 아니었을 테고, 정치적 오류로 인해 다른 사람들과 함께 죽었을 것이다. 그 후로 나타샤는 우리 곁을 떠났다. 역시 너무나 젊었던 그녀는 내 아버지의 생명에 종지부를 찍은 것과 똑같은 질병으로 인해 가버렸다. 그리고는 필름이라는 마술에 의해 되살아나 있었다. 그녀의 아름다운 목소리가, 너무나 독특하고 섬세하고 연약하고 부드러운 그녀의 목소리가 공간에 흩뿌려 놓는 사랑의 말들은 이 강당 안에서 도발적인 양상을 취하고 있었다. 그녀는, 나타샤는 아마 이것을 좋아했을 것이다. 전체주의 러시아를 피해 도망쳤던 그녀였으니 말이다. 내 친구와 결혼한 이 여자 투사를 나는 좋아했고 존경했다. 우리 모두는 그녀를 생각하고 있었다. '끝'이라는 자막이 나왔다. 이제 단상으로 올라가 자리에 앉아 토론을 해야 했다.

"이건 선전용 필름이오."

한 장교가 소리질렀다. 아마 관중을 대표해서 일반적인 견해를 제시하겠다는 생각인 모양이었다.

"당신들이 촬영한 아프간 놈들의 말은 CIA 놈들이 시켜서 한 짓이오."

그는 조금도 의심하지 않고 비난을 퍼부었다. 마치 우리가 미국의 정보요원들에 지나지 않는다는 듯이.

갑자기 제복이 너무 조이는 듯 보이는 데다가 얼굴이 흙빛이 되어

버린 장군은 침묵을 지켰다. 필름 상영 동안 겪은 내적인 갈등에 지쳐 버린 것이 분명했다. 그는 철저히 입을 다물어 버리기로 선택한 듯했다. 한 생도는 우리가 객쩍은 헛소리들을 지껄이고 있다고 했다. 거기서부터 시작되어 비슷한 지적들이 연이어 터져 나왔다. 그 생도의 말에 따르면, 서양의 첩자들은 의사인 척 행세했지만 그것은 위장이었고, 사실은 판지시르의 '강도들'에게 게릴라 전술을 가르쳤다는 것이었다.

사람들이 제각기 자기입장을 고수했기 때문에 논쟁은 수렁으로 빠져 들어갔다. 하지만 이 모든 논란은 상황이 상황이니 만큼 나쁘지 않은 분위기에서 이루어졌다. '글라스노스트'의 시대였으니까. 그렇지만 논쟁이 끝나고 모두들 객석을 떠나 복도로 나갈 때, 한 남자가 내게 다가왔다. 그는 아프가니스탄에서 러시아군 장교였다고 자신을 소개했다. 눈에 띄게 감동에 젖은 그가 이렇게 덧붙여 말했다.

"판지시르 계곡에서 복무했습니다. 선생님들도 그곳에 있었던 것 같더군요. 그때가 1984년 여름이었습니다. 우리가 그 당시 선생님들을 만났더라면 선생님들의 머리에 총알을 박아 넣었을 거라고 단언할 수 있습니다. 하지만 이제, 선생님들의 필름을 보고 나니, 그때 일이 부끄럽습니다."

그때 일이 부끄럽다. '훌륭한 리포터' 흉내를 내면서 나임의 집 거실 양탄자에 앉아 무기를 소제하듯이 카메라를 청소하던 그 러시아 기자를 생각할 때면, 내 머릿속에서는 이 남자의 말이 떠오른다. 그는 러시아 기자팀의 카메라맨이었다. 그와 더불어 팀에는 마르첼로프 미하일과 세르디코프 미하일도 있었는데, 이들은 모스크바 제1텔레비전 방송사에서 마수드의 인물묘사를 하러 온 사람들이었다. 그들은 「일급비밀」이라는 프로를 제작하기 위해 작업하고 있었다. 메라부딘은 좋지 않은 마음으로 그들을 바라보았다. 러시아인들이 그의 마을에, 그의 아버지의 재산에, 그의 조국에 어떤 짓을 해놓았는지 생각하고 있었던 것이다. 메라부딘에게 이들은 여전히 용서할 수 없는 자들이었다. 하지만 그곳 계곡에서 러시아 기자들은 주민들과 어떤 문제에도 부딪치지 않았다. 그들은 손님들처럼 돌아다녔고, 그들이 만나는 아프간 사람들은 모두들 그들에게 와서 인사를 했다. 때로는 홍차와 과일과 환영의 선물도 선사했다. 러시아인들은 이를 두고, 자기들이 옛날에 미개인으로 여겼던 사람들의 태도이니 당연하다고 생각했다. 그들 측의 타지크어 통역과 메라부딘의 통역을 통하여 우리는 서로 의사소통을 했다. 그러나 그들은 마수드와 약속한 인터뷰 준비를 하느라고 바빠서 말을 많이 하지는 않았다. 그래도 내가 그들이 왔었다는 것을 증명하기 위해 촬영을 하겠다고 했더니 수락해 주었고, 정중하게 자연스러운 장면 연출에 동의를 해주었다. 나는 강가에서 굴러다니는 파괴된 탱크의 모습을 필름에 담으러 가는 그들의 뒤를 따라갔다. 그리고 촬영을 했다. 그들 팀의 카메라맨도 나를 촬영했다. 어쩌면 그들은 이 서구기자가 전에 유격대원이었다고 말할는지도 모른다. 어쩌면 이곳에서 농민들 가운데 섞여서 속 편하게 있는 우리를 보고 비웃었는지도 모른다.

러시아 기자들이 마수드에게 질문하는 자기들을 촬영해도 좋다고 했기 때문에, 우리는 오후 늦게 젠갈레크에 있는 마수드의 집을 향해 떠났다. 현장에 도착하자 그들은 한 장소를, 계곡 쪽으로 전망이 나 있는, '대기실' 테라스 하나를 택했다. 음향 측면에서 이보다 더 형편없는 자리를 택할 수는 없었다. 바로 옆 관개용 운하에서 쏟아지는 물이 소란스러운 소리를 내며 흐르고 있었기 때문이다. 어찌됐든, 마수드가 하는 말은 러시아어로 자막처리할 참이라고 했으니, 그건 그들이 알아서 할 일이었다. 반면에 화면처리는 제대로 되고 있었다. 나는 그들의 자리잡는 모습과 태도, 활동방식 등을 필름에 담았다. 과거에는 소련 사람들이었던 러시아 사람들에다, 일본제 카메라 하며, 마수드 본인을 영접할 준비가 되어 있는 아프간 등나무 의자 등 마치 하나의 극장무대를 필름에 담고 있는 듯한 인상이 들었다. 기다리는 시간이 길어졌다. 거의 세 시간이나 연장되었다. 이윽고 주연배우인 마수드가 자문위원 몇 명, 호기심 많은 사람들 몇 명, 그리고 만약의 경우를 대비해 경호원들의 호위를 받으며 도착했다.

마수드가 인터뷰를 수락한 것은 오늘날 러시아인들이 투쟁에 필수불가결한 무기와 군수품들을 무자헤딘에게 제공해 주고 있기 때문이었다. 마수드는 러시아 기자들과 악수를 나누고는 촬영하는 내 쪽으로 시선을 던졌다. 나는 마수드에게 나를 의식하지 말라고 요청했었고, 마수드는 그것을 기억하고 있었다. 그는 자신의 자리로 가서 앉았다.

러시아 기자들은 두 시간 동안 지정학적 내용들을 기록했다. 그러던 중 마수드는 한 가지 비밀을 털어놓았다. 게릴라전 시절에 소련군 장성들이 자기에게 직접 정보를 제공해 주었다는 얘기였다. 우리는 이미 그 사실을 알고 있었다. 하지만 러시아 텔레비전으로서는 특종 하나를 건진 셈이었다. 곧 기도시간이 되었다. 태양이 기울어가고 있었기 때문이다. 마수드는 신에게 감사기도를 드리기 위해 양해를 구하고는 잠시 자리를 떴다. 그는 종교인이었고 종교의식을 실천하는 사람이었다. 마수드는 아무리 뜯어보아도 권력과 신앙을, 물질과 정신을 칵테일처럼 뒤섞어서 불만과 증오의 폭발물을 만들어내는 광신자들 가운데 한 사람으로는 보이지가 않았다. 어둠이 내렸다. 마수드는 발전기를 켜라고 했다. 지시는 즉시 이행되었다. 카메라맨도 발 달린 스포트라이트를 설치했다. 어둠 속에서 마치 석양 속의 불그스름한 산맥을 배경으로 떠 있는 달처럼 마수드의 얼굴이 빛을 내기 시작했다. 한 폭의 그림 같았다. 그러고 나니 인터뷰는 전혀 다른 색채를 띠게 되었다. 마수드를 앞에 두고 있다는 행운을 최대한 활용하기로 작정한 러시아 기자가 질문을 감행하기로 했다. 프루스트(Marcel Proust (1871~1922). 프랑스 소설가. 전 13권을 14년에 걸쳐 완성한 그의 대표작 『잃어버린 시간을 찾아서』는 20세기 신심리주의 문학의 최고 걸작이다. 그의 문장은 길기로 유명하다-역주) 식의 문장을 아프간 전쟁식으로 뚝딱거려 교정하고 수정한 단답형 유형의 설문이었다. 시적인 냄새는 배제되었다. 발췌해 보자면 이런 식이었다.

질 문 : 가장 좋아하는 무기는 무엇입니까?

마수드 : 물론 칼라슈니코프지요.

질 문 : 가장 좋아하는 영화는 무엇입니까?

마수드 : 불행히도 나는 영화와는 거리가 매우 먼 사람이오.

질 문 : 취미는요?

마수드 : 독서입니다.

질 문 : 어떤 동물을 가장 좋아하십니까?

마수드 : 우리 모두는 말을 제일 좋아해요.

질 문 : 가장 좋아하는 자동차는요?

마수드 : 모르겠소. 난 말을 더 좋아합니다.

질 문 : 가장 좋아하는 스포츠는요?

마수드 : 축구를 좀 해요.

질 문 : 농담 한마디 해 주실 수 있겠습니까?

마수드 : 생각나는 게 없소. 자, 인터뷰는 그만 합시다.

기 자 : 죄송하지만, 매우 중요한 질문 하나가 아직 남았는데요. 어떤 역사적 정치적 인물을 좋아하는지 알고 싶습니다.

마수드 : 현재 활동하고 있는 정치가들 가운데서는 별로 생각해본 사

람이 없어요. 하지만 책에서 읽은 역사적 인물들 중에서는 드골을 좋아합니다.

할 말은 다 했다. 어둠 속에서, 마수드는 그들과 악수를 나누고는 가버렸다. 러시아 기자들은 지극히 흥분한 상태였다. 만일 그럴 수만 있다면, 당장이라도 러시아로 돌아가서 이 특종을 전해 대박을 터뜨렸을 것이다. 소련군 장성들이 조국을 배신했다는 사실을 마수드가 폭로했다. 그렇게 해서 장성들은 소련의 노망난 늙은이들이 옳지 못한 전쟁 속에다 휘몰아 넣은 한 민족의 명예를 구해냈던 것이다. 브레즈네프는 고이 잠들어도 좋을 것 같았다. 이미 죽었으니 말이다.

다음날 함께 아침식사하는 틈을 타서, 이번에는 내가 그 러시아 기자를 인터뷰했다. 그는 인간들 사이의 형제애를 말했고, 과거의 오류들에 대해서 이야기했으며, 자신이 여기에 와 있다는 사실에 감동을 느끼고 있다고 말했다. 이 땅의 동포들 가운데 그 많은 사람들이 고통을 겪었다는 것, 어떤 사람들은 목숨을 잃었다는 것, 많은 사람들이 자신들에게 무슨 일이 일어났는지 전혀 이해하지 못했다는 것을 이야기했다.

그는 이렇게 말했다.

"우리는 역사를 위해서 그리고 진실을 밝혀야 한다는 생각을 위해서 유용한 작업을 하고 있는 겁니다. 우리가 만드는 프로그램은 우리 시대의 사건들을 조사하고 감추어진 것을 폭로하는 것이 소명이지요."

한 시간 후에 그들은 헬리콥터 안에 있었다. 계곡과 외부 세계 사이를 끊임없이 왔다 갔다 하는 바로 그 헬리콥터였다. 한편, 얼마 지나지 않아서 우리는 지프차를 타고서 마수드를 따라 전선을 향해 달려가고 있었다. 모두들 가슴에 희망을 품고 입에서 입으로 전하는, 곧 있게 될 작전 준비를 하기 위해, 마수드는 전선을 시찰하러 가는 중이었다. 이렇게 해서 러시아 기자들은 임박한 특종 하나를 놓치게 되었다.

제11장

전선

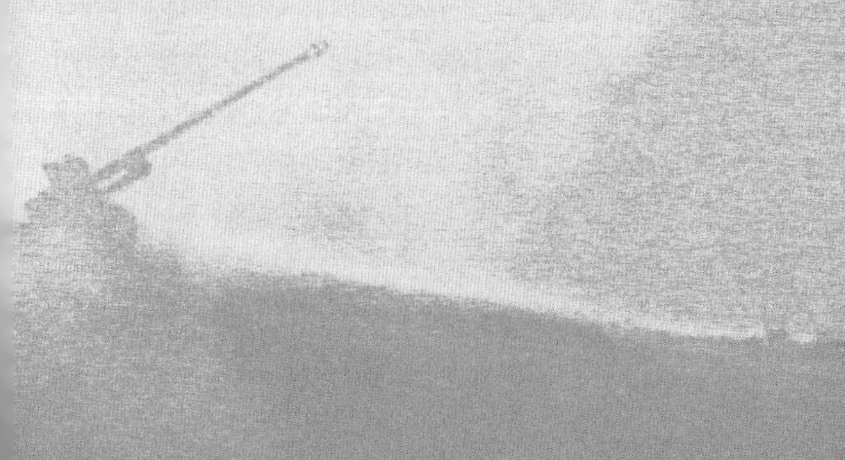

나는 일반적으로든 개별적으로든 특종에는 관심이 없다. 계곡의 도로를 따라 아래로 내려오면 내려올수록 전장은 점점 더 가까워졌고, 우리는 점점 더 다치기 쉽고 취약하고 위험에 노출된 스스로를 느꼈다.

전투지대를 향해 달려가면서, 전에 촬영한 적이 있는 장애인들을 생각했다. 삶이 영원토록 파괴되었거나 원래 나아갈 수 있었을 방향에서 빗나간 사람들을. 그렇다. 겁이 났다. 오지의 동생에게서 빌린 전천후 자동차는 비포장도로의 먼지 속을 달렸고, 대장의 차량 꽁무니에서 파여지는 모래 고랑 속의 바퀴자국들과 울퉁불퉁한 돌기를 따라 끊임없이 덜컹거렸다.

"저런. 메라부딘, 저 양반 급하신 모양이군."

"탈레반이 완전히 회복되기 전에 공격하려면 서둘러야 한다고 생각하세요."

1시간 후에 우리는 계곡의 시작을 알리는 협곡 어귀에서 마수드의 검정 4륜 구동 지프차 뒤에 멈춰 섰다. 지난 10월 탈레반이 마수드와 끝장을 내려고 작정했을 때, 협곡은 맹렬한 공격의 무대가 되었었다. 탈레반의 전격적인 진격을 멈추게 하기 위해, 마수드는 둑을 완성시키고 탈레반이 그 둑을 넘어올 수 없도록 능선 위에다 대포를 배치시키고는 도로와 일부 흉벽을 폭파시켰다. 그 후로 한 차례의 역공을 통해 계곡 어귀를 비울 수 있었고, 샤말리 고원의 초입에 위치한 굴바하르와 자불세라지 등 두개의 큰 부락을 재탈환할 수 있었다. 그때부터는 100여 명의 포로들로부터 도움을 받아 공병대원들이 도로를 재정비하는 작업을 했다. 만일 대규모 공격이 시작된다면 트럭들은 이 도로를 통해서 병력과 군수품을 진격시켜야 할 것이다. 그런데 정작 공격은 언제 이루어질 것인가? 그건 아무도 몰랐다. 오직 마수드만이 결정을 내리게 될 것이다. 그 전까지는 그를 따라야 한다. 그를 따른다는 것은 곧 위험에 몸을 내맡기는 것이었다. 비록 19년 전부터 행운이 그와 함께하기는 했지만 말이다. 메라부딘은 그의 존경하는 대장님이 3주일 전에, 아직 탈레반의 수중에 들어 있던 쿤두즈 시를 앞에 두고 전선을 시찰할 때 지뢰를 밟을 뻔한 적이 있다고 우리에게 말해 주었다. 마수드가 탄 자동차의 타이어가 지뢰를 살짝 피해 지나갔는데, 안타깝게도 그 뒤를 따라오던 지프차는 피하지 못했다고 한다. 그리하여 운전사와 승객 한 명이 죽었고, 다른 두 사람은 중상을 입어서 다리를 절단해야 했다. 마수드에게는 과연 '행운의 별'이 있었다.

우리는 보수 중인 도로 부분을 대략 1킬로미터 가량 걸은 후에 어느 작은 집으로 들어가, 사람들이 고원으로 찾으러 간 자동차들을 기다렸다. 방의 벽면은 자줏빛이었다. 철망이 씌워진 창문은 도로 쪽을 향해 나 있었다. 소란스러운 급류 소리가 들려왔다. 서로 이야기를 나누려면 고래고래 악을 써야 했다. 마수드는 긴장하고 있었다. 그는 부하들이 쓸 무기가 필요하다고 설명하는 한 남자의 말에 귀를 기울이고 있었다. 자기들의 무기는 마수드의 명령에 따라 탈레반 지배권에 처해 있는 고원 주민들에게 넘겨주었기 때문이다. 마수드는 칼라슈니코프 500정에 대한 허가를 내주었다.

우리 방에는 다섯 명이 있었다. 마수드, 그의 경호원이자 운전기사, 방금 와서 말을 한 그 남자, 마이크 장대를 붙들고 있는 베르트랑, 그리고 촬영을 하는 나였다. 나는 조용히 촬영하려고 애썼고, 어떠한 질문도 하지 않고, 앞으로 일어날 일을 지켜보려고 집중했다. 그 뿐이었다. 15분 후에 사람들이 왔다. 트럭 한 대가 우리를 데려가려고 굴바하르에서 올라왔다. 또한 4륜 구동 지프차 한 대와 말이 끄는 짐수레도 한 대 있었는데, 자동차의 도어는 자동화기의 일제사격을 당해 여과기처럼 구멍이 나 있었다. 밖에 남아 있던 대원들도 우리와 함께 자동차 꽁무니에 매단 운반차 안에 올라탔다. 나머지 사람들은 4륜 마차에 빼곡이 올라앉았다. 마수드가 4륜 구동 지프차에 탔다. 이윽고 우리는 전투지대를 향해 출발했다. 먼지 속을 굴러가는 작은 수송차를 그럭저럭 촬영하던 참인데, 출발할 때 차가 덜컹거리는 바람에 나는 느닷없이 지프차 뒤쪽으로 튕겨져 나가 버렸다. 스펙터클한 광경은 아니더라도 위험

천만한 순간이었다. 여기서는 일이 그렇게 돌아갔다. 영화를 찍는 게 아니었다. 특수효과 전문가가 있어서 우리에게 포탄 폭발 문제를 위험하지 않게 해결해 주는 것이 아니었다. 여기저기서 불안스러운 소리들이 들려왔고, 사람들은 신경을 곤두세웠으며, 때로는 부상자들과 사망자들이 발생하기도 했다. 이 모든 일 사이사이에 빈 시간이 많이 있었다. 한 차례의 폭발소리가 우리의 출발을 축하해 주었다. 도로보수 작업을 하는 공병대원들이었다. 도로에 공간을 만들기 위해 흉벽을 폭파시켰던 것이다. 바쁘게 일을 해야 하는 사람들이었다.

굴바하르에 도착한 우리는 어떤 집 앞에서 차를 멈추었다. 골목은 군중으로 빽빽했다. 사람들이 몰려들고 있었다. 사나운 바람이 불어와 도로 위의 먼지를 휩쓸어갔고, 바지와 셔츠, 스카프 그리고 여성들의 부르카 천들을 휘날렸다. 무장을 한 수많은 민간인들과 부락주민들이 마수드를 보러 온 것이었다. 골목은 흥분의 도가니였다. 우리는 군중 사이를 헤치고 나가 '자미아트' 당의 임시지사로 쓰이고 있는 집의 입구에 도달했다. 집안에서는 무자헤딘이 잠을 거의 못 자서 초췌한 얼굴을 하고 있었다. 여기저기 먼 곳과 가까운 곳에서 둔중한 폭발음이 들려왔다. 한 남자가 벽면 앞에 나란히 놓인 방석에 앉으라고 우리에게 손짓을 했다. 홍차는 이미 뜨거웠다. 마수드가 와서 자리에 앉았다. 이번 시찰에는 뭔가 엄숙한 면이 있다는 느낌이 들었다. 지사의 사령관으로 보이는 사람이 대장에게 보고를 했다.

“어제는 적(탈레반)의 공격이 없었습니다.”

“칼래 사라에서는?”

“칼래 사라에서는 공격이 있었습니다. 하지만 대원들이 잘 막아냈습니다. PK 기관총 한 자루와 RPG 로켓 발사기 한 대, 그리고 장총 다섯 자루를 탈취했습니다. 부상자가 한 명 발생했습니다. 한 시간 동안 압박을 가했더니 적이 퇴각했습니다. 그쪽은 사망자 몇 명과 여러 명의 부상자가 발생했습니다. 놈들은 사상자들을 데려갔습니다. 적은 강을 따라서 에자크 켈쯤에다가 전선을 구축하려 하고 있습니다. 하지만 우리는 대공 기관총과 지구야 포 한 대, 다샤카 포 한 대를 배치해 놓고 있습니다. 우리 대원들은 사이드 켈 출신들이라서 이 일대를 잘 알고 있었습니다. 대원들을 믿으셔도 됩니다. 적이 그곳에 자리를 잡게 되면, 우리에게는 파르완 쪽 통행로가 차단되고, 적은 입지가 유리해질 겁니다. 하지만 제 생각에는 그들을 막을 수 있을 겁니다.”

손에 묵주를 든 채로 마수드는 귀를 기울였다. 그리고 고개를 끄덕거렸다. 두 남자가 빵과 홍차를 나눠주고 있는 방 안으로 고원의 전투원들이 들어왔다. 15분 동안 보고가 이어졌다. 이윽고 마수드가 출발 지시를 내렸다.

나는 거리로 나왔다. 사람들을 만난 김에 몇 사람을 붙잡고 탈레반을 어떻게 생각하느냐고 물어보았다.

한 청년이 격노해서 말했다.

"놈들은 여기서 악랄한 짓만 했어요. 약탈에다, 강간에다, 노인과 어린애들까지 해쳤어요. 집을 불태우고 논밭에 불을 질렀습니다. 우리는 싸우기로, 최대한 먼 곳으로 놈들을 쫓아내기로 작정했어요. 그러니 놈들을 만나거든 우리가 스핀 볼다크까지 쫓아낼 거라고 놈들에게 말해 주세요."

다른 사람들도 말했다.

"놈들은 영국놈들의 후손이에요. 여기서 그놈들을 좋아하는 사람은 아무도 없어요. 놈들은 우리의 명예를 더럽혔습니다. 파키스탄 놈들과 똑같아요."

"하지만 그들은 아프가니스탄에 평화를 가져오기 위해서 싸운다고 하던데요?"

"말도 안되는 소리! 누가 그런 소릴 해요? 그건 순전히 거짓말이에요. 그놈들과 손잡은 과거의 공산주의자 놈들은 얼마든지 있어요."

몇 미터 거리에서 소란스러운 소리가 들려왔다. 한 여자가, 한 노파가 소리를 지르고 있었다. 자기가 삽으로 탈레반 한 명을 때려 죽였다는 이야기를 하고 있다고, 메라부딘이 우리에게 설명해 주었다. 골목이 갑자기 몹시 술렁거렸다. 집 뒷부분에서 사령관들에게 붙들려 있던 마수드가 마침내 자동차에 도달했던 것이다. 우리는 하나같이 워키토키를 지니고 있는 무자헤딘과 함께 러시아제 지프차에 올라탔다. 사람들이 몰려와 서로 떠밀었다. 지저분한 앞창을 통해 나는 그럭저럭 촬영을 했다. 이제 전선을 향하여 출발이었다. 엔진소리가 부드러웠다. 속도를 많이 줄이고 보니 차량의 흔들림이 완화되었다. 오래지 않아 도로변에는 더 이상 아무도 없었다. 우리는 이 작은 촌락의 한 부분을 가로질러 나아갔다. 이따금 포탄이 하나씩 떨어지곤 했다. 탱크 한 대가 끔찍한 굉음을 내며 대포를 발사했다. 이윽고 고요가 돌아왔다. 전쟁이 침묵할 때면 주변의 시골은 너무나도 적막했다.

우리는 일렬로 늘어선 비좁은 골목 앞에서 차를 세웠다. 무장한 두 명의 전사와 함께 조수석에 앉아 있던 메라부딘이 우리에게 상황을 설명했다.

"대장님이 전선을 시찰할 겁니다. 원하신다면 따라가셔도 좋아요. 여기서 2~3킬로미터 거리예요. 그런데 여기는 탈레반 포병대가 퍼붓는 포탄들이 떨어지는 곳이에요. 그러니 차에서 내려 골목을 뛰어가야 합니다."

우리는 차에서 내려 뜀박질을 시작했다. 달리면서 촬영을 하는 순간, 포탄 한 개가 멀지 않은 곳에서 터졌다. 대원들은 걸음을 서둘렀고, 아무도 말을 하지 않았다.

"여기가 어딘가?"

내내 촬영을 하면서 달리던 내가 메라부딘에게 물었다. 카메라에 대고 그가 설명을 했다. 이제 위험은 매우 현실적인 것이 되어 있었지만,

눈으로 보이지는 않았다. 가까운 곳에서 폭발이 있을 때면, 그 소리가 귀청을 찢을 듯이 울렸다. 대원들의 얼굴에서 두려움과 위험이 느껴졌다. 모두 표정이 긴장되어 있었고, 서로의 시선을 피했다. 이럴 때면 내 직업에 대해서 한없이 회의적인 입장을 가지지 않을 수가 없었다. 혐오스러운 모습들을 시청자들에게 보여주어야 할 것인가, 보여주지 말아야 할 것인가? 나는 그런 모습들은 시청자들로 하여금 무능력이나 느끼게 만들 뿐, 아무 짝에도 도움이 안된다고 생각하는 쪽이었다. 그런 모습들은 시청자들의 눈에 점점 더 익숙해져서 결국은 진부해져 버리기 때문이다. 나는 지붕에 올라가서 탈레반 쪽 전선 풍경을 바라보는 마수드를 촬영했다. 그 풍경도 촬영했다. 그가 돌아서자, 나는 다시 그를 촬영하면서 상황을 설명해 달라고 부탁했다. 그는 긴장된 표정이었다. 마수드는 손으로 한쪽 방향을 가리키며 말했다.

"여기서부터 저기까지가 무자헤딘이 있는 곳이에요. 저기 저 너머 고지대에는 적의 진지가 있고요."

그리고는 가버렸다. 우리는 그의 뒤를 따라 내려왔다. 일단 거리로 나오자, 메라부딘은 우리에게 그를 따라가지 말라고 말렸다.

"여기에 숨어 계세요. 전선에서는 어차피 촬영을 못할 거예요. 탈레반이 보면, 쏘아대기 시작할 테니까요."

우리는 그 유명한 전선으로부터 100여 미터 거리에 있었다. 마수드는 신경이 곤두 서 있었다. 그런 장소가 얼마나 위험한지 잘 알았기 때문이다. 최선의 선택은 여기서 그를 기다리는 것이었다.

1986년의 그 광적이던 시기가 기억났다. 소련군과의 휴전 협정이 체결된 틈을 타서, 마수드는 북동부에 여러 부대를 조직했었다. 그렇게 해서 여러 곳의 소련-아프간 정부군 진지에 일련의 기습공격을 단행할 수 있었다. 파르카르, 나린, 칼라프간, 보르카 나중에는 쿠란 에 무잔, 이어서 토프 코나 진지까지 공격했다. 마수드의 부대들은 평지에 있었으므로 적의 사정권 안에 들어가기 훨씬 전부터 이미 노출이 되어 있었다. 반면에 정부군의 진지들은 평지에서 불룩 솟은 곳에, 대개 고지대에 자리하고 있어서 공격하기가 어려웠다. 마수드는 마치 직업적인 군 장교가 진지를 포위하고 있는 것처럼 전투를 준비해 놓고 있었다. 치밀하게 수집한 정보들을 이용하여 목표물들을 단계별로 재구성했던 것이다. 사관학교를 다녀본 적이 없었으니, 모든 것은 현장에서 배운 것이 틀림없었다. 적의 진지는 방어가 철저하고 중무장한 상태였지만 하나씩 차례로 함락되었다. 교전지점들과 해방되는 계곡들이 늘어날수록 보급품 공급도 용이해졌다. 마수드의 충실한 사령관들 가운데 하나였던 파나가 기억난다. 파나는 워키토키에다 고함을 지르면서, 경험이 없는 부하들을 보호하면서, 병력과 군수품을 절약하고 손실을 줄일 수 있는 방법들을 제시해가면서, 부하들과 공격을 이끌었다. 1989년에 촬영할 때, 파나는 카메라 앞에서 너무 수줍어했고, 혼자서는 싫다며 부하들과 함께 촬영에 응했었다. 언제나 미소를 머금고 장기를 두던 파나는 전쟁이 끝나기만을 학수고대하던 조용한 남자였다. 하지만 무기도 없이 길을 가다가 탈레반의 매복에 걸려 1995년에 살해되고 말았다. 마수드는 지금까지 얼마나 많은 소중한 동료들을 잃었을까? 또 앞으로 얼마나 많은 죽음에 저항을 하게 될 것인가?

1시간은 족히 걸린 후에야, 마수드는 돌아왔다. 20여명의 대원들이 뒤따라왔다. 우리는 바로 그 뒤를 따라가 차량이 기다리고 있는 곳까지 갔다. 두려움은 사라진 후였다. 전선에서 멀어질수록 위험은 줄어들었으니까.

"오늘은 비교적 조용하군요. 운이 좋은 겁니다."

자기 자리로 돌아온 메라부딘이 말했다. 이번에도 역시 그는 차 앞좌석 두 명의 투사 사이에 끼어 앉았다.

우리는 전선에서 3~4킬로미터 거리의 어느 집에서 마수드와 그의 부관을 다시 만났다. 우리는 작은 방 안으로 들어갔고, 식사가 날라져 왔다. 양탄자 위에 밀납 먹인 아마포 한 장이 펼쳐졌다. 한 남자가 손을 씻을 수 있도록 이 사람 저 사람에게 물병과 양철그릇을 내밀었다. 이윽고 음식들이 나왔다. 소스를 얹은 양고기, 쌀밥, 빵, 홍차, 그리고 심지어 옆에 흐르는 강물까지 나왔다. 내가 상황을 정리해 달라고 마수드에게 부탁했다. 비록 이런 저런 생각들 때문에 머리가 복잡하기는 했지만, 그는 예의상 대답을 해주었다. 하지만 어조가 단조로워 필름에서는 사용할 수 없을 것 같았다.

"아까 봐서 아시겠지만, 지형을 보면, 고개들로 둘러싸인 대초원이 한가운데에 있어요. 적은 양쪽 기슭에 있어요. 우리가 접근을 못하도록 진지들을 구축해 놓은 고원에도 있어요. 자불 세라지, 사이드 켈, 굴바하르 지역이지요. 맞은 편 고원 안쪽에, 바그람 공항과 샤리카르 시 방향으로는 적의 전선이 비교적 취약해요. 그런데 고원 주민들은 탈레반 편이 아니에요. 그래서 탈레반은 자신들의 병력에 의지할 수밖에 없지요. '인샬라!'

내 생각에 이 지역은 별 어려움 없이 신속하게 점령할 수 있을 거예요. 적은 여전히 샤리카르, 페르캐 두, 바그람, 그리고 고지대에만 거의 집중이 돼 있는 상태거든요. 좀전에도 현지에서 보고 왔듯이, 적의 병력이 몇 군데 주요지점에 집중돼 있지만, 작전을 펼칠 수 있다고 생각해요. 적의 사기에 관해 우리가 갖고 있는 정보들로 볼 때, 일단 전선이 와해되면 적은 다른 어떤 도시에도 심지어 카불에도 못 가게 될 거예요."

"끝이 안 나는 이 전쟁에 지치시지는 않습니까?"

그는 질문에 약간 짜증이 난 듯 대답했다.

"전쟁은 누구도 좋아서 하는 게 아니에요. 이건 의무예요. 우리는 조국과 민족을 지켜야 합니다. 나라가 공격을 당했을 때, 국민이 침략의 희생자가 되었을 때, 싸워서 스스로를 지키는 것 외에 다른 해결책은 없어요."

점심식사는 식어 버렸다. 각자는 음식을 향해 고개를 수그렸다. 무자헤딘은 오른손 손가락으로 먹었다. 마수드는 우리에게 포크를 갖다 주라고 했다. 한 남자가 우리에게 포크를 갖다 주었다.

밖에서는 이따금씩 폭발소리가 나, 집 주변에 심어진 나무 잎사귀들을 어지럽게 흔드는 바람소리를 덮어버리곤 했다. 포탄이 터질 때마다 나는 주위의 대원들을 쳐다보았다. 한 사람도 눈썹 하나 까딱하는 사람이 없었다. 이들은 투사들이었다. 전사들이었다. 전쟁은 이들로 하여금 더 이상 생각을 하지 않도록, 포탄이 머리 위로 떨어지는 순간을 생각하지 않도록 길들여 놓고 있었다.

일단 식사가 끝나자 두 남자가 식탁보로 쓰인 아마포를 둘둘 말았다. 그 대신 소련군 참모본부의 지도가 펼쳐졌다. 마수드와 세 명의 사령관이 상황을 파악하기 위해 고개를 숙였다. 나는 촬영했다. 위쪽에서, 옆쪽에서, 그들을 방해하지 않도록, 그들이 불안해하지 않도록 조심해서 찍었다. SIRPA(1997년 7월까지도 프랑스군의 홍보기관이었다)였다면 공격을 준비하는 장교들을 그런 식으로 촬영하게 놓아두지는 않았을 것이다. 걸프전 때도 장교들은 군사작전으로부터 주도면밀하게, 기술적으로 기자들을 따돌렸다. 하지만 마수드와는 상황이 전혀 달랐다. 그는 믿음을 갖고 있었다. 매스컴의 비중 따위에는 신경쓰지 않았다. 그것은 그가 살아가는 세계가 아니었던 것이다.

사령관이 지도상의 한 장소를 가리키며 말했다.

"여기가 우리가 방금 통과해 온 도로입니다. 그리고 여기가 탱크들을 몰고 온 지점입니다. 거기서는 어디로든 갈 수 있습니다. 이쪽으로도 도로가 하나 있습니다."

"어떤 도로인가?"

"운하 옆에 있는 타그 라르 도로입니다. 그 도로를 따라 가면 폴레마타크 정유소가 나오는데, 살랑 강의 접합부까지 이어집니다."

"현재 우리 탱크는 어디에 있지?"

"여깁니다. 건너편으로 넘어가지 못하고 있습니다. 하지만 이쪽으로 ZU 23 한 대를 통과시킬 수 있습니다."

내가 촬영을 계속하는 동안, 마수드가 허리를 일으키며 말했다.

"여기서는 아주 강력한 화기가 필요할 거야. 그리고 언덕 위와 살랑 쪽 그리고 능선쯤에다는 82밀리미터 대포 2~3대를 배치해놔야 할 것 같아."

다른 사령관이 말했다.

"대장님이 설명하시는 대로 한다면, 적을 매우 신속하게 전멸시킬 수 있습니다. 단, 적이 고개에서 저항을 하지 않아야 합니다."

"어떤 고개?"

남자는 내가 모르는 여러 장소를 거론해 가며 대답했다.

"아래쪽 진지들이 붕괴되지 않으면, 적은 고지대에서 저항할 겁니다."

"아니야. 내 생각은 달라. 일단 82밀리미터 대포를 고지대인 칼래사라 쪽으로 쏘고 나면, 페르캐 두는 쉽게 함락될 걸세. 그와 동시에 마타크와 젠갈 바그의 여러 기슭을 최대한 압박해야 해. 한쪽에는 탱크를 배치시키고 다른 한쪽에는 BM 12 포(일명 '스탈린 풍금'이라 불린다)를 설치하고서, 우린 한가운데를 겨냥하는 거야. 그리고 대원들이 도로를 따라 공략하면서 토톰 다라 파이얀, 토톰 다래 발라로 올라가야 해. 그리고는 주민 전사들이 손바닥처럼 훤히 꿰뚫고 있는 자기들 마을로 각자 돌아가는 거야. 그와 동시에 살랑에서부터는 고개 위에다 발사를 해야 해."

마수드는 간결하고도 명확했다. 대원들은 주의깊게 들었고 고개를 끄덕였다. 나는 촬영했다. 하지만 그가 언급하는 장소들을 잘 알지도 못하고 참모본부 지도를 갖고 있지도 않은 사람이 그의 설명을 정확하게 이해하기는 매우 어려웠다. 시청각 저널리즘의 문제가 바로 이런 점이다. 모든 것을 다 설명할 수도 없고, 모든 것을 다 보여줄 수도 없다. 필름 하나로 모든 것을 다 설명할 수는 없는 것처럼.

이런 장면을 촬영해서 좋은 점은 군사작전이 어떻게 준비되는지, 그리고 전쟁 속에서 활동하고 있는 사람들을 볼 수 있다는 점이다. 내가 마수드를 평화의 사람으로 촬영하기를 더 좋아한다는 말만 제외하고는 아무런 해설도 곁들이지 않고서 말이다. 그가 언젠가 평화의 사람이 될 수만 있다면 얼마나 좋을까.

마수드가 말을 계속했다.

"고르반드 지방에서는 아샤와쯤에서 같은 날 작전을 시작하고, 도로를 차단하는 거야. 방해가 되는 탱크에는 야간에 사격을 가하면 돼. 라바트쯤에서 적을 차단할 수 있도록 하고, 그쪽에 있는 우리 대원들은 적을 압도할 정도의 대규모 병력을 준비하게. 도시 안에 진입해서 공격을 할 수 있어야 하네. 공격은 A, B, C, 그리고 D쯤에서 동시에 시작되어야 해. 적은 최대한으로 버티어도 정오까지밖에 저항을 못할 걸세. 그 시간이면 우리 지원군이 도착해서 적을 포위하고 끝장을 낼 수 있어."

나는 재빨리 카메스코프 카메라의 배터리를 갈아 끼웠다. 이 전략 안에는 몇 가지 설명이 덧붙여졌다. 나는 잠시 조용한 틈을 타서 부대의 조직이 어떻게 짜여져 있는지 설명해 달라고 마수드에게 부탁했다.

"판지시르에서처럼 우리 기지 내부에도 여러 계급이 있어요. 좀 전에 본 무자헤딘이 내려온 지역에는 세 종류의 계급밖에 없지만요. 그렇지, 친구들? (그는 빙그레 웃었다) 무자헤딘과 부대장, 그리고 사령관이 있지요. 전선이 밀리면 즉시 그런 식으로 질서를 회복해요. 자, 이제 신께서 우리를 보호하시기를!"

그렇게 결론지으며 마수드는 자리에게 일어났다.

그는 또다시 전선으로, 이번에는 다른 지점의 전선으로 돌아가서 계획을 가다듬어야 했다. 우리는 위험에 노출된 지대를 향해 다시 출발했다. 또 한 대의 지프차가 우리를 그리로 데려다 주었다.

마수드는 사령관인 비스멜라 칸을 동반하고, 이긴 흙으로 지은 요새 성벽 위로 올라갔다. 나는 성벽 위에 서 있는 그를 촬영했다. 카메스코프 카메라가 세찬 바람에 흔들거렸다. 마수드는 손가락으로 한 지점을 가리켰다가, 바람 때문에 말소리가 들리지 않자 손짓으로 말을 대신했다. 그리고 잠시 동안 살펴 보았다. 이윽고 그는 다시 차에 올라 탔고, 부대장들과 또 다른 회의를 하기 위해 가버렸다.

"메라부딘, 굴바하르로 가서 상인들에게 질문을 해보세."

석양의 붉은 빛 때문에 주위의 풍경들이 실제보다도 더 아름답게 보였다. 붉은 빛은 팔레트를 펼쳐 놓은 듯이 다채로웠고, 사람들의 살갗이 더욱 윤기 나 보였으며, 색채들의 밀도도 더욱 강렬해졌다. 우리는 지프차를 타고 굴바하르 시장을 향해 거슬러 올라갔다. 아직 열려 있는 몇 안되는 가게들 주위로, 서양 사람들을 보고 놀란 주민들이 몰려들었다. 놀라면서도 한편으로는 반가운 기색이었다. 이런 저런 증언들이 쏟아져 나왔다. 나는 그 증언들을 기록했고, 탈레반의 점령에서 생겨난 주민들의 증오를 기록했다.

한 노인이 이야기했다.

"탈레반은 날 끌고 가더니 내게 무기를 요구했소. 놈들은 금속 케이블로 사람들을 때렸소이다. 나한테, '무기를 내놔, 그렇지 않으면 죽인다'고 말하더군. 그래서 내 장총을 갖다줬소. 하지만 다음날 밤에 난 가족 전부를 데리고서 카불로 달아났소. 그리고 15일쯤 전에 탈레반이 굴바하르에서 쫓겨났다는 걸 알고는 곧장 되돌아왔소이다."

터번을 두른 또 다른 상인이 카메라 앞으로 나오더니, 마치 혼잣말을 하듯이 카메라를 향해 말했다.

"놈들이 굴바하르를 점령하러 왔을 때, 우리는 이미 떠난 후였어요. 깡그리 다 훔쳐갔더군요. 내 석유등잔, 식기류, 옷가지들하며, 녹음기까지 모두 다 말이오."

"그것들을 어떻게 했답니까?"

"팔아먹으려고 카불로 가져갔지 어디로 가져갔겠어요? 텔레비전, 재봉틀, 니켈 찻주전자, 그 모든 걸 몽땅 가져갔어요. 남은 게 하나도 없어요."

"탈레반이 이 나라에 평화와 안전을 가져온다고 하던데요?"

그가 화를 벌컥 내며 소리질렀다.

"누가 평화를 가져와요? 누구를 위한 안전이랍디까? 당신에게 무기가 있으면 내게 주시오. 놈들은 마지막엔 우리 뼈다귀를 갈아서라도 무기를 만들 겁니다."

얼마 전부터 발언권을 요구하던 한 노인이 카메라 렌즈 앞에 얼굴을 대고는 조용한 목소리로 이름들을 열거했다.

"압둘 마난은 놈들의 곤봉에 맞아 죽었소. 파이즈 드 세쉬마도 죽었소. 파리드 칸의 삼촌은 회교사원에서 몽둥이 찜질을 당했어요. 그리고서 이틀 후에 죽은 채로 발견되었소이다. 그밖에 뭘 더 바라오? 우리가 늙은인지 젊은인지 따위는 상관도 안 하더이다."

석양이 산너머로 기울었다. 또 다른 목격자들이 우리 주위로 몰려들어 또 다른 참상들을 이야기했다. 배터리가 나갔다. 증오와 원한 속에 끝도 없이 쏟아져 나오는 이런 고발들을 더 이상 기록하고 싶은 마음이 없어져 버렸다. 나는 샤말리 고원의 끝 부분을 점령한 탈레반 가운데 아는 사람이 하나도 없었지만, 파리에 있을 때 자기네 인종이 오랫동안 지배해 온 아프가니스탄의 통제권을 재탈환하기 위해 투쟁 중인 파쉬툰족과 동질감을 느끼는 아프간 사람들은 만난 적이 있었다. 한때는 그들이 이해가 가기도 했었다. 한때나마 탈레반이 전쟁광들을 무장해제시키고 평화를 가져올 수 있다고 믿었다니, 얼마나 큰 오산이었던가. 내가 알기로 서방세계에는 아직도 이 텔레반 세력을 신뢰하는 외교관들이 있다. 그러나 탈레반 책임자들이 정한 규칙들은 그때부터 이미 도저히 받아들일 수 없는 것이 되어 있었던 것 같다.

그렇게 한나절을 보내고 나니 우리는 마치 술에 취해버린 사람들처럼 정신이 멍해졌다. 지프차는 협곡까지 올라갔는데, 그곳에서는 일꾼들이 아직 도로확장 작업을 하고 있었다. 그야말로 대규모 공격이 시작되기 일보직전이라는 것을 알고 있었기 때문에, 작업하는 그들의 태도에서는 긴박감이 느껴졌다. 우리는 편집실에서 마수드의 인터뷰 장면을 잘라내고 있을 러시아 기자들을 생각했다. 그리고 여름휴가를 보내고 있을 프랑스 사람들과, 브르타뉴와 지중해의 해변들을 생각했다. 그곳에서는 소위 '바캉스'라고 하는 괄호 안의 삶을 만끽하는 사람들이 살갗을 그을리고 있을 것이다. 우리는 금속물체의 궤도에 생사가 달려 있는 이 위험한 지대를 등지고 떠나오게 되어 기뻤다. 그러나 또한 언젠가는, 오래지 않아서 이곳으로 되돌아와야 하리라는 것을, 그리고 그 때는 그리 조용히 지내지 못하리라는 것을 잘 알고 있었다.

그렇게 야릇한 카운트다운은 시작되었다.

제12장

대원들에게 알림

다음날 마수드의 사무실 앞에는 우리만 있는 것이 아니었다. 중요한 발표가 있을 거라면서 마수드가 사령관들 전원을 소집했다고 나임이 알려주었다. 날이 무더웠다. 큰 행사가 있는 날처럼 분위기가 활기찼다. 급류를 따라 올라오는 작은 도로상에는 심지어 병목현상까지 생겼다. 사무실 안으로 들어가서 앉아야 할지 아니면 마수드가 올 때까지 기다려야 할지 알 수가 없었다.

모임은 9시로 예정되어 있었다. 마수드의 비서는 비서실 겸 대기실 부분과 사무실 사이에 있던 커튼과 출입문들을 활짝 열어 놓았다. 건물 앞으로 대원들이 몰려들었다. 그들 대다수는 무기를 지니고 있었다. 사령관마다 경호원을 데리고 왔다. 특히 배신자들이 언제라도 들이닥칠 수 있는 불확실한 지대에 사는 사람들은 더욱 그랬다. 오늘날의 아프가니스탄은 부패한 나라였다. 그건 그들도 알고 있었다. 모두가 알고 있는 사실이었다. 기다리는 대원들 사이에 이런 저런 말들이 두런두런 오고 갔다. 뭔가 억제된 흥분이 느껴졌다. 분위기는 팽팽하게 긴장되어 있었지만, 그들 각자는 너무 예민한 모습을 드러내지 않으려고 애썼다.

이 투사들은 마수드를 지지하는 마지막 사람들이었다. 이들은 마수드에게, 그들의 존경하는 대장에게 신뢰를 유지했다. 이들은 코란의 율법을 적용하는 방식이 지나치게 과도하며 파키스탄의 꼭두각시인 탈레반이 준비하는 미래와는 다른 미래를 마수드가 창조해줄 수 있다고 믿고 있었다.

모하메드 이스하크 역시 그곳에 있었다. 이런 저런 사람들로부터 소식지를 만들기 위한 정보를 수집하느라고 바빴다. 이스하크가 보기에 탈레반은 아프가니스탄을 위한 좋은 본보기가 될 수 있었다. 탈레반은 하지 말아야 할 것을 모든 사람들에게 보여 주었기 때문이다. 탈레반은 교조주의, 극단주의, 시스템화된 불관용 등과 같은 갖가지 광기에 대한 일종의 백신과도 같은 사람들이었다. 알라의 이름으로 사람들이 자유롭지 못하게 막을 수는 없었다. 알라는 독재자가 아니었다. 더욱이 선지자 마호메트는 인간이 노예가 되기를 원한 적이 없었다. 오히려 정반대였다. 그랬는데 탈레반은 어떻게 해서 이토록 길을 잘못들 수가 있었을까? 이스하크의 말에 따르자면, 정책의 부재로 인하여 그렇게 되었다고 한다. 탈레반 대다수는 전혀 교육을 받지 못한 사람들이었고, 아직도 지구가 평평하다고 믿는 시골 출신들이었다. 그런 사람들이 한 나라를 어떻게 통치하겠는가. 지금까지 무자헤딘은 그저 실수만을 저질러왔다. 하지만 이번만큼은 필시 뭔가 배운 바가 있었을 것이다. 그것은 미래가 말해줄 것이다. 혹시 아닐지도 모르지만.

모든 것은 너무나 취약한 상태였다. 모든 것은 마수드에게 달려 있었다. 마수드의 차가 사람들을 헤치고 나와 사무실 앞까지 왔다. 그가 차에서 내렸다. 그의 지원을 얻어낼 희망에서 온 사람들, 때로는 서류에 서명을 받거나 얼핏 얼굴이라도 보고 싶어서 여러 날을 걸어온 농민들이 이내 그를 에워쌌다. 압둘라 박사가 그들을 부드럽게 밀어냈다. 지금은 그럴 때가 아니었다. 10시였다. 모임이 막 시작될 참이었다. 한 시간이 늦어졌다. 그러나 그 정도면 거의 예의수준이었다.

작은 사무실 안에 사령관들이 빼곡이 들어앉았다. 아프간 사람들은 좁은 공간에 어느 정도 단련이 되어 있었다. 1987년에 베르트랑과 나는 작은 트럭의 짐칸 안에서 40명과 함께 여행을 했었다. 거의 압사 직전이라고 느껴졌었다. 그런데도 늘 그랬듯이 아프간 사람들은 낄낄 웃어댔었다. 오늘 이곳도 거의 그때 못지 않게 사람들로 꽉꽉 들어차 있었다. 하지만 아무도 웃는 사람이 없었다. 중요한 순간을 앞에 두고 모두들 심각한 얼굴이었다. 한편 마수드는 왁스칠한 그의 소형 나무책상 앞에 앉아 있었다. 책상 위에는 종이 한장도 굴러다니지 않았고 그저 연필 한 자루가 있었는데, 마수드는 앞에다 연필을 길게 내려놓은 상태였다. 누군가가 출입문을 닫았다. 좌중이 조용해졌고, 마지막으로 들어온 사람들이 군중 속에 끼어 앉는데 성공했다. 모든 것은 기도를 드리는 일로 시작되었다. 나는 촬영을 했다. 베르트랑은 두 손으로 장대를 붙들고 있었다. 바람막이용으로 머플러로 둘둘 감은 마이크는 모양이 흡사 커다란 강낭콩 같았다. 창유리도 없이 그저 얇은 커튼 하나만 쳐져 있는 창문 사이로 이따금 바람이 들어왔기 때문에 그렇게 장비를 챙겼다. 커튼은 자주 갈라졌다가 부풀어올랐다가 창틀 앞으로 되돌아오곤 했다. 마이크에도 카메라에도 신경을 쓰는 사람은 아무도 없었다. 대원들은 눈을 감고 기도를 했고, 그러는 동안 간이의자에 앉은 '물라'가 코란의 구절을 노래했다. 메라부딘은 혹시 실수라도 하게 될까봐서 내게 통역을 해주지 않았다. 아마 동료들의 정신집중을 방해하게 될까봐서이기도 했을 것이다. 시간이 많지 않았기 때문에 기도 시간도 짧았다.

모두 참석해주어 감사하다는 인사말을 하고 나서, 마수드는 출석을 점검했다. 어떤 사람의 이름을 불렀는데 대답이 없자 그가 결석한 이유를 묻고는 다음 사람으로 넘어갔다. 결석한 사람은 드물었다. 이 시간은 너무나 중요한 시간이었으니까. 카불에서 철수한 후로 새로운 소식이 생긴 것인 처음이었다. 탈레반이 마자르 에 샤리프에서 패했다. 그래서 탈레반의 아프간 정복계획이 상당히 늦추어졌다. 군사적인 신뢰도 다분히 손상되었다. 그래서 마수드의 대원들은 참으로 오랜만에 다시금 용기를 갖게 되었고, 희망이 더 이상 정신나간 망상이나 터무니없는 환상이 아니라는 것을 믿게 되었다. 다 끝장 났다, 포위되었다, 신뢰를 잃었다, 군대가 없다고 말했던 마수드가 이제는 정복이 가능하다고 충실한 투사들에게 말하기 시작했다.

그는 신중한 목소리로 말했다.

"적이 재정비되기 전에, 적이 또다시 군대를 집결시켜서 우리를 공격하기 전에, 신의 도움으로 우리는 적에게 큰 타격을 입혀야 합니다. 적을 몰살시키고 그렇게 해서 우리 군이 카불로 돌아갈 수 있도록 해야 합니다. 무엇보다도 중요한 것은 군사적인 해결책으로는 절대로 아프가니스탄의 문제를 해결할 수 없다는 것을 탈레반에게 납득시키는 것입니다. 종전협상을 받아들이게 하려면 우리가 패한 만큼 탈레반도 똑같이 패해야 합니다. 탈레반을 지원하는 파키스탄을 비롯한 국가들 역시, 더 이상은 전쟁이 결코 해결책이 되지 못한다는 점을 이해하고 또 인정해야만 합니다. 그렇게 하면 아프가니스탄에서 피를 흘리는 일을 멈출 수 있을 것입니다."

주의깊게 듣고 있던 대원들이 고개를 끄덕였다. 마수드가 숨을 쉬느라고 말을 잠시 끊자, 급류소리가 들려왔다.

"현재, 상황은 우리에게 유리합니다. 어쩌면 아주 짧은 시간 동안일지도 모르지만요. 마자르 에 샤리프에서 적은 심각한 패배를 당했습니다. 그렇지만 여전히 군사적 승리를 믿고 있습니다. 패배한 파키스탄 당국과 ISI(탈레반에 대한 물적, 인적 지원에 매우 깊숙이 연류되어 있는 파키스탄 군의 비밀정보기관)는 아직도 작전을 달리 하면 우리 저항군을 끝장낼 수 있을 것이라고 생각합니다. 저들은 쿤두즈 시에 뿌리를 내리기 시작하면, 북동부 사령관들을 공격하고 매수하여 진군을 할 수 있다고 믿고 있습니다. 아직도 그게 가능하다고 믿고 있어요. 저들의 주된 의

도는 우리가 지키고 있는 전선을 무너뜨리고, 그렇게 해서 우리를 포위하러 오는 것입니다. 이것이 저들의 계획입니다. 북부지대에 관한 한, 나는 만일 적이 우리 전선을 넘지 못한다면 절대로 그곳에서 세력을 확장할 수 없다고 확신합니다. 그들도 영원히 싸울 수는 없습니다. 결국은 기운과 사기가 떨어지고 말 것입니다. 쿤두즈에는 그들에게 군수품을 날라다주는 공항이 한 군데밖에 없습니다. 언젠가는 우리가 저들의 공항 접근로를 봉쇄하게 될 것입니다. 그런 다음에 저들과 싸울 조직을 형성할 것입니다. 저들의 지지도는 하락하고 있는 중입니다. 그들이 정착한 곳에서 하는 악랄한 짓들은 결국 사람들에게 알려지고 말 것입니다. 시간이 필요합니다. 시간은 우리에게 유리하게 작용할 것입니다. 우리는 군을 재정비하고, 식량을 조달하고, 사령관들 간의 갈등을 해소하고, '울레마'들의 '슈라'(자문 위원회-역주)와 '하얀 수염'들의 '슈라'를 소집하고, 지역행정을 다시 시작해야 합니다. 건설을 하고 유지 관리를 해야 합니다. 쿤두즈 주변에 압박을 더한층 가하여 기지를 강화해야 합니다. 만일 작전만 실시하고 조직하기를 포기한다면 장기적으로 유지를 해내지 못할 것입니다. 거꾸로 작전을 실시하지 않고 조직을 책임진다는 것도 실수가 될 것입니다. 적이 그 틈을 타서 스스로 강화될 테니까요. 그러니 여러분께, 여러분 모두에게 요청합니다. 이 두 가지 활동이 병행하여 이루어질 수 있도록 도와주십시오. 우리에게는 두 가지 중요한 목표가 있습니다. 첫째는, 신께서 허락하신다면, 적이 우리의 전선을 넘어오지 못하도록 전력을 다하는 것입니다. 둘째는, 일시적으로 적이 약해진 틈을 이용해서 전선을 앞으로 밀고 나가는 것입니다. 우리의 의도는 카불로 아니면 적어도 카불 인근으로 들어가는 것입니다."

마수드의 의도가 일단 선언되고 나자, 침묵이 분위기를 무겁게 만들었다.

"샤말리 고원의 침투는 완벽한 성공이었습니다. 거기서 최대한의 이득을 끌어내기를 바랍니다. 그러나 너무 거기에 의지하지는 맙시다. 먼저 우리 자신의 힘을 믿고, 최선을 다하도록 합시다. 매우 긍정적인 몇 가지 점들이 있습니다. 첫째, 지금 주민들의 사기가 충천해 있다는 점입니다. 남녀노소 할 것 없이 수백 명이 싸울 각오가 되어 있습니다. 믿어도 좋습니다. 소련군과 싸울 때에도 그렇게 많지는 않았습니다. 이제는 집이 파괴되고 논밭이 쑥대밭이 되고 불타는 것이 두렵다고 말하는 사람은 하나도 없습니다. 모두들 언제 공격을 해야 하느냐고 묻습니다. 이것은 주민들이 싸울 준비가 되어 있다는 증거입니다. 둘째로, 파르완-카피사의 사람들도 지난번처럼 행동하지는 않을 것입니다. 이제는 탈레반에 너무나 원한이 많아졌기 때문에 스스로를 위해서 싸울 것입니다. 셋째로, 지금의 적은 예전에 소련군이 했던 것처럼 행동하고 있습니다. 지역주민들과 어떠한 접촉도 없습니다. 적은 후방에서 덜미를 잡히게 될까봐서 도로를 따라 하나씩 드문드문 초소를 배치했을 뿐입니다. 러시아군이 했던 짓이 정확하게 그것입니다. 하지만 여러분이 전에 확인해서 아시다시피 뒤에서 공격하는 것만으로는 부족합니다. 효과를 배가시키려면 전방에서도 공략할 준비를 해야 합니다. 지난번에도 일이 그렇게 진행되었습니다. 탈레반이 굴바하르까지 갔던 그때에도, 여러분 모두가, 가푸르 칸과 함께 여러분 모두가 적을 정면에서 공격했었습니다. 공격이 있고 난 후에 소탕작전은 그 지역 주민들에게 맡길 것입니다. 주민들은 마을을 잘 알고 있으니, 그 일은 그들이 맡게 될 것입니다. 우리는 4,000명의 대원을 준비하기로 결정했습니다. 2,000명은 제 1국면에, 그리고 나머지 2,000명은 제 2국면에 투입될 것입니다."

마수드는 잠시 뜸을 들이며, 모두들 자기 말을 잘 알아듣고 있는지 둘러보았다.

"내가 여러분께 오늘 이 자리에 오시도록 부탁한 것은 먼저 출발할 2,000명의 투사들을 완벽하게 조직하고 장비를 갖추도록 하기 위해서입니다. 그것도 공격이 2~3일 후에 시작될 수 있도록 매우 짧은 시간 안에 말입니다. 마지막 순간에 가서 공병대원이 없다고 한다거나, 탱크를 몰 전차병이 없다, 박격포를 쏠 사람이 없다, 부대에 간호병이 없다고 내게 와서 이야기하는 일이 있어서는 안됩니다. 오늘부터 당장 철저한 준비가 되어 있어야 합니다. 2,000명에 대한 책임자들, 1,000명, 300명, 100명에 대한 책임자들의 이름을 나에게 제시해야 합니다. 내가 여러분을 모이시라고 한 것은 바로 이 책임자들을 지명하기 위한 것입니다. 아시겠습니까?"

수군거리는 소리가 들렸다. 사람들은 각기 옆 사람을 보기도 하고 고갯짓으로 견해를 밝히기도 했다. 나는 촬영을 계속했다. 이건 역사적인 순간이었다. 비록 국제언론이 관심을 보이지는 않더라도, 이건 아프간 사태에 매우 중요한 순간이었다. 이렇게 해서 카불로 가는 중요한 결정이 방금 내려졌다. 나는 이 모습들이 훗날 아프가니스탄을 위해 (만일 탈레반이 패한다면 말이다) 그야말로 역사적인 가치를 지니게 되리라는 것을 알았다. 아프간 사람들이 사실을 신화적으로 부풀리는 독특한 기억력을 갖고 있었기 때문에, 아니 차라리 상황을 멋지게 윤색하는 데 언제나 기막힌 기억력을 갖고 있었기 때문에, 정확한 촬영은 더더욱 중요했다. 바로 이런 점 때문에 서방세계 기자들에게 아프간 사람들에 대한 신용이 형편없는 것이 사실이었다. 러시아군과의 전쟁 초기에 무자헤딘이 소련 수송차에 대한 매복을 실시해서 두 대의 탱크를 격파한 적이 있었다. 그런데 전령들의 입을 통해서 이야기가 전해질수록 진실이 너무나 왜곡된 나머지 페샤와르에 도달했을 때에는 이 전투의 규모가 엄청나게 커져 있었다. 폭파된 탱크는 두 대가 아니라 서른 대가 되어 있었고, 작은 매복 하나가 이제는 한바탕의 대규모 전투가 되어 있었다. 그리하여 아프간 대중을 감동하게 만든, 그러나 서방세계의 관측자들을 배꼽 빠지게 만든 하나의 서사시가 탄생해 있었다. 회계사보다도 허풍선이가 더 많은 이 나라에서는 그런 식이었다. 이곳에서는 꿈이 현실보다 더 아름다워져 있었다.

열기가 후끈거리는 방에서 사람들이 웅성거리자 마수드는 조용히 해달라고 요청했다. 평소에 늘 그렇듯이 이번에도 목소리를 높이지 않은 상태였다. 그가 자기 말을 들리게 하기 위해 어조를 높이는 것은 한 번도 본 적이 없었다. 그의 말은 끝나지 않았다. 목소리의 어조가 달라져 있었다. 마수드는 말을 서둘렀다. 연필을 딱딱 두드려 리듬을 맞추어가며, 초기에 조처해야 할 준비사항들을 고지했다.

"계곡의 고지대부터 시작합니다. 파리얀의 사령관이 와 있나?"

한 남자가 주눅이 든 채 일어섰다. 이 키가 크고 쾌활한 남자는 몸을 어떻게 할지를 몰라했다. 두 손을 비틀어대면서, 모기소리처럼 작게 말했다.

"'하얀 수염들'과 무자헤딘과 가졌던 모임에서 싸우기로 결정을 내렸는가, 어떤가?"

남자는 별로 자신 없이 대답했다.

"준비돼 있습니다."

마수드가 미소를 지으며, 한숨을 내쉬었다.

"안 그럴지도 모르겠군."

다른 사람들이 웃어댔다. 분위기가 이완되었다.

"아닙니다, 아녜요. 준비돼 있습니다."

파리얀의 사령관이 발끈해서 단언했다.

마수드가 다시 빙그레 웃었다.

"대원들의 의욕이 자네와 같다면, 멀리는 못 가겠군 그래."

남자는 화가 난 듯이 보였다. 다시 마수드가 말했다.

"PK(장전 벨트가 달린 기관총)와 RPG(러시아와 중국이 제조한 로켓 발사기)를 얼마나 갖고 있나?"

"죄송합니다만, 저희 부대는 두세 명만 제외하고는 PK가 한 대도 없습니다."

나는 촬영을 중단했다. 비디오 테이프가 방금 다 된 참이었고, 장대를 들고 있던 베르트랑이 두 팔이 저려오는 것을 느끼기 시작했기 때문이다. 내가 새 테이프로 갈아 끼우는 동안, 이번에는 대원들이 한 사람씩 각자의 문제를 노출시켰다. 길었지만 흥미진진한 시간이었다. 조직이 얼마나 힘이 되는지 이해가 되었다. 이번에도 역시 마수드가 직접 모든 것에 대한 책임을 맡아야만 했다. 사실, 그의 주변에 있는 혹은 있었던 대다수의 사람들은 그의 제안을 적용하는 데 어려움이 있거나 그를 실수로 이끌곤 했다. 바로 이런 측면에서, 가령 카불에서, 역시 소련군에 저항한 대가를 비싸게 치렀던 파쉬툰족 사령관들을 배제시킨 것은 자살행위나 다름없었다. 그들에게도 나름대로 영웅과 희생자들이 있었기 때문이다. 판지시르 사람들은 이 사실을 너무 빨리 잊어버리고 말았다. 판지시르 사람들만 싸운 것은 아니었다. 그들의 계곡만 파괴된 것이 아니었다. 소련군이 주둔해 있던 10년 동안 150만 명에 달하는 아프간 사람들이 죽었다. 따라서 권력과 승리를 공유했어야 옳았을 것이다. 어쩌면 이건 남의 일에 간섭하지 않는 게 좋을 서구인 한 사람의 사심 없는 소망인지도 모르지만.

마수드가 외쳤다.

"모두들 들으세요. 100명 단위의 부대 하나 하나에는 3대의 PK와 6대의 RPG, 82밀리미터 대포 한 대, 간호병 한두 명, 공병대원 두 명, 한두 명의 식료품 조달 책임자, 그리고 두 명의 병참기술대원이 필요합니다. 가능하다면 한두 자루의 드라그노프(망원렌즈가 달린 러시아제 장총)도 필요합니다. 아시겠습니까? 박격포는 무거우니 쓸모 없을 겁니다. 이상이 여러분이 준비해야 하는 것들입니다."

마수드는 학교 선생님 같고, 대원들은 초등학생들 같았다. 더욱이, 투사들 가운데 한 명이 지적하고 싶은 사항이 생기자, 손을 들고서 선생님에게서 발언권이 주어지기를 기다렸다. 이윽고 그는 자리에서 일어났는데, 너무 튈까봐 겁이라도 났는지 이따금 엉거주춤한 자세가 되었다. 용감무쌍한 군인들이 한 인간에 대한 한없는 존경심에 차서 소심한 아이들처럼 행동하는 것을 보니 감동적이었다. 마치 마수드가 연약한 사람이니 열심히 귀기울여 들어주어야 한다는 듯한 태도였다. 절대로 너무 무거운 문제들로 그를 괴롭혀서는 안된다, 아니면 아주 조심스럽게 다루어야 한다는 듯이 말이다. 한편, 바로 그러한 이유 때문에 상황이 마수드에게 지나치게 여과된 상태로 전해지기도 했다. 측근이 때로는 마수드를 보호한답시고 진실을 숨김으로써 사태를 악화시키는데 한몫 하기도 했다. 판단을 왜곡시키거나 정확한 자료를 제시하지 않은 탓으로 말이다.

마수드가 말을 이었다. 나는 다시 촬영하기 시작했다.

"카라르가 대원들이 제복을 지급 받았습니다. 모든 대원들은 제복을 착용하기 바랍니다. 전통복장 차림으로 오지 마십시오. 언뜻 보아서도 각자 자기 진영 사람을 알아볼 수 있어야 합니다."

숨이 턱턱 막히는 사무실은 일단 수업이 끝난 학교 교실을 생각나게 했다. 학생들이 소지품을 챙기는 동안, 선생님은 수업을 끝마쳤다. 이번에도 역시 마수드는 학생들의 주목을 이끌어내고, 잡담은 나중으로 미루도록 했다.

"또 한 가지. 각 무자헤딘은 집에 배낭을 하나씩 갖고 있는 것으로 아는데요. 배낭이 없는 사람은 한 명도 없겠지요. 자네, 배낭이 있나 없나?"

턱으로 지적 당한 남자가 고개를 끄덕였다. 그는 배낭을 갖고 있었다.

"그럼 침낭은?"

"없습니다, 담요만 있습니다."

"좋아, 침낭은 내가 선물하지. 하지만 배낭 안에다 담요도 지참해야 해. 자네의 대원 모두에게 제복 차림을 하고 배낭과 담요를 지참하라고 말하게. 소지하지 않는 자는 모두 내가 벌을 줄 거야. 들어보십시오. 이런 속담이 있습니다. '마음이 슬프면, 말뚝 꼭지만 봐도 눈물이 난다.' 나는 부대장들이 의욕에 차 있기를 바라고, 부하 대원들로 하여금 서로 서로 돕고 물품을 빌려줄 수 있도록 하기를 원합니다. 현재는 모든 것이 어렵다는 것을 여러분도 잘 압니다. 우리 모두는 한 사람 한 사람의 노력이 모두에게 힘이 된다는 것을 알아야 합니다."

회의는 끝이 없었다. 마수드는 부대장들을 임명하고 승진시키는 작업으로 넘어갔다. 새로운 사령관들이 우리 앞에서 탄생했다. 과정이 길었다. 나는 촬영을 멈추었다. 베르트랑은 자리에 앉았다. 메라부딘은 내 옆에서 그럭저럭 동시통역을 계속했다. 마수드는 협곡에서 도로가 보수되고 있다는 사실을 모두에게 알림으로써, 마침내 차량에 관련된 문제에 접근하기에 이르렀다. 우리가 그와 함께 샤말리 고원의 전선으로 갈 때 사용했던 바로 그 도로였다. 마수드는 워키토키를 지급하겠다고 말했지만, 원하는 모든 사람들에게 워키토키를 제공하겠다고 약속할 수는 없다고 명시했다.

회의는 시작했을 때와 마찬가지로 불쑥 끝나버렸다. 마수드는 자리에서 일어났고, 모두들 존경심을 가지고 그가 출입문에 도달할 수 있도록 길을 비켜서 주었다. 그 어느 때보다도 무거운 미래가 그의 두 어깨에 달려 있었다. 그래서 그는 이 나라를 결코 떠날 수가 없는 것일까? 그를 따라서 모두들 그곳을 떠났다. 밖에서는 지프차와 전천후 차량들이 왔던 길을 급하게 되돌아가고 있었다. 소식이 퍼지는 데 시간이 오래 걸리지 않으리라는 것이 느껴졌다. 이제 사무실 안에는 그런 분위기를 목격하고서 약간 얼이 빠져버린 프랑스인 두 명과, 이 계획이 한시바삐 구체화되는 것을 보고 싶어 안달이 난 메라부딘 외에는 아무도 남아 있지 않았다. 지금까지는 모든 것이 영원히 끝장 난 듯이 보였는데, 이 소식은 다시금 희망을 현재의 일로 되돌려 놓지 않았는가? 아프가니스탄은 놀라운 나라였고, 예기치 못한 급변하는 상황이 발생하는 나라였다.

나는 고요를 틈타 빈 사무실을 촬영했다. 마수드의 책상, 의자, 바람 속에 흔들리는 커튼도 촬영했다. 유리 없는 창문을 통해 도로 건너 편에서 소란스럽게 거품을 내며 흘러내리는 급류와 먼지를 휘날리며 저 멀리 사라져 가는 차량들도 필름에 담았다. 저 차량들은 각자의 주둔지에 대원들을 흩어 놓으러 가고 있었다. 주둔지에서는 갑자기 모든 것이 부산스러워지기 시작할 것이다. 그들도 모두가 알고 있으리라 여겨졌지만, 아직은 모든 것이 너무나 위태로운 상태였고, 아직은 아무것도 얻어진 것이 없었다. 그런 상태와는 거리가 멀었다. 아무리 신이 도와주셨다고는 해도 말이다.

제13장

전쟁은 아프가니스탄만의 것이 아니다

아프가니스탄은 사람을 기다림에 익숙해지게 만든다. 이 나라는 인내심을 단련시킨다. 프랑스에서는 이제 빠른 것으로는 충분하지가 않다. 언제나 더 빠르기를 원한다. 그래서 우리와 같은 서구인들은 때때로 지혜를 잃게 된다. 아프간 사람들을 관찰하면 할수록 신속이라는 것은 성숙과는 양립할 수 없는 것이 아닌가 하는 생각이 들었다. 사람이 성숙해져서 분별력이 생기면 시간을 절약하게 해주는 기계의 사용을 꺼려하게 되기 때문이다. 오늘날의 위성전화는 거리와 시간을 없앨 수 있게 해주었다. 아프간 지도자들도 위성전화를 갖추고 있다. 불과 몇 년 사이에, 그들은 걷거나 말을 타고 활동하던 전령의 시대에서 소형 포물선 모양의 안테나 시대로 넘어왔다. 그저 단순히 안테나의 나침반을 써서 방위를 조절하고, 사용자들이 별로 잘 알지도 못하는 비행물체를 향해 주파수를 맞춘다. 1987년의 어느 날 저녁, 어느 무자헤딘 주둔지에서 한 '물라'가 화를 냈던 기억이 난다. 그때 우리는 지구가 둥글다는 것과 시간차 같은 것을 놓고 얘기하고 있었다. 그 '물라'는 우리의 말을 믿으려 하지 않았다. 미국인들이 사람들을 보내어 달 위에서 걷게 했다는 이야기를 하려다가 메라부딘은 목이 부러질 뻔하기도 했다. 그건 도저히 상상할 수도 없는 미친 소리라는 것이었다. 외국인들이 지니는 오만의 표시라는 것이었다. 우리의 불신자는 길길이 날뛰었다.

"그럼 자네가 주장하는 대로 그 사람들이 달에 갔었다면, 도대체 왜 달을 밧줄로 묶어 매놓지 않았단 말인가?"

그는 우리에게 그런 질문에 대해 생각해 볼 여유를 남겨주지 않았다.

"글쎄, 왜 지구 옆으로 달을 끌어오지 않았느냐는 말이야. 그랬으면 달에다가 밀을 심을 수 있었을 테고, 아프가니스탄에서도 이 모든 전쟁 때문에 올라간 밀값이 지금 가격보다 낮아졌을 텐데 말이야."

말이 되는 소리였다. '물라'이자 농부였던 그는 농산물 경작에 미치는 달의 영향력을 알고 있었다. 우리는 그의 생각에 대해 토론을 벌일 수도 있었지만, 그는 혼자서 흥분을 해서 길길이 날뛰었고, 긴 턱수염을 부르르 떨고 욕설을 퍼부으면서 방을 나가버렸다.

판지시르 계곡에서 생활의 리듬이 달라진 1997년 7월의 그때로 돌아가 보자. 마수드는 위성전화와 무선통신기 앞에서 시간을 보냈다. 상대를 설득하고 명령을 내리고 상황을 정리하느라고 통화는 대개 길었고, 활기를 띠었지만 무슨 내용인지 따라가기가 여전히 어려웠다. 따라서 촬영하는 것에도 별로 흥미를 느끼지 못했다. 그 많은 통화 상대들을 잘 알고 있지 못했기 때문이다. 메라부딘은 대규모 공격이 언제 단행될 것인지 알아보려고 애썼지만, 그의 소식통인 압둘라 박사는 순탄치 않은 군수품 공급문제를 해결하고 지원을 구하기 위해 우즈베키스탄과 타지키스탄으로 떠나고 없었다. 군수품이 5~6일 안에는 도착하지 못할 터이니 그때까지는 아무 일도 일어나지 않을 거라고 우리에게 설명을 해준 사람은 가다 장군이었다. 가다는 나도 오래 전부터 알고 있는 장군이었지만 말이 워낙 없는 사람이어서, 메라부딘이 말해준 내용 외에는 장군에 대해서 아는 게 없었다. 가다는 판지시르의 모든 주둔지들을 총괄하는 장군이었다. 그가 제공해 준 정보를 믿고, 우리는 그동안 꿈꾸었던 호사를 누려보기로 결정했다. 마수드 휘하에 있는 무자헤딘의 것들보다 더 좋은 배낭과 침낭을 짊어지고서 파렌드 계곡의 좀 더 고지대에 살고 있는 한 친구에게 올라가 인사를 하기로 했던 것이다. 우리는 행군이 그리웠고 산맥이 그리웠다. 비행기 여행, 헬리콥터 여행, 4륜 구동 지프차로 한 전선방문, 이런 모든 현대문명은 우리로 하여금 풍경에 젖어들거나, 육체 노동력을 소비한다거나, 자연의 거대함 앞에서 왜소한 인간이 되어 도전을 해본다는 욕구를 느끼게 만들었다. 그리고 또다시 공포감에 휩싸이기에 앞서, 지평선 너머에서 위험한 일들이 줄줄이 발생하기에 앞서서, 우리는 폭풍 전야와 같은 평화로운 순간을 누리고 싶기도 했다. 대규모 공격이 정말로 이루어진다면 말이다.

메라부딘이 한숨을 내쉬었다.

"'인샬라!' 정말로 고개 쪽으로 꼭 올라가고 싶으세요?"

"알렉산더 대왕의 군대가 지나간 곳일세."

본업이 역사학자인 베르트랑이 지적했다.

어디 그곳 뿐인가. 우리는 그곳에도 가보고 다른 쪽 편인 안다라브에도 가보고 싶었다.

비만한 몸집이 증명해 주듯이 편안함에 맛을 들인 메라부딘이었지만, 결국 우리와 함께 몰래 빠져나가는 일에 동참하기로 결정을 했다. 우리가 정신나간 미치광이들이라는 것을 그가 안 지는 이미 오래 전이었다.

우리가 그토록 만나보고 싶어하는 친구는 파렌드 고개로 가는 도로의 중간에 위치한 집에서 살고 있었다. 그의 이름은 압둘라 잔으로서, 우리가 1987년에 가이드로 쓴 적이 있어서 가치를 인정하게 된 믿을 수 있는 남자였다. 그 당시 메라부딘은 '자미아트에 이슬라미 에 아프가니스탄' 당에 관련된 정치 일을 하고 있었기 때문에 우리 여행에 동참할 수가 없었다. 파리에서, 메라부딘은 그 당시 이 정당의 대표단 안에서 활약하고 있었다. 그래서 우리가 아프가니스탄으로 가는 길에는 프랑스에서 난민으로 살고 있던 한 아프간 사람을 통역으로 썼다. 다우드 미르라는 청년이었다. 「계곡 대 제국」을 보고서 마수드를 발견하게 되었다는 친구였다. 판지시르의 사나이 마수드는 그 당시 프랑스 디종에서 대학생으로 있던 다우드 미르의 열정을 사로잡아 버렸다. 다우드는 마수드를 위해 봉사하는 것 외에는 더 이상 다른 꿈이 없어졌다. 1987년 8월에, 우리는 힌두쿠시 산맥을 가로 지르는 장장 17일간의 여행을 하고 난 것도 모자라서, 판지시르 북부로, 마수드가 사령부를 설치해 놓은 파르카르 계곡으로 더 올라가야만 했다. 사령부로 선택된 장소는 기습을 당할 경우 신속하게 퇴각할 수 있는 두 계곡의 분기점이었다. 나무숲 아래 작은 집 한채가 바위와 급류 시이에 있었는데, 마수드는 그곳에서 동료들과 함께 지내고 있었다. 그 당시만 해도 참모본부는 열성적이고 현재보다 유능한 측근들로 구성되어 있었는데, 이유는 교육받은 사람들이 훨씬 많았기 때문이다. 나중에 이들은 전쟁으로 죽기도 했고, 때로는 미칠 것 같은 절망보다는 망명생활이 낫다고 생각할 정도로까지 전쟁을 혐오하게 되기도 했다. 아프가니스탄에서나 폴란드에서나, 공산주의자들은 잠재적 반동분자로 간주되는 엘리트들을 그야말로 대량으로 학살하는 일에 열중했다. 회교도로 의심되는 지식인들, 성직자들, 군 장교들과 관리들이 강제 수용소에서 고문과 대량학살을 당했다. 풀 에 샤르키에서, 잘랄라바드에서, 마자르 에 샤리프에서 사람들은 죽음, 암살, 고문을 당했다. 1978년의 쿠데타 후로 몇 주일 사이에 약 2만 7천여 명이 그런 식으로 사라졌다. 서로 화해하고 나라를 건설하는 일에 무능력하다고 판단하여 아프간 사람들을 경멸하는 모든 이들에게, 나는 다시 한번 이런 근본적인 자료를 상기시키는 바이다. 아프가니스탄에는 한 나라를 통치할 능력이 되는 교육받은 사람들이 거의 없다. 대량학살에서 벗어난 아프간 사회의 고위층 중에는 이민을 가버린 사람들이 많았다. 일부는 의사가 되었고 법률가가 되었으며 엔지니어가 되었지만, 위험의 땅, 미래가 불가능한 땅이 되어버린 아프가니스탄으로 자기 가족을 되돌아가게 하고 싶은 마음이 없었다. 1984년에 이미 마수드는 중산층이 없다고 불만을 토로한 바가 있었다. 용기도 한가지 힘이다. 그러나 80퍼센트나 되는 문맹자들과 함께 오랜 전쟁을 이끌어 나간다는 것은 쉬운 일이 아니었다. 외부의 도움 없이 어떻게 나라를 건설하겠는가?

하지만 1987년만 해도 상황이 달랐었다. 그때만 해도 아직 저항활동에 역동성이 있었다. 그리고, 소련군이 현장을 웬만해서는 포기하는 일이 없었으므로, 저항활동은 조금 하다가 중단되어서는 안되었기 때문에, 아프간 북동부 사람들은 장기간을 예상해서 활동을 유기적으로 체계화해 놓고 있었다. 학교 문을 열었다. 주변에 대학교육을 마친 젊은이들이 몇 명 있어서, 마수드는 이들에게 수도 카불에 관한 정보수집이라든가 적군 부대에의 잠입, 경제문제 등 중요한 책무들을 맡겼다. 마수드는 연합을 결성했고, 희망을 포기하려 하지 않는 사람들을 끌어들였다. 그는 이미 전설이 되어 있었다. 소련군에 당당하게 맞서 대항하다니, 그 얼마나 대단한 도전이었던가. 파키스탄에 있는 난민 수용소와 시장바닥의 벽면들에는 그의 모습이 담긴 포스터들이 전보다 훨씬 더 많이 나붙어 있었다. 앞에서도 말했지만, 이런 포스터들은 현실과는 동떨어진 방식으로 「람보」와 「이소룡」과 「12인의 악당들」을 묘하게 뒤섞어 놓은 모습이었다.

1984년부터 마수드는 당시에 이른바 '적극적 방어국면'이라고 부르던 시절에, 다시 말해서 '자유지대 구성국면'이라고 부르던 시절에 들어가 있었다. 그 자유지대에서 그는 작전을 지시했다. 이따금 정부군 부서를 공격할 때면 대규모 작전을 감행했다. 대원들을 훈련시키고, 무기를 빼앗고, 지대를 확장할 때면 치밀하게 준비한 작전을 단행했다.

고르바초프가 속으로 갖고 있는 욕구들에 관해 서방세계가 어떤 생각을 하는지와는 거리가 먼 곳에서, 페샤와르에 있는 여러 파당들의 끝도 없는 통일 시도와는 거리가 먼 곳에서, 우리는 그를 지켜보며 며칠간을 보냈다. 스스로 의식하지는 못했지만, 마수드는 1917년에 클레망소(Georges Cl.menceau(1841~1929). 프랑스 정치가. 급진 사회당을 조직한 그를 반대당은 '호랑이'라고 두려워했음. 1906~1909에 걸쳐 수상을 지냈고, 1917년 1차 대전 중에 다시 수상이 되어 연합국 최고 사령관을 겸했으며, 전쟁을 승리로 이끌어 대독 강경책으로 베르사유 평화회의를 주재하였음-역주)가 채택했던 프로그램의 세 가지 요소를 채택하고 있었다. 그것은 '첫째, 전쟁을 한다. 둘째, 전쟁을 한다. 셋째, 전쟁을 한다'는 것이었다. 불과 3년 사이에, 소련군이 도저히 어떻게 손을 쓰지 못하고서 속수무책으로 지켜보는 가운데, 마수드는 '북부동맹' 안을 실현시켜놓았다. 이것은 아프가니스탄 북동부 9개 지방을 군사적 및 정치적으로 정비한다는 계획이었다.

마수드의 작은 방 안에서 보냈던 그 저녁나절들이 기억난다. 밤에 석유램프 불빛 아래서, 방 안에 있는 모든 사람들이 라디오에 귀를 기울이고 있는 동안, 손수 하얀 멜론을 자르던 마수드가 눈에 선하다. 정부 라디오의 뉴스에는 반동분자들에 관한 이야기가 나왔고, BBC의 두 프로그램이 그 뒤를 이었다. 하나는 파쉬투어로, 다른 하나는 페르시아어로 방송되었다. 그 당시에는 밤에도 위험했다. 이따금씩 비행기들이 땅과 별 사이를 날아다녔다. 때로는 폭탄이 터지기도 했다. 다른 곳에서, 여전히 다른 곳들에서…

이미 그 당시에도 나는 마수드로 하여금 말을 하게 할 수가 없었다. 개인적인 감정이나 마음가짐에 대해 도무지 입을 열게 할 수가 없었다. 우리의 대화는 매번 전략 얘기로 되돌아가곤 했다. 그의 사생활은 전쟁과 혼연일체가 되어 있었다. 전쟁 또 전쟁. 그렇다고 해서 그가 서방세계와 프랑스에 대해 호기심을 가지지 못할 까닭은 없었다. 마수드는 누군가에게서 선물로 받은 마오쩌둥의 책, 당시 새로 알게 되었던 클라우제비츠(Karl von Clausewitz(1780~1831). 독일의 군인. 군사 이론가. 사후 간행된 『전쟁론』은 전쟁이론의 고전적 명저로 유명함-역주)의 책, 그가 매우 높이 평가하는 듯하던 제라르 샬리앙의 책에 대해서도 베르트랑과 이야기를 나누었다. 그는 내가 UNITA(Union Nationale pour l' Ind. pendance Totale de l'Angola. 앙골라 완전 독립을 위한 국가연합. 1966년 3월에 요나스 사빔비가 창설한 앙골라의 정당으로, 1988년 4월 23일 잠바에, 서방 세계에 우호적인 임시정부가 구성되었다-역주)의 반군 대원들을 촬영하러 간 적이 있는 앙골라에 관해서, 그리고 요나스 사빔비의 조직에 관해서 내게 여러 가지 질문을 했다. 요나스 사빔비는 우리를 세상 물정 모르는 바보로 취급했는데, 스스로 민주주의자인 척하며 밥먹듯이 사람들을 농간질하는 자였다. 수년이 지난 후, 자유선거 결과 그는 국가 수반이 되지 못했다. 그런데도 빈사상태에 빠진 앙골라 국민의 투표 결과 앞에 고개를 숙이기보다는 차라리 평화에 맞서 다시 무기를 들기를 택한 자였다. 허울뿐인 민주주의자, 그게 그의 실체였다. 실로 실망스러운 일이 아닐 수 없었다. 한편, 마수드는 너무나 갖고 싶어하는 밀란 대전차 미사일에 대해서도 언급했다. 전쟁이 시작된 후로 마수드는 아직 한번도 아프가니스탄을 떠나본 적이 없는 사람이었다.

1987년의 마수드는 1984년보다 낙관주의자가 되어 있었다. 더 이상 러시아인들에 대해 군사적 승리를 거둘 수 있다고 믿는 순진한 사람은 아니었다. 그렇지만 한 가지 소중한 점을 인식하고 있었다. 그것은 이 전쟁을 통하여 아프간 국가가 탄생할 수 있다는 희망이었다. 이러한 생각은 아프간 사회의 전통적인 여러 계급을 초월할 수 있는 국가의 태동으로서, 매우 큰 희생의 대가를 치르고서 얻어진 것이었다. 마수드는 정치적 부패가 너무 빨리 진행되고 있어서 우려된다고 말했다. 그런 부패 때문에, 여러 지방과 저항군의 여러 파당 사이에서 이루어지는 완만

한 건설과정이 중단될 수 있었기 때문이다. 이러한 상황에서 소련군의 철수는 아프가니스탄을 연합시키려는 시도를 무산시킬 수도 있는 일이었다. 불행하게도 그로부터 2년 후에, 소련군은 카불 체제의 아프간 공산주의자들에게 현장을 버려 두고 떠나버림으로써, 상당수의 자문위원들로 하여금 상황을 악화시키게 놓아두고 말았다. 마수드의 예상은 적중했다. 다인종으로 이루어진 아프가니스탄을 연합시킬 기회가 갑자기 사라져버렸다. 그때까지 이 점을 강조한 관측자들은 거의 없었다. 그들은 아프가니스탄을 너무나도 잘못 이해하고 있었다.

압둘라 잔은 시간을 가로질렀고, 우리는 그의 포도밭을 가로질렀다. 땀에 흠뻑 젖은 채 그의 집으로 올라가는 길 꼭대기에 도착했다. 그는 바로 지난달에 헤어지기라도 한 것처럼 우리를 맞이했다. 모두들 나이를 10살씩이나 더 먹었지만, 우리는 서로를 알아보았다. 이런 공동체 의식은 영원하고도 기분 좋은 기적이었다. 그는 우리보다 덜 변해 있었다. 쾌활하고 여전히 생기발랄한 시선에 약간 빈정거리는 듯한 태도였다. 더 이상 격식을 차릴 것 없이 그는 양탄자와 방석을 가져오게 했다. 그를 도와 그의 집을 재건하는 젊은이들이 그것들을 가져와 호두나무 잎사귀들 아래 펼쳐 놓았다.

"여기는 그늘이 시원해요. 이 멋진 곳에다 '파리' (Paris)라는 이름을 붙였어요. 옛날 이름은 '샤히 샤'(왕의 우물)였지만요. 자리에 앉으세요.

언젠가 러시아 놈들이 저쪽에다 폭탄을 하나 떨어뜨렸어요."

그가 가까운 한 장소를 가리키며 말했다.

"또 한 개는 저쪽에서 터졌고요. 지금 보고 계신 호두들이 산산조각으로 깨졌었지요. 놈들은 여기에다 로켓도 발사했어요. 여기에도 호두들이 있었지요. 모든 것이 산산조각으로 날아가서 남은 게 하나도 없었어요. 저쪽에 있던 가축들도 심각한 손상을 입었고요. '슈라비'(소련인-역주)들이 이 집을 끈질기게 공격했어요. 나는 집 바로 뒤쪽에서 발에 파편을 맞는 부상을 당했고요. 강까지 기어가서 겨우 몸을 숨겼지요. 집에 불도 났어요. 불은 이웃 사람들이 꺼줬어요. 그때가 전쟁 초기였으니까 1981년쯤 되겠네요. 다른 폭탄 몇 개도 좀더 먼 곳에 떨어졌어요. 놈들이 이 근처에다 아마 200개 이상은 쏜 것 같아요. 저쪽에 폭탄 한 개는 아직도 터지지 않은 상태로 남아 있어요. 폭약을 빼냈는데, 그 무게가 얼추 500킬로그램이나 나갔지요. 강가에는 아직도 폭탄의 몸체가 보여요. 그 모든 게 대장님이 비밀리에 우리 집을 다녀가신다는 것 때문이었어요. 밀고자들이 일러바친 거예요. 놈들은 이 일대를 쳐부수러 몇 번이고 오고 또 왔어요."

선량한 압둘라 잔은 기억을 돌이키더니, 이야기를 요약했다.

"이 집과 이 일대에 약 300~400개의 폭탄이 투하됐어요. 우리가 승리를 거두고 난 후에 카불 체제를 무너뜨리고 도시를 다시 장악했을 때, 마수드 대장님은 카불로 돌아올 시간이 없었어요. 그때부터 많은 사람들이 카불에서 빼앗은 돈으로 자기네 집을 짓고 권력을 남용하기 시작했지요. 진짜 무자헤딘인 우리는 자제를 했고 예전처럼 도덕적으로 살았는데 말이에요. 보세요, 나도 그저 내 집이나 재건하고 있는 중이잖아요. 결국, 우리는 최대한 노력을 하고 있는 거예요. 대장님은 우리를 도와줄 시간이 없었으니까요. 하지만 우린 불평하지 않아요. 우리의 우정은 진정한 것이고 마음에서부터 우러나오는 것이에요. 우리는 처음부터 전지전능하신 신의 뜻에 따라 그분을 도왔어요."

홍차, 사탕, 놀러 온 이웃 사람들, 이 모든 것이 압둘라 잔의 어눌한 이야기를 간간히 중단시키곤 했다. 그러나 나는 소박하고 정직한 이 남자가 좋았다.

우리가 거의 해발 5,000미터 높이에 있는 고개를 향해 올라가고 싶다고 했더니, 그는 그냥 간단히 옆 사람을 향해 돌아서더니 우리 배낭을 실어나를 나귀를 준비시켜 달라고 말했다. 우리가 고개를 향해 걸어가고 싶다고 했어도 그에게는 아무런 문제가 되지 않았다. 그는 이유를 알고 싶어서 조바심을 내는 그런 사람이 아니었다. 우리를 기분 좋게 해 주려고, 그는 침낭과 군화 한 켤레와 함께 자신의 무자헤딘용 배낭을, 음식을 넣은 작은 배낭을 마련해 주었다. 옆 사람은 칼라슈니코프와 탄창을 준비해 주었다. 혹시 모르는 일이니까. 늑대라도 만나게 될지 누가 아는가.

압둘라 잔은 홀로 살고 있었다. 그를 절대로 놓아주지 않을 슬픔을 지닌 채 지독하게도 외롭게 살아가고 있었다. 카불에서 하나밖에 없는 아들을 잃었던 것이다. 액자 속의 사진 한 장과 거실 벽면에 걸어 놓은 배드민턴 라켓 외에는 아들에 대해 남은 것이 하나도 없었다.

제14장

전쟁에도 아름다운 것이 있다

평화, 사랑, 우정과 조화는 내 인생에서 가장 달콤한 칵테일로 남아 있었기 때문에, 우리는 즐거운 마음으로 행군을 시작했다. 전쟁이 한창인 이 나라에도 평화란 것이 어떻게 생겼는지 보여줄 만한 공간은 아직도 많이 존재했다. 위로 올라갈수록 점점 더 넓어지는 파렌드 계곡을 따라 걸어가는 동안 내내 자연의 고요는 평화를 닮아 있었다. 때로는 마치 하늘을 정복하라고 쏘아 올려지기라도 한 것처럼 찌를 듯이 장엄한 산맥들의 모습 속에는 터무니없다 싶을 정도로 고요와 평화가 담겨져 있었다. 하늘은 청금석 빛깔이었다. 저항군의 활동을 위해 재정적으로 너무나 많은 도움을 주었던 바로 그 보석의 빛깔이었다. 아직 마지막 별들이 점점이 보이는 새벽 하늘처럼, 사금을 흩뿌려놓은 듯한 푸른 어둠의 빛깔이었다.

파렌드 계곡 안에는 몇 개의 마을이 있었고, 마을 주변을 논과 밭이 에워싸고 있었다. 이 풍요로운 땅에는 여러 종류의 수로를 통해 산맥 안으로 샘물과 눈 녹은 물이 공급 되었다. 이 땅에서는 밀과 보리와 알이 통통한 옥수수, 갖가지 과일, 포도(유감스럽게도 포도주는 절대 생산되지 않았다), 감자, 완두콩, 양파, 토마토 등, 사람들이 희망을 갖고 심어놓은 것들이 싹을 틔우고 자라났다. 시냇가를 장식하는 이끼에서부터 야생의 꽃들, 어지러이 춤을 추는 자유분방한 풀에 이르기까지, 초록은 풍성하기 그지없었다. 아무리 보아도 싫증이 나지 않는 광경이었다. 나무들은 부드러운 잎사귀들이 서로 부딪혀 살랑살랑 소리를 냈고, 때로는 방금 길모퉁이에서 스치고 지나온 저 유칼리나무처럼 사람을 도취시키는 향내를 풍기기도 했다. 메라부딘은 선선한 새벽 공기와 머지않아 불타오르게 될 태양으로부터 스스로를 보호하기 위해 머리에 머플러를 둘둘 감았다. 저 아래 계곡 중심부에서는 인간의 광기 어린 이상한 게임이 새로운 충돌을 준비하고 있었다. 내기에 걸 판돈은 지금 있는 그대로의 상태였다. 마지막 남은 힘, 최후의 신뢰, 아직 남아 있는 사람들의 믿음을 가지고서, 마수드는 대규모 기습공격 계획을 세웠다. 그리고 우리는, 즉 베르트랑, 메라부딘, 압둘라 잔, 압둘라의 이웃 사람, 나귀 그리고 나는 관광여행에 나선 사람들처럼 놀이를 하고 있었다. 메라부딘도 알고 있었지만, 우리는 이곳에 평화가 찾아오면 우리 아이들과 함께 와서 행군을 할 수 있도록 메라부딘이 관광부 장관으로 임명되는 꿈을 종종 꾸곤 했다. 하지만 오늘 아침 메라부딘은 말이 많지 않았다. 걷는 일이 이제 그에게는 과거시대의 유물로 보였던 것이다. 아프간식으로 뚝딱거려 조립한 헬리콥터 이전의 시대, 사우디아라비아에서 온 4륜 구동 지프차 이전의 시대, 심지어 여기 올 때도 그랬지만, 행운이 따라 주면 얻어 탈 수 있는 관대한 적십자사의 비행기 이전의 시대 말이다. 메라부딘은 완전히 빈털터리가 되어 있지는 않았지만, 어쨌든 아프간 난민이었다. 기다림에 익숙해져야 하며 아무것도 할 일이 없는 난민생활로 인해, 그는 몸무게가 전보다 눈에 띄게 불어 있었다. 한걸음 한걸음을 옮겨 나갈수록 메라부딘은 고통스러웠지만, 세상 어떤 일이 있어도 불평은 하지 않았다. 아프간 사람의 자존심이 걸린 일이었으니까.

언젠가 파프루크 고개를 등반하다가 극단적인 피로에 진저리가 나서 감정을 폭발시켰던 경험이 있었으므로, 그 고통은 나도 잘 알았다. 1984년에 행군할 때의 일이었다. 더 이상은 도저히 견딜 수가 없었다. 파키스탄 경찰관들을 피해 나가려고 연속해서 30시간이나 걸은 터였다. 거의 먹은 것도 없었다. 우리는 고도에 적응할 시간도 없었고, 설상가상으로 나는 좌골 신경통의 전조인 허리통증까지 있었다. 그 저주받은 산의 흙벽에다 등허리를 바짝 대고 걷던 내 모습이 아직도 눈에 선하다. 바람에 휩쓸려 미세한 먼지가 콧구멍 속으로, 눈 속으로, 입 속으로 마구 뚫고 들어왔다. 마치 흰 수건을 집어던지라고 요구하는 권투 선수처럼 행군을 멈추고 싶은 욕구를 비명으로 토해냈던 기억이 난다. 초보자였던 나는 그러한 고통을 거부하는 법을, 스스로를 보호하는 법을 몰랐다. 산은 인내할 줄 아는 사람들의 것이라는 사실을 등반가들은 잘 안다. 스스로를 보호하고 지혜롭게 (다시 말하면 겸손하게) 산에 다가서는 통찰력 있는 사람들의 것이라는 사실을. 내가 지은 죄가 있다면 그것은 겸손을 망각한 것이 아니라 조바심이었다. 근육이 욱신거리고 가쁜 숨결을 몰아쉬는 고통을 참아낼 필요 없이 단박에 고개에 도달하고 싶었고, 승리를 만끽하고 싶었다. 더 이상 셀 수도 없이 융단처럼 많이 깔린 산과 능선과 눈과 바위 저 너머, 저 멀리까지 시선을 끌어당기는 광경으로써 고통의 보상을 받고 싶었다. 고개 꼭대기에 마지막 발걸음을 내디딜 때 펼쳐질 광경은 얼마나 장엄할 것인가. 웅장하기 그지없을 것이다. 하지만 우리는 그곳에 도달하기까지 고통을 겪어야만 했다. 인간들은 그 거대한 자연 앞을 걸어가고 있는 작고 하찮은 존재들에 지나지 않았다. 행군 행렬 맨 끝에 있던 메라부딘에게 나는 머리끝까지 격노에 휩싸인 모습을 보여주고야 말았다.

"이 빌어먹을 산들이 난 지긋지긋해. 이 빌어먹을 사람들 무리가. 자네네 빌어먹을 나라가 진절머리가 나."

여러 가지 생각에 골몰해 있던 메라부딘은 내 야유에 깜짝 놀랐다. 하지만 그는 나에게 세상에서 할 수 있는 가장 현명한 대답을 했다. 다른 사람들 역시, 아무리 아프간 사람이라 하더라도 고통을 면제받은 것은 아니라는 대답이었다. 이 상식을 벗어난 여정에서는 모두들 하나 같이 고통을 겪고 있었다. 단지 아무도 그것을 밖으로 드러내 보이지 않고 있을 따름이었다. 나는 나 혼자만 포기하고 싶은 욕구에 젖어 있다고 생각하는 얼간이였다. 마치 비상구를 빠져나가듯이 포기해 버리고 싶은 욕구가 그 후로는 단 한번도 내 머릿속에 들어서지 못하게 된 것은 그때부터가 아니었을까 싶다. 아마도 그럴 것이다. 그로부터 10년이 훨씬 지난 지금, 과거에 내게 그토록 두려움을 주었던 것과 똑같은 샛길에서 내가 즐거이 고통을 감내하고 있는 것은 바로 그 때문이었다. 그저 잠시 베르트랑이 대인지뢰를 발견하는 바람에 지뢰를 폭파시킨 일이 있었을 뿐, 나는 적막하기 그지없는 공간을 만끽했다. 하지만 그래도 지뢰는 악몽같은 추억이었다.

고개까지 올라가는 등반시도는 산맥의 광경을 촬영해야 한다는 말로도 정당화될 수 있었다. 하지만 앞으로 정복하게 될 세계를 발견하는 즐거움에 진정으로 다가서고 싶다면 반드시 기울여야만 하는 노력의 대가라는 이유가 더욱 컸다. 비행기를 타고서, 그리고 다음에 헬리콥터를 타고서 왔을 때는 이런 소중한 원초적 국면을 빼앗기고 말았었다. 그러니 어떤 의미에서 우리는 이곳 본래의 모습을 정확하게 되찾고 있는 셈이었다. 농부들과 양치기들이 이미 어디론가 산산이 흩어져 버렸기 때문에 텅 비어버린 마지막 촌락들을 지나, 우리는 샛길을 따라 걸었다. 기슭이 너무 가파를 때면 뒷짐을 지고서 한걸음 한걸음씩 올라갔다. 그리고 주변경관을 바라보곤 했다. 이따금씩 잠시 걸음을 멈추고 귀를 기울이기도 했다. 물소리, 바람소리, 들쥐들의 울음소리. 저 높은 곳에서 마치 그림자처럼 날개를 펼친 채 매끄럽게 날아 내려오는 독수리의 소리. 나는 이 나라를 사랑했다.

며칠 전에 러시아 기자들에게 예고도 없이 우리가 나임의 집에 들이닥친 적이 있었는데, 그때 나임의 집으로 가는 도중에 적십자사 사람들이 빌려 타고 오던 자동차를 만났었다. 우리는 서로 몇 마디 말을 주고받았다. 그 스위스 사람들과 아프간 사람들 사이에는 거리감이 느껴졌었다. 스위스 사람들은 아프간 사람들을 알지 못했고, 이들의 무질서하고 지저분한 모습, 처음의 겉모습을 보고서 일종의 경멸감을 가지고서 아프간 사람들을 판단하고 오해했다. 하지만 걸어서 여행하는 것, 시간을 들이는 것, 이런 것이야말로 아프가니스탄을 있는 그대로 보고 느껴 왜곡시키지 않는 가장 확실한 방법이었다. 그들에게는 단지 시간이 필요할 뿐이었다.

점심시간이 되자 압둘라 잔은 집에서 가져온 보따리를 풀었다. 파란 체크무늬 보자기 위에는 깨물면 쩍쩍 늘어붙는 기름기 많고 설탕을 잔뜩 친 튀김요리들이 펼쳐졌다. 이윽고 포장용기에서 홍차 한 줌을 꺼내느라고 골몰하고 있는 그를 보고 있자니 우리는 향수에 젖어들었다. 1987년 9월에 그와 함께 파키스탄 쪽으로 돌아가던 힘들었던 시절로 다시 돌아가 있는 것만 같았다. 촬영이 끝날 때까지 우리를 안내할 것으로 예상했던 젊은 통역 다우드 미르가 우리를 도로상에다 놓아 두고 가버렸기 때문에 압둘라 잔이 가이드 노릇을 해주었었다. 다우드 미르가 마수드의 집에 도착했을 때에는 대장을 찬미하는 마음이 너무나도 커져서, 더 이상 우리와 함께 남으려 하지 않고 이 위대한 남자의 대의 명분을 위해 자신을 내맡기기로 했기 때문이었다. 그런 그를 어찌 비난할 수 있었겠는가? 그 후로 다우드 미르는 파리 주재 아프간 대사관에 마수드의 대리인으로 임명되었고, 그 다음에는 마수드가 정권을 장악하지 않았다는 이유로 그 역시 마수드를 비난하기 시작했다. 하지만 이건 또 다른 이야기다. 여기서 늘어놓기에는 너무 길고 너무 복잡한 다른 많은 이야기들처럼.

덕분에 새로 만나게 되었던 압둘라 잔은 베르트랑의 선글라스를 써 보며 재미있어 하고 있었다. 그는 지금 준비되고 있는 대규모 공격에 대해 어떤 생각을 할까?

바람을 막을 수 있도록 네 개의 돌덩이 안에다 피운 모닥불 위에서 홍차물이 데워지는 동안, 압둘라 잔은 아무런 생각을 하지 않는다고 말했다. 그저 기도를 할 뿐이라고 했다.

제15장

기자도 사람이다

알라신은 아프간 사람들에게 군수품을 조달해준 적이 없다. 그리고 선지자 마호메트가 코란 구절을 쓴 것은 아주 오래 전의 일이었다. 그런데도 아프간 사람들은 너무 오래 전부터 서로 전쟁을 해왔고, 또 다른 어떤 자들은 이들이 결국 어디까지 갈지 모르는 지경에 이를 때까지 계속해서 싸우고 또 싸우도록 부추겨 왔다. 만일 어딘가에 꼭두각시를 조종하는 큰 존재가 있다면 싸움이 어디까지 갈 것인지 알 수 있을 것이다. 하지만 이곳 판지시르 계곡에서 오늘의 문제는 샤말리 고원 꼭대기에 군수품이 도착하지 않은 일이었다. 군수품은 북부 어딘가에 막힌 채 오도가도 못하고 있었다.

파렌드 고개까지의 행군은 시간을 정지시켜서 새로운 위험들을 오늘로 미루어놓은 것만 같았다. 굴바하르로 되돌아온 우리는 아침부터 탈레반의 전선으로부터 불과 몇 킬로미터 떨어진 거리에서, 지나가는 탱크들을 촬영하느라고 바빴다. 이따금씩 포탄이 터지는 소리가 들려왔다. 끔찍한 소리를 내는 기관총의 일제사격 소리도 몇 차례 들려왔다. 이곳은 천국이 아니었다. 지금 굴바하르는 대규모 공격이 시작되기 불과 몇 시간 전의 상황이었다.

눈과 안개 때문에 파렌드 고개에서는 안다라브 계곡이 보이지 않았다. 내려오는 길에 우리는 마수드의 사무실에 들렀다. 마수드는 거기에 없었다. 대규모 공격을 주도하기에는 너무 늙어버린 가다 장군만 있었다. 가다 장군은 탈레반과 죽기 살기로 싸울 생각만 하는 젊은이들과 함께 달려나가기에는 너무 늙은 사람이었다. 이들 청년들은 오로지 어떻게 하면 탈레반을 쳐부술 것인지 생각하며 탈레반을 악마로 취급하고 있었다.

대규모 공격 전날, 가장 신기한 점은 쥐죽은 듯한 고요가 세상을 지배한다는 것이었다. 굴바하르의 골목에는 살아 있는 물체가 거의 없었다. 길거리를 따라 나 있는 수많은 작은 구멍가게들은 문을 닫은 후였다. 가게들은 마치 사람들이 버리고 떠나버린 것만 같았다. 거리를 지나다니는 사람들이라고는 제대로 훈련되지 않은 무자헤딘 무리들 뿐이었다. 그들은 떼를 지어 다녔다. 같은 사람들이 왔다 갔다 하는 경우를 제외하고는 그들이 어디로 가는지 알 수 없었다. 나는 공격 준비 과정들을 촬영했다. 무자헤딘이 방탄 차량에서 RPG용 로켓포를 한 무더기 끌어내렸다. 마침내 군수품이 도착한 것이다. 한 사령관은 형편없이 부족한 양이라고 불평했다. 우리는 살랑 도로상에서 봉쇄되어 있었던 군수품을 찾아 왔다는 것을 알게 되었다.

탈레반이 쏜 포탄들이 터졌다. 다시 두려움이 자리를 잡았다. 우리는 기다리는 동안 내내, 다음 차례는 우리가 될지도 모른다고 생각했다. 그래서 이곳에 온 미친 짓 외에 다른 생각을 하게 해줄 이야기들을 서로 주고받으려 애썼다. 전쟁 중인 굴바하르에 온 것은 정말로 미친 짓이었으니까. 이들은 무엇을 기다리고 있을까? 마수드는 어디로 갔을까?

우리는 어떤 집의 텃밭 안쪽에서 그를 발견했다. 마수드는 무선통신기를 들고 앉아 있었다. 랍바니와 통신 중이라고 메라부딘이 말해주었다. 두 사람 사이가 매우 나쁜 줄 알았는데! 메라부딘은 앞으로 더 나빠질 수도 있다는 듯이 얼굴을 찡그려 보였다.

"아프가니스탄이 어떤 나라인지 아시잖아요."

메라부딘이 농담인 듯 변명인 듯 내뱉었다.

마수드는 카불 이야기를 하고 있었다. 귀에 들어오는 몇 마디를 들어보니 그랬다. 카불은 이들에게 노이로제가 되어버린 독이 든 사과였다. 땅바닥에 팽개쳐진 폐허의 잿더미 속에 모든 이들의 꿈이 파묻혀버린 함정의 도시였다. 얼마나 애석한 일인가.

1993년 7월에 여행했던 일이 기억난다. 카불 공항에 도착할 때였다. 아프가니스탄의 아리아나 항공사 조종사는 땀에 젖어 축축한 손으로 비행기 조종간을 잡고 이마에서 땀을 줄줄 흘리면서 기도문을 외웠었다. 활주로를 향해 급격히 하강하던 기체와, 뜨거운 태양에 불타버린 잔디

밭 위로 흩어진 여러 비행기 잔해의 처참하던 주변의 모습이 기억난다. 카불은 전쟁이 한창이었다. 지금의 굴바하르와 같았다. 아니, 그보다도 더 심했다. 외국에서는 아프가니스탄의 우방들이 평화가 오기를 기다리는 동안, 도스톰의 수하들은 공항을 장악한 채로 마수드의 동맹군 노릇을 했다. 헤크마티야르는 도시에다 로켓포와 포탄과 미사일을 발사해댔다. 목표가 뚜렷이 정해진 것도 아니었다. 오로지 해치려는 의지만으로 마구 쏘아댔다. 수많은 무고한 시민들의 죽음을 향해서 쏘아댔다. 활기찬 거리에, 시장바닥에, 가옥들 위에, 그리고 프랑스인, 스위스인, 벨기에인, 영국인 등 자원해서 용감하게 조국을 떠나온 사람들이 계속해서 인도주의자로서 역할을 다하고 있는 병원에도 포탄들이 마구 떨어졌다. 세상의 선을 위해 찾아온 그들의 머리 위로 포탄들은 우박처럼 쏟아져 내렸다. 그들도 나처럼 모험을 좋아하는 사람들이었다.

나는 작은 시퀀스들을 종합하는 형식으로 필름 하나를 완성했다. 이것은 이를테면 실연당한 자의 여행일지였다. 이 슬픈 필름에는 「세상 끝의 카불」이라는 이름이 붙여졌다. 3주라는 짧은 체류기간 동안에 수집된 스케치였다. 친구 에드워드 지라르데가 음향을 담당했다. 메라부딘이 통역 노릇을 해주었다. 모든 것이 너무나도 우울했기 때문에 우리는 별로 웃을 수가 없었다. 아쉬운 일이었다. 하나에서 열까지 모든 것이 음산하고 을씨년스러웠다. 단, 군악대의 팡파르와 양복차림의 관리들과 검은 메르세데스들이 아프간 남부에서 오는 두 명의 VIP를 여러

시간 동안이나 기다리던 공항의 촬영장면만은 예외였다. 권좌를 차지하려고 시도했다는 이유로 랍바니 대통령과 마수드가 맞이하고자 기다리고 있는 파쉬툰 사람들이었다. 기다리는 시간이 얼마나 길었던지. 활주로 바닥에 벌렁 드러누워 버린 채 낮잠을 자던 음악가들을 촬영했던 기억이 난다. 아프가니스탄 국기를 들고 있던 사람은 국기를 파라솔처럼 써먹고 있었다. 트럼펫 주자들은 타르마카담 포장도로 위에 누워 있었다. 구시대적이고 우습기도 하면서 또한 비장한 장면이었다. 마침내 VIP들이 경호원들과 '울레마'들의 호위를 받으며 헬리콥터를 타고 도착했다. 음도 맞지 않았지만 군악대는 아무런 의미도 없는 국가를 열심히 연주했다. VIP인 칼리 바바는 꼭두각시처럼 사열을 했다. 우스꽝스럽기 짝이 없는 장면이었다. 이윽고 이 화려한 군단은 대통령궁을 방문했다. 그곳에서 나는 잔뜩 모여 있는 사람들을 촬영했는데, 그들은 여러 시간 동안이나 평화에 대한 이야기들을 늘어놓느라고 바빴다. 무려 100여 명의 인물들이 밀려 들어온 대회의실에서(이들은 주로 아프간 남부의 파쉬툰족이었는데, 나중에 탈레반이 되었다) 나는 마치 알리바바의 동굴 속을 촬영하고 있는 듯한 기분이었다. 다른 사람들과 함께 의자에 앉아 있는 마수드까지, 사람들의 얼굴을 모두 카메라로 찍었다. 마수드는 말을 하지 않았다. 적어도 우리가 있는 데서는 그랬다. 그런데 랍바니는 어땠는가. 랍바니는 대통령 노릇을 톡톡히 하고 있었다. 자신들이 무슨 짓을 해도 좋은 사람들인 양 으쓱대는, 대부분이 판지시르 사람들인, 무능하고 부패한 사람들로 들어찬 정부의 주인 노릇을 하고 있었다.

"정치 지도자들은 모두 다 타락했다. 모두 다 정신병자들이 되었다"고 말하던 한 아프간 사람도 촬영했다.

"한쪽은 이란의 지원을 받고 있고, 다른 쪽은 러시아의 지원을 받고 있고, 또 한쪽은 파키스탄과 미국의 지원을 받고 있어요."

그리고는 쓴 웃음을 지었다. 그가 달리 무엇을 어찌할 수 있었겠는가?

파괴된 공장들도 촬영했다. 온통 잿더미로 변해버린 아프간 세관의 문서 보관소에서, '금연'이라고 써 붙여진 붉은 팻말도 찍었다. 웃기는 일 아닌가.

병원들은 만원이었다. 앞에서도 언급했지만, BBC 방송사의 수지프라이스라는 여기자 덕분에 모두들 그날 그날 비극이 전개되어 가는 상황을 알 수 있었다. 그녀는 아프간 사람들이 치르고 있는 전쟁을 이야기했다. 그 이야기 중에는 사우디아라비아의 지원을 받아 시아파인 하자라족을 대량 학살한 사이야프의 전쟁이 있었고, 카불이야 쑥밭이 되든 말든 개의치 않는 미국의 재정지원을 받은 파키스탄의 졸개 헤크마티야르의 전쟁도 있었다. 이 헤크마티야르는 어떤 대가를 치르더라도 오로지 권력만을 원하는 위인이었다. 하자라족의 정당인 '와다트' 당의 총수 마자리의 전쟁도 있었다. 마자리는 마수드를 죽이고 싶어했지만,

마자리를 죽이고 싶기는 마수드도 마찬가지였다. 그밖에 수많은 어리석은 유명인사들의 전쟁들도 있었고, 손가락 하나 까딱하지 않았으면서도 장관자리를 노리는 다른 악당들의 전쟁들도 있었다. 나쁜 놈들 같으니. 이 얼마나 안타까운 일인가. 아무리 욕해도 모자랄 것 같았다.

수지 덕분에 우리는 헤크마티야르의 집으로 직접 촬영을 하러 간 적이 있었다. 1997년 7월 당시에, 그는 카불에서 20킬로미터 거리의 샤르 아시아브에서 은거하고 있었다. 당시는 희극과 비극이 온통 뒤범벅된 시절이었다. 로켓포로 아프가니스탄의 수도 카불을 파괴한 그에게 국무총리의 자리가 주어졌다. 그는 마수드를 쫓아낼 것을 요구했지만 마수드의 대원들이 무서워 도시 안으로 들어가려 하지 않았다. 마수드가 국방부 장관직을 사임한 후였는데도 말이다.

헤크마티야르를 촬영하는 동안, 나는 차라리 카메라보다 칼라슈니코프 한 자루를 들고 있었으면 했다. 그는 내 친구들을 죽인 자였다. 나는 양심의 가책 없이 그를 죽일 수 있을 것 같았다. 하지만 내 아이들이 생각났다. 이건 내 전쟁이 아니었다. 촬영을 하려고 카메라 파인더 안의 그를 지켜보고 있자니 어찌나 끔찍하게 긴장되던지, 나는 히틀러 앞에 선 기자들을 생각했다. 만일 참상을 알았더라면, 히틀러를 촬영하기보다 차라리 암살을 기도하는 편이 옳지 않았을까? 어렵지 않은 일이었을 것이다. 국무총리 헤크마티야르가 자기는 완전한 안전 보장이 되어야만 카불로 들어갈 것이라고 천명하는 인터뷰가 끝나자, 수지를 동반하고 있던 AFP 통신의 뉴질랜드 통신원인 내 친구 테렌스 화이트와 수지는 방을 나갔다. 그래서 방에는 헤크마티야르, 에드워드와 나만 남게 되었다. 헤크마티야르는 어찌 할 바를 모른 채 거북해 하는 것 같았다. 그리고 질문을 기다렸는데, 나는 질문을 하지 않았다. 그의 뒤에서는 경호원이 칼라슈니코프로 무장한 채 일제 사격자세로 서 있었다. 잠시였지만 내게는 길게만 여겨지는 순간이었다. 그자가 만일 내가 무슨 생각을 하고 있는지 알았더라면 어찌 되었을까? 하지만 나는 아프가니스탄을 위해서 죽고 싶지 않았다. 살아남는 것, 증언하는 것, 계속해서 필름을 찍는 것이 결국 내게는 가장 덜 나쁜 방법으로 보였다.

평화가 찾아와 관광객의 산책이 가능해질 때를 간절하게 꿈꾸면서 파괴된 카불을 촬영하던 일은 이 나라와 주민들을 사랑하는 모든 사람들과 마찬가지로 나에게도 똑같이 고통스러운 일이었다. 1984년에 판지시르의 동굴에서 무자헤딘과 이야기를 나누었던 기억이 난다. 그때는 모두들 그냥 간단히 희망이라 불리던 목표에 대해 열에 들떠 이야기했었다. 언젠가 카불로 여행을 가보는 일, 소련군이 떠나가고 수도 카불에 마수드와 무자헤딘이 들어가는 모습을 보는 일은 도저히 불가능할 것 같았다. 하지만 1992년 4월에는 모든 것이 가능해졌다. 그러나 1993년 7월에는 마수드가 할 수 있는 일이 거의 없어져 버렸다. 권력을 장악하려 하지 않았기 때문이다. 그는 자신이 속해 있는 정당의 리더인 랍바니에게 권력을 양보해 버렸다. 그 당시 사람들로부터 너무나 큰 신망을 받고 있었기 때문에 비록 후방에서라도 통치를 할 수 있었을텐데도(통치를 했어야 마땅했을 텐데도), 마수드는 그렇게 해버렸다. 이에 파쉬툰 사람들은 자존심이 상했다. 마수드는 당시 세상에서 가장 강력한 군으로 평판이 나 있던 소련군과 맞서 싸울 줄은 알았으면서도, 자신에게 적절한 충언을 해줄 능력이 되는 측근을 만들어둘 줄은 몰랐다. 평화는 전쟁보다도 이룩하기가 더 어려웠다. 「세상 끝의 카불」이라는 내 필름의 장면들이 눈에 선하다. 또한 한 동료기자의 부당한 비난도 생각난다. 그는 내가 상황을 설명하지 않았다고 비난했다. 그는 뭐가 뭔지 전혀 이해를 못하고 있었다. 설명할 수 없는 것을 어떻게 설명한단 말인가? 믿을 수 없을 정도로 복잡하기 그지없는 분쟁을 필름 하나에서 어떻게 분석한단 말인가? 나는 설명하고 싶었던 것이 아니었다. 사람들로 하여금 슬픔을 나누게 하고 싶었다. 이미 같은 제목이 붙여진 필름을 제작했으면서도 오늘날 이 책을 쓰고 있는 이유는 다름 아니라 영상과 음향에 뉘앙스를 첨가해 줄 언어가 필요하기 때문이다.

1997년 7월. 제복 차림의 무자헤딘이 끝도 없이 드나드는 사령부에서 무선통신기로 랍바니와 논쟁을 벌이느라고 바쁜 늙고 긴장한 마수드를 보고 있자니, 열흘 전 우리가 도착했던 날 저녁에 나누었던 대화가 생각났다. 우리가 혹시라도 살아서 돌아간다면, 나는 이 대화 내용을 반드시 발표해야겠다고 생각했었다. 특히 베르트랑은 나름대로 문제를 제기했었다.

"1996년 9월에, 탈레반이 카불에 평화를 가져왔습니다. 장군님께서 정권에 참여했을 때 도시가 파괴되었기 때문에 카불 주민들은 장군님께도 부분적으로 책임이 있다고 비난하고 있고, 혹시 장군님께서 또 다시 정권에 참여하실까 꺼려하고 있습니다. 이 점에 대해 어떻게 생각하십니까?"

"1989년 2월에 소련군이 떠나고 난 후, 우리가 수도 카불에 입성하기까지는 무려 3년이 걸렸어요. 우즈베크족 민병대장인 도스톰 장군을 무력화시켜서 피를 흘리지 않고 도시 안으로 들어가는 데에는 3년간의 노력이 필요했습니다. 사실, 간부도 부족했고 외국의 지원도 없어서 예상하지 못한 수많은 문제들에 직면해야 했지요. 14년간이나 영웅적인 전쟁을 통해 얻었던 신용이 불과 몇 달 사이에 땅에 떨어져 버렸어요. '아프간 저항군'의 일곱 개 정당과 시아파들은 분별력과 능력이 전혀 없으면서 권력을 나눠 가지려고 했어요. 난 그걸 몰랐습니다. 아시다시피 나는 전쟁 내내 아프가니스탄에 머물러 있었거든요. 그리고 페샤와르에 망명중인 정치 지도자들을 믿었거든요. 그들이 서방세력과 좋은 관계를 확립하는 작업을 해놓았을 것이고, 그들의 주변에는 유능한 자문위원들이 많이 있을 것이며, 그들이 우리 나라에 평화를 정착시킬 계획을 짜놓았을 거라고 생각했던 것이지요. 그런데 우리가 도시에 들어서자, 일부 지도자들은 일반법 죄수들을 풀어주었고, 그들에게 무기를 지급했어요. 그 바람에 강도행각이 확산되어 버렸지요. 그러더니, 얼마 되지도 않아서 파당들간의 갈등이 아귀다툼으로 변질되더군요. 합법적인 정부로 인정된 내각의 국방부 장관이었던 나로서는 날마다 점점 커져만 가는 여러 가지 위협 앞에서 가장 시급한 일에 대처해야만 했어요. 가장 중요한 문제는 바로 안전이었습니다. 파당마다 제각기 자신들이 검문소를 설치하고 주민들을 강탈해도 좋다는 허가를 받았다고 생각했어요. 엄청난 무질서 상태였습니다. 바로 이런 기억과 폭격에 대한 기억 때문에 카불 사람들은 내가 다시 정권에 돌아가는 것을 꺼려하게 된 거예요. 그래도 나는 카불 주민들이 탈레반의 오만방자한 행동을 점점 참아내지 못하게 될 거라고 생각해요. 오늘날 내가 권하고 싶은 해결책은 무슨 방법을 써서라도 카불을 비군사화하는 겁니다. 협상이 없이는 아프가니스탄에서 아무것도 재건될 수 없다는 사실을 아니까요."

"장군님이 속해 있는 정당인 '자미아트 에 이슬라미 에 아프가니스탄' 당은 카불 참사와 무관하지 않았는데요."

베르트랑이 지적했다.

비판적인 대화상대에 거의 익숙해 있지 않은(일반적으로 측근들은 그의 신경을 건드릴 위험이 없는 말을 주고받는 것으로 만족했다) 마수드는 대답했다.

"사실입니다."

그리고는 말을 계속했다.

"개인적으로, 나는 군인으로서 행동했어요. 그리고 정치인들의 추진력을 기다렸지요. 결과를 놓고 볼 때, 그건 실수였던 것 같아요. 지금 털어놓지만, 난 당과 항상 어려움을 겪어왔어요. 소련군에 대한 '성전(聖戰)' 동안에도, '자미아트' 당의 지도자 랍바니 교수는 내 적들에게, 나와 정치적 개념을 공유하지 않는 사령관들에게 무기를 자주 보내줬어요. 직접 확인하셨다시피, 1986년부터 미국이 제공한 스팅거 지대공 미사일까지 포함해서 군수품을 획득하는 데에도 어려움이 있었어요. 이런 모든 것은 전쟁 동안에는 드러나지 않았어요. 우린 내적인 문제를 노출시켜서 상황을 복잡하게 만들고 싶지가 않았거든요."

"그 말씀은 탈레반이 도래할 때까지 아프가니스탄을 이끌어온 랍바니 대통령을 비난한다는 뜻입니까?"

"그래요. 랍바니 대통령은 수많은 난제들의 원인 제공자입니다. 우리가 서로 생각을 달리하게 된 것은 1978년의 일로 거슬러 올라갑니다. 당시 우리는 파키스탄에 피신해 있었고, 공산체제와 맞서 싸우기를 원했어요. 그 당시에는 세 가지 투쟁방식이 있었어요.

첫째, 랍바니는 무엇보다도 주민들이 정권에 대항할 수 있도록 대대적인 홍보활동을 벌이는 것이 중요하다고 생각했어요. 그러한 활동으로 통치자들의 주변 사람들을 움직일 수 있으리라고 생각했으니까요. 당시만 해도 랍바니는 자신이 직접 권력의 핵심부에 서리라고는 상상도 하지 않았을 거에요. 그런데 1992년 이후에 일단 대통령 자리에 오르자, 다시는 대통령직을 내놓으려 하지 않았지요.

두 번째로, 헤크마티야르는 무력이나 쿠데타를 주장했어요. 쿠데타를 무척이나 좋아하는 사람이었거든요. 그는 쿠데타를 꿈꾸었어요. 그래서 이슬람 헌법을, 이슬람 국가를 창건하기 위해서는 다우드 대통령 체제를 붕괴시켜야 한다고 생각했지요.

하지만, 내 방식은 달랐어요. 나는 국민과 가장 가까운 곳에 있는 것이 중요하다고 생각했어요. 내게는 항상 국민의 믿음을 얻는 것이 반드시 필요하다고 보였어요. 오직 국민에게 의지함으로써만, 권력을 옳은 방향으로 이끌 수 있고, 탄탄하고 견고한 진정한 국민적 단체를 만들 수 있다고 생각했어요. 나는 아프가니스탄으로 돌아와 고향인 판지시르에서 전쟁을 이끌고 싶었어요. 그런데 랍바니는 파키스탄에, 페샤와르에 머물면서 망명상태에서 국제적인 지지를 추구하고 반대파를 조직하는 편이 더 낫다고 생각했어요. 물론, 랍바니는 우리 정당의 기수였지만 그 기수가 바람의 방향에 따라 이리저리 흔들렸다는 게 문제였지요. 사태를 장악하려는 자들이 있었고, 추이를 지켜봐 가면서 권력을 노리는 자들이 있었는데, 랍바니는 앞의 부류 중 하나였지요. 1995년에 새로운 사람들이 나라가 나아갈 방향을 잡고 마침내 무력을 잠재우기로 되어 있었던 헤라트 시의 '슈라'에서 랍바니는 약속과 달리 다른 사람들에게 손을 내밀 것을 거부했어요. 그 거부 때문에 우리는 매우 값비싼 대가를 치렀습니다. 그 영향은 '자미아트' 당 전체에 파급되었고,

타지크족에게, 그리고 물론 나에게도 전해졌어요. 그 바람에 우리가 정립시키려 했던 제도들의 가치가 완전히 추락해 버렸고요. 그런 일이 있었는데, 우리가 어떻게 아프간 사람들에게서 존경받기를 바랄 수 있겠습니까?"

나는 이 대화를 언제까지나 기억할 것이다. 우리가 마수드에 대해 매우 비판적인 시각을 갖고서 판지시르에 돌아온 참이었기 때문에 이것은 더더욱 인상깊은 대화였다. 그때는 저녁나절이었고, 장소는 그의 집 뒷마당이었다. 대화는 오랫동안 지속되었다. 마수드는 대의명분으로써, 정직성으로써 다시금 우리의 마음을 사로잡았다. 마수드는 혹자들이 말하는 근본주의자처럼 보이지가 않았다. 그의 약점은 너무 순진한 측근들로 잘못 에워싸여 있다는 점이었다. 그러나 아프가니스탄에서 능력있는 사람들은 거의 모두가 죽었거나 다른 곳으로 떠났거나 흙을 가는 일로 바빴다.

우리는 시내에서 집을 구해 거기에서 밤을 보내기로 결정했다. 다음 날을 맞이할 준비를 하기 위해서. D-데이를 위해서.

제16장

마수드에게 보내는 편지

죽음이 멀지 않은 곳에 있을때, 밤은 긴 법이다. 여기저기에 포탄이 떨어졌다. 너무 가까운 곳에. 살아 있다는 것은, 이 위험한 장소에서 살아 남아 있다는 것은 불면증을 생기게 해주었다. 무신경한 사람들은 예외가 되겠지만, 그건 우리의 경우가 아니었다. 비록 자주 있는 일은 아니라 하더라도, 고원에서 탈레반의 포탄들이 펑펑 터지는 소리를 듣다 보면, 잠자고 싶은 욕구는 깨끗이 달아나 버렸다. 빈집의 평평한 지붕 위에다 임시로 급조한 잠자리에 누워 있던 우리는 소리가 들릴 때마다 동정을 살피곤 했다. 이따금씩, 저 아래의 길거리에서는 탱크가 무한궤도의 삐걱거리는 소리를 내면서 도시 저편까지 지나가곤 했다. 가끔씩 트럭도 지나갔다. 새벽 1시경에는 한 무리의 남자들 사이에서 싸움이 일어났다. 밤늦게까지 문을 여는 작은 음식점에서 계산서 문제로 시비가 붙은 모양이었다. 총격전이 일어날까 겁이 났지만 아무 일도 없었다. 결국 모든 것은 다시 고요해졌다. 모기소리만 제외하고는 고요했다. 베르트랑은 모기 따위에는 신경도 쓰지 않았다. 모기들은 그를 피해갔고, 항상 내게로만 달려들었다.

마침내 날이 밝아왔다. 우리는 준비가 되어 있었다. 포탄, 로켓, 그리고 칼라슈니코프 총탄 등을 보내는데 해결하기 어려운 문제에 봉착한 보급품 담당대원은 하나도 없었다. 오전 나절에 우리는 대규모 공격이 또 다시 연기되었다는 사실을 알게 되었다. 내일로 미루어진 것이 아니었다. 아마 모레인 것 같았다.

오늘이 며칠인가? 7월 13일이었다. 마수드는 자유롭지 못했다. 무선통신이나 위성전화에 매달려 여러 시간이나 보내는 그를 촬영한다는 것은 더 이상 아무런 흥미거리도 되지 못했다. 나는 내가 전쟁의 사나이이며 지휘관이며 군사활동을 하는 마수드 장군의 필름을 제작하려고 아프가니스탄에 돌아온 것이 아니라고 자꾸 스스로를 다독거렸다.

그리하여 우리는 말라스파 마을로 되돌아왔다. 그곳 나임의 집에다 우리 짐을 두고 왔었다. 물론 나임은 탈레반에 관한 최대한의 정보를 수집하느라고 너무나 바빠서 집에는 있지도 않았다. 그는 모든 것을, 적에 대한 모든 것을 알고 있어야 했다. 정보도 승리하기 위한 조건의 한가지였으니까. 적에 대한 정보라면 적의 사기상태, 예비병력의 상황, 무장의 성격 등이었는데, 이것은 카불에서 그에게로 전해져 왔다. 적에 대한 모든 것을 안다는 것은 다시 말하면 적이 마치 아군 진영에 들어와 있기라도 한 것처럼 느낄 수 있어야 한다는 의미였다. 성격이 유순한 나임은 주머니 속에 어지럽기 짝이 없는 오만가지 작은 종이 쪽지들을 넣어 가지고 다녔다. 정보원들이 가져온 메모들이었는데, 때로는 천

조각이나 여성의 '부르카' 조각, 바지 안감에다 깨알만하게 적어온 것들도 있었다. 암호화된 메시지들이었는데, 때로는 지도도 있었다. 그랬다. 적의 진지들이 그려져 있는 지도도 있었다.

자기들끼리 말할 때, 마수드와 사령관들은 '탈레반'이라고 하지 않았다. '적'이라고 했다. 그들에게 이건 완전히 군사적인 전쟁이 되어 있었다. 정치적 측면으로 말하자면, 마수드는 문을 내걸어 버렸다. 과거에는 마수드 자신이 내각을 구성할 사람으로 랍바니를 밀었지만, 새 정부에는 신망을 잃은 과거 정파들의 멤버들이 다시 들어가서는 안되었기 때문이다. 과거 내무부 장관이었던 콰누니도 그런 지적을 했었다. 여러 가지 비정상적인 뒷거래들, 서로 이전투구하다가 뒤틀려버리곤 하는 계획들, 일반대중의 권익을 무시하고 권력에만 매달리는 사람들, 식견이 짧아서 일을 그르치는 군소 파괴자들, 무지한 사람들, 이런 요인들이 새 정부에 개입되어서는 안되었다. 이런 의미에서 국무총리인 가푸르자이는 새로운 인물로서, 비록 취약하기는 했지만 하나의 기회라고 할 수 있는 사람이었다. 대다수의 늙은 기회주의자들보다 덜 어리석었다. 그는 경륜이 있는 사람이었기 때문에 대개의 경우 게임의 마지막 카드가 결정적이라는 사실을 알고 있었다. 적어도 카드는 그래야 했다. 가푸르자이는 외국에 살고 있는 아프간 사람들에게 지금까지 있었던 모든 일에도 불구하고 아직 희망을 간직하고 있다면 돌아와서 조국을 위해 봉사하라고 설득하려 애썼다. 조국으로 돌아 오라, 돌아 오라.

그러나 그의 설득은 보장도 없었고 언제나 위험했다. 사람들이 시기심 때문에 폭발물을 터뜨리곤 했기 때문이다. 아프가니스탄에서는 사람의 목숨이 별로 중요하지 않았다. 약속 역시 비누방울처럼 덧없었다. 이런 판국에 가푸르자이는 귀중한 조커카드가 아닐 수 없었다. 더욱이 그는 파쉬툰족이었다. 비록 반탈레반 동맹 쪽 사람이기는 했지만, 파쉬툰족과 대화를 할 수 있는 사람이었다. 가푸르자이는 내일을 위한 기회였다. 새 내각에 두 명의 여성을 영입하려는 그의 의도도 고무적인 것이 아닐 수 없었다. 아프가니스탄이라는 드라마의 새로운 국면이었다.

한번 뒤집어서 생각을 해보자. 만일 모든 것이 마수드의 뜻대로 진행된다면, 다시 말해서 탈레반이 너무 오랫동안 카불의 주인으로 남아 있지만 않는다면, 아프간 역사에 탈레반은 어쩌면 이스하크가 말한 바 있는 이로운 효과를 내주게 될는지도 모른다. 즉, 아프간 국민들로 하여금 비극과 편협만을 안겨주게 될 혁명 이슬람의 갖가지 시도로부터 다시금 등을 돌리게 만들어 놓을 수도 있다. 아프간 사람들로 하여금 마침내 많은 회교도들이 아주 오래 전부터 깨달아온 사실, 즉 정치와의 위험한 결탁으로부터 종교를 보호해야 한다는 사실을 깨닫게 만들어줄 수도 있다. 종교로 세상을 바꾸겠다는 허황한 꿈을 꾸지 않게 해줄 수도 있다. 그리고 풍요로운 마음을 유지하게 해줄 수 있을지도 모른다. 알라신이라고 그 많았던 범죄행위를 용서해줄 리는 없다. 알라신이라고 많은 무고한 사람들을 죽음으로 몰아넣는 테러를 용인할 리가 없다.

알제리의 국기는 녹색이었지만, 회교도들로 인해 너무 많은 무고한 사람들의 피로 붉게 적셔지고 말았다. 아프간 사람들은 그래서는 안된다. 아프간 사람들은 자신들이 칭기스칸의 군대에게, 인도군에 한번도 패한 적이 없었던 영국인들에게, 그토록 두려웠던 소련인들에게, 이 모든 침략자들에게 정정당당히 대적해왔다는 사실도 기억해야 한다. 그렇지만 더 이상 오랫동안 자기파괴라는 함정에 빠져 있어서는 안된다는 사실을 기억해야 한다. 그렇지 않으면 불필요한 손실을 하나 더 보태게 될 것이다. 손실로 말하자면, 이제까지 어떻게 진행되어 왔는지 세상에 충분히 보여 주었다. 이제 아프간 사람들에게는 그들이 지금까지 있었던 일로부터 교훈도 얻어낼 줄 안다는 것을 증명해 보이는 일이 남아 있다. 승리를 거둘 줄 안다는 것을, 전쟁에 종지부를 찍을 줄 안다는 것을, 마침내 평화를 얻어낼 줄 안다는 것을 보여 주어야 한다. 아프간 사람들은 싸우는 것 외의 다른 일은 할 능력이 없다는 말을 들어서는 안된다. 아직도 그들의 일에 간섭하러 오는 모든 자들을 쫓아내고, 그들을 존중하고 돕고 싶어하는 사람들을 맞아들여야 한다.

기다리다 보니 생각이 꼬리에 꼬리를 물고 이어졌다. 나는 이 나라를 사랑하는 나 자신을 느꼈다. 랍바니 대통령의 결점들을 잘 알고 있으면서도 왜 그의 편에 머물러 있었는지 물었을 때, 마수드가 카불에서 전쟁이 끊이지 않는 여러 가지 이유에 대해 설명했었는데, 나는 다시금 그 생각을 하고 있었다.

그는 이렇게 폭로했었다.

"정당들간의 사태는 급격히 이기주의로 변질되었어요. 공동의 정견을 창출해 내려는 시도는 지도자들의 의지부족으로 모조리 실패했어요. 상황이 급격히 악화되어 가는 가운데 나는 국방부 장관직을 사임했지만, 그래도 사방에서 위협받는 카불을 방어하기 위해서 카불에 남아 있었지요. 만일 그때 카불을 떠났더라면, 나는 오늘날 구원자로 등장했을 겁니다. 하지만 당시 나는 떠나고 싶었어도, 떠나야 한다는 판단이 서지를 않았어요. 오히려 대통령을 지켜주기 위해 남는 것이 내 의무라고 믿었던 겁니다."

나는 프랑스 사람이다. 하지만 마수드의 정직성을 믿는다. 그를 만나보지 못한 사람들은 그를 비난할 수도 있다. 그들은 본질을 놓쳐 버렸으니까. 탄생에서 죽음 사이의 작은 공간에서 너무나 많은 사람들이 본질을 간과하고 지나치곤 한다. 본질이라면 바로 마수드가 신실한 종교인이라는 사실이다.

내 생각에 한 사람의 운명은 그의 의지 못지 않게 그가 지니는 의혹과도 연관이 지어진다. 그래서, 어떤 사람이 죽고 난 후에 씌어지는 전기를 보면 생애가 너무나 단조롭고 진부해서 종종 실소가 나오게 된다. 이어서, 마수드는 카불을 파괴한 주요 책임자가 누구라고 생각하는지 우리에게 설명하기 시작했다.

"각 파당마다 카불에 매달렸어요. 마자리가 이끄는 '와다트' 당의 시아파인 하자라족이며, '헤즈브 에 이슬라미' 당의 헤크마티야르의 수하들이며, '하라카트' 당의 사람들까지 모두 카불에 있었어요. 그들은 인종상의 복수를 내세우기도 하고, 아프간 일에 간섭하는 외국 세력에 영합해 움직여가면서, 하나같이 권력을 추구했어요. 도스툼은 소련 쪽에 붙었다가, 그 다음에는 우즈베키스탄 쪽에 붙더군요. '와다트' 당은 이란의 지원을 받는 하자라족이었고요. 사이야프는 사우디아라비아 사람들 쪽에 붙었지요. 그 중에도 최악은 헤크마티야르였는데, 파키스탄과 미국의 지원을 받았지요. 소련과의 성전 동안 거의 활약한 게 없는 헤크마티야르의 부하들은 소련군이 떠나자 우리에게 무기를 겨누었어요. 카불을 폭격한 자들도 주로 그들이었어요. 그들은 파키스탄으로 가는 도로를 장악했고, 끊임없이 도시 주민들을 굶주리게 했어요. 우리는 결국 헤크마티야르와 손을 잡지 않을 수 없게 되었지요. 나는 그가 국무총리가 되는 일에 반대했어요. 그런데, 아이러니컬하게도 파키스탄 사람들의 눈으로 보기에 국무총리가 된 헤크마티야르는 쓸모 없는 사람이 되어 버렸지요."

"그럼 판지시르에 있는 장군님의 대원들은 어떻습니까? 그들이 전쟁에서 많은 이득을 취했고, 그래서 결국 주민들로부터 미움을 사게 되었다고 하던데요."

"내 주변에 있던 사람들은 한 나라를 이끌 만한 준비가 되어 있던 사람들이 전혀 아니었어요. 제대로 교육받은 사람들은 더더욱 아니었고요. 대부분이 전쟁 때문에 학업을 중단한 사람들이었어요. 행정업무를 수행할 만한 사람이 하나도 없었어요. 정당마다 권력이 자기네들에게 이득이 되어야 한다고 생각했어요. 경찰은 무장한 사람들로 하여금 법을 존중하게 만들 수 있는 수단을 전혀 갖추고 있지 못했지요. 나 자신도 전쟁에만 완전히 몰두해 있는 바람에 내 주위에서 무슨 일이 진행되고 있는지 충분히 관심을 기울일 수가 없었어요. 나는 지금에 와서는 심지어 판지시르에 혜택을 준 게 아무것도 없다는 비난까지 듣고 있는데, 그게 사실이에요."

그러자 호기심이 동한 베르트랑은 탈레반의 성공을 어떻게 설명하겠느냐고 마수드에게 물었다. 우리를 감싸고 있던 어둠은 이 날의 대화 전체를 촬영하지 못했다는 내 후회까지 지워주고 있었다.

마수드가 대답했다.

"탈레반의 성공은 군사적이라기보다는 정치적인 것이에요. 처음에 탈레반은 농민들을 약탈하는 군소 사령관들을 무장해제시킴으로써 평화를 가져왔어요. 그런 다음에 주로 비파쉬툰 지대에서였지만, 하여간 무기를 몰수했어요. 파쉬툰 지대에서는 중화기만을 수거했고요. 탈레반은 외세로부터 많은 돈을 받았다는 것을 알아야 합니다. 파키스탄, 미국, 사우디아라비아로부터요. 그래서 그 돈으로 이제 머릿속에 돈만 생각하게 된 자들을 모두 매수할 수 있었지요. 그런 식으로 내 동맹자였던 이스마엘 칸의 측근들을 매수함으로써 서부 대도시 헤라트의 주인이 되었어요. 하지만 군사적 측면에서 보자면, 파키스탄으로부터 온갖 무기와 군수품을 지원 받았는데도 불구하고 탈레반은 우세하지가 못해요. 탈레반이 카불 안으로 들어갈 수 있었던 이유는 한 가지 밖에 없어요. 카불이 또다시 피바다로 변하는 것을 피하기 위해 우리가 카불을 떠나 주었기 때문이지요. 만일 우리가 계속 싸우기를 원했다면, 우리는 아마 지금까지도 그곳에 있었을 겁니다. 그리고 파괴가 계속되었겠지요. 탈레반이 거둔 유일한 군사적 승리라면 카불을 장악하고 난 후에 샤말리 고원에서 있었어요. 탈레반의 전략은 우리를 급습해서 판지시르까지 퇴각시키는 것이었어요. 신속하게 대량으로 픽업 트럭을 타고 공격하는 게 그들의 전략이었지요. 그렇지만 우리도 이제는 대응책을 찾아냈어요. 그래서 탈레반은 퇴각하고 있거나, 아니면 진지에서 전쟁을 해나가지 않을 수 없게 됐어요."

"파키스탄은 장군님에 대해 왜 그렇게 적개심을 키우고 있습니까?"

"그들의 눈에 내가 너무 독립적으로 보이는 거예요. 파키스탄 사람들은 내가 절대로 자기들 명령대로 움직여 줄 사람이 아니라는 것을 압니다. 하지만 모든 접촉이 무산된 것은 아니에요. 일주일 전에 파키스탄 대표단을 만난 적이 있어요. 그들은 나에게 탈레반의 외무부 장관인 '물라' 가우스를 석방시켜 달라고 했어요. 마자르 에 샤리프 작전에서 붙잡힌 사람인데, 현재는 말레크 장군이 감금하고 있지요. 우리는 물론 거부했고, 파키스탄이 탈레반을 어느 정도나, 또 왜 지원했는지 설명할 것을 요구했어요. 파키스탄 대표단에는 파키스탄 군의 비밀기관인 ISI의 사람이 한 명 있었어요. 그런데 그자는 파키스탄이 아프간 일에 관여하지 않고 있다고 코란에 대고 맹세를 하더군요. 그건 진지하지가 못해요. 우리는 탈레반 세력의 20퍼센트가 파키스탄 사람들이라고 추산하고 있어요. 선생들도 우리가 데리고 있는 파키스탄 포로들을 만나볼 수 있을 겁니다."

생각해보면, 그날 저녁에 마수드는 우리에게 적지 않은 얘기들을 털어놓았다. 나는 여기 저기서 무질서하게 수집된 정보들을 기록해 두는 작은 수첩에다 중요한 내용들을 기록해 두었다. 그 수첩은 필름제작을 위해 머리에 떠오르는 모든 생각들을 저장해 두는 곳이기도 했다. 필름의 제작 계획에 대한 생각들, 시퀀스에 대한 생각들, 때로는 편집에 대한 생각들까지도. 내가 '대장님'과의 대화에 대한 기록을 계속 풍성하게 늘여 가는 동안, 메라부딘은 지붕 위에서 밤을 보내느라고 못 잤던 잠을 보충하고 있었다. 베르트랑은 좀더 멀리 나임의 집 거실에서 비교적 선입관이 가미되어 있는 책 한 권을 읽고 있었다. 아프간 전쟁의 역사에 관한 자료가 굉장히 잘 갖추어져 있기는 했지만, 지독하게 반마수드적인 성향의 책이었다. 하지만 나 역시 선입관을 가진 사람이었다. 나는 마수드의 가치와 정직성을 지나칠 만큼 믿고 있었다. 카불에 있을 때는 그런 내 생각이 틀렸다고 생각했었지만, 오늘날 판지시르에서 저항군으로 활동하면서 사태에 관한 예리한 통찰력을 갖춘 그를 다시 만나고 보니, 실제 있는 그대로의 마수드를 되찾았다. 또한 내가 마수드에 대해 애착을 갖고 있다는 것도 명백한 사실이었다. 내가 하는 작업은 내 시선으로 본 작업, 개인적인 작업, 이른바 '주관적인' 작업이었을 뿐, 그 외의 아무것도 아니었다. 하나의 작은 증언이었다. 그 이상의 것이 되기를 바라지는 않았다.

마수드가 한 말과 관련된 메모들 속에는 진실을 추구하는 사람들을 위한 몇 가지 설명이 들어 있었다. 미국인들이 아프가니스탄에서 하고 있는 역할에 대해 이야기해 달라고 부탁했을 때, 마수드는 다음과 같이 대답했었다.

"미국이 탈레반을 지원한다는 사실을 모르는 사람은 없어요. 라파엘 여사가 국무부 내에서 아프가니스탄 부문을 담당하고 있었을 때, 난 그녀를 만난 적이 있어요. 그녀는 탈레반 단체가 아프간 사람들을 위해 좋다고 진심으로 확신하는 것 같더군요. 이것으로 우리나라에 관한 미국인들의 무지가 충분히 설명됩니다. 1979년 이후, 실제로 미국은 아프간 문제를 파키스탄 사람들에게, 좀 더 정확하게 말하자면 ISI 비밀기관에게 맡겨 버렸어요. ISI는 소련에 대한 '지하드'(聖戰) 동안 내내 우리를 어떻게 다룰 것인지에 관하여 선전을 책동해서 이슬라마바드 정부를 중독시켜 놓았어요. 그 후로 헤크마티야르가 권력을 장악하는

데 실패하자, ISI는 탈레반이 승리할 수 있다고, 이 파쉬툰 극단주의 단체가 아프가니스탄에서 지속적으로 통치를 할 가능성이 있다고 미국인들을 설득시켜 놓았어요. 나는 미국인들이 자신들의 실수를 인정하고 우리나라의 현실에 대해 좀 더 올바른 시각을 채택하기를 기대합니다. 왜냐하면 탈레반은 아프간 사람들 대다수의 견해와는 전혀 다른 이슬람의 낙후된 견해를, 남부 농민들과 유목민들의 견해를 대표하고 있으니까 말이지요. 아프간 사람들은 매우 믿음이 강한 사람들이에요. 아프간 사람들은 무엇이든 금지시키고 여성에게 매질을 하는 젊은 광신도들의 가르침을 필요로 하지 않습니다. 더욱이 나는 탈레반이 여성들에게 학교에, 대학에 가고 사회에서 책임있는 일을 맡아 하는 것을 금지하는 것은 전혀 종교적 근거가 없는 짓이라고 생각해요. 그보다도 훨씬 더 심각한 것은 이슬람에 관한 탈레반의 주장이 확실히 점점 더 인종과 관련된 주장으로 뻗어나가고 있다는 점이에요. 이제는 더 이상 코란이나 평화문제로 거론되는 게 아니라, 다른 인종들에 대한 파쉬툰족의 투쟁문제로 거론되고 있어요. 샤말리에서 탈레반은 농민들을 쫓아내고 남부 사람들로, 즉 칸다하르에서 온 파쉬툰족으로 채우기 시작했어요. 국민의 38퍼센트밖에 차지하지 않는 파쉬툰족이 '국민연합' 정부에 참여하도록 되어 있어요. 우리는 여성이 인간의 권리와 사회적 지위를 갖게 되고 국교가 이슬람교인 다인종적이고 현대적인 국가를 원합니다. 프랑스에도 수백만 명의 회교도가 살고 있지 않습니까?"

아프간 사람인 마수드는 그렇게 말했었다. 그는 이란이나 타지키스탄이나 파키스탄으로 갔었던 일만 빼고는 아프간 국경 밖으로 나가본 적이 없는 사람이었다. 마수드는 서방세계에 대해서 전해들은 것, 읽은 것, 그리고 그를 만나러 아주 멀리에서 온 사람들이 가져다준 소식들만을 알고 있을 뿐이었다. 앞에서도 말했지만, 그는 자신을 '프랑스의 사람'이라고 지껄이는 소리를 자주 들어왔다. 그의 적들이 그렇게 주장했다. 마수드는 마치 비난처럼 직접 이 말을 우리에게 상기시킴으로써, 프랑스가 제공해준 도움이 강바닥의 모래 한 알과 같이 작은 것이었다는 사실을 확인시켜 주었다. 하지만 그래도 도움이 아주 없지는 않았다고 했다.

어쩌면 내 필름들 때문에 나는 '프랑스의 사람'이라는 마수드의 소문에 부분적으로 책임이 있는지도 모른다. 그가 받은 도움에 비해 그가 지불한 대가는 너무나 컸다. 심지어 프랑스 인도주의 비정부기구들 조차도 탈레반이 물러간 이후로는 판지시르에서 철수하고 없었다. 하지만 1997년 7월 카불에는, 탈레반이 있는 바로 그곳에는 비정부기구들이 많이도 들어가 있었다.

밤을 새웠는데도, 나는 여전히 잠들고 싶은 마음이 없었다. 아침 먹을 시간이 다가왔고, 베르트랑도 메라부딘처럼 했다. 두 사람 다 깊이 잠들어 있었다. 나는 마수드에게 편지를 쓰자는 생각을 머리에 떠올렸다. 마수드는 너무 바쁜 사람이었지만, 메라부딘이 방법을 찾아서 그에게 직접 편지를 전해줄 수 있을 것이다.

마수드 장군님.

제가 장군님을 처음 만나 촬영을 했을 때가 16년 전 아스타나에서였습니다. 그 첫 만남에서 저는 장군님의 사람됨을 높이 평가하게 되었습니다. 저는 아프간 사람들을 좋아했고, 당시 평판이 자자하던 적과 맞서 싸우는 당신들 모두의 저항활동과 용기에 감탄했습니다. 프랑스에서는, 독일과의 제2차 세계대전 동안 저항활동을 했던 사람들이 거의 없었거든요.

나는 나의 여행과 필름을 상기시켰고, 적어도 한번만이라도 그가 주인공인 이 이야기에 대해 느끼는 바를 증언해 달라고 부탁했다. 모든 것이 무너져 버린 카불로 왜 돌아가고자 하는가? 절망하지 않고 어떻게 19년 동안이나 전쟁을 할 수 있었는가? 도스톰처럼 도무지 존경할 구석이 없는 자와 왜 동맹을 맺었는가? 그리고 또, 하자라족을 대량학살한 사이야프와 왜 동맹을 맺었는지 설명해 달라. 동료들의 죽음에 대해, 평화를 향한 꿈에 대해, 가족에 대해, 아들과 세 딸에 대해 이야기해 달라. 내 카메라 앞에서 자신을 털어놓아 달라. 그렇지 않으면 내가 찍는 필름은 전쟁의 수장으로서의 그에 대한 전설에 관한 필름 하나를 더 보태게 될 뿐일 테니까.

1시간 후, 반쯤 잠에서 깨어난 메라부딘은 편지를 쓰자는 내 생각에 찬동했다. 그는 필체가 좋은 한 남자를 찾으러 갔다. 통성명을 하고 나서 그 남자는 나임의 집에서 우리와 함께 홍차를 마셨다. 카불대학교 교수였지만, 지금은 전쟁과 탈레반 때문에 실직상태에 있는 사람이었다. 그는 지금 처한 상황에 대해 이러쿵저러쿵 말하지 않았다. 메라부딘이 그에게 내 편지를 번역해 주었다. 남자는 인터스콥 통신사의 사무용 편지지에다 내 편지를 페르시아어 버전으로 열심히 적어나갔다. 매우 비밀스러운 이 소규모 통신사에서 우리는 철저하게 독립적으로 52분과 90분짜리 다큐멘터리를 60편 이상 제작하고 감독할 수 있었다. 우리는 인터스콥을 이렇게 정의하고 있었다. '시청각의 풍경이 바다로 향해 나 있다면, 인터스콥은 폭풍우를 피해 있는 조용하고 작은 포구(浦口)가 될 것이다.' 이것은 어쩌면 매우 순진한 생각일지도 모르겠다. 사실을 말하자면, 몇 차례의 폭풍우를 모면하지 못했기 때문이다. 예를들면, 「잔지바르 쪽으로」라는 필름 같은 것이 그랬는데, 프랑스 텔레비전 방송국에서 방영되던 프로그램에 종지부를 찍게 만들었었다. 그러나 우리가 촬영을 거듭하면서 만나는 사람들은 선을 행하고 우리로 하여금 인류와 화해하게 해주는 인간미 가득한 사람들이었기 때문에, 우리의 열정은 여전히 생생한 상태 그대로 남아 있었다.

제17장

죽은 자들과의 폭소

판지시르 계곡에서 7월 14일(프랑스 대혁명 기념일-역주)은 아무런 의미도 없었다. 라마단(회교력의 9월. 이 달 중 회교도는 해가 뜰 때부터 질 때까지 단식을 한다-역주) 기간만 제외하고, 아프간 사람들이 시간을 계산하는 일에 신경쓰지 않는다는 것은 우리도 알고 있었다. 어떤 아프간 사람이 나린, 칼라프간, 코란, 무잔 등지의 전투가 있었던 날짜들을 기억한단 말인가? 그건 그냥 소련군과 싸우던 시절의 날들일 뿐이었다. 이 날짜들은 그저 과거의 날들로서 대략적으로 표시되는 어느 한 시기에 속하는 날들이었다. 전쟁 기간이라는 공통점이 있어서, 1841년부터 1878년까지 영국인들과 싸워 승리했던 날짜들과 혼동되기도 했다. 따라서, 잔 모마드 칸(판지시르 말로는 '잔 마드 칸'이라고 발음했다)이 우리를 점심식사에 초대하는 데 우리의 국경일을 택한 것은 순전히 우연이었다. 대규모 공격이 여전히 연기되고 있었기 때문에 우리는 초대를 받아들였다.

잔 모마드 칸은 나의 오랜 지인이었다. 친구라고 하기에는 좀 뭣하지만, 예전에 촬영할 때 여러 차례 만난 적이 있는 독특하고 흥미로운 남자였다. 소련군과 전쟁을 치를 동안 비밀수송을 담당한 책임자로 일했다. 현재는 파키스탄의 쉬트랄에 살고 있었다. 아프간 대상(隊商)들에게 유명한 이 작은 촌락은 디르 촌락 위쪽으로 파키스탄 북동부 국경 근처에 있었다. 겨울 동안에는 세상과 단절되는 산속의 마을이었지만, 그 외에는 여름에 날씨가 좋은 날에만 운항이 되는 항공편과 위험하고도 구불구불한 육상도로를 통해 나라 안의 여러 대도시와 연결이 되었다. 촌락의 대로는 무자헤딘이 필요로 하는 모든 것을 공급해주는 시장이 열려 밤이고 낮이고 붐볐다. 이 거리를 걸어본 사람이면 누구라도 그 아름다움을 잊어버릴 수가 없다. 아래 쪽으로 내려가 거리로 들어서면, 멀리 거대한 트리쉬 미르산의 산악지대가 보였다. 해발 6,680미터의 위풍당당한 이 산은 언제나 눈으로 뒤덮여 있었는데, 등반가들이 꿈꾸어볼 만한 산이었다. 잔 모마드는 10여 년을 그곳에서 살았다. 그곳에서 아프간 '내부'로 가는 사람들의 출발을 주선해 주었다. 즉, 수송차에다 북부전선에서 필요로 하는 물품을 실어 보내는 일을 맡아 해주었다. 자금과 무기와 군수품과 의약품, 그리고 특별히 어려운 일부 기간 동안에는 식료품과 신발과 제복 등도 보내주었다. '내부'에서 나오는 모든 사람들을 '접수'하는 사람도 역시 그였다. 최대한 빨리 국제적십자위원회의 병원으로 가야 하는 부상자들, 청금석과 에메랄드 상인들, 대개 비밀스럽고 중요한 소식들을 지닌 전령들 등을. 이것은 그가 거래에 도가 튼 사람의 수준으로 넘어갔다는 것을 의미했다. 왜냐하면 온갖 종류의 뇌물에 눈이 먼 파키스탄 국경의 악덕 경관들을 상대하는 일은 아무나 수월하게 해낼 수 있는 일이 아니었기 때문이다. 그런 경관들에게 여러 번이나 강탈을 당해본 경험이 있었기 때문에 사정은 나도 좀 알았다. 파키스탄 국경을 통과할 때마다 겪는 우여곡절은 이루 말할 수 없었다. 과장해서 말하고 싶지는 않지만, 우리의 은밀한 불법여행 하나하나는 그야말로 책을 한 권씩 쓸 만큼 충분한 모험적인 내용을 지니고 있었다. 곡예사 노릇을 하게 될 그 7월 14일의 일은 이야기하기에 너무나도 길다.

곡예사 노릇을 하게 되는 이유는 잔 모마드 칸의 집에 도달하려면 판지시르 계곡을 넘어야만 했기 때문이다. 글로 쓰기는 쉽지만, 직접 해내기는 그리 쉬운 일이 아니었다. 강기슭이 모래와 자갈 깔린 해변 비슷하게 생긴 곳에 도달하자, 아프간 사람들은 강 양쪽 가장자리에다 트럭에서 떼어낸 짐칸 틀을 수직으로 꽂아 놓았다. 녹이 슬기는 했지만 견고한 이 틀은 두 개의 케이블로 꼭대기 부분이 서로 연결되었다. 케이블 위로는 어떤 기계의 부속품인지 알 수 없는 것으로 만든 도르래 하나가 굴러다녔다. 그 도르래에는 역시 낡은 발코니 조각들로 뚝딱거려 만든 곤돌라 하나가 매달려 있었다. 이 모든 것이 소용돌이치는 급류 위에 설치되어 있었다. 우리들끼리는 이것을 '아프간식 해결 방법'이라고 불렀다. 이 기발한 운송수단을 보고 우리는 감탄을 금치 못했는데, 덕분에 두 손에 기름때가 덕지덕지 묻기는 했어도 강 건너 편으로 건너갈 수 있었다. 게다가 우리의 몸에 물 한 방울 묻히지 않았다. 그렇지만 위험을 무릅쓰는 사람들의 모험이 항상 성공하는 것은 아니었다. 몇 주일 전에, 역시 잔 모마드의 집에 초대를 받은 한 영국인 사진기자가 물에 빠져 죽을 뻔한 적이 있었다고 한다. 필름이란 필름은 모조리 못쓰게 되어 버렸는데, 그 가운데는 일련의 희귀한 필름들도 있었다. 사실, 그 기자는 파렌드 계곡의 사무실에서 나오고 있는 마수드의 모습을 촬영했었던 것이다. 아프간 사람 하나가 장면 하나 하나를, 잃어버린 필름 하나 하나를 우리에게 설명해 주었다. 첫 번째 필름, 지붕 위의 뱀 한 마리가 새 둥지를 공격하는 중인데, 둥지에서는 새끼 새들이 겁에 질려 목이 터져라고 빽빽 울어댄다. 두 번째 필름, 마수드가 한 대원의 칼라슈니코프를 뽑아든다. 세 번째 필름, 마수드가 겨냥한다. 그리고 발사한다. 딱 한 방이다. 이것이 네 번째 필름이다. 다섯 번째 필름은 총탄에 대가리가 떨어져나간 뱀이 마수드의 발치에 떨어지는 것을 보여준다. 마수드에 대한 전설을 한층 더 부풀릴 수도 있었을 장면들이었는데, 다른 많은 생명의 파편들을 휩쓸어간 사나운 강물 속에 영원히 사라지고 말았다.

바닥에 멋들어진 양탄자가 호화롭게 깔리고 먼 곳에서 실어온 것이 틀림없어 보이는 들보로 골조가 짜여진 널찍하고 아름다운 집안에서 (잔 모마드 칸은 상당한 돈을 농간질로 모았다) 주인이 웃으며 우리를 맞이했다. 그는 삶을 사랑하고 농담을 좋아하는 사람이었다.

무자헤딘이 카불에 자리잡고 있는 동안, 잔 모마드 칸은 카불에서 유명인사들이 머무는 하숙집들을 총괄하는 책임자였다. 그의 부인과 며느리가 우리에게 호화로운 식사를 마련해 주었지만, 그들을 볼 수는 없었다. 전통이 그러하니 도리가 없었다. 이 계곡에는 많은 사람들이 빵과 쌀밥 외에는 하나도 먹을 것이 없었고 게다가 이웃 사람들은 그것이라도 나누어 먹고 싶어했다. 이런 호화로운 식사는 주인이 우리에게 선사하고 싶어하는 즐거움의 수준에는 맞는 것이었을지 모르지만, 우리에게는 차라리 거북살스러운 것이었다. 잔 모마드 칸, 이 사람은 우리가 자기네들의 이야기를 빼내가려고 온 외국인들이 아니라는 것을 알고 있었다. 그는 우리가 충실한 친구들이라는 것을 알고 있었으며, 그것을 증명할 필요가 없을 정도로 충분히 대가를 치렀다는 것도 알고 있었다. 잔 모마드 칸은 입담 좋은 사람으로 유명했다. 탈레반이 판지시르를 포위하기 직전의 상황에서 어떻게 마수드가 달아나지 않은 사람들을 모아놓고 그들에게 자기가 그들과 함께 죽을 때까지 싸울 것이라고 발표했는지, 나는 그를 통해서 그 과정을 듣고 싶었다. 이 일 때문에 많은 사람들이 눈물을 흘렸다고 한다. 그러나 나임과 오지가 설득력 없는 시도를 해보았을 뿐, 카메라 앞에서 제대로 이야기할 수 있었던 사람은 아직 아무도 없었다. 하지만 잔 모마드 칸도 그들보다 더 나을 게 없었다. 인상적인 목소리와 침묵을 지킬 줄 아는 감각과 리듬 감각까지 갖춘 놀라운 이야기꾼이었는데도 불구하고, 카메라 앞에서는 다른 사람들과 똑같이 권태로운 사람이 되어버렸다. 식사 동안에는 여러 가지 일화로 우리를 끊임없이 웃게 만들었지만, 막상 카메라 앞에서는 주눅이 들어버렸다.

주요인사들을 떠맡았던 '더러운 카불의 시기' 동안에는, 전 공산주의자 대통령 나지불라를 대접하는 일을 맡은 적도 있다고 했다. 나지불라는 동생과 함께 목숨을 부지한 채, 비정부기구의 보호를 받으며 어떤 집에서 살고 있었다고 한다. 잔 모마드 칸의 말에 따르면, 당시 나지불라는 상황에 밀려 어쩔 수 없이 은둔하는 일종의 늙은 현자가 되어 있었다. 잔 모마드는 카불에서 누가 누구에게 총을 쏘아대는지 알고 나서는, 예전에 나지불라가 폭소를 터뜨리던 모습 그대로 포복절도했다고 한다.

"탈레반은 우리처럼 다른 사람들을 존중하는 자들이 아니었어요. 카불로 들어서자 탈레반은 나지불라 형제를 공개처형 했는데, 비정부기구는 그냥 눈을 감아버리더군요. 그들은 범죄를 저지르는 탈레반을 비난하지도 않았어요."

잔 모마드 칸이 분개해서 말했다.

카불에서 철수하기 직전에 마수드가 두 차례나 사람을 보내어 나지불라에게 함께 철수하자고 권한 적이 있었다고 잔 모마드 칸은 지적했다.

"그런데도 나지불라는 탈레반의 '프쉬툰왈리'(용서)를 기대하고서 카불에 남아 있기를 택했다니까요."

헤어지기 전에 나는 잔 모마드 칸을 설득해서 다시 한번 촬영을 시도해 보자고 했다. 거실에서 그가 등장하는 장면을 연출했다. 그는 18년 전에 찍었던 기념사진 한장을 가지러 갔다. 액자에 넣어 유리로 덮은 아름다운 흑백 사진이었다. 카메라 파인더 속에서 그가 양탄자 위에다 사진을 내려 놓는 무대연습을 했다. 이윽고 그가 계곡에 있는 어떤 집의 폐허 안에서 찍은 무자헤딘 무리의 사진에 대해 설명했다. 나는 사진에 모습을 드러낸 사람들을 가리키는 그의 손가락을 촬영했다.

"이 사람이 암로딘 사령관이에요. 순교했지요. 이 사람은 아야톨라인데 포병이었어요. 역시 죽었지요. 이 사람도 죽었고, 이 사람은 아직 살아 있어요. 이 사람은 굴바하르의 사령관 아가 쉬린이에요. 죽었지요. 이 사람은 굴람 모하마드 사령관인데, 살아서 지금도 전선에 있어요. 이 사람도 죽었고. 여기 이 사람은 오로굴이에요……."

잔 모마드 칸의 손가락은 사진을 덮고 있는 유리 위로 계속 미끄러져 가며 다른 사람들을 가리켜 나갔다. 이 사람도 죽었고, 이 사람도……. 이 사람도, 이 사람도…….

"이 사진에 나오는 사람들은 몇 명만 빼고는 전부 다 죽었어요."

결국 그가 한숨을 토해내며 말했다.

이번에는 잔 모마드 칸도 더 이상 카메라 때문에 거북해하지 않았다. 친구들의 모습에 얽힌 추억은 그가 과거에 알고 있었고 대다수가 저항

활동에서 목숨을 내놓은 이 남자들에게로 어느새 되돌아가 있었다.

나는 메라부딘에게 한 가지 질문을 전했다. 곧바로 메라부딘이 내 질문을 통역하는 동안, 나는 잔 모마드 칸의 얼굴을 파인더에 확대해서 잡았다.

"그렇게 오랜 세월 동안 전쟁을 치렀고, 그렇게 많은 친구들이 죽었고, 그렇게 많은 순교자들이 생겼는데, 어떻게 생각하십니까? 지금 느끼는 심정은 어떤 것입니까?"

잔 모마드 칸은 다시 한번 한숨을 토해내더니, 잠시 뜸을 들이고는 나를 보지 않고 어딘가에 시선을 멍하니 둔 채 무겁고도 아름다운 목소리로 대답했다.

"속담에도 있듯이 어둠이 지나면 반드시 빛이 찾아오기 마련이에요. 전쟁이 끝나면 반드시 평화가 올 겁니다."

그는 시선을 메라부딘 쪽으로 던졌다. 그의 어조가 지나치게 연극적이라고 생각한 메라부딘이 깔깔깔 웃어댔다.

"비웃지 말아!"

잔 모마드 칸이 다시 한숨을 토해내며, 비장하게 말을 계속했다.

"당분간은 아직 전쟁이 계속될 거예요. 그러니 무슨 말을 하겠습니까? (그는 주저했다) 아프가니스탄에서 전쟁이 시작된 후로 저마다 하나씩 전쟁을 덧붙이고 있어요. 지금은 탈레반이 그러고 있고요."

이쯤 되자 메라부딘이 자리에서 일어나며 폭소를 터뜨리는 소리가 들렸다. 잔 모마드 칸은 카메라를 피해 달아나고 싶은 듯이 자리에서 벌떡 일어섰다. 나는 카메라를 메라부딘 쪽으로 돌렸다. 메라부딘은 방석 위에 드러누운 채 몸을 비틀어가며 웃어댔다. 더 이상은 못 참겠다는 듯이 메라부딘 앞에 선 잔 모마드가 말했다.

"그만, 그만 해. 더 이상은 한 마디도 안 하겠네! 대체 왜 그렇게 웃어대는 건가?"

"카메라 앞에서 완전히 궁지에 몰린 몰골이잖아요. 탈레반이니 무자헤딘이니, 횡설수설하고…. 이젠 더 이상 아무 뜻도 없어져 버렸어요."

나는 이 장면을 촬영했다. 아프간 사람들이 꼬투리 하나만 있어도 얼마나 배꼽을 쥐고 웃어대는지 보여주고 싶었는데, 이번에야말로 제대로 걸렸다. 모든 것이 삐딱하게 빗나가고, 예견되었던 일은 전혀 일어나지 않으며, 즉흥성이 삶의 시(詩)가 되는 이런 순간들이 나는 좋았다. 그래서 이들의 삶은 너무나 풍요롭고 너무나 소중했다. 분명하고 과격한 것을 좋아하는 선동가들이나, 의전절차를 프로그램이라는 틀 속에 딱 고정시켜 놓아서 결국은 불필요한 것으로 만들고 마는 공식연설 주최자들은 이런 묘미를 절대로 이해하지 못한다.

마치 인생의 맛을 머릿속에 더 잘 새겨 넣기라도 하려는 듯이, 비극적인 일들까지도 비웃어버리는 이런 조롱이 나는 마음에 들었다. 유머라는 것은 폭소라는 값만 치르면 되는 하나의 부(富)다. 나는 코미디언들에 대해 무한한 존경심과 감사하는 마음을 항상 지니고 있다.

아프간 속담에 이런 것이 있다.

"웃음은 인생의 소금이다. 요리와 마찬가지로, 소금이 없는 인생은 맛이 없다."

사람들은 웃음이 건강에 좋다고 말한다. 나도 확실히 그 말을 믿고 싶다. 그렇지 않은가, 메라부딘?

제18장

우리를 이어주는 가는 끈

밤늦게 나임이 돌아왔다. 보아하니 오래 전부터 잠을 못 잔 모양이었다. 눈에 핏발이 서 있고, 시선이 멍하니 혼란스러웠다. 그저 목소리만이 그가 아직 깨어 있다는 것을 알려주었다. 그 목소리는 공격이 또 다시 연기되었다는 얘기를 겨우 해주었다.

“앞으로 2~3일 안에는 공격이 없을 거예요.”

또 북부의 부대들과 복잡한 문제들이 생겼고, 필요한 장비를 실어오는 데에도 여전히 어려움이 있었다. 아마 전선의 상황도 유리하지 못한 모양이었다. 바그람 쪽이 탈레반에게 공격을 당했기 때문이라는 설명이었다. 그렇게 설명을 끝내고 그는 양해를 구하고 물러갔다. 아마 깊은 잠에 빠져들 것 같았다. 하지만 우리 세 사람에게는 불면증이 시작되었다.

다음날, 촬영하는 기간 동안에 흔히 그렇듯이 나는 촬영한 필름에 대해 종합평가를 해보았다. 장사를 마치고 난 다음에 금고에 돈이 얼마나 들어 있나 확인해 보는 것과 좀 비슷하다. 밥값은 벌었는가? 작품 한편 만들만한 필름은 촬영했는가? 그리고 어떤 작품을 만들 것인가?

이때가 이런 '저널리즘 작업'에서는 가장 즐거운 순간이다. 모험과 강렬함, 너무나 멀고 너무나 불확실해서 비현실적이 되어버린 평화를 위한 투쟁 등이 온통 뒤섞인 나라 아프가니스탄. 나는 하나의 작은 프로그램을 만들 뿐이고, 그것은 소용돌이 치는 다른 수많은 프로그램들 속에 잠겨 언젠가는 잊혀지도록 이미 운명이 지어져 있다는 생각도 말끔히 해결되었다.

나에게 필름이란 언제나 사람과 사람을 서로 연결시켜 주는 가늘고 약한 끈과도 같은 것이었다. 현대세계의 현기증 나는 영상과 음향 속에서, 그것이야말로 적어도 나로 하여금 활동을 계속하게 해주고 아직은 모든 것이 가능하다고 믿게 해주는 것이었다.

하지만 나는 주제에서 자꾸만 멀어져가고 있었다. 이곳 판지시르에서는 아무리 생각을 해보아도 뭔가 중요한 것이 빠져 있다는 인상이 들었다. 내가 왜 마수드를 촬영하는가? 마수드는 끝내 너무 비밀스러운 사람으로 머물러 있게 되는 것은 아닐까? 내가 느끼는 그대로의 그를 어떻게 보여줄 것인가? 내가 이미 촬영한 필름 속에는, 필름을 보게 될 사람들과 함께 내가 그에 대해 갖고 있는 직관을 공유할 수 있게 해 줄 내용이 조금도 없을 것 같았다. 사람들은 마수드가 부대를 조직하고 부하들에게 전쟁을 이야기하며 전쟁을 하는 모습을 보게 될 것이다. 그러면 평화는 어떤가? 아니다, 내 생각이 틀렸다. 그가 사령관들에게 시를 읽어주는 장면도 촬영했지 않은가? 하지만 그것으로는 충분하지가 못했다. 나는 촬영을 잘못했다는 인상이 들었다. 우리가 첫 날 저녁에 나누었던 대화도 촬영하지 못했다. 그러니 형편없지 않은가? 비록 인터뷰 촬영이란 것이 여전히 께름칙하긴 하더라도, 억지로라도 촬영을 했어야 하는 건지도 모른다. 러시아 기자들은 그들이 제기한 모든 질문에 틀림없이 답을 얻었지 않았는가? 하지만 그것이 과연 마수드의 참모습이었는가? 그를 반대하는 모든 자들이 앞다투어 공식화해 놓는 온갖 비난을 반박하기 위해서라도, 내 욕구를 잘 가다듬어 있는 그대로의 마수드를 보여주어야 한다. 그러나 나는 있는 그대로의 그의 모습을 보여줄 수 없어서 괴롭다는 인상이 끊임없이 들었다.

메라부딘이 수집한 최근 정보에 따르면, 마수드는 여전히 작전을 준비중이었다. 그에게는 갖고 있는 수단이 거의 없었고, 정치적 환경도 카드로 만든 집처럼 불안정했다. 나는 과거에 이미 촬영했던 모습 외에는 다른 아무것도 촬영하지 못하게 될 것만 같은 불길한 예감이 들었다. 그런데, 지금까지 촬영한 것은 몇 시간 분량이나 될까? 8시간이었다. 이것은 적은 양이었지만 동시에 많은 양이기도 했다. 나는 내가 촬영한 영상들에 관한 내용을 작은 수첩에다 적어 놓았다. 이 필름에 대한 희망을 잃지 않기 위해서, 잔 모마드 칸과 함께 메라부딘의 폭소장면을 카메라 파인더로 다시 보았다. 그것을 메라부딘에게 보여주었다. 그리고 나는 또다시 웃음을 터뜨리지 않을 수 없었다. 메라부딘이 즉각 효과를 보였기 때문이다. 그의 폭소는 보장된 것이었다. 우리는 기분이 좋아졌다. 어쨌거나, 이건 결국 하나의 필름일 뿐이었다. 삶은 그런 것이다. 현실에 참여하는 것이고, 주변에서 벌어지는 일을 느끼는 것이다.

"기다리기가 지루한데, 에메랄드 광산이나 촬영하러 가서 시간을 때우면 어떨까. 러시아인들이 소유하고 있던 지폐인쇄 원판이나 남부나 바다크샨 사람들의 마약밀매 외에, 판지시르 계곡의 또 다른 소득 원천을 구경할 수 있을 거야."

그리고 베르트랑은 이렇게 강조했다.

"여기 마수드 측에서는 마약으로 전쟁비용을 마련하는 게 아니거든."

그는 아는 게 많았다. 외르 에 루아르 지방의 사회당 의원으로 있을 때부터 베르트랑은 도의회에서 마약퇴치위원회를 주도했었다. 그가 합법적으로 접근했던 자료들, 특히 미 국무부 측에서 실시한 몇 가지 조사자료에 따르면, 대부분의 마약생산지대가 현재 탈레반의 통제를 받는 지역들에, 특히 우연찮게도 과거에 헤크마티야르가 지배했던 지역들에 위치해 있다는 사실이 분명하게 입증되어 있다. 해마다 생산되는 3,000톤의 마약 가운데 90퍼센트가 남부에서 오는 것이었는데, 그 중 85퍼센트가 헬만드와 잘랄라바드에서 생산된 것이었다. 이렇게 아프가니스탄은 헤로인의 주요 수출국 가운데 하나가 되어 버렸다. 그렇다면 마약밀매를 해서 이득을 보는 자는 누구인가?

"그건 절대로 카메라로 보여주지 못하게 될 거야. 잔꾀를 써서 화면을 조작하든지 아니면 머리에 총알을 한발 맞게 될 테니까 말이야."

그로부터 1시간 후, 우리는 빌린 지프차 안에 들어앉은 채 흙먼지를 삼키느라고 바빴다. 판지시르의 에메랄드 생산 중심지인 켄쉬 마을 방향으로 계곡을 거슬러 올라가고 있었다. 가는 동안 내내, 소련군의 장갑차 잔해들이 기념물처럼 죽 늘어서 있었다. 가는 동안 내내, 방수포에 덮인 채 자갈밭 위에 널브러진 수많은 자동차들이 보였다. 아스타나에서 출발하여 켄쉬 마을에 도달하기까지는 1시간 30분이 걸려야 했다. 그곳에서는 계곡의 사령관인 마흐무드 칸이 직접 우리를 맞이해 주었다. 그의 집은 안락했다. 부자라는 게 느껴졌다. 그는 자기네 대저택 앞부분을 차지하고 있는 밀폐된 정원 안에서 우리에게 호화로운 점심식사를 제공하는 환대를 베풀었다. 그가 말했다.

"불행하게도 광산을 촬영하러 가기에는 시간이 너무 늦었어요."

산속을 걸어야 하는데, 이젠 햇빛이 너무 뜨거워졌다. 시간도 늦었고, 날씨도 더웠다. 그는 자기 집에서 밤을 지내고 내일 아침에 일찍 출발하라고 권했다. 사양할 이유가 없었다. 나는 이 기회를 이용하여 역시 그에게도 마자르 에 샤리프의 함락 후에 열렸다는 그 유명한 모임에 대해 이야기해 달라고 했다. 그는 언변이 화려하고 학식이 있는 사람이었다. 그는 아프가니스탄에서는 드물게 날짜를 기억하는 뛰어난 기억력을 자랑했지만, 내게는 혼자서 자화자찬하는 것으로 보였다. 또한 자신이 할 말에 대해서 너무 깊이 생각하는 습관이 있는 정치 책임자이기도 했다. 그는 윤색을 했고 거드름을 피웠다. 촬영을 하다 보니, 한마디 한마디 덧붙일 때마다 점점 더 대하소설 꼴이 되어 가는 그의 연설에 대해, 나중에 편집할 때 잘라내야겠다는 생각을 벌써부터 하지 않을 수가 없었다. 도저히 써먹을 수 없는 장면이었다.

강물 속에다 작은 터빈들을 담가 전기를 공급하는 판지시르 계곡의 켄쉬 마을에서 가장 큰 부자인 이 판지시르의 수령은 자신의 마음가짐이나 진정한 생각과는 차이가 나게 끝도 없이 정치적인 단어를 골라가며 듣기 부담스럽게 말을 했다. 자신의 증언이 결국 마수드에 대한 이야기의 진상을 밝히는데 기여했다고 생각되자, 그는 마침내 우리에게 시내로 에메랄드 상인을 촬영하러 가자고 권했다.

켄쉬 마을의 일부 주민들에게 전쟁은 좋은 면도 있었다. 에메랄드가 잘 팔렸던 것이다. 광산 소유주들이 부딪치게 되는 유일한 문제는 인력부족이었는데, 특히 준비가 끝도 없이 길어지는 군사작전시기 동안에는 더욱 그랬다. 게다가 건강상태가 양호해 칼라슈니코프를 들 수 있는 대다수의 남자들은 계곡 아래쪽으로, 샤말리 고원 쪽으로 출발하기 직전의 상태였다. 그리고 나머지 사람들은 예비병으로 대기상태였다. 카불로 갈 수 있게 될지 누가 알겠는가! 사람들은 그렇게 꿈꾸고 있었다. 어떤 상점에서 상인이 우리에게 보석들을 보여 주었다. 나는 마침내 그 유명한 판지시르의 에메랄드를 필름에 담게 되었다. 콜롬비아산 에메랄드 못지않게 아름답다고 하는 바로 그 에메랄드였다. 봇짐으로 싸서 운반할 수 있는 보자기 위에 수백 개의 초록빛 조각들이 펼쳐져 있었다. 호기심 많은 군중이 너무 많이 몰려드는 바람에 메라부딘은 조용히 해달라고 목소리를 높여야 했다. 마치 영화 촬영할 때의 세트장면 같았다. 나는 시장의 기능에 대해 상인에게 질문을 했다. 정치적 성향이 강한 판지시르 수령과는 정반대로, 상인은 할 말을 전혀 찾아내지 못했다. 할 말을 찾아냈을 때는 목소리가 너무 작아서 그의 설명보다 상점 안에서 날아다니는 파리소리가 더 잘 들릴 지경이었다. 이 신기한 상점은 주로 수출을 하는 에메랄드 장사 외에 잡화상도 하고 있었다. 화장지도 보였는데, 그건 주로 코를 푸는 데 사용되었다. 아프간 농민들은 화장지보다 둥그런 돌을 선호했기 때문이다. 그리고 기름램프, 비누, 공책 따위도 보였다.

그러고 나니 저녁이 찾아왔다. 한 아프간 노인은 내게 이런 말을 했었다.

"해가 지는군. 그렇다고 걱정하진 마시오. 그밖에 정말로 중요한 건 세상에 하나도 없다오. 해가 지고, 또 지고, 우리도 언젠가는 가게 될테니."

제19장

세상에서 가장 긴 하루

7월 16일 아침, 다사다난할 하루를 예견하게 해주는 것은 아무것도 없었다. 살다보면 다른 날보다 더 길어 보이는 어떤 날이 있게 마련이다. 우리는 일찌감치 일어나서, 깎아지른 듯한 협소한 계곡을 타고 판지시르 사령관의 믿을 만한 부하 한 명의 뒤를 바짝 따라갔다. 그로부터 3시간 후에 도달한 동굴 안에서 에메랄드를 찾아다니는 어떤 사람을 만났다. 그는 흉벽을 파느라고 바쁜 동료들을 위해 밥을 짓고 있었다. 그들은 비교적 조잡한 방식으로 보석광맥을 찾아 다녔는데, 우리에게 시범을 보여 주었다. 약간의 폭발물과 도화선 하나를 설치하고서는 모두들 몸을 피했다. 그러면 흉벽의 벽면 하나가 산산조각이 되어 날아갔다. 딱 아프간식 방법이었다. 산속을 뚫고 들어가는 터널을 볼 수 있을 것으로 예상했던 나는 좀 실망을 했다. 가이드가 말했다.

"에메랄드를 찾으려면, 좀 더 멀리, 좀 더 고지대로 가야 해요. 에메랄드가 있긴 분명히 있거든요."

하지만 우리는 시간이 없었다. 너무 오랫동안 자리를 비우고 싶지가 않았다. 에메랄드를 채취하는 구경은 다음 기회로 미루기로 했다.

시퀀스 하나가 사라지는 순간이었다. 폭발물이 터질 때 카메라도 함께 날아갈 뻔했다. 바위 조각 하나가 카메라를 스치고 지나갔던 것이다. 운이 좋았다.

왠지 마음이 조급해졌다. 점심식사를 하러 켄쉬 마을로 돌아왔다. 쌀밥과 홍차와 포도를 먹고 나서 다시 길을 나섰다. 또다시 눈과 콧속으로, 그리고 머플러로 가리고 있는 입속으로 먼지가 들어왔다. 지나는 길에 대규모 공격에 관해 알아보았다. 머지 않아 있을 것이라고 했다. 예비병들에게 출발 준비를 하라는 명령이 떨어진 것을 보니, 모두들 그토록 기다리던 운명의 날이 가까워지고 있다는 건 분명한 사실 같았다. 트럭들이 도착했다. 군수품들이 살랑 고개를 넘는데 성공했다고 한다. 긴장이 고조되었다.

아스타나 근처의 도로에서 보수작업하느라 여념이 없는 남자들과 포탄을 운반하는 다른 남자들, 그리고 또 강물 속에서 헤엄을 치고 있는 다른 남자들을 만났다.

메라부딘이 설명했다.

"포로들이에요. 인근에 감옥이 하나 있거든요. 보시다시피 우리나라는 저들을 고문으로 다루고 있지 않습니다."

경험을 통해서 나는 주의를 끄는 것은 일단 '무조건'적으로 촬영해 놓아야 한다는 것을 알고 있었다. 나중으로 미루어서는 안된다. 우리는 1시간을 잡고 파키스탄 포로들을 촬영하러 가기로 결정했다. 이건 중요한 일이었다. 파키스탄인 포로가 존재한다는 증거를 촬영하는 것, 그리고 이 '지엽적인' 분쟁에 대한 서방세계의 무관심을 냉철하게 지적하고, 사실을 왜곡시키는 외부세계의 간섭에 대한 증거를 촬영하는 것은 중요한 일이었다.

감옥으로 쓰이는 집에서 우리는 사진기자인 유소프와 파힘, 그리고 로스앤젤레스에서 온 아프간 청년 다우드를 다시 만났다. 이들은 최근에 파악된 포로들을 확인하는 작업을 하고 있었다. 마치 우리가 없는 것처럼 행동해 달라고 부탁한 것만 제외하면 우리는 포로들에게는 한 마디도 하지 않았다. 몇 장면을 촬영했다.

몇 주일 전에 붙잡힌 파키스탄인 포로들과 탈레반 등 8명의 남자가 한 아프간 사람이 조용히 심문하는 작은 테이블 앞에 서서 기다리고 있었다. 페르시아어로 질문을 하면 통역이 우르두어로 통역했다. 내용은 간략했다. 성명, 생년월일과 출생지, 부모의 이름, 붙잡힌 날짜와 장소 등등. 이 청년들은 별로 싫은 기색 없이 순순히 대답했다. 한 사람은 아프간 국경 인근의 파키스탄 도시인 디르 출신이었다. 살랑에서 붙잡혔다고 한다. 다른 한 사람은 펀잡 출신이었고, 또 한 사람은 페샤와르에서 왔다. 또 한 사람은 파키스탄 남서부 도시인 케타에서 왔다. 이들이 아프간 사람이 아닌 것은 확실했다. 아프간 사람들과는 달리 자신들의 생년월일을 알고 있었기 때문이다. 언어도 페르시아어가 아니라 우르두어를 했다. 파쉬투어로 몇 마디 중얼거린 사람은 딱 한명 뿐이었다. 대화는 정중하고 짤막했으며 적대감도 없었다. 아프간 심문자는 서류를 작성했고, 포로들이 말한 내용에 서명을 하게 했으며, 각 서류 하단에 지문을 찍게 했다. 일단 심문을 마치고 나면 포로의 사진을 찍었다. 성명과 생년월일과 출생지가 적혀 있는 종이 한장을 얼굴 아래 부분에 들고 있게 하고서 정면에서 찍었다. 찰칵. 측면사진도 찍었다. 파키스탄의 간섭에 대한, 소용이 되지 않을 (외국에서는 아무도 신경쓰는 사람이 없으니 소용되지 않을 것이다) 이 작은 증거는 비정부기구 어느 관리의 사무실 책상 위에 내던져졌다가 회오리바람처럼 불확실한 절차 속으로 휘말려 들어가 결국 어딘가를 빙빙 떠돌게 될 것이다. 그러니 파키스탄의 이중 플레이 책임자들은 발뻗고 편안하게 잠을 자도 좋을 것이다. 문제는 정치적 위선이었다. 한편으로, 파키스탄 당국은 언제나 아프간 사람들이 평화롭게 살아가도록 도울 준비가 되어 있다고 말했다. 자기들이 파키스탄 영토에, 그것도 10년 동안이나, '아프간 저항군'의 정당들을 받아들여 주지 않았는가? 거의 400만 명이나 되는 아프간 난민들을 받아주지 않았는가? 물론, 국제원조금의 3분의 1을 부유한 몇몇 집안이 착복했으니, 상당한 보상을 받은 셈이기는 하지만 말이다. 설명이 필요 없었다. 따라서 공식적으로는, 파키스탄은 아프간 국민이 잘되기를 바랐다. 그러나 파키스탄 외교관들이 양국 국민간의 평화와 조화에 관한 연설을 지치지도 않고 되풀이하는 동안, 파키스탄의 군비밀기관은 이웃 나라 아프가니스탄에서 무자비한 전쟁을 수행하고 있었다. 파키스탄 사람들은 위협적인 이웃 나라인 인도와의 전쟁에 대해 그들 나름의 논리와 관점과 강박관념을 갖고 있었다.

아프가니스탄에서 파키스탄 사람들은 마수드를 싫어할 수밖에 없었다. 그들은 자기들의 말을 고분고분하게 잘 듣는 아프가니스탄을 원했다. 그들에게 마수드는 지나치게 독립적인 사람으로 비쳐졌다. 게다가 마수드는 카불에서 국방부 장관으로 있을 때, 영국인들이 국경을 정했을 당시에 생겨난 여러 부족의 공존지대를 아프간 영토라고 파키스탄 사람들에게 주장한 적도 있었다. 이건 또 다른 이야기이기는 하지만. 그리고 마수드는 남부의 이해관계와는 거리가 너무나 먼 타지크족이었다. 파키스탄은 인도와 노골적인 전쟁에 돌입하게 될 경우에 무슨 일이 있어도 자기네 후방의 안전을 보장하고자 했다. 파키스탄은 아프가니스탄을 후방기지로 이용하고 있었다.

포로들에게서 수집한 고백에 따르면, 파키스탄 장교들은 신병들을 아프가니스탄으로 보내어 연습을 하게 하고 그런 다음에 인도 맞은 편 카쉬미르 지방의 전선으로 파견할 거라고 말했다고 한다. 인도에서는 교전이 끊이지 않고 있지만, 언론이 거의 보도를 하지 않는다고 했다. 그곳은 언론이 접근하기 어려운 지대이고, 지엽적인 분쟁이기 때문이었다. 파키스탄 사람들은 정신 나간 사람들이 아니었다. 그들은 파렴치하게, 아니 현실주의적으로 정치를 해나가고 있었다. 그 모든 것은 파키스탄 최고의 비밀요원 몇 명을 양성해낸 미국인들로부터 배운 것이었다. 그들은 자신들이 경멸하는 언론에다 치밀하게 조작된 이야기를 늘어놓았다. 그리고서 막상 현지에서는 자신들의 계획을 착착 실행해 나갔다. 무슨 일이 일어나더라도, 그 계획이 수많은 무고한 사람들에게 야만적이라 하더라도 말이다. 그런 건 대수롭지 않았으니까. 이것은 썩은 세계였다. 영향력을 거래하고 마약을 거래하는 썩은 세계였다. 얼마나 추잡한 짓거리인가. 만약에 마약이 없었더라면, 이 추잡한 짓거리들은 재정부족으로 이미 오래 전에 중단되었을 것이다.

나는 포로들을 촬영했다. 스무 살의 남자들, 비교적 가난한 남자들을. 아프가니스탄에 파키스탄 포로가 있다고 분개하던 아프간 노인들의 말이 옳았다. 저들이 여기에 대체 무엇을 하러 왔단 말인가? 겉으로 보기에 포로들은 건강상태가 양호했다. 그들은 말랐지만 쾌활했다. 자기들도 제대로 먹는데 어려움을 겪고 있었지만 판지시르 사람들은 포로들이 온전하게 살아갈 수 있을 정도의 음식을 제공하고 있었다. 메라부딘은 이들을 방문한 적십자사의 대표들도 이런 사실을 부정할 수는 없을 거라고 했다. 그런데도 그들은 포로들의 일상 생활조건을 개선시켜 주어야 한다고 요구했다고 한다. 다섯 달 전에 계곡에 도착했던 첫 번째 팀은 자동차 렌트 가격을 올리게 했다. 하지만 현지의 식량사정이 얼마나 열악한지는 알아차리지 못했다. 처음으로 임무를 맡고 파견된 스위스 출신의 한 젊은 대표는 아프간 사람들이 아무 짝에도 쓸모없는 인간들이라고 우리에게 말했었다. 그가 누구를 겪어 보았기에, 얼마나 많은 아프간 사람들을 만났기에 그런 말을 할 수 있는가? 우리는 서로 인식이 달랐다. 서로 경험도 달랐다. 계곡의 많은 농민들 집에서도 음식물은 이보다 더 풍성하지 못했다. 잔 모마드 칸과 판지시르 사령관의 집에서 했던 식사들은 예외에 속했다.

메라부딘이 말했다.

"이젠 가야 해요. 방금 대장님이 협곡 근처에 있는 나임의 사무실에 있다는 걸 알았어요."

계곡 아래쪽으로 지프차를 타고 2시간을 갔다(우리가 협곡 근처에 도착했을 때는 오후 4시 반이었다). 우리는 우연히 맞은편에서 달려오는 마수드의 자동차를 만났다. 마수드는 차를 세웠다. 메라부딘이 운전기사와 마수드와 몇 마디 말을 교환했다. 그들이 무슨 말을 하는지는 들리지 않았다. 대화는 짧았다. 메라부딘이 고개를 차 안으로 들이밀더니, 우리 차 운전사에게 오던 길로 돌아가자고 했다. 그의 얼굴은 환하면서도 동시에 수수께끼 같은 표정이었다.

"대장님이 함께 가자고 했어요. 공격이 시작될 참이래요."

우리를 어디로 데려간단 말인가? 메라부딘 자신도 그건 몰랐다. 우리는 길을 거슬러서 10분을 달려갔고, 이윽고 차들은 멈추어 섰다. 대원 몇 명이 마수드와 함께 있었다. 무선통신 기사, 쿠나르 계곡의 사령관인 잔 다드 칸, 그리고 경호원인 두 명의 무자헤딘이었는데, 그 중 하나는 손에 위성전화기를 들고 있었다. 또한 마수드가 군사작전을 어떻게 펼치는지 보여 주려고 데려온 파쉬툰 사령관도 있었다.

우리는 강을 건넜다. 등나무 가지로 골조를 대고 그 위에 자갈을 깔아 만든 다리를 건너갔는데, 차량이 통과하기에는 너무 비좁았다. 메라부딘은 저 멀리 강 건너편에서 자동차 한 대가 기다리고 있어서, 마수드의 비밀 사령부가 있는 좀 더 고지대의 어딘가로 우리를 데려다줄 거라고 했다. 그곳에서 마수드는 1996년 10월에 탈레반과 당당히 대적했었다. 그리고 이제는 공격명령을 내리게 될 것이다.

샤말리 고원에는 집 안에서, 텃밭에서, 벽면 안에서, 참호 속에서 숨은 채, 이제나 저제나 명령이 떨어지기만을 기다리는 수천 명의 전사들이 있었다. 이미 사흘 전부터 이들은 탈레반 전선의 공략에 나설 만큼 충분히 많은 병력이 되어 있었다. 어떤 좋지 않은 이유로 인해 모든 것이 취소되어 버릴까봐 전전긍긍하는 수천 명의 사람들이었다. 사흘은 길었다. 흥분이 마침내 두려움으로 이어지게 될 운명의 순간을 끊임없이 연기한 24시간이 3차례나 있은 후였다. 이제는 마침내 행동이 기다림과 생각의 고통을 지워주게 될 순간이었다.

강을 건너고 나서, 예기치 못한 문제에 봉착해 있는 마수드와 그 일행을 다시 만났다. 오기로 약속되어 있던 차가 오지 않았다는 것이었다. 강 건너에는 분명히 세 명의 무자헤딘이 있었지만, 그들도 차에 대해서는 전혀 아는 바가 없었다. 시킨 일을 안 하고 있다가 들킨 꼬마들처럼 그들은 마수드의 갑작스러운 출현에 놀라 옷매무새를 바로잡았다. 자동차가 없었다. 과연 아프가니스탄이었다.

이웃 카라르가 마을에 메시지를 보내는 동안, 강을 건너서 트럭으로 자동차를 끌어오는 시도를 해보기로 했다. 시간이 흘러갔다. 하늘이 붉은 황토 빛으로 물들었다. 마수드는 기도를 올리기 위해 한적한 곳을 찾아갔다. 멀어지는 그의 모습이 보였다. 나는 카메스코프 카메라의 테이프를 갈아 끼웠다. 베르트랑이 마수드와 함께 떠났다. 그들이 보였다. 나는 기도하는 모습을 바라보았다. 이윽고 마수드가 바위 위에 걸터 앉았다. 그가 우리가 있는 곳으로 올 거라고 메라부딘이 말했다. 메라부딘은 새로운 소식이 있는지 알아보러 갔다. 그리고 5분 후에는 베르트랑과 함께 몹시 흥분한 상태로 되돌아왔다.

"자네도 왔어야 하는 건데 말야. 내가 손짓을 했는데 못 보더군. 아주 놀라운 장면이 있었어. 한 늙은 농부가 충고를 해달라고 아들을 데리고 마수드를 만나러 왔어. 아버지가 며느리 감으로 어떤 여자를 골랐는데, 아들은 다른 여자와 결혼하겠다면서 아버지 말을 듣지 않는다는 거야. 그 여자를 사랑한다는 거지. 농부는 아들이 정신을 좀 차리게 해달라고 마수드에게 청하더군. 그랬더니 마수드는 빙그레 웃더니, 누구나 마음이 가리키는 길을 따라가야 한다고 대답하더라니까."

그렇다. 나는 그곳에 있어서 촬영을 했어야 했다. 이런 식으로 필름을 찍다 보면 많은 것을 놓치기도 한다. 많은 무자헤딘에게 마수드는 단지 계급상의 상관일 뿐만이 아니라, 사람들이 두려워하고 복종하는 대장님이었다. 또한 큰형님처럼 인식되기도 했다. 또 어떤 사람들에게는 친밀한 친구이기도 했다.

아닌게 아니라 그 장면을 촬영했으면 좋았을 뻔했다. 하지만 유감스러워하고 있을 시간이 없었다. 마수드가 다가와 우리 앞에 앉았다. 그런데 메라부딘이 주머니에서 내가 쓴 편지를 꺼내는 것이 보였다. 내가 지금은 아마 적기가 아닐지도 모른다는 지적을 겨우 한 참인데, 메라부딘은 벌써 편지를 마수드에게 내밀었다. 마수드는 호기심이 동해서 편지를 받아들었다. 메라부딘은 그가 항상 바빴기 때문에 방해할 수 없었다고 하고는, 그래서 도스툼과 사이야프와 같은 악당들과 의심스러운 동맹을 맺은 일에 관해 내가 몇 가지 질문을 적어 놓았다고 설명했다. 마수드는 편지를 읽었다. 주위에서 대원들이 초조해했다. 이들은 그와 함께 작업을 시작하고 싶어했다. 저기 멀리서, 짐칸에 자동차를 싣고서 강물 위를 천천히 건너오는 트럭이 보였다. 카메라 파인더 안에 이 장면을 잡았다. 그리고서 돌아보니, 마수드는 페이지를 넘기고 있었다. 내 카메라는 편지를 들고 있는 그의 두 손을 좀 더 가까이 촬영했고, 그런 다음에는 화면이 마침내 활짝 웃는 그의 얼굴까지 올라갔다. 언젠가 평화가 찾아오게 되면, 이곳에 내 아이들과 함께 오고 싶다고 써 놓은 추신을 읽었던 것이다. 그는 대답 대신 내 글을 되풀이해 읽었다. 무선통신 기사가 방금 질문을 했기 때문에 난처해진 메라부딘은 잠시 시간차를 두었다가 통역을 했다. 그랬다. 지금은 정말이지 그럴 때가 아니었다. 게다가 트럭의 타이어가 방금 강둑에 걸렸다고 했다. 마수드는 홍차를 한 모금 마시고는 한때 소련군과 게릴라전을 벌이던 시절에 있었던 일화가 생각난다고 했다. 1983년에 그곳에서 소련군과 휴전협정을 맺었을 때의 일이었다. 소련군은 선의의 표시로 바로 저곳에, 강 건너편인 아나바에다 병력 300명 규모의 주둔지를 설치하겠다고 요구하더라는 것이었다. 그러더니 마수드는 손가락으로 그 장소를 가리키며 이야기했다.

"동지 하나가 '저쪽에 샘이 있어요'라고 하더군요. 우리는 강을 건너고 산을 기어오르기 시작했어요. 1시간을 걷고 났더니, 이 친구가 '좀 더 높이 가야 해요' 하더군요. 2시간이 지나서 내가 물었지요. '아니 대체 자네가 말하는 물은 어디에 있단 말이야?' '좀 더 올라 가야 해요!' 사실은 물이 한 방울도 없었어요. 샘은 고갈되어 있었거든요. 산꼭대기에서 우리는 목이 타 죽는 줄 알았어요. 새벽녘이 되어서야 샘을 하나 찾아냈지요."

방금 자동차가 트럭의 짐칸에서 내려진 참이었다. 기중기가 없었기 때문에 어려움이 없지 않았다. 역시 아프간 방식으로, 운전기사가 돌과 흙으로 만든 천연 난간을 이용했다. 차량의 무게 때문에 그 전체가 와르르 무너질 뻔했다. 우여곡절 끝에 모두들 차에 올라탔다. 경호원들은 트럭 짐칸에, 우리는 지프차 뒷좌석에, 마수드는 운전기사 오른쪽에 앉았다. 조용했다. 우리는 구불구불한 도로를 따라 올라갔다. 탈레반이 판지시르를 공격했을 때 특별히 건설한 도로였다. 메라부딘의 설명에 따르면, 이 도로는 산 정상에 있는 전선으로 대포와 탱크를 올려보내는 데 사용되었다고 한다.

연보랏빛 색조로 물든 어둠이 내렸다. 나는 내 편지, 내 질문들, 임박한 대규모 공격을 생각했다. 내 편지는 아무래도 상관없었다. 개인적으로, 나는 왜 마수드가 서방세계의 지원을 받아들이지 않고 있는지 여전히 이해가 되지 않았다.

제20장

주사위는 던져졌다

멀리 맞은편에서 카불이 졸고 있는 샤말리 고원 앞에서, 마수드가 입을 다문 채 서 있었다. 이곳은 고도가 거의 해발 3,000미터였다. 그는 어스름 보름달이 비춰주는 어둠 속을 응시하고 있었다. 때는 1997년 7월 16일, 시간은 밤 11시였다. 이곳 산꼭대기에는 진지가 정비되어 있었다. 허공을 향한 탱크 몇 대의 대포가 바그람 공항과 샤리카르 시 방향을 가리키고 있었다. 아래쪽의 고원은 '순수' 이슬람의 수호자들에 의해 점령된 곳이었다. 그들은 아프가니스탄에 평화를 회복하겠다고 주장했는데, 그들의 광신적인 행동은 급기야 그곳 주민들의 증오감을 불러일으키고 있었다. 그렇지만 저 고지대에서는 아직 모든 것이 너무나도 고요했다.

진지로만 통하는 도로의 끝에 도달하자, 마수드는 돌로 지은 양치기의 오두막집으로 들어갔다. 이 오두막집은 산 아래쪽에 고원으로 내려가는 비탈의 반대쪽에 지어져 있었다. 혹시 있을지도 모르는 적군 포병대의 반격으로부터 안전한 곳이었다. 저녁 먹을 시간이었지만, 마수드가 무선통신과 전화 통화를 하는 시간이기도 했다. 하나밖에 없는 압축

가스램프의 조명 아래서, 양탄자 위에 깔아놓은 식탁보를 중심으로 둘러앉아, 어디에서 왔는지 모르는 요리사가 마련한 음식을 먹었다. 메뉴는 이웃 마을에서 가져온 양고기 스튜, 야쿠르트, 쌀밥 등으로 구성되어 있었다. 그리고 과일과 홍차와 빵도 나왔다. 그들은 우리를 위해서 마분지 우유통 속에 두 잔의 망고 주스도 내왔다. 마수드는 무기를 제공하는 사람들만큼이나 다양한 상대들과 끊임없이 전화 통화를 했는데, 무기가 부족하다는 불평이 대부분인 것 같았다. 하지만 마수드는 이번이 그들의 배신과 비겁함을 만회할 마지막 기회라고 오랫 동안 이야기하면서 반탈레반이라는 대의명분에 가담하도록 사람들을 설득했다. 이번 기회를 잃지 말라고 당부했다. 마수드는 또한 미래를 위해, 그리고 카불을 장악하기 위해 반드시 필요한 열쇠라고 할 수 있는 내각구성작업을 하고 있다는 사람들과도 대화를 나누었다. 카불에 입성한다고 해서 그걸로 다 되는 게 아니라, 프로그램을 가지고 그곳에 머무를 수 있어야 했기 때문이다. 이번에도 역시 모든 것은 앞으로의 행동 여하에 따라 어찌될지 두고 볼 일이었다.

메라부딘은 장거리 전화가 걸리는 시간 동안 조용한 틈을 타서, 우리가 카불 사태 이후 제거되었다고 생각했던 한 역사적 인물과 마수드가 나눈 비교적 놀라운 통화내용을 우리에게 통역해 주었다. 헤크마티야르가 제거되었다는 생각은 우리의 순전한 착각이었다.

메라부딘이 수군거렸다.

“헤크마티야르는 만일 장차 내각에서 국무총리직을 보장해주지 않는다면 자기 사령관들에게 탈레반 쪽으로 넘어가라는 명령을 내리겠다고 마수드 대장님을 협박하고 있어요.”

나는 분개했다. 마수드는 가타부타 말이 없었다. 실질적으로는 헤크마티야르의 부하들이 이미 탈레반의 대열에 들어가 있다는 것을 알고 있던 터였다.

“그 악당이 전쟁을 계속한단 말이지!”

메라부딘이 마수드에게 통역을 했고, 마수드는 내 말을 알아들었지만, 여전히 말이 없었다.

나는 메라부딘을 촬영하며 말했다.

“서방세계에서 이런 일을 이해할 사람은 아무도 없을 거야.”

가엾은 아프가니스탄!

저녁식사는 계속되었다. 의사가 없다고, 메라부딘이 우리에게 알려주었다. 대규모 공격이 시작되면 사망자와 부상자가 생겨날 텐데 사망자 수를 줄여줄 의사가 없었다. 카불에서 무자헤딘이 실패한 이후로, 비정부기구들은 주로 탈레반 통제권에 들어가 있는 지대에서 활동했다. 그렇게 해서 비정부기구가 잘랄라바드에는 18개가 있었고, 칸다하르에도 그 정도 있었다. 하지만 파르완 카피사프에는 한 개도 없었으며 바미얀에 2~3개가 있을 뿐이었다.

나는 마수드의 위성전화기를 빌려 ‘국경없는의사회’에 전화를 걸었다. 9년 전에, 그들 의사들이 하는 활동에 관한 「마음으로, 몸으로, 외침으로」라는 필름을 프레데릭 라퐁과 함께 제작한 일이 있었기 때문에 나는 그들을 잘 알았다. 나는 비록 인도주의자들이 비극의 현장에서 또 다른 주역을 맡고 있는 기자들을 생각하는 방식을 별로 좋아하지는 않았지만, 이 필름은 나에게 소중한 한 자리를 차지하는 필름이었다.

마수드의 오두막집에서 내가 통화한 브리지트 바세는 내가 존경하고 찬미해 마지않는 선배 가운데 한 사람이었다. 그녀는 사태가 시급하다는 것을 이해해 주었고, 내 말을 믿어 주었다. 나는 내가 할 수 있는 일은 다 했다. 나중에는, 처음으로 판지시르 주민들에게 의료지원을 해주기 시작했던 국제의료지원단에도 전화를 걸었다. 그들은 나중에 와주었다. 너무나 나중에. 그러나 틀림없이 와주긴 했다.

밤 11시 30분. 아래쪽 여기저기서 작은 불빛들이 생겨나 갑자기 어둠이 흐려졌다. 마수드의 요원들이 몇 시간 후에 포병대가 파괴하게 될 목표물들을 표시할 수 있도록 돕고 있었다. 날이 서늘했다. 바람은 없었다. 이곳의 모든 것이 숨을 죽이고 있는 것 같았다. 아주 짧은 시간 동안, 마수드는 공기를 들이 마셨고, 신선한 밤바람을 쏘였고, 칠흑 같은 고원을 응시했다. 그리고는 오두막집으로 돌아갔다. 책임감과 권위, 의혹과 온갖 계산 때문에 마수드는 다시 한번 외로웠고 긴장했다. 대원들에 대해 권위를 갖고 있기는 했지만, 그는 언제나 그것을 자제하기 위해 애썼다. 카불로 진군하려면 도처에 함정이 깔려 있는 경로를 따라 갈 수밖에 없었다. 일단 카불에 도착하면 대원들이 멋대로 행동하도록 방임해서는 안되고, 중화기들을 몰수해야 하며, 탈레반에 대한 주민들의 증오감을 억제시켜야 한다. 무슨 일이라도 일어날 수 있었다. 최악의 사태까지도. 이점을 마수드는 너무나도 잘 알고 있었다.

그날 오후, 북부에서 도착한 트럭들에는 포탄과 로켓포와 총탄 등 마지막 화물이 실려 있었다. 이제는 사흘간 전투를 벌여도 좋을 만큼 충분한 양이 되었다. 그 다음에는 전리품과 탈레반의 무기 저장고 그리고 신의 은총에 기대를 걸어야 할 것이다. '인샬라!' 마수드는 마침내 다민족국가인 아프가니스탄을 통치할 의지를 갖고 있을까? 그가 평화를 정착시키기를 원한다면 그래야 할 텐데…….

이 방대한 프로그램은 현재 타지크족, 우즈베크족, 하자라족과 파쉬툰족 등의 동맹군인 '연합전선'이 지니고 있었다. 마수드는 탈레반이 패배하고 나면 이 프로그램에 탈레반도 가담시킬 생각이었다. 하지만 모든 것은 두고 볼 일이었다. 내일이면 마수드는 갖고 있는 판돈을 몽땅 거는 한 바탕의 도박을 벌일 참이었다. 시합이 끝나 가는 권투선수처럼 전투에다 마지막 힘까지 다 쏟아부어 자신을 내맡길 참이었다. 또한 마수드는 자신이 카불 주민에게 신뢰를 상실했다는 것을 잘 알고 있었으며, 그것을 슬프게 생각했다. 그는 오직 평화만을 꿈꾸고 있는데도, 남들은 그를 전쟁하는 사람으로만 보았다. 상황은 그를 끊임없이 대포 뒤로 끌어다 놓았다. 이따금 선전자 노릇을 하는 나임은 카불 사람들이 요즘 "탈레반보다는 마수드의 개가 100배 더 낫다"고 말한다고 주장했다. 하지만 아무래도 상관없었다. 이제 그런 것은 더 이상 중요하지 않았다. 결정이 내려졌으니까.

탈레반 역시 그들의 '평화론자적인 행동'을 둘러쌌던 후광을 오래지 않아 상실해 버린 후였다. 칼라슈니코프를 드는 것 외에는 아무것도 할 줄을 모르는 사람들을, 전쟁에 미친 자들을 무장해제시키고서 손에 코란을 들고 남부의 여러 지방을 돌아다님으로써, 승려이자 병사라는 이미지를 갖고 있었는데도 말이다. 탈레반은 타인에 대한 존중과 아량을 보여 주었어야 했는데 그렇게 하지 못했다. 6개월 전부터 탈레반군이 점령한 샤말리 고원의 여러 지역에서는 탈레반이 주민들에게 저지른 약탈행위들 때문에 끊임없는 저항의 바람이 일고 있었다. 전하는 말로는 여자들이 강간을 당했고, 남자와 여자들이 두들겨 맞았으며, 많은 사람들이 실종되었고, 재산이 몰수당했고, 음악과 텔레비전을 금지하고 심지어 여성들에게 흰색 바지와 흰색 신발조차 금지하는 등 상식을 벗어난 포고령이 내려졌다고 한다. 흰색이 탈레반 깃발의 색깔이라는 것이 이유였는데, 흰 바지와 신발은 탈레반 깃발을 짓밟는다는 것을 의미한다는 주장이었다. 이 모든 것이 17살에서 20살 사이의 철부지 광신도들에 의해 강요된 것이었다. 국제사면위원회가 발표한 탈레반에 대한 최근 보고서를 보면 마수드의 측근이 우리에게 얘기해 준 내

용보다도 훨씬 더 기가 막혔다. 손톱에 매니큐어를 칠한 여성이 엄지손가락을 잘렸고, 여성들이 다양한 색깔의 옷을 입는 '물라'들과 상반되는 짙은 색깔의 옷을 입어야 한다는 규칙을 준수하지 않았다는 이유로 매를 맞았으며, 간통행위를 저질렀다는 이유로 돌에 맞아 죽는 형벌을 받았다는 사실이 내용에 포함되어 있었다. 일부 사람들의 주장과는 달리, 이건 소수 광신도들에게서 나오는 실수가 아니었다. 보고서에는 이러한 "잔인하고 비인간적이고 타락한 규칙들은 탈레반의 입지가 견고해졌다고 해서 절대로 완화되지 않았다. 오히려 그 반대현상이 발생했다"라고 명확하게 밝혀져 있다.

베르트랑과 더불어 나는 모든 것이 뒤집힐 수 있는 역사의 순간에 이곳에 있을 수 있게 되었으니 엄청난 행운아들이라는 생각이 들었다. 메라부딘의 말대로 오늘밤은 역사적인 밤이었다. 우리의 행운이 아직도 믿어지지가 않았다. 밤의 고요 속에서도 우리는 잠을 이룰 수가 없었다. 지금은 또한 이야기를 나눌 시간이기도 했다.

우리와 함께 별을 바라보던 사령관이 한숨을 토해내며 마치 후렴처럼 되풀이해 말했다.

"미국인들이 무슨 게임을 하는 건지 도무지 이해할 수가 없어요. 그들은 파키스탄 비밀정보기관을 통해서 아프가니스탄을 배후조종하고 있어요. 우리는 미국의 우방이 되기를 원하지만, 그건 직접적인 방법을 통해서이지 파키스탄 사람들을 통해서가 아니에요. 미국인들은 한편으로는 공개적으로 평화를 호소하고 외국의 간섭에 종지부를 찍어야 한다고 주장하면서, 다른 한편으로는 비밀리에 요원들을 시켜 파키스탄 군인들을 양성하고, 파키스탄 군인들은 탈레반을 통솔하고 있어요."

그의 말에 따르면, 퇴역한 미군들로 이루어진 '민간인' 용병들이 지휘하는 탈레반 훈련캠프가 파키스탄의 퀘타 인근에 있다고 한다. 나는 이와 비슷한 경우를 이미 크로아티아나 부룬디에서도 본 적이 있었다. 이 문제에 관해서 많은 '비틀린 행위들'과 배신행위들을 알고 있는 정보수집가인 나임의 설명이 기억난다. 그의 견해로는, 미국인들에게는 목적이 있었다.

"그 지역에서 영국인들의 뒤를 이어 비즈니스를 하는 거예요. 미국인들은 아프간 민족이 어떻게 되든지 따위는 안중에도 없습니다. 자기들의 이득만을 생각해요."

미국인들의 이득이란 바로 아프간 서부 사막을 가로질러 투르크메니스탄과 파키스탄 해안을 연결하도록 되어 있는 저 유명한 송유관 건설계획이다.

"CIA는 미국에서 ISI 간부들을 양성했고, 그 간부들을 마치 자기네 동료들처럼 생각해요. 소련군이 아프가니스탄을 침공한 후로, ISI는 끊임없이 우리나라의 운명에 개입했습니다. 미국이 제공한 군사적 원조의 80퍼센트를 극단주의자인 굴부딘 헤크마티야르에게 넘겨준 자들도 그들이었어요. 권력에 굶주린 평화의 적 헤크마티야르는 저장된 로켓포를 러시아군과 싸우는 일에 사용하지 않았어요. 그는 무기를 그대로 두고 있다가, 1992년과 1993년에 카불을 파괴하고 개인적으로 권력을 추구하는 데에다 썼어요. 그래서 마수드 대장님이 끊임없이 전쟁을 하지 않을 수가 없는 겁니다."

이 모든 것은 우리도 이미 아는 사실이었다. 나임의 이야기가 단조로운 후렴처럼 들렸다. 그렇지만 모알렘 나임의 말은 모든 상황을 간단히 정리해 주고 있었다.

"아프간 사람들은 평화주의자들이에요. 그렇고 말고요. 아프간 사람들이 직면한 비극이라면 바로 외부의 간섭이에요. CIA와 ISI는 러시아군과 헤크마티야르를 서로 충돌하게 만들었어요. 공산주의와 이슬람 극단주의를 충돌시킨 거지요. 미국인들은 그것이 소련군에 피해를 입히는 최선의 카드라고 생각했어요. 파키스탄 사람들이 끊임없이 미국인들에게 그렇게 설명을 했거든요. 하지만 우리가 카불에 도착하고 난 뒤의 상황은 전혀 그들이 바라던 대로 진행되지 않았지요. 해방자는 헤크마티야르가 아니라 마수드 대장님이었거든요. 게다가 파키스탄 사람들은 가뜩이나 마수드를 싫어했어요. 무엇으로도 매수할 수 없는 보기 드문 지도자였으니까요. 헤크마티야르는 전쟁 범죄자입니다. 카불이 파괴된 것은 대부분이 그자의 작품이에요. 우리는 그자와 맞서 싸웠어요. 전쟁 동안 카불이 불타버린 것은 그자 때문입니다. 전쟁을 존재하게 만드는 역겨운 역학관계를 전혀 이해하지 못한 채, 국제여론은 그저 전쟁이 나고 있다는 것만 알고 있을 뿐인데, 그것도 다 헤크마티야르 때문이에요. 우리가 헤크마티야르와 싸우면서 동시에 테헤란의 지원을 받는 '와다트' 당의 시아파 교도들과도 싸웠다는 것을 미국인들은 잊고 있어요. 그 전투에서 미국인들은 왜 우리를 돕지 않았느냐고요? 그것은 마수드가 위험한 인물이라고 ISI가 귀에 못이 박히도록 미국 국무성에 설명해 놓았기 때문이지요. 아프가니스탄에 대해 하나도 아는게 없는 미국인들은 무턱대고 그들의 말을 믿고 있어요. 미국인들은 탈레반이 독재체제를 구축해도 개의치 않아요. 오히려 그것이 이슬람 전체의 신용을 잃게 만드는 하나의 방법이라고 보고 있어요. 그리고 탈레반은 미국의 달러가 필요해서 투르크메니스탄과 파키스탄 사이의 송유관을 건설하게 내버려두기 때문에, 이 모든 이해관계가 서로 맞아 떨어지는 거예요."

1989년에 우리가 촬영한 적 있는 백러시아 병사는 '행운의 사나이 마수드'라는 말을 했었다. 유누스 콰누니의 설명에 따르면, 그의 적들이 끊임없이 그의 이미지를 손상시켰다고 했었다. 무자헤딘이 카불에 입성한 지 두 달 후에 마수드가 랍바니 정부에서 나왔다는 사실에 주목한 외국 관측자는 거의 없었다. 마수드는 권력을 원하지 않았다. 그래서 도시를 수호하는 군사적 임무를 맡았다. 마수드는 그 대가를 지금까지 톡톡히 치르고 있었다. 여러 파당들과의 싸움 때문에 매번 떠나 버릴 수가 없었기 때문인데도 말이다.

카불에서 4년을 허비한 것, 이것이 폐허가 된 수도 카불에서 무자헤딘이 존재했던 일의 총결산이었다. 지금 그 결과는 무거웠다.

"우리를 도와주는 사람은 하나도 없어요. 주민들은 이제 전쟁 외에는 아는 게 없어요. 그리고 외국에서 공부한 아프간 사람들은 끊임없이 평화가 정착되는 것을 방해하는 온갖 분쟁들 때문에 조국을 재건하러 돌아오지를 않고 있고요."

이 산 위에서 나는 매우 불완전한 장기판의 자료들을 요약해 보았다. 사우디아라비아의 역할도 역시 이해할 수 없었다. 아랍어를 구사하고 이미 사우디아라비아에 가본 적도 있는 콰누니로서도 이해할 수 없기는 마찬가지였다. 하지만 콰누니는 마수드가 이제 진정으로 정치적인 책임을 맡을 때가 왔다는 확신을 갖고 있었다. 행운의 사나이 마수드는 과연 정치인 마수드가 될 것인가? 과연 두 번째로 무대에 등장하는 일이 성공할 수 있을 것인가?

제21장

아직도 포성은 울린다

1997년 7월 14일 새벽 2시. 샤말리 고원을 굽어보고 있는 산맥의 능선 너머로 달이 자취를 감추었다. 별빛이 한 가지 보기 드문 장면을 비추어 주고 있었다. 마수드가 담요를 휘감고 동상 받침돌 비슷한 커다란 돌 위에서 잠을 자고 있는 장면이었다. 주변에서 대원들은 그를 깨우지 않기 위해 조심조심 움직였다. 말을 할 때에도 서로 소곤거렸다. 이제 목표는 분명하게 설정되었다. 관용적이고 민주적이며 독립적인 국가 아프가니스탄을 세우는 일이었다. 아프가니스탄의 적인 외국인들만 빼고는 이제 더 이상 아무도 원하지 않는다고 생각되는 탈레반의 광기와는 반대되는 일을 하는 것이었다.

새벽 4시. 아직 자고 있던 모든 사람들이 대포소리에 깜짝 놀라 잠에서 깨어났다. 마수드는 계속해서 휴식을 취하고 있었다. 마치 전투가 시작되기 전에 잠을 자는 보나파르트 나폴레옹 같았다. 떠오르는 아침 햇살과 함께 시작되는 이것이 과연 평화를 위한 마지막 전쟁이 될 것인가? 나는 이들이 성공하기를 간절히 바랐다.

탈레반 진지 방향에서 폭탄을 발사하는 소리가 커졌다. 슝슝 소리를 내며 멀리 날아가서 폭발을 하는 포탄소리 정도는 이제 들리지도 않았다.

"시작됐군."

쌍안경으로 보아도 소용이 없었다. 아무것도 보이지 않았다.

새벽 4시 30분. 이제 마수드는 아까 그 큰 돌 위에 앉아 있었다. 부관이 담요를 개고 마수드에게 지도를 갖다 주었다. 무선통신 기사가 부대의 진군상태를 체크했다. 탈레반의 전선은 바그람 공항에서부터 샤리카르 시까지 펼쳐졌다.

아침 6시 40분. 무선통신을 통해서 마수드는 계획의 절반이 실현되었다는 것을 알았다. 좌측 부대가 바그람을 해방시켰다. 대원들의 얼굴에서 안도감이 읽혀졌다. 마수드는 소식을 전하고 새 군수품을 요청하기 위해 사령부로 돌아왔다. 로켓, 포탄, 그리고 탄약이 필요했다. 최대한으로 압박을 강화해야 했다. 돌파구가 생긴 틈을 이용해야 했다. 마수드는 랍바니에게 전화를 걸었다. 이 교수님은 여러 나라의 수도들을 돌아다니면서 스스로 위대한 정치를 하고 있다고 믿는 자였다. 마수드는 긴급한 상황이니 바다르샨 지방의 전사 600명을 파견하라고 랍바니에게 지시했다. 나는 통화하는 장면을 촬영했다. 전투에 몰입해 있는 마수드의 눈에는 내가 보이지 않았다. 마수드는 무선통신 송신기의 마이크를 내려놓고, 대신 위성전화기를 들었다. 그리고 작전이 시작된 북부 쿤두즈 쪽 전선의 활동상황을 점검했다. 나는 촬영을 계속했다. 그가 말했다.

"그 쪽에서 '바바'와 몇몇 사람들이 지휘하는 지원군이 조직되고 있네."

상대의 코먹은 소리가 들렸다.

"잘 알았습니다. 다른 내용이 있습니까?"

"적군은 손실이 큰가? "

"그렇습니다."

"여기 상황은 양호하네. 걱정할 게 없어. 하지만, 다른 지대는 물자가 부족해. 그래서 칼라슈니코프를 보내줬네. 그쪽에 로켓포를 제공해 줄 수 있겠나?"

"네, 그렇게 하겠습니다."

"잘됐군. 축하하네. 의지가 그렇게 강하면, 산이라도 옮길 수 있네. 자금과 군수품을 보내 주겠네. 2개 부대를 준비시키게. 하나는 예비부대, 하나는 공격부대로."

한 시퀀스가 끝났다. 마수드는 긴장을 풀기 위해 오랫동안 고개를 숙인 채 눈을 비볐다. 1987년에 촬영했던 축구게임이 생각났다. 마수드는 동료들과 함께 웃어댔다. 시합은 어린애들처럼 순진하기 짝이 없었다. 상대의 골문을 지키는 무자헤딘이 여러 벌의 윗도리로 표시해 놓은 골문 공간을 축소시켜 놓는 속임수를 썼다. 골키퍼의 이름은 더 이상 기억나지 않았다. 메라부딘이 그가 죽었다고 말해 주었다. 웬만 해서는 당황하지 않던 쾌활한 거구의 사나이였다. 키가 작고 약한 어떤 자의 칼라슈니코프 총탄 하나가 세상의 무대에서 그를 지워 버렸다.

오후에 우리는 샤말리 고원에 있는 전사들과 합류했다. 샤리카르 시가 무자헤딘의 손에 들어왔다. 굴바하르 어귀에는 개미 새끼 한 마리 없었다. 우리는 대포소리를 따라 자발 우스 사라지 쪽으로 향했다.

자전거를 타는 어린이, 빵과 사탕을 파는 구멍가게 등 계속되는 일상생활과 한바탕 휩쓸고 지나가는 전쟁이 뒤섞인 모습은 종군기자들이 흔히 묘사하는 이상야릇한 광경이 아닐 수 없었다.

다리란 다리는 전부 지난 해 9월 무자헤딘이 퇴각할 때 파괴해 버린 터였다. 따라서 지프차 여행도 끝이 났다. 우리는 자발 우스 사라지 시의 중심부를 관통하는 급류를 걸어서 건넜다. 바깥에는 지뢰가 깔려 있을지 모르니 샛길의 자취를 벗어나지 말라고 메라부딘이 일러주었다. 아마눌라 칸의 아버지인 하비불라 칸의 여름궁전으로 쓰였던 궁전은 서구식으로 지어진 19세기의 작은 호화별장이라고 할 수 있었지만, 이제는 작은 솔밭 한가운데서 연기나 폴폴 품어내는 폐허에 지나지 않았다. 직선으로 쭉 뻗은 도로를 따라, 무자헤딘이 열을 지어 전선을 향해 발걸음도 경쾌하게 걸어갔다. 마치 어렵지 않은 훈련을 받으러 떠나는 사람들 같았다. 그들은 자신들의 열망을 우리와 함께 나누고 싶어했다. '카불'이란 말이 그들 모두의 입에서 떠나질 않았다.

나는 촬영을 했다. 머리 위에 군수품 상자를 이고 있는 노파와 같이 보기 드문 몇 가지 장면들도 촬영했다. 마치 크리스마스 트리처럼 탄약통을 매달아 초소를 장식해 놓은 기관총 사수도 촬영했다. 한참 뙤약볕 아래서 걷고 있을 때, 지프차 한 대가 도착했다. 전사들과 우리의 친구 나임이 지프차에서 내렸다. 멀리서 오는 길인 나임은 지쳐 있었지만 행복해 보였다. 그가 전투에서 죽은 탈레반 시신들에게서 탈취한 사우디아라비아 서류들을 웃저고리 주머니에서 꺼냈다. 나는 사우디아라비아 내무부가 발급한 신분증을 촬영했다. 자기네 나라에서 그렇게 먼 곳까지 와서 먼지 구덩이 속에서 죽은 이 가엾은 남자들은 자신들이 누구와 맞서서 그리고 무엇의 이름으로 싸운다고 생각했을까? 이들로 하여금 이곳으로 와서 죽을 수 있도록 만들기 위해서 저들은 이들에게 아프간 사람들을 어떤 식으로 소개했을까? 이 모든 일은 리야드나 이슬라마바드에 있는 미국 대사관의 축복을 받으며 이루어졌을 것이다. ISI나 CIA의 음모자들에 대해서는 더 이상 말할 필요도 없었다. 만약에 이렇게 많은, 이토록 젊은 사망자들만 없었더라면, 이 모든 것은 우스꽝스러운 일이었을 것이다. 이제는 더 이상 카메라 앞에서 주눅들지 않는 나임을 잠시 촬영했다. 나임은 샤리카르 앞에서 몇 시간 전에 죽은 파키스탄 청년의 부모 사진을 비롯하여 몇 가지 자료들을 주머니에서 꺼내 놓았다.

"이게 이 친구의 어머니와 아버지예요."

얼마나 슬픈 일인가.

나는 전선이 어디까지 올라가 있는지 그에게 물었다.

"'인샬라!' 오후 중으로 카불까지 진격이 돼 있을 거예요."

그는 등록번호판이 없어진 소형 픽업 트럭을 가리켰다.

"적군에게서 빼앗은 차량이에요. 원래는 '물라' 야르드 모드의 것이었지요. 그자는 죽었어요."

이렇게 자세한 설명에, 나는 이번에도 역시 놀랄 수밖에 없었다. 아프가니스탄에서는 항상 모두가 서로를 알고 있는 듯한 인상이 들었다. 메라부딘이 나임에게 지금 기분이 어떠냐고 물었다. 다 틀렸다. 나임은 예전처럼 어조가 다시 딱딱해지고 말았다.

"우리는 탈레반의 억압으로부터 민족을 해방시켰습니다. 많은 가족들이 집으로 돌아가고 있어요. 우리가 샤리카르에 들어갔을 때에는 주민이 2퍼센트도 안되었어요. 하지만 이제는 사람들이 돌아오고 있어요. 우리 민족의 기쁨은 우리의 기쁨이기도 합니다. 우리 민족은 자유를 되찾은 겁니다. 우리는 파키스탄 놈들로부터 민족을 구해냈어요. 그렇습니다. 이건 우리에게 큰 기쁨입니다."

우리는 서로 악수를 나누었다. 그가 권해서 우리는 샤리카르에 빨리 가기 위해 소형 픽업 트럭을 빌렸다. 마치 소풍을 나선 것 같았다. 날씨도 좋았고 태양이 빛났다. 포탄을 맞아 속이 드러난 탱크의 잔해들, 우리가 지나가자 자동차를 얻어 타기 위해 그리고 승리를 자축하기 위해 소리를 외치는 무장한 그의 부하들과 함께, 풍경이 열을 지어 지나갔다. 지뢰밭과 잘린 다리들을 우회하느라고 논밭과 급류들을 가로질러 가며 엄청나게 길을 돌았다. 나중에 우리는 죽다가 살아났다는 것을 알았다. 우리가 지나온 지대가 사실은 지뢰밭이었던 것이다. 행운은 군인에게 뿐만 아니라 리포터에게도 중요했다.

당분간은 다시 아스팔트 포장도로를 달렸다. 갑자기 침묵이 흘렀다. 운전기사가 시동을 껐다. 메라부딘이 내리라는 손짓을 했다. 도로 저 끝에는 탈레반 시체 수십 구가 아직도 죽을 때 모습 그대로 있었다. 한 젊은 남자는 두 팔을 교차시킨 채 죽어 있었는데, 죽은 지 겨우 몇 시간밖에 안된 모양이었다. 한 창고 안에서 중상을 입은 포로들이 찌는 듯한 더위 속에서 고통을 겪고 있었다. 탈레반이 버려 두고 달아난 탱크들을 무자헤딘이 재가동시키느라고 분주했다. 그 중 한 대가 엄청난 굉음과 검은 연기와 먼지를 내며 작동되기 시작했다. 의사가 없는데 부상입은 포로들을 어떻게 처리할 것인지 메라부딘에게 물었다.

"먼저 우리측 부상자들을 돌봐야지요. 나중에 가능해지면, 이 사람들은 판지시르 쪽으로 데려가서 다른 포로들과 합류시킬 테고요."

이곳에서 마지막으로 활동한 의사는 6개월 전에 죽었다. 국경없는 의사회 팀이 도착하려면 시간이 필요했다. 무자헤딘은 우선 사상자 수를 추산하는 임무부터 수행하고자 했다. 그것만 해도 한참 시간이 걸릴 것이다. 부상자들은 이제 그들 자신의 방어능력과 군의관이 허용한 붕대에 의지하는 수밖에는 없었다.

다시 길을 나섰다. 이윽고 해방된 도시 샤리카르가 나왔다. 이 도시는 몇 시간 전부터 무자헤딘의 통제권 안에 들어가 있었다. 원래의 주민들은 '인종청소'를 시작한 탈레반에 의해 쫓겨나 있었는데, 탈레반은 그곳에 남부 파쉬툰족을 데려올 셈이었다. 주민들이 떠나지 않을 수 없도록 만들기 위해, 탈레반은 남아있는 대운하(그 운하는 과거에 중국인들이 건설해 놓은 것으로 그 지역 전체에 물을 공급하고 있었다)를 고갈시켜 버렸었다. 일부 주민은 이제 거리를 방황했다. 이들은 무자헤딘을 환영했지만, 여전히 불안해하는 모습이었다. 아이들의 손을 잡고 허리가 휘게 괴나리봇짐을 이고 진 가족들이 벌써부터 산에서 서서히 내려오기 시작했다. 다른 사람들도 뒤따라 내려올 것이다.

도시 중심부의 한 집에 사령부가 설치되었다. 몇몇 방에서는 전투에 기진맥진한 무자헤딘이 바닥에 쓰러져 잠을 잤다. 사령관은 거실에 무선통신기를 설치해 놓았다. 주민들이 사령관에게 와서 하소연을 늘어놓기 시작했다. 이것은 내가 보기에 동양적인 방식이었다. 사령관은 탈레반 치하에서 어떻게 살아남을 수 있었느냐고 하면서 그들의 요구를 거칠지 않게 무시했다. 물이 떨어졌다. 급수 트럭이 물을 실어왔다. 물은 금방 동이 나고 말았다.

지하실에다 포로들을 가둬 놓았다. 우리가 촬영할 수 있도록 무자헤딘은 포로들을 거침없이 꺼내 보여 주었다. 부상당한 포로들도 있었지만, 그들에게나 무자헤딘에게나 해줄 수 있는 일은 하나도 없었다. 이

지대에는, 그리고 판지시르 북부에 이르기까지, 인도주의 기구는 하나도 들어와 있지 않았다. 심지어 대도시 샤리카르도 사정은 마찬가지였다. 의사도 없고 의약품도 없었다. 인도주의자들은 카불과 마자르 에 샤리프에 가 있었다. 국제기구나 '전문가들'과 마찬가지로, 인도주의자들도 지도의 판지시르에다는 가위표를 해 놓고 있었다.

포로들은 자기들이 파키스탄인이라는 사실을 인정했다. 이들은 페르시아어는 전혀 알아듣지 못했고, 겨우 파쉬투어를 하는 정도였다. 그들은 우르두어를 했다. 그들의 신경이 곤두서 있다는 것이 느껴졌지만, 사령관은 우리에게 그들이 가장 안전한 곳이 바로 여기라는 설명을 해주었다. 다른 어느 곳에서도 마찬가지였지만, 샤말리 주민들도 자기들을 죽이고 쫓아내면서 앙갚음을 했던 이 철부지 공상가들에게 당해야만 했던 박해에 치를 떨고 있었기 때문이다. 많은 사람들이 피신하기 위해 들어간 서부의 산 쪽에서, 탈레반은 말 그대로 인간사냥에 착수했었다. 우리는 사령부에서, 그 다음에는 전사들로 미어 터질 듯한 트럭이 지나가는 거리에서 촬영을 하며 하루를 보냈다. 전사들은 자기들을 촬영하는 나를 보자 승리와 신의 영광을 외치기 시작했다.

두 손이 등뒤로 묶인 채 피투성이가 된 한 남자가 흥분한 한 무리의 사람들에 의해 사령부 쪽으로 끌려가는 모습이 보였다. 탈레반 한 명이 주민들에게 린치를 당하다가, 최후의 순간에 살아났다.

아직 유령같은 도시 위에 어둠이 내렸다. 이윽고 전기라도 들어온 듯이 분위기가 밝아졌다. 마수드가 미국제 지프차를 타고 경호원과 함께 도착한 것이다. 이 지프차는 걸프전 동안 볼 수 있던 모델이었다. 사실 걸프전 직후에 두바이에서 구입한 것이었다. 차를 운전하는 사람은 마수드의 운전기사이자 경호원인 모함메드 굴이었다. 이 거구의 사나이는 천성적으로 발이 엄청나게 커서, 판지시르 주민들은 지프차에 '모함메드 굴의 신발'이라는 별명을 붙여 주었다. 단지 이곳에는 '람보' 스티커만 없을 뿐이었다.

하지만 지금은 농담을 하고 있을 때가 아니었다. 마수드가 제일 먼저 취한 조처는 모든 포로들을 밤중에 판지시르로 옮겨 안전한 곳에 보호하라고 지시한 일이었다. 포로들을 교환수단으로 이용할 계획이었다. 그런 다음 회의를 열기 위해 사령관들을 모두 소환했다. 버려진 경시청으로 사람들이 몰려들었다. 30분 사이에 모두가 와 있었다. 기도를 올린 다음 마수드의 요청에 따라 무자헤딘은 그날 하루의 결산을 했다. 나는 촬영을 했지만, 불빛이 너무 약해서 이 시퀀스를 사용할 수 있을지 의심스러웠다. 사람들은 각기 자기가 벌인 전투 이야기를 했다. 탈레반이 급히 도망치다가 버리고 간 탈레반 깃발을 펼쳐 보이기도 했다. 마수드는 말이 없어 보였다. 이러쿵저러쿵 말하고 싶은 마음이 없었다. 일단 말을 시작했을 때는 마치 대원들을 절대 자극해서는 안된다는 듯이, 마치 잠재우기 전에 아이들에게 이야기를 해주듯이, 그의 목소리는 낮고 지쳐 있었다.

"형제 여러분, 여러분이 거둔 모든 성공을 축하합니다. 여러분께 감사를 드립니다. 그리고 우리 모두는 이번에도 역시 우리에게 은총과 은혜를 베풀어주신 전지전능하신 신께 감사를 드려야 합니다. 신께서는 우리에게 우리 민족을 위해 봉사하고 조국을 구원할 새로운 기회를 주셨습니다. 너무나 배타적이고 신과는 너무나 거리가 먼 자들로부터, 그런 압제자들로부터 국민을 구해내는 것보다 더 훌륭한 임무는 존재하지 않습니다. 우리는 자유를 위해 싸우는 것입니다. 우리에게 최악의 상황은 노예로 사는 것입니다. 먹을 것, 마실 것, 입을 것, 잠을 잘 집 등등 모든 것을 가질 수는 있습니다. 그러나 우리에게 긍지가 없다면, 우리가 독립을 하지 못한다면, 그런 것들은 음미할 아무런 가치도 없습니다."

회의가 끝나자 마수드는 거두어들인 무기를 체크하고, 그것들을 사령관들에게 나누어 주도록 했다. 단 소형 픽업 트럭들만은 원래 탈취해낸 사람들에게 돌려주었다. 기름을 구할 수만 있다면 얼마든지 쓸 수 있도록. 하지만 이 곳에서 기름은 희귀하기 그지없는 물건이었다.

그 다음 일은 장갑차들이 엄호하는 가운데 달빛을 받으면서 한참 건설중인 샤리카르 북부의 한 집에서 진행되었다. 그곳에서는 매우 제한된 사람들만 출입이 허용되었다. 물론 우리도 허용되었다. 그러나 불빛 때문에 도무지 촬영할 수가 없었다. 벽면에 걸려 있는 하나밖에 없는 재래식 기름램프 때문에 야릇하고 신비롭고 몽환적인 분위기가 났다. 우리는 지켜보았다. 그게 다였다. 아주 묘한 순간이었다. 국방회의가 열리고 있었다. 그들은 전선에서 겨우 30여 킬로미터 거리에 있는 카불을 공격할 시기를 정하는 일을 놓고 이야기를 나누었다. 사령관들은 현재의 유리한 입장을 이용해 전쟁에 종지부를 찍고 싶은 욕구와 엄청난 피로 사이에서 양분되어 있었다. 결국 군수품 부족문제가 이 문제를 결정지었다. 다음날 저녁이 되기 전에 공격을 감행하는 것은 불가능했다. 반면에 300개의 로켓포만이 50킬로미터의 땅을 재탈환하기 위해 발사되었다.

제22장

승리는 거두었으나 평화는 없다

베르트랑과 나는 전선에 가지 않기로 결정을 내렸다. 파키스탄 영자 신문인 「더 뉴스」지의 기자들이 머지 않아 도착할 터여서 그들에게 자리를 넘겨주기로 했다. 우리로서는 돌아와서 무엇이 이 대규모 공격의 기반이 되는지 설명하는 일이 더 중요해 보였다. 마수드가 변호받아 마땅한 사람이라는 것을, 필요하다면 천번 만번이라도 설명해 주어야 했다. 메라부딘에게 우리의 결정을 알렸다. 그 역시 안도의 한숨을 내쉬었다. 서방세계의 텔레비전에 거의 방영되지도 못할 화면을 찍기 위해 위험을 무릅쓸 필요는 없었다. 우리는 각기 자식들을 생각했다.

새벽 1시경에 마수드는 샤리카르를 떠나 판지시르 계곡으로 향했다.

"내일은 마자르 에 샤리프의 '연합전선'과 함께 정치문제들을 다루어야 해요."

우리는 경호원들의 지프차에 끼어 타는데 성공했다. 차들은 도시를 가로질렀고, 이어서 움직이는 물체라고는 하나도 없는 고원을 가로질렀다. 고원은 어둠 때문에 촬영할 수가 없었다. 급류를 건너다가 우리가 탄 차가 흐르는 강물에 휩쓸렸다. 우리 차 전조등의 불빛을 받으며 우리를 앞서 가던 차 두 대가 강둑 위로 올라서다가 방향을 트는데 실패했던 것이다. 좀 더 멀리 무자헤딘 무리가 있는 곳에서 마수드의 자동차가 멈추어 서는 것이 보였다. 우리 차 전조등이 불빛을 비추어 주었다. 우리는 그들에게 말하고 있는 마수드의 모습을 머릿속에 떠올렸다. 그 사람들 무리가 무기를 들어올리는 것이 보였다. 그들의 고함소리가 들렸다. 우리가 이런 곳에 있다니, 믿을 수가 없었다. 베르트랑과 메라부딘도 입을 다물었다.

30분 후에, 우리는 굴바하르 사령부의 귀뚜라미 소리와 만병초 향내 가득한 한적한 정원에서 홍차를 마시고 있었다. 석유램프 불빛 아래서 마수드는 자신의 전략원칙들을 우리에게 설명해 주었다.

주된 아이디어는 단순하면서도 기발했다. 카불로 가는 도로는 두 개가 나란히 나 있었는데, 하나는 샤리카르를 통과하고 다른 하나는 바그람의 항공기지를 통과했다. 탈레반의 전선은 이 두 도시의 접합부에 있어서, 풍요로운 샤말리 고원의 오아시스와는 차단되어 있었다. 그러니 어떤 도로를 타고 내려가든 두 도시에 있는 저항군의 고립은 강화될 수밖에 없었다. 마수드에게는 또 다른 복안도 있었다. 대원들로 하여금 두 도로 사이에 있는 운하와 담장들로 여기저기 차단된 논밭을 타고 내려가게 한다는 것이었다. 그의 예견은 실제상황과 정확하게 맞아 떨어졌다. 규모가 얼마나 되는지 도무지 추산할 수 없는 이쪽 병력을 접한 탈레반은 중앙통로를 비우고서 본능적으로 샤리카르와 바그람이라는 확실한 지대 쪽으로 후퇴했던 것이다. 그렇게 해서 무자헤딘과 무장한 샤말리 주민들은 남쪽을 통해 두 도시를 빙 돌아서 탈레반의 퇴각로를 차단했다. 이윽고 지원군이 도로를 통해 도착해 적군을 포위했으며, 그런 다음에는 이 두 고립지대를 조여 나갔다. 다시 역사 교사로 돌아간 베르트랑이 지적했다.

"클라우제비츠는 이걸 두고 중력의 중심을 도모한다고 하지. 중심부에다 공격을 집중해서, 각기 다른 병참술을 가진 두 군대의 동맹이 깨어지도록 하는 거야."

마수드는 무적의 사나이였다. 여러 주일이나 걸려서 대규모 공격을 준비하고 거의 한사람 한사람씩 대원들을 배치했다. 병사가 대략 30명쯤 되는 기지 하나 하나가 매우 정확하게 그의 목표를 알고 있었다. 여기에 50 내지 100개의 기지를 곱하면, 이건 굉장히 정밀하게 움직이는 군대가 되었다.

새벽 3시였다. 마수드는 우리를 떠났다. 우리는 빌린 자동차 옆에 남아 있던 아샤의 형을 찾으러 나왔다. 그를 찾지 못한 우리는 강물 근처 좀 더 낮은 곳의 풀밭에 자리를 잡았다. 침낭이 우리의 극단적인 피로를 감싸주었다.

제23장

보도의 비극

엄청난 행운으로, 우리는 아직 살아 있었을 뿐더러, 우리가 잠이 든 곳은 아샤의 형인 오로굴이 이틀 전부터 우리를 기다리고 있는 지프차로부터 겨우 100여 미터 거리였다. 샤말리 고원에서부터 살랑 고개에까지 이르는 도로가 트였기 때문에, 우리는 헬리콥터를 타고 귀환하는 혜택을 누릴 기대는 하지 않았다. 우선 위험이 많이 줄어들어 있었다. 그리고 우리에게는 자동차가 있었으므로 마자르 에 샤리프까지는 7시간 거리였다. 우리에게 문제를 야기시킬 수 있는 무장한 군대들도 사태의 국면을 알고 있을 것이 틀림없었다. 전쟁은 필시 양상이 달라지고 있는 것 같았다.

살랑 도로를 따라 달리던 지프차는 우리를 그리 멀지 않은 곳에 내려주었다. 6개월 전에 무자헤딘이 아직 채 수리도 되지 않은 다리를 폭파시켜 놓은 터였다. 하지만 현재는 모두들 전선에 동원되어 있는 상태였다. 우리는 얼기설기 철근 장선들을 밟고 펄쩍펄쩍 뛰어서 강을 건너야 했다. 강을 건넌 다음에는 약 1킬로미터 정도 마카담 포장도로 위를 걸어야 했다. 길은 가파르게 올라갔다. 아이들은 여기저기서 구한 나무

조각을 가지고 작은 짐수레를 만들었다. 그렇게 해서 마자르 에 샤리프로 가는 몇 안되는 승용차, 트럭, 장거리 버스 등이 있는 주차장까지 짐과 물품들을 운반해주고 돈벌이를 했다. 하지만 그날 아침 우리가 가는 방향으로는 그 아이들에게 맡겨줄 일거리가 없었다. 전투에서 승리했다고 해서 행복한 사람들만 생기는 것은 아니었다. 20여 대의 짐수레가 손님을 기다리고 있었다. 그러나 손님들은 당분간 다른 방향으로, 즉 카불 쪽으로 눈을 돌린 채 숨을 죽이고 있었다. 사람들은 우리가 마치 좀비라도 되는 것처럼 바라보았다. 그들이 우리에게 소식을 물었다. 1시간 후에 우리는 마수드측 대원들의 보급품을 담당한 메라부딘의 동생을 다시 만났다. 그는 우리에게 홍차와 그 유명한 살랑산 치즈를 제공했다. 그리고 마수드가 마자르 에 샤리프에 갈 때 사용하는 승용차를 제공해 주었다. 오늘은 우리에게 행운의 날이었다. 우리는 침낭과 지친 몸을 차에 실었다. 운전기사가 운전을 잘하는 것 같았으므로 일행은 꾸벅꾸벅 졸기 시작했다. 이윽고 차 안의 살인적인 열기에도 불구하고 깊은 잠에 빠지기 시작했다. 공기가 뜨겁게 달구어져 있었다. 우리가 지나고 있는 이 아프가니스탄의 초원은 화덕 속 같았다. 나는 매우 이상한 꿈을 꾸었다. 방금 겪고 난 일들 때문에 강박관념에 시달렸는지, 꿈속에서는 뒤죽박죽 혼란스러운 마음이 여러 잡지에 낼 기사들과 두루뭉실하게 뒤섞여있었다. 이 미치광이들로부터 마수드를 지키기 위해서라도 필름을 꼭 성공시키고 싶다는 생각도 했다.

도로 위를 6시간이나 달리고 나서, 우리는 마자르 에 샤리프에 도착했다. 주변은 여전히 적막하기 그지없었다. '자미아트' 당사에서, 우리는 기사를 쓰기 시작했다. 우리가 목격하고 경험한 내용이 너무나도 중요하게 생각되었기 때문이다.

저 너머로 카불이 잠들어 있는 샤말리 고원 앞에 서서, 마수드가 입을 다물고 있다. 보름달이 비추어 주는 어둠을 응시하고 있다. 흐릿한 어둠, 패배, 동맹, 그리고 악당들과 손잡았던 일들, 이제 임박한 승리…….

베르트랑이 작성하는 기사의 내용은 이랬다.

탈레반은 과연 싸울 줄을 아는 사람들일까? 물론 용기와 전술이 부족한 사람들은 아니다. 절망적인 상황 속에서 오히려 공격에 모든 힘을 집중시키고 있다는 사실이 이를 입증한다. 생각해 보니, 탈레반은 진정한 의미에서 전투를 했던 적이 드물고, 지휘체계도 잘되어 있지 못한 것 같다. 1994년 이후로 갈가리 찢겨진 아프가니스탄에서 탈레반이 놀라운 약진을 보인 것은 우선 경찰의 농간에 기인한 것이다. 그들 뒤에는 수없이 많은 사령관들이 들러붙어 있었다. 이들 사령관들은 말 그대로 전쟁을 좌지우지하는 사람들로서, 농민들을 수탈하고 모욕하며 등쳐먹고 사는데 습관이 들어 있었다. 질서를 회복하고 나자 탈레반은 무기를 거두어들이고 아프가니스탄에서 너무나 많았던 끔찍한 복수와 반목을 제한시켰다. 그들이 사용한 방법 가운데 가장 크게 효과를 본 것은 아이들을 납치해서 칼라슈니코프와 교환하고 나서야 아이를 돌려주는 것이었다. 어린이가 신성하게 여겨지는 이 나라에서 이건 충격적인 일이 아닐 수 없었다. 오늘날에 와서 보면 파쉬툰족이 아닌 사람들만이 무장해제를 당했던 것으로 보인다. 탈레반이 성공한 또 다른 이유는 바로 돈이다. 파키스탄과 사우디아라비아로부터 재정적 지원을 받은 그들은 엄청난 돈을 지불하고서 배신자들을 매수했다. 사령관들이나 그 측근들을 매수함으로써 싸우지도 않고 수많은 전투에서 승리를 거두었다. 그렇게 해서 헤라트가 함락되었다. 자기편 사람들에게서 배신을 당한 이스마엘 칸은 하는 수 없이 이란으로 달아났다가 마자르 에 샤리프로 돌아왔고, 그런 다음에는 또다시 말레크에게 배신을 당해 탈레반에 넘겨졌던 것이다. 당시에는 정보를 확인할 수 없었지만, 헤라트를 함락시키기 위해 사우디아라비아는 3,000만 달러를 그들에게 지원했다고 한다.

그 나머지에 대해서는 탈레반이라는 단체를 어떻게 생각해야 할까? 파쉬툰 출신인 탈레반은 지금껏 그래왔던 것처럼 파쉬툰족이 나라를 지배해야 한다고 주장했다. 탈레반은 세르비아 사람들을 생각나게 하는 인종적 민족주의와, 어쩌면 크메르 루주식으로 부패한 도시들을 정화시키고 싶어하는 농촌 출신의 군사적-종교적 분파를 묘하게 뒤섞어 놓은 양상이었다. 미국인들은 무지로 인해서, 그리고 파키스탄인들은 아프가니스탄인들에 대한 경멸로 인해서, 탈레반의 이러한 반계몽주의가 아프간 사람들에게 좋다고 생각했다. 그러나 아프간 사람들은 생각이 전혀 달랐으며, 외국에서 자신들을 그렇게 미개하다고 생각한다는 것을 어이없어하고 있었다.

현재 아프카니스탄에서는 인종전쟁의 위험이 그 어느 때보다도 더 커져 있었다. 궁지에 몰린 탈레반은 더 이상 주저하지 않고 이번 전쟁을 아프가니스탄의 다른 인종 구성원들에 대한 파쉬툰족의 십자군 전쟁으로 변질시키고 있었다. 마수드가 카불로 진군을 해 나가자, 그들은 하자라족과 타지크족을 닥치는 대로 끌어다가 음산한 풀 에 샤르키 감옥에다 집어 넣었다. 텅 비어 있었던 이 감옥은 단지 파쉬툰족이 아니라는 죄로 수천 명의 카불 사람들이 감금된 강제 수용소로 변해 버렸다. 마수드는 그 누구보다도 더 이러한 위험을 잘 인식하고 있었다. 그래서 동부와 남부의 온건한 파쉬툰족과 수없이 많은 접촉을 갖고 있었다. 마수드로서는 도시를 재탈환하는 일이 급하지 않았다. 마수드는 먼저 탈레반이 패배하리라는 것과 아프간 문제에서 '단일 인종에 의한' 군사적 해결책은 없다는 것을 파키스탄인들과 미국인들에게 증명해 보여 주고 싶어했다. 이것이 순진한 생각이었을까? 탈레반이 승리하고 있을 때에는 개입을 삼가던 워싱턴도 탈레반이 심각한 위기에 처하게 되면 유엔을 움직일 것이라고 마수드는 생각했다. 유엔의 관리 아래서 휴전과 평화를 논의하는 것이 내가 보기에는 좀 더 현실적인 방식인 것 같았다.

지금이 바로 그 시점에 와 있는 상태였다. 탈레반의 광기 어린 모험은 남부 파쉬툰족의 작은 정당으로 축소되어 이슬라마바드 측에나 유리한 상황으로 끝장이 날 공산이 컸다. 파키스탄은 탈레반을 이용하여 자기들이 꿈꾸는 위대한 외교적 쾌거를 이룩하고 자기들이 추구하는 그 유명한 강박관념적 전략의 깊이를 유지할 생각이었다. 하지만 만약 인도와의 분쟁이 터질 경우 그들로서는 이 모든 계획을 다시 뜯어고치지 않을 수 없게 될 것이다. 이제는 그쪽이나 이쪽이나, 참극이 일어날 경우 피해가 어느 정도나 될지 따져 보아야 할 시간이었다. 미국 의회는 CIA의 '사람잡는 선무당들'에게 현재 사태가 과연 어떻게 돌아가고 있는지 따져 물어야 한다. 이슬라마바드는 끊임없이 오류를 저질러 온 ISI라는 국가 안의 국가를 대청소하는 작업을 실시해야 한다. 미국 국무부는 전 세계에다 마약과 테러리즘에 관하여 도덕적 훈계를 늘어 놓는 일을 중지해야 한다. 왜냐하면 세계에서 헤로인을 가장 많이 생산하는 곳이 바로 아프가니스탄의 탈레반이 있는 곳과 파키스탄의 북서부 파쉬툰 지방이기 때문이다. 테러리즘으로 말할 것 같으면, 사우디아라비아의 왕족인 오사마 빈 라덴이 오로지 자신이 증오하는 서방세계를 쳐부술 꿈만 꾸고 있는데, 이자가 바로 탈레반의 거점인 칸다하르에 자리를 잡고 있다는 사실을 지적해 두지 않을 수가 없다. 빈 라덴은 이른바 '자살폭탄 테러리스트들의 가장 든든한 재정 지원자'로서, 소련군이 주둔하던 시절에 무자헤딘과도 전쟁을 벌였던 사람이다. 서방세계 사람들을 끊임없이 악마로 취급하는 '반이교도들'이, 즉 서방세계에 반대하는 아랍인들이 수백 명씩 훈련을 받으러 오는 캠프들에 대해서는 두말할 필요조차 없다.

가스 공급관 문제 때문에 이러한 자가당착이 저질러지고 있다는 사실은 만약 사태가 이토록 비극적이지만 않다면 어처구니없어 보일 수도 있었을 것이다. 카불을 몇 킬로미터 거리에 앞두고 있던 우리는 차라리 슬펐다. 탈레반이든 아니든, 아프간 사람이든 아니든, 무려 19년 전부터 계속 전쟁중인 이 나라에서 포로로 붙잡히거나 신체를 훼손당하거나 죽음을 당한 젊은이들은 엄청난 손실이 아닐 수 없었다.

아프가니스탄은 더러운 때와 숭고함이 뒤섞인 나라다. 아프간 사람들은 러시아군이 물러가고 난 지금 왜 미국인들이 자기들을 물고 늘어지는지 이해할 수가 없었다. 하지만 그들은 항상 자신들의 자유를 수호할 준비가 되어 있었다. 남을 놀리기 좋아하고, 허풍을 잘 떨며, 손님환대에 극진하고, 정신이 나간 사람처럼 용감하며, 일부러 다른 사람의 비위를 거스리기도 하고, 그러면서도 매력만점인 아프간 사람들은 실제로 서방세계나 중동세계의 전문가들이 부여하는 지위보다 더 나은 지위를 차지할 자격이 있는 사람들이었다. 마수드를 비롯한 아프간 사람들이 꿈꾸는 축복받은 날이여, 오라. 그날이 오면, 마침내 그 오랜 동안의 전쟁이 끝나고, 외국인들은 이 나라를 평화 속에 놓아 둘테니.

국제적십자사의 비행기를 기다리는 며칠 동안, 우리는 조바심을 내지 않았다. 이곳에서 벌어지는 일에 관하여, 마수드가 평화의 목소리를 들려줄 이 마지막 기회에 관하여, 우리는 여론에 경종을 울릴 수 있을 만한 글을 썼다. 우리에게 마수드는 단지 전쟁의 사나이만이 아니었다.

프랑스로 귀환하는 일은 아무런 문제없이 진행되었다. 페샤와르를 통해서 귀국했는데, 그곳에서는 파키스탄의 어떤 경찰관도 우리의 필름에 신경 쓰지 않았다. 우리가 아마추어용 카메스코프 카메라를 가져갔던 것은 신중한 처사였다. 등록번호가 적힌 이 소형 카메라는 테크놀로지의 경이였다. 그렇게 해서 마수드와 내 직업을 수호해 주는 물건은 내 호주머니 속에 고이 들어 있었다.

우리는 파리로 돌아왔다. 시간을 낭비하지 않고 우리의 증언을 여러 언론매체에 제안했다. 「르 몽드」지의 브뤼노 필립이 우리를 인터뷰했다. 아프가니스탄에서 수년 동안이나 통신원으로 있었던 그는 우리가 무슨 이야기를 하고 싶어 하는지 제대로 이해해 주었다. 「렉스프레스」지는 마수드의 초상에 관심을 갖고 그것을 발표했다. 「레벤망 뒤 쥬디」지는 우리가 판지시르에 도착하던 날 저녁 비공식적으로 했던 마수드의 인터뷰에 흥미를 보였다. 우리는 또한 장편 다큐멘터리에서 마수드의 대규모 공격과정을 이야기했는데, 「마치」지로부터 거부를 당했다. 우리는 마수드가 매듭지어진 사건이 아니라는 것을 모두에게 알리기 위해 서둘렀다. 내가 찍은 영상들을 짧게 추려서 여러 텔레비전 방송국에 제안했다. 외국인 마수드에 관심이 거의 없던 TF1 방송국은 우리의 제안을 거절했다. 프랑스 2 방송사는 필름을 편집해 뉴스에 방영했지만, 이를 취재한 여기자는 아마 시간이 없었던지 나와 접촉해서 더 많은 정보를 얻어낼 생각을 하지 않았다. 그녀는 카불 사건은 전에도 이미 '취급'한 적이 있다고 말했다. 그리고는, 내게 전화 한 통화만 했어도 좀 더 정확한 보도를 할 수 있었지 않느냐고 내가 화를 냈더니, 자기는 자기가 하는 일을 잘 알고 있다면서, 나더러 편집국장인 줄로 착각하지 말라고 했다. 어쩌면 그녀도 카불에서 벌어지고 있는 일에 대해서는 잘 알고 있었는지 모르지만, 마수드 쪽에 관한 한 이번 대규모 공격의 무대 뒤편을 지켜본 목격자는 오직 나와 베르트랑 뿐이었다. 그런데 그게 다 헛수고가 되고 말았다. 내가 찍은 영상들은 쓸데없는 온갖 뉴스의 소용돌이들 속에 휘말린 채 방송이 되어버리고 난 후였다. 그보다도 더 기가 막힌 일은 그 영상들이 여러 다른 채널에서 다시 다루어졌다는 점이었다. 맨 처음 보도가 부정확했기 때문에, 나는 개인적으로 친분이 있는 여러 사람들에게 열심히 연락을 취했다. 그런데 ARTE 방송사에서 '8과 1/2'이라는 프로그램에다 발췌한 필름 일부를 방영했는데, 이건 완전히 텔레비전 뉴스에서 흔히 보여주는 버전 그대로였다. 내가 가장 좋아하는 채널인 ARTE가 그랬다. 프로그램의 주제에도 온갖 오류들이 잔뜩 끼어 있었다. 마수드가 이란과 미국의 원조에 기대를 걸고 있다는 식으로 나왔다. 실제는 전혀 그렇지가 않은데도 말이다. 이만저만한 실망이 아닐 수 없었다. 나는 흥분하고 분노한 나머지, 나의 반응을 다음과 같이 팩스에 적어 보냈다.

지금까지 미국인들은 아프가니스탄에서 탈레반의 속임수에 말려들어 있습니다. 의심스러운 CIA 사람들이 파키스탄 비밀정보기관(ISI)을 통해서 아프가니스탄에서 탈레반이라는 새로운 비극의 구성원을 탄생시킨 것입니다. 이란의 지원으로 말하자면, 지금까지 이란이 시아파 정당들을 지원하며 아프가니스탄에 간섭을 하고 나설 때면 마수드는 이에 맞서 싸워왔습니다. (……) 우리는 누구나 실수를 저지를 수 있고, 상처받기도 쉬운 사람들입니다. 하지만 동료기자로서, 내가 마음속에 갖고 있는 생각을 표현하지 않을 수가 없군요. 이로써 선생께서 앞으로 다른 영상들을 다루시는 자세가 개선될 수 있다면, 이 편지는 불필요한 것이 아니겠지요.

이렇게 글을 맺었다. 다음날 해설을 담당했던 기자가 내게 전화를 걸어왔다. 그는 내게 사과를 했고, 내게 전화할 시간이 없었다고 설명했다. 시간이 없었다. 그렇다. 이곳에서는 모든 일이 너무 빨리 진행되었다. 이것이 오늘날 보도의 비극이었다. 이제는 더 이상 누구도 기다릴 줄을 몰랐다. 시간이 없다. 촬영을 준비할 시간이 없다. 정보를 확인할 시간이 없다. 올바르게 촬영할 시간이 없다. 보여줄 시간이 없다. 그렇지만, 있었다. 필름에 담지 않았던 내용을 이야기할 시간은 있었다. 사람 사는 것처럼 살아갈 시간이 없을 뿐이었다. 뉴스를 담당하는 기자들은 스트레스를 받고, 피로에 지쳐 있으며, 흔히 가족간의 관계가 원만하지 못했고, 고독했다.

현기증이 나를 사로잡고는 더 이상 놓아 주지 않았다. 16년 전에, 처음 마수드에 관한 필름을 촬영하기 시작했을 때, 나는 카메라를 잡는 일이 과연 의미가 있는 일인지 의문을 품어보지 않았다. 시선이 미치는 곳에 있는 것을 열심히 촬영하면 증언을 쓸모있는 것으로 만들기에 충분하다고 생각했다. 그러나 오늘날의 언론매체에서는 의자에 엉덩이를 붙이고 앉아 있는 해설자가 곧 신탁이다. '스타'이고, 그럴싸한 영웅이다. 최근의 세계사에 관한 이른바 나레이션에 잔뜩 끼어 있는 온갖 부정확한 내용들을 보고서, 나는 어안이 벙벙했다. 저들이 얼마만큼이나 아프가니스탄을 이슬람 테러리즘의 소굴로 만들어 놓았는지 내 눈을 믿을 수가 없었다. 사실은 CIA의 정신나간 조언자들이 지옥의 불을 가지고 장난을 쳤는데 말이다. 미국인들은 헤크마티야르를 지원했고, 마수드를 이슬람 극단주의자로 지적하는 파키스탄의 말을 믿었으며, 파키스탄과 탈레반과 힘을 합쳐서 아프가니스탄을 좌지우지하고 있었다.

그들이 생각하는 아프가니스탄은 내가 겪어본 나라, 내가 사랑한 나라, 그리고 다른 사람들 역시 사랑했기 때문에 나로 하여금 사랑을 발견하게 해주었던 그 나라와는 전혀 비슷하게 생기지도 않은 나라였다.

1992년 4월에 마수드가 카불에 들어섰을 때, 우리는 마수드에게 지원을 해주고 도와줬어야 옳았다. 헤크마티야르라는 졸개가 분란이나 일으키는 자라는 것을 CIA의 전문가들에게 납득시키기 위해 싸웠어야 했다. 이들이 정말로 이란혁명 당시 도움을 주었던 바로 그 '전문가들'이란 말인가? 현기증이 났다. 우리는 민감한 사안을 결정하는 자리에 미치광이들이 앉아 있는 지극히 복잡한 세계에 살고 있었다. 요즘은 여러 시스템이 유기적으로 상호의존하는 관계이기 때문에, 이 시스템들을 개혁하려면 어떻게 해야 하는지 더 이상 알 수가 없어져 버렸다. 그렇다고 해서 십자군 전쟁 시절로 되돌아가는 게 더 낫다고 생각할 서구인들이 과연 얼마나 될까? 뒤집어서 말한다면, 우리의 아름답고 풍요로운 도시에서, 우리의 한적한 교외에서, 우리의 풍요로운 부식토 속에서 머리를 파묻은 채 눈 가리고 아웅하는 '타조정책'(어떤 위험 사태를 없는 것처럼 가장하고 얼버무리는 정책-역주)을 쓰고 있는 회교도들은 또 얼마나 많겠는가?

제24장

눈(雪)과 허무

1997년 12월, 눈이 도로를 뒤덮고 있었다. 우즈베키스탄에서 산 챙 달린 가죽모자를 쓴 아사드가 벌써 5시간 전부터 소형 픽업 트럭을 운전하고 있었다. 그는 방금 스쳐온 위험들 따위는 무시해 버렸고, 집중력을 흩뜨리지 않았다. 체인도 감지 않은 타이어로 대담하고 능숙한 느낌만으로 벼랑을 따라 살랑 고개에 다가가고 있었다. 겨울의 아프가니스탄에 거의 익숙해 있지 않은 우리의 눈앞에 머지않아 터널이 나오게 될 것이다. 그렇지만 우리는 동료가 있다는 것을, 안전하다는 것을 느꼈다. 아사드 같은 기질을 가진 사람과는 어디라도 갈 수 있을 것 같았다. 이건 신뢰의 문제였다. 소련군 점령시기에 그는 마수드의 특별 소식통으로 활약했었다. 그 시기 동안 나는 그와 함께 여행해본 적이 없었다. 하지만 친구들은 그렇게 걸음이 빠르고, 항상 남을 도울 준비가 되어 있으며, 용감할 뿐만 아니라, 사심이 없는 사람은 본 적이 없다고 내게 말해줬다. 보물같은 사나이였다. 나는 나중에, 아프가니스탄 전역에 병원을 설립하는 임무를 띠고 있던 미국의 어느 독립적인 조직에 의해 그가 파견되었을 때 아사드를 알게 되었다. 이 프로그램의 책임자

중 하나가 바로 로랑스 로모니에였고, 그녀는 훗날 로랑스 익스 부인이 되었다. '로랑스 박사' 부부는 페샤와르에서 두 자녀와 함께 살았는데, 1980년대에 남편 폴은 마자르 에 샤리프에서 6개월을 불법체류한 적도 있었다. 나에게 이들은 한 나라와 한 민족에 대한 사랑을 중심으로 모인 가족이나 다름없는 사람들이었다.

무자헤딘이 수도 카불에 입성하고서도 평화를 정착시키지 못하게 되자, 병원설립 프로그램은 백지화되었다. 그래서 아사드는 마수드의 곁으로 돌아왔지만, 그의 최측근이 되지는 않았다. 불성실하고 무례한 아첨꾼들에 비위가 상해서 도무지 참아낼 수가 없었기 때문이다. 아사드는 항상 가난했다. 카불을 점령했을 때, 그는 단 한번도 전리품을 이용하려 해본 적이 없었다. 아사드는 조국이라는 공동체에 대한 자신의 책임과 의무를 너무나도 잘 인식하고 있었다. 그는 언제라도 스스로 자기 내면을 들여다볼 수 있는 정직한 남자였다. 타인에 대한 배려라고는 약에 쓰려 해도 없는 많은 악질들과는 거리가 너무나 먼 사람이었다.

우리는 또다시 파키스탄을 떠나 아프가니스탄에 와 있었다. 그곳 파키스탄에서 메라부딘은 마수드의 위성전화로 그와 접촉을 했었다. 아사드는 두말하지 않고 우리의 부름에 응해주었고, 자동차를 몰고 아프가니스탄 북동부를 가로질러 마자르 에 샤리프까지 우리를 데리러 와 주었다.

나는 아프가니스탄에 다시 돌아오겠다고 했던 약속을 지켰다. 그러나 그곳은 평화롭지가 못했다. 평화와는 거리가 먼 상태였다. 카불은 마수드 대원들의 손에 떨어진 것이 아니었다. '북부동맹'의 국무총리 가푸르자이가 해방수도의 정권창출에 이상적인 내각을 구성해내지 못했던 것이다. 그 후로도 이 일은 결코 해내지 못하게 되고 말았다.

운명이었는지, 불행이었는지, 알라의 뜻이었는지, 혹은 조종사의 미숙한 솜씨 때문이었는지, 벨트를 매지 않고 비행기를 탄 가푸르자이는 사고를 당해 그만 사망하고 말았다. 비행기 착륙장치가 지면에 닿으면서 부서졌던 것이다. 가푸르자이를 비롯한 승객들은 두개골이 으스러진 채 죽었다. 아프가니스탄의 운명에 새로운 정치적 선택을 가져다 줄 수도 있었을 너무나 많은 노력과 희망이 여기서 일시에 스러져 버렸다. 기가 막힌 일이 아닐 수 없었다. 이 무슨 날벼락이란 말인가.

하지만 마수드와 대원들은 이를 용케도 견디어냈다.

대원들이 수도에서 20여 킬로미터 거리까지 진격해 있었을 때, 마수드는 이렇게 말했었다.

"이제 실컷들 카불을 보게나."

하지만 다시 그곳으로 들어갈 때는 아직 오지 않고 있었다.

눈과 안개를 헤치며 달리는 자동차 안에서, 나는 마수드와 다시 만날 일을 생각했다. 그가 답변을 할 수 있도록, 마침내 자신을 토로할 수 있도록, 지난번에 썼던 내 편지의 사본 한장을 갖고서 돌아왔다. 이번 여행에 나와 함께 온 미셸은 처음으로 아프가니스탄을 발견하고 있었다. 베르트랑은 교육부의 자문위원 일로 너무 바빴기 때문에 오지 못했다. 내 소중한 친구 미셸은 17년동안 GIGN(Groupement d' Intervention de la Gendarmerie Nationale. 프랑스 국가 헌병대. 1973년에 창설된 경찰청 산하의 대 테러조정기구-역주) 특수부대원으로 활동했었다. 그러다가 부상을 당해 민간인으로 돌아왔지만, 전에 내가 헬리콥터 탑재 항공모함 '잔 다르크'호의 선상생활에 관해 촬영할 때 나를 동반해 준 친구였다. 우리는 둘 다 당시 선상을 지배하던 정신상태에 혐오감을 느꼈었다.

아프가니스탄에서 나는 진정한 군인들을 만났다. 오페레타에 나오는 꼭두각시들도 아니고, 풀 먹인 것처럼 빳빳하게 예의를 차리고 칵테일이나 즐기는 참모본부의 장교들도 아니며, 출세 지상주의자들도 아닌, 진짜 군인들을 만났다. 그렇기는 하지만, 마수드의 측근 중에는 아직도 아첨꾼들의 잔재가 일부 있었고 계산적이거나 어리석은 소인배들도 있었다. 대원들은 크고 작은 결점을 지닌 취약한 부분을 구성하고 있었는데, 내 생각에는 그들의 머릿속에 너무나 많은 대립세력들이 얽혀 있어서 아마 천성적으로 그렇게 되지 않았나 싶다.

7월에도 그랬던 것처럼 국제적십자위원회의 비행기가 우리를 아프간 북동부에 내려주었다. 그러나 비행기로는 더 이상 안전이 보장되지 못하는 마자르 에 샤리프까지는 가지 못했다. 그래서 우리는 그 도시로부터 80여 킬로미터 거리에 있는, 셰베르간이라고 불리는 도스톰의 기지에 우선 도착했다. 그리고 마자르 에 샤리프에 도달하기까지는 붉은 십자가가 그려진 흰색 깃발을 내걸고서 수송차를 타고 그 오랜 거리를 주파해야 했다. 도스톰을 비롯한 사람들의 예기치 못했던 온갖 배신과 떠남과 귀환이 난무했기 때문에, 마자르 에 샤리프는 무질서하고 소란스러운 시장바닥처럼 되어 있었다. 말레크의 부하들은 도스톰의 부하들로부터 위협을 느꼈고, 도스톰은 오직 복수할 꿈만 꾸었다.

한편 하자라족은 자신들이 1997년 5월에 마자르 에 샤리프를 해방시킨 진정한 승리자였다는 이유로 반탈레반 내각건설에서 나름대로의 몫을 요구했다. 도처에서 폭력의 냄새가 났다. 비록 7월의 찌는 듯했던 무더위를 추위가 대신하기는 했지만, 이곳은 폭풍우가 몰아치는 분위기가 지배하고 있었다. 거리에는 너무나 많은 무장한 사람들이 신경을 곤두세우고 있었고, 민간인은 거의 없었으며, 여성들은 자취를 찾아볼 수가 없었다. 엄청나게 큰 구덩이들에서는 수천 구의 시신들이 발굴되었다. 하자라족과 말레크의 부하들에 의해 살해된 탈레반 포로들이었다. 그들은 포로들을 먹여 살리는 일에 신경을 쓰고 싶지도 않았다. 전시 상황이라는 핑계로 인권 따위는 깡그리 무시했으며, 적을 섬멸한다는 오직 한 가지 규칙만을 알고 있는 사람들이었다. 이런 일이 아직 얼마나 많은 시간 동안 지속되어야 할 것인가? 나는 아프간 내전에 혐오감을 느끼지 않을 수가 없었다.

아사드는 마자르 에 샤리프에 와 있었다. 틀림없는 사람이었다. 그는 자동차와 스케줄을 준비해 놓고 있었다. 가구와 집기가 사라지고 없지만, '자미아트' 당사에서 잠을 잔다. 다음날 새벽에 출발을 한다. 약간 위험한 일이기는 하다. 무장한 사람들 무리가 마자르 에 샤리프와 판지시르의 중간지점인 풀 에 쿰리까지 일대를 온통 휩쓸고 다니기 때문이다. 하지만 다른 방법은 전혀 없다. '인샬라!'

그렇게 아사드는 말했다. 헬리콥터는 좀 더 중요한 임무들을 수행하느라고 너무나 바빴다. 반탈레반동맹은 지극히 취약한 상태였다. 이런 동맹이 어떻게 언젠가 평화를 회복시킬 진정한 정부로 귀착될 수 있을 것인지 미래를 예측할 수 없었다. 아니 가능할 것 같지가 않았다. 이 동맹 안에 있는 모든 것이 부패였고 배신이었으며 계산에 지나지 않았다. 마수드는 이 동맹을 구성하는 대다수의 사람들과는 매우 다른 사람이었다. 그런데 어째서 이런 사람들과 함께 잘못된 길로 들어서는 것일까?

미셸은 도시에 잠복해 있는 폭력을 본능적으로 감지했다. 우리와 비행기 여행을 함께 했던 적십자사 사람들은 우리에게 오후 6시 이후에는 거리에 나가지 않는 것이 좋다고 말했었다. 하지만 아사드는 위험에 대해 생각이 달랐다. 그는 전화 한 통화를 하고 나더니(전화기는 아직도 작동했다), 오지의 아들 아샴이 우리를 초대했다고 전했다. 7월에 만났던 마수드의 대리인 말이다. 알쏭달쏭한 초대였다. 그는 왜 우리가 머물고 있는 집으로 찾아오려 하지 않는 것일까? 밖에서는 총 소리와 대포소리가 어둠을 찢어 놓고 있었다. 지금이 몇 시인가? 밤 9시였다. 설혹 우리에게 불행한 사태가 생긴다 해도 적십자사 대표들은 불쌍해하지도 않을 것 같았다. 이미 경고를 했으니까.

밤 9시에 우리는 아사드가 운전하는 자동차를 타고 마자르 에 샤리프를 가로지르고 있었다. 도시는 유령열차 같은 분위기가 났다. 거리의 이 구석 저 구석에서 무슨 일이 벌어질지 알 수가 없었다. 순간, 눈앞에 한 채의 거대한 빌라가 나타났는데, 마치 빛과 음향의 스펙터클 장비를 갖추어 놓은 기념물처럼 화려한 조명이 설치되어 있었다. 이것은 알라딘의 요술램프에서 나온 마술의 환상이 아니라, 마자르 에 샤리프에 사는 한 부유한 상인의 대저택이었다. 언제나 정보수집에 신속한 메라부딘은 그것이 사실은 대통령이 마자르 에 샤리프에 머물 때면 와서 잠을 자는 곳이라고, 다시 말해 일종의 대통령궁이라고 설명해 주었다. 현재 대저택의 주인은 한 상인이었는데, 오래 전부터 자미아트 당의 재정을 담당해온 자였다. 우리는 그곳에서 밤을 보내도록 그에게서 초대를 받은 것이었다.

우리는 3개층에 걸쳐 있는 방들을 향해 나선형의 계단을 걸어 올라갔다. 회반죽 장식이 플라스틱 촛대들과 뒤섞여 있었고, 몇 개의 낮은 테이블에는 레이스로 짠 식탁보가 씌워져 있었다. 장총으로 무장한 경호원들이 홍차를 마시며 흑백 텔레비전에서 만화영화를 보고 있었다. 우리는 거실로 안내되었다. 지금은 이름을 잊어버렸지만, 집주인은 들척지근한 미소로 우리를 맞이했다. 그는 두툼하고 물렁한 손을 내밀더니, 우리에게 홍차를 권했다. 아샤은 외교관 양복차림으로 비밀번호 자물쇠가 달린 서류가방을 들고 서 있었다. 집주인은 그 지역에서 정향(丁香)과 면직물을 취급하는 가장 영향력있는 상인이었다. 정부군의 주요 공급업자가 됨으로써 엄청난 재산을 모았다고 한다. 아슬아슬하게 균형을 잡고 줄타기를 하는 또 한 명의 영악한 기회주의자가 탄생한 것이었다. 소련군 시절에도 사업을 했던 그는 오늘날에는 랍바니와 정부에 재정적 지원을 해주고 있었다. 우리에 대한, 우리 서구인들에 대한, 우리 외국인들에 대한 관심은 그의 관심사 중 맨 마지막인 것 같았다. 그는 아무도 필요로 하지 않았고, 자기자신으로 만족했다. 마자르 에샤리프의 칠흑같은 어둠 속에서는 전쟁의 소리가 가득 했는데, 그의 궁궐에서는 환하게 불을 밝힐 수 있었다. 그는 보일러가 고장나서 중앙난방을 못하고 있다고 사과했다. 우리는 그가 말하는 이상야릇한 안락함 따위는 아무래도 상관이 없었다. 우리는 서로 진부한 이야기들을 나누었다. 집주인은 하품을 하여 피곤하다는 표시를 하고는, 홍차와 사탕들 앞에 우리를 버려둔 채 나가버렸다. 아사드는 아무런 말이 없었다. 아샤은 이런 곳으로 우리를 초대하게 된 것이 기분좋은 모양이었다. 외교관으로서 어떤 일을 하는지 내가 제기한 몇 가지 질문에 관하여 그는 애매하게 얼버무리고 말았다. 내가 집주인의 이름을 기록할 수 있도록 그가 볼펜을 꺼내주기 위해 서류가방을 열었을 때, 나는 그 가방이 비어 있다는 것을 발견하고는 깜짝 놀랐다. 비어 있었다. 하지만 그의 가죽구두는 잘 닦여 있었으며, 양복도 재단이 잘되어 있었고, 비만한 몸뚱이도 그가 잘 먹은 사람이라는 것을 증명해주고 있었다. 저 서류가방은 대체 어디에 쓰이는 것일까?

살랑 고개의 터널은 입구가 반원의 아치형이었다. 마치 장터의 놀이동산으로 들어가는 기분이었다. 소련군이 버리고 간 후로 불빛도 없는 이 터널은 이상하게도 산속에 들어박혀 있어서 여행객으로 하여금 불안스러운 어둠에 사로잡히게 했다. 붉은 색 소형버스 한 대가 우리 앞으로 굴러왔다. 핸들을 잡은 아사드는 조금도 피로감을 드러내지 않았다. 그는 속도를 냈지만 매끄럽게 운전을 했다. 담배에 불을 붙이고는, 타지크 음악 카세트를 연신 갈아 끼웠다. 결국 마자르 에 샤리프에서 오는 길은 예상했던 것만큼 위험하지는 않았던 셈이다. 아직 살아 있어서 이런 생각을 할 수 있으니 말이다.

아사드에게는 나름대로의 테크닉이 있었다. 거리의 통행을 제한하는 바리케이드를 향해 돌진하는 것이었다. 그것도 하나의 방법이었다. 아사드가 액셀러레이터를 밟았다. 미셸은 잠을 자고 있었다.

바글란 지방의 풀 에 쿰리에 도착해서, 우리는 아프가니스탄의 누가 사탕을 샀다. 이스마엘 사람들의 도시인 풀 에 쿰리는 여성들과 여자아이들이 얼굴을 드러내 놓고 다닐 수 있는 마지막 도시 가운데 하나였다. 하지만 촬영할 시간이 없었다. 아사드가 길을 재촉했다. 또다시 길을 떠났다.

저녁나절에 판지시르 계곡 중심부에 있는 큰 마을 보조라크에 도달했다. 주요도로에는 거의 개미 새끼 한 마리 없었다. 날씨가 추웠다.

누가 마수드가 집에 없다고 알려 주었다. 내일 올 거라고 했다. 그는 임시로 우리를 보조라크 레스토랑의 위층에 있는 얼음장처럼 차가운 방에 유숙시켜 주었다. 창문 밖으로 눈발이 흩날려 진흙을 덮기 시작하는 거리를 바라보았다. 아사드가 밤 인사를 하고 집으로 돌아가면서, 우리를 초대하지 못하는 것을 미안해 했다. 그의 집은 작은 방 두 칸에서 다섯 명이 살고 있다고 했다.

첫날 밤이 지나갔다. 우리는 계곡 안에 있었다. 파리 → 두바이 → 페샤와르 → 마자르 에 샤리프는 항공편으로, 그 다음은 살랑 도로를 통해서, 이 모든 여행을 4일간에 걸쳐서 해 왔다. 앞으로 2~3주 후에는 눈 때문에 도로를 사용할 수 없게 될 것이다. '인샬라!' 우리는 문제들을 그때그때 닥치는 대로 해결해 나갔다. 미셸은 마구 웃어댔다. 상황이 복잡할수록, 그는 재미있어 했다. 이건 훈련의 문제였다.

판지시르 계곡에 깎아지른 듯 붙어있는 파렌드 계곡은 보조라크에서부터 시작되었다. 우리는 걸어서 마수드의 사무실을 향해 올라갔다. 사람이 거의 없었다. 이것은 정치는 물론이고 군사활동까지도 거의 없다는 것을 의미했다. 가푸르자이가 사망한 이후로, '반탈레반동맹' 혹은 '연합전선'은 유명무실한 단체일 뿐이었다. 이 집단의 구성원들을 보면 그럴 수밖에 없었다. 가령, 아직 기반도 없는 국가원수라는 타이틀 외에는 일체의 권력이 없는 허수아비 대통령 랍바니가 그랬다. 랍바니는 측근들, 아첨꾼들, 배신자들과 얽히고 설켜 서로간의 관계나 복잡하게 만들기에 딱 알맞은 자였다. 한편, 다시금 무대에 등장한 도스톰 장군은 1996년 5월에 자신에게 탈레반 앞에서 달아나는 수모를 당하게 만들었던 말레크 장군의 목숨에 종지부를 찍어주고 싶어 안달이 나 있었다. 그러니 역시 사건에 연루되어 있던 사이야프와 어떻게 서로 화합을 하겠는가? 이란의 지원을 받고 있으며 바미얀과 마자르 에 샤리프에 당사를 둔 '헤즈브 에 와다트' 당의 시아파 수장인 카림 칼릴리와는 또 어떻게 같은 목표를 공유하겠는가? 도저히 앙상블을 이루기 어려운 이런 인물들의 칵테일에다, 여전히 살아 있는 사악하고 교활한 헤크마티야르까지 덧붙여 보라. 그러면 대략 상황이 어떠한지 그림이 그려질 것이다. 여기에다 빼놓을 수 없는 마수드까지 가세해 있었다. 이보다 더 위험한 시한폭탄 바구니는 아마 상상하기가 어려울 것이다. 마수드가 나머지 사람들과 거리를 두고 멀리 떨어진 채 판지시르 계곡에 머무르는 것은 확실히 옳은 방법이었다. 그러나 그가 이렇게 은둔해 있다는 것은 다시 말하면 각자 자기들의 이득만을 위해 언제라도 '동맹'을 재구성할 가능성이 농후한 자칭 동맹자들의 손에 고삐를 넘겨주는 것이

나 다름이 없었다. 문제는 그들의 이득이 항상 마수드의 이득과 부합하는 것은 아니라는 점이었다.

추위와 더불어 파렌드 계곡의 배경도 바뀌었다. 초목의 초록빛은 밤색과 베이지색으로 변해 하얀 눈을 배경으로 앙상하게 모습을 드러내고 있었다. 여름에는 소란스럽게 흘렀던 급류도 지금은 가느다란 물줄기에 지나지 않았다. 마수드의 사무실을 향해 올라가는 작은 도로상에서 만나는 농민들도 모두가 '파투'로 포근하게 몸을 감싸고 있었다. 사무실 근처에는 카불에서 국방부 장관으로 있던 시절에 마수드가 타던 메르세데스 방탄차가 방수포에 덮여 있었다. 메르세데스는 그런 시절이 다시 오기를 기다리고 있었지만, 상황은 여의치 않아서 희망을 품고 있는 사람은 별로 많지 않았다. 지난 해 여름의 환희는 다 날아가 버리고 없었다. 여기서는 모든 것이 포기와 공허와 허무의 냄새가 났다. 우리는 사무실 안으로 들어갔다. 마수드는 무선통신을 하고 있었다. 그는 통신을 마치고 자리에서 일어나, 미소를 지으며 지극히 소박하게 우리와 악수를 나누었다. 우리도 배경의 일부가 되었다. 사령관 하나가 우리를 놓고 농담을 했다.

"어서 오십시오. 여러분이 오실 때마다 우리 일이 성공을 거둔답니다. 꼭 무슨 일인가가 벌어지고 만다니까요."

모두들 웃어댔다. 모두라면 여전히 벽에 나란히 기대어져 있는 소파와 의자에 앉아 있는 8명을 말했다. 느리게 흐르고 있는 강에서 들려오는 졸졸거리는 소리 외에는, 이곳은 7월 이후로 변한 것이 하나도 없었다. 그저 사무실 안에서 무선통신기가 위성전화기 옆으로 자리를 옮긴 것 외에는 아무것도 없었다. 마수드는 여전히 우아한 군복차림이었다. 그러나 여전히 너무나 많은 사람들과 통화에 매달리다 보니 정신이 없는 것 같았다. 이번에는 카메라를 미셸에게 넘겨 주었다. 미셸이 우리가 만나는 모습을 촬영해 주겠다고 제안했기 때문이다.

"기념이 될 거야."

사실, 맞는 말이었다. 몇장의 사진과 내 기억 속에 남아 있는 것을 제외하고, 나는 늘 카메라를 들고 있기 때문에 기념사진이 거의 없었다. 원칙적으로, 나는 자기 자신을 필름에 담는 기자들을 좋아하지도 않았다. 내가 보기에는 자신보다는 다른 사람들을 보여주는 일에 필름을 활용하는 것이 더 가치가 있는 일이었다.

미셸은 카메스코프 카메라를 능숙하게 다루었다. 미셸은 소파에 깊숙이 들어앉아 나를 촬영했다. 내가 가져온 선물을 마수드에게 선사하는 모습을 찍었다. 선물은 안에서 눈처럼 작은 은빛 금속조각들이 반짝거리며 쏟아져 내리는 유리공으로 그 안에는 소형 노트르담 대성당과 사크레 쾨르 대성당이 들어 있었는데, 일반적으로 관광객용 선물이었다.

"장군님께서 외국으로 나오려 하시질 않으니까 이런 선물을 드리는 겁니다. 그 생각이 틀렸다고 아무리 말씀드려도 소용이 없지 않습니까. 그래서 약간의 외국을 갖다 드리기로 했지요."

마수드가 껄껄껄 웃었다.

"이건 자녀분들 겁니다."

그러면서 나는 작은 금속 에펠탑 모형을 내놨다. 마수드는 이내 크기가 얼마나 되느냐고 물었다. 또한 멋진 책 한권도 선사했는데, 페르시아어권의 시인이고 이슬람 예술 전문가인 마이크 배리의 저작물이었다. 책에 게재된 사진들은 사진작가 미쇼 부부의 작품이었는데, 나로 하여금 중앙아시아의 대상들을 꿈꾸게 만들었던 바로 그 사진들이었다. 책을 받아든 마수드는 즐겁고 기쁜 모습으로 저자가 공들여 적어 넣은 헌사를 읽었다. 그러자 1993년 7월에 카불에서 보냈던 저녁 나절의 기억이 주마등처럼 떠올랐다. 그때 마이크 배리는 헤라트 시의 찬란한 문화에 관한 전시회의 모습을 슬라이드 영사를 통해 마수드에게 보여 주었었다. 초현실적인 모습들이었다. 그때는 '자미아트' 당사의 식당에서였다. 마이크는 페르시아어로 사진들을 설명해 주었고, 덕분에 마수드는 전쟁 때문에 그 동안 맛보지 못했던 문화적 풍요로움을 발견했다. 마수드로서는 근심과 걱정으로부터 휴식을 취할 수 있는 최고의 방법이었다. 내가 기억하는 바로는 그 다음날 그 구역에 로켓포가 떨어졌다. 헤크마티야르의 악덕 경관들이 투하한 독이 든 선물이었다.

사무실 안에서는, 다시 탈레반 저항활동에 돌입했다. 마수드의 비서가 내민 위성전화기는 마수드를 다시 일상의 현실로 돌려 놓았다. 그는 모형 에펠탑과 눈 내리는 유리공을 만지작거리면서 상대의 말에 귀를 기울였다. 수백만 아프간(아프가니스탄의 화폐)을 받고서 탈레반 측으로 넘어간 어느 사령관에 관한 이야기였다. 이 썩어빠지고 비틀린 전쟁에서 이런 일은 다반사였다. 전쟁에 간섭하는 나라가 여럿이다 보니 그들이 쓰는 전략이 그랬다. 미국은 히스테리컬한 승려병사들을 지원하고 있었고, 파키스탄을 방임했다. 파키스탄은 노이로제와도 같은 아프가니스탄을 완전히 정복하기 위해 계획을 준비하고 있는 중이었다. 그리고 아랍 민병대인 '이슬람 군단'은 전세계를 목표로 하는 이슬람 테러리즘의 핵심이었는데, 소련군이 철수한 후로 이미 깊이 뿌리를 내리고 있었다. 그들은 카불에서 4년 동안은 도시 게릴라전으로, 그리고 3년 전부터는 전면전으로 전사들을 내몰고 있었다. 그리고 미국에 의해 리야드 테러와 다란 테러의 배후세력으로 지목되어 있는 사우디아라비아 왕족 오사마 빈 라덴이 바로 칸다하르에서, 아무도 본 적이 없다는 저 유명한 탈레반의 수장 오마르가 숨어 있는 탈레반의 사령부 근처에서 살고 있었다. 빈 라덴은 사우디아라비아 왕족들의 부패와 미국을 비난하는 반항아였는데, 불충한 자들이 선지자 모하메드의 성지를 더럽힌 '사막의 폭풍' 작전 후로는 가뜩이나 미국을 더 증오하는 자였다. 미국의 대외정책은 도저히 이해할 수가 없었다. 이해할 수 없다? 어쩌면 아닐지도 몰랐다. 미국의 근엄한 청교도들은 탈레반의 근엄한 '물라'들과 서로 통하는 바가 없지 않았으니까. 양쪽 다 질서를 좋아하고 섹스에 콤플렉스를 갖고 있었다. 그리고, 탈레반은 서부 전체에 걸쳐 아프가니스탄과 국경이 인접해 있는 이란 때문에 크나큰 상처를 입은 사람들이었다. 탈레반에게 이란인들은 영원한 이교도였고, 불구대천의 원수였다. 수니파 대 시아파로 서로 대결하고 있었기 때문이다. 그랬으니 탈레반은 파렴치한 미 국방성의 교활한 통제력으로부터 벗어난 이란이라는 나라를 해치기에 얼마나 훌륭한 무기인가. 하지만 이 점에서도 미국인들은 계산착오를 범한 것이 아닐 수 없었다. 그 극악무도한 실수 때문에 한 민족이 오늘날 너무나도 큰 고통을 겪고 있었기 때문이다. 그러나 일체의 정서적인 면을 배제시킨 분석과 추상적인 자료를 가지고서 정치를 하는 미국인들은 민족이라든가 개인들에 대해서는 관심이 없었다. 이 '먹물'들은 너무 오랫동안 이론에 의존해 왔고, 인간들 사이의 만남에서 나오는 육감적인 측면을 너무나 도외시해 왔다. 아프간 사람들이야 얼마든지 서로를 갈가리 찢으며 싸우라지. 그러면 미국은 언젠가는 투르크메니스탄에서부터 파키스탄 항구에까지 이르는 가스 공급관을 손에 넣게 될 테고, 이 공급관은 그들의 부에 '만나'(모세가 광야에서 여호와로부터 받았다는 음식물 -역주)를 하나 더 덧붙여 주게 될 테니까.

이 모든 혼란 속에서 마수드는 너무나 순수한 이상주의자의 초상을 하고 있었다. 정치가로서 가치가 있기에는 너무나 정직했다. 사실 마수드는 서투른 정치가였다. 나를 포함한 몇몇 기자들이나 기대를 걸어 보기에 딱 알맞은 인물이었다. 더욱이, 미국 언론을 읽어보기만 하면, 그에 대한 언급이 아예 없거나 기껏해야 '프랑스 매스컴이 좋아하는 카리스마적 인물'로 나와 있다는 것을 알 수 있다. 그러니 혹시 그가 궁지에 몰리게 된다면, 혹시 포탄이나 총탄 하나가 그의 모험에 종지부라도 찍는 날이 온다면, 누가 마수드를 그리워하겠는가? 그의 친구들, 가족들, 그를 진정으로 겪어본 몇 안되는 사람들밖에는 없을 것이다. 그가 어떻게 되든 세상은 관심이 없다. 오늘날의 영웅은 더 이상 꿈이나 엄격함이나 용기나 끈질김으로 이루어지지 않는다.

해결해야 할 여러 가지 문제가 남은 마수드는 다음날로 인터뷰 약속시간을 잡아 주었다. 오후 끝 무렵으로 합의를 보았다.

"너무 늦으시면 안됩니다. 촬영하려면 빛이 필요하거든요."

우리는 통화하는 그를 남겨두고 나왔다. 하지만 그건 내 실수였다. 날마다 약속은 연기되었고, 우리는 끊임없이 기다렸다.

마수드를 기다리는 동안, 얼어붙은 겨울 정경, 너무나 상징적인 수탉의 싸움 광경, 거의 인적없는 도로를 걷는 사람들 모습 등 여러가지 풍경을 필름에 담았다. 마수드의 집으로 가는 길 어귀의 초소 앞에 쳐진 가는 끈도 촬영했다. 그 텅 빈 모습을, 그 허공을, 그리고 삶의 속도를 느리게 하고 때로는 동결시켜 버리는 그 추위를, 그 세상의 끝을, 그 세상의 끝의 끝을 필름에 담았다. 그렇게 여러 날이 지나갔다.

우리가 그의 사무실을 방문한 지 나흘이 흘러갔다. 나임의 집에서 침묵과 상당한 초조함 속에서 나흘이 지나갔다. 나임의 집은 손상되지 않고 그대로였는데, 거실에 그저 냄비 하나가 늘어났고 나무 탄 냄새가 날 뿐이었다.

마수드가 우리를 통해서 자신의 사람됨을, 자신이 생각하는 바를 전달할 수 있다는 사실을 이해하지 못하고 있다는 점이 나로서는 답답해 보였다. 하지만 나는 아프간 사람이 아니었고 마수드는 더더욱 아니었다. 내 생각이 여기쯤 미친 상태였는데, 그때 문이 열리고 찬바람이 들어왔다. 발이 큰 운전기사였다. 그가 숨을 헐떡이며 알려주었다.

"대장님이 오세요."

메라부딘이 급히 주변을 정돈했다. 마수드 앞에 있을 때면, 여전히 메라부딘은 긴장을 했고 위압감에 사로잡혔다. 그가 맡은 임무는 프랑스어를 페르시아어로, 그리고 페르시아어를 프랑스어로, 두 언어를 동시에 통역하는 일이었다. 하지만 언제라도 '대장님'이 실수를 지적할 준비가 되어 있었기 때문에 더더욱 고도의 집중력을 필요로 했다. 마수드는 이제 1981년만큼 프랑스어를 구사하지는 못했지만, 여전히 대화를 따라갈 정도의 수준은 되었기 때문이다.

마수드가 들어왔다. 기다리게 해서 미안하다고 사과를 하고는, 자기가 얼마나 근심걱정이 많은 사람인지 잘 알 테니 이해해 주리라고 믿는다고 말했다. 그가 신경이 곤두서 있고 마음이 조급하며 속생각을 털어

놓을 준비가 되어 있지 못하다는 것이 느껴졌다. 우리는 먼저 현재 상황에 대해 이야기를 나누기 시작했다. 나는 내 편지를 이야기하기로 마음 먹었다. 그 편지에도 들어 있었고 줄곧 내 머릿속을 떠나지 않았던 몇 가지 질문을 그에게 상기시켰다. 가령 도스톰이나 사이야프 같은 자들과 그렇게 위험하고 해로운 동맹을 맺은 이유가 무엇인지 이해하고 싶다는 내용이 그랬다. 마수드는 때로는 적과 협약을 맺지 않을 수 없도록 만드는 전쟁이라는 현실에 관하여 설명을 하기 시작했다. 도스톰과의 동맹은 피를 흘리지 않고 카불로 입성하기 위해서였다. 사이야프와의 동맹은 일부 아랍 세계와 파쉬툰족의 지원을 얻어내기 위한 것이었다.

"그럼 하자라족이 대량학살된 사건은 어떻습니까?"

그는 내게 어두운 시선을 던지더니, 결국 서구인들은 아프가니스탄을 전혀 이해하지 못하고 있다고 대꾸했다.

"사이야프의 부하들은 통제 밖이었어요. 카불에서 벌어진 일은 나도 개탄해 마지 않아요. 나는 우리 대원들을 보내 사건에 개입시켰습니다."

이어서 마수드는 그로써 카불에서 대규모 공격이 중단되었다는 이야기를 했고, 구체적인 계획을 가진 내각이 구성되지 않는다면 도시에 다시 들어가 보았자 아무 소용이 없다고 단언했다.

"그게 언제쯤이 될까요?"

"아프가니스탄에서는 모든 것이 시간이 걸린다는 것을 잘 아시지요."

시간이 늦었으므로, 햇빛이 사라지고 없었으므로, 그리고 내가 그의 신경을 건드렸으므로, 우리는 그가 다음날 다시 와서 촬영을 하기로 합의를 했다. 나임의 집에서 일하는 사람이 홍차를 날라 왔다. 우리는 또 다시 전쟁 이야기를 했지만, 마수드는 전쟁보다도 프랑스 군대에 관해 미셸에게 질문하는 일에 훨씬 더 관심을 보였다. 하지만 신중한 미셸은 조심스러운 태도를 견지했다. 마수드로 하여금 자신을 토로하고 자기 동료들과 자신의 감정들에 대해 털어 놓게 할 순간을 그동안 내가 얼마나 학수고대해 왔는지 미셸은 잘 알고 있었기 때문이다.

다음날은 기다림 속에서 지나갔다. 나는 태양을, 촬영하는 사람에게 없어서는 안되는 태양광선을 물끄러미 바라보았다. 태양은 정점에 올라 그 빛으로 주변 산맥의 기슭을 넘쳐 흐르게 했고, 우리에게 약간의 온기를 선사했으며, 이윽고 황혼을 향하여 하강을 하기 시작했다. 그러나 마수드는 오지 않았다. 석양은 붉어졌고 이어서 산밑으로 내려가 버렸다. 어둠이 찾아들었다.

"마수드는 지긋지긋한 인간이로군."

내 입에서는 저절로 상스러운 말이 튀어나왔다. 하지만 이내 뉘우쳤다. 마수드는 결국 아프가니스탄에 대해 전혀 이해하지 못하는 서방세계 사람들을 기분전환시켜 주는 일에나 쓰이고 마는 텔레비전 방송을 위해 카메라에다 대고 이야기하는 것보다는 훨씬 더 긴급하고 중요한 일들이 있는 사람이었으니까.

아침이 왔다. 아침식사를 했다. 우리는 곤두선 신경이나 진정시키고 있으면 좋았겠지만, 집을 관리하는 사람이 오로지 우리의 시중을 들어주는 일 외에는 다른 할 일이 하나도 없었기 때문에 그럴 계제도 못 되었다. 집밖으로 나가 조금 걸어보기도 했지만, 멀리는 나갈 수 없었다. 마수드가 왔는데 놓쳐 버리기라도 한다면 절대로 안되었으니까. 판지시르 구경은 다음 기회로 미루어야 했다. 나는 투덜투덜 불평을 해댔고, 미셸은 허리가 끊어져라 웃어댔다. 메라부딘은 민망해했다. 이제 외부세계가 달라졌으며, 매스컴도 하나의 힘이라는 것, 우리를 활용할 수도 있다는 것을, 메라부딘은 마수드에게 이해시키지 못해 안타까워했다.

결국 마수드는 우리가 계곡에서 머문 지 여섯 째 날 저녁 5시에 왔다. 잔뜩 긴장한 채였다. 나는 발 달린 카메라를 설치했고, 거의 사라져가는 햇빛 때문에 투덜댔다. 겨울에는 해가 빨리도 기울어 버렸다. 창문 커튼을 묶어두자 한 줌의 먼지가 카메라에 떨어져 내렸다. 전조가 좋지 않았다. 나는 또 투덜댔다. 미셸이 마구 웃어댔다.

"자 자, 걱정하지 말아."

마수드는 걸음을 걸으면서 정신을 집중하겠다며 잠시 시간을 달라고 요구했다. 그리고는 혼자서 이웃마을인 말라스파 쪽으로 떠나버렸다.

오후 5시 30분. 이 사람이 대체 무엇을 하고 있을까? 그건 메라부딘도 알 수 없었다. 경호원이 왔다. 마수드가 어디에 있는지는 그 역시 몰랐다. 마수드는 방해하지 말라고 해 놓은 터였다. 혼자서 산책하러 떠난 것이었다. 기다리는 시간이 전보다도 더 길어졌다. 나는 점점 더 신경이 곤두섰다. 미셸은 두 손으로 장대를 빙빙 돌렸다. 우리의 모양새가 꼭 낚시터에 앉아서 물고기를 기다리는 바보들 같았다. 이 모든 상황에는 우스운 구석이 없지 않았다. 결국 우리 모두는 우리 자신의 몰골을 상상하며 폭소를 터뜨리고 말았다.

오후 6시가 되어서야, 우리가 도 닦는 사람들이 되어 있는 방 안으로 마수드가 등장했다. 그는 카메라 앞의 붉은 방석 위에 앉았다. 그 방석은 우리가 기준 좌표를 표시하기 위해 준비해둔 것으로, 혹시 몰라 편집할 경우를 대비해 빈 상태로도 촬영을 해둔 터였다. 마수드는 홍차를 달라고 했다. 나는 이미 햇빛이 없어졌다는 것, 일을 서둘러야 한다는 것을 지적했다. 그는 알고 있다고 했다. 신경이 곤두서 있었다. 마수드는 발전기를 켜라고 요구했다. 불그스레한 불빛과 함께 홍차가 들어왔다. 마수드의 얼굴은 불그스레해질 수밖에 없었다. 하는 수 없었다. 마수드가 입을 열기 시작했다. 처음에 메라부딘은 5분마다 통역을 했다. 그러나 그건 좋은 방법이 못되었다. 마수드가 기나긴 연설을 해대리라고는 나도 예견하지 못했었다. 나는 메라부딘에게 통역을 포기하라고 했다. 거의 밤이 되어 있었다. 나는 이미 일이 틀려버렸다는 것을 알았다. 어둠 때문만이 아니라, 마수드가 역사와 정치 이야기를 늘어놓고 있었기 때문이다. 아프가니스탄이니, 적이니, 오래 전부터 분쟁을 일으키고 있는 카시미르 문제니……. 하지만 그런 건 우리도 이미 다 아는 일이었다. 1893년에 산맥의 지도에다 잣대를 들이대고 소위 '부족지대'라고 하는 완충지대 벨트를 쭉 그어 놓을 생각을 했던 영국인 장교의 이름을 따서 '뒤랑 라인'이라는 선이 생겼는데, 그 라인은 아직 오늘날까지도 아프가니스탄과 파키스탄 사이의 경계선으로 쓰이고 있었다. 그로부터 100년을 예정으로 그 땅은 파키스탄의 영토가 되어 있었다.

마수드는 단조로운 목소리로 말하고 있었다. 그가 말하는 내용은 정확했지만, 개인적인 이야기가 못되었다. 정확하긴 했지만, 무엇이 그를 감동시키는지에 대해서는 단 한순간도 언급이 없었다. 나는 말을 중단시키고서, 속내 이야기를 토로해 달라고 했던 나의 요청을 상기시켰다. 마수드는 곧 그렇게 하겠다고 말했다. 하지만 시간이 흘렀고, 어둠이 자리를 잡았다. 나는 소리라도 잡히도록 카메라를 돌아가게 그냥 두었다. 편집과정에서 너무 길고 너무 느려터진 이런 연설은 절대로 써먹을 수 없으리라는 것을 나는 잘 알고 있었다. 마수드는 결국 자기 자신에 대한 이야기를 한마디도 하지 않았다.

제25장

숫기 없는 사람 마수드

이 글을 쓰고 있는 이 시간, 나는 평화의 나라, 내가 사랑하는 나라 프랑스에 있다. 프랑스는 날이 갈수록 점점 더 파렴치해져가는 테크노크라트(전문 지식을 갖춘 고위 관리-역주)들이라든가, 날이 갈수록 점점 더 단순소박성과 인간성을 상실해 가고 또 한 나라에 대해 말할 때에도 여론조사 결과를 하늘처럼 숭배하고 추종하는 기자들을 제조해 내고 있었다. 그러나 다른 한편으로 꾸밈없는 개인들, 시인들, 문인들, 가수들, 학자들을 배출해 내는 능력이 있었기 때문에, 나는 프랑스를 사랑했다. 다행히 아직 프랑스는 단순히 자료로, 도식으로 정리해 버릴 수는 없는 나라였고, 미래를 위한 가장 아름다운 히든카드로 남아 있는 다양성으로 풍성한 나라였다. 주변 분위기는 침울했지만, 너무나 환상적이고 너무나 가치있는 월드컵 축구대회 덕분에 일시적 소강상태가 생겨나 하나의 환희를 탄생시켰다. 우리는 그 환희가 지속되기를 바랐다. 프랑스인들은 지금까지 생각해 왔던 것보다 더불어 함께 살아 가는 일이 더 쉽다는 것을 갑자기 인식하게 된 것일까? 맑은 마음, 관용, 관대함, 공동체의식 등을 좀 더 쉽게 받아들일 준비가 된 것일까? 이런 말들이 생생하게 살아 있는 한, 우리는 여전히 꿈을 꿀 수 있었다. 이기주의로 공동체 전체에 해악을 끼치는 악당들이 사업영역이라도 축소한 것일까? 그럴 리는 없었다. 그런 자들은 너무나 확고하게 자리를 잡고 있었으니까. 그러나 당분간 나는 프랑스인이, 유럽인이 아직은 그리고 영원토록 자유로운 지구촌의 시민이 된 것을 즐기고 있을 것이다.

지금은 1998년 8월이었다. 아프가니스탄에서 도달하는 소식들은 마치 지옥의 사이클처럼 또다시 나쁜 소식들 일색이었다. 여름은 큰 사건들을 저지르기에 유리한 계절이었다. 서방세계의 정치인들이 바캉스를 즐기는 동안, 탈레반은 우즈베크 사령관들이 자기네 아군 진영을 배신하도록 매수함으로써 마자르 에 샤리프를 장악했다. 며칠 사이에 탈레반은 우즈베키스탄의 문전에 있는 하이라탄을 향해 진군을 해서 도스톰의 부하들에게 크나큰 패배를 안겨 주었으며, 도망친 랍바니 대통령이 체류하고 있는 탈로칸을 점령했다. 급기야 풀 에 쿰리까지 탈레반의 수중에 떨어졌다. 마수드로부터 싸우지 말고 산속으로 후퇴하라는 명령을 받은 마수드의 군대는 풀 에 쿰리를 포기하고 말았다.

현장의 탈레반은 예전에 없던 중화기를 소유하고 있었다. 누가 그들에게 그것을 제공했는가? 그들에게 폭탄과 비행기 연료, 국가를 식별하는 표지도 등록번호도 없는 미그기 등을 보내준 것은 알라신이 아니었다. 그 모든 것은 파키스탄에서 온 것들이었다. 이 사실은 아무리 고발해도 지나치지 않을 것이다. 비록 탈레반 대다수가 아프간 사람들이라고 하더라도, 비록 탈레반 가운데에는 전쟁이 그치기를 간절히 원하고 또 평화를 위해 싸운다고 믿는 순진한 사람들이 있다고 하더라도 말이다. 하지만 그들의 평화는 얼마나 위선적인 평화인가. 온갖 금기 사항으로 가득하고 서구 세계를 거부하며 증오감만 키우고 있었으니.

평소 해온대로 파키스탄은 계속해서 아프가니스탄 내부사정에 일체의 연루 가능성을 부인하고 있었다. 그들은 국제여론 따위는 무시해 버렸다. 더욱이 그들의 이런 태도는 최근의 핵실험으로도 증명된 바 있다. 늘 그래왔듯이 이번에도 역시, 다시 한번 더, 아프간 무대의 복잡성은 통찰력이 필요한 관측자들에게 불리하게 작용했다. 마수드는 파렴치하고 무책임하고 맹목적인 광신도들의 유일한 적으로 남아 있었다. 그러나 서방세계의 그 누구도 그를 도와주지 않았다. 미국인들이 정신이상자들이 된 것이든지, 아니면 그들의 파렴치한 실용주의가 더욱더 사악해진 것이었다. 역사와 인간심리에 관하여 훈계하는 그들의 정책을 수정해야 할 것 같았다. 두 차례에 걸쳐 케냐와 탄자니아에서 발생한 가공할 테러는 목표했던 희생자들보다도 더 많은 무고한 희생자들을 양산해 냈다. 미국인들은 겉으로는 희생자들처럼 보였지만, 화약에 불을 지른 자들이야말로 미국의 '현실정치' 전문가들이었다. 미국인들은 도대체 언제가 되어야 아프가니스탄이 냉혹한 테러리즘의 화약고라는 사실과 자신들 역시 그 쓰라린 결과를 감당해야만 하게 되리라는 사실을 이해하게 될 것인가? 그보다도 더한 것은 탈레반이 오사마 빈 라덴을 숨겨 주고 있다는 사실이었다. 어쩌면 빈 라덴이 실제로 이러한 극악무도한 테러행위들의 배후에 있지 않는지도 몰랐지만, 그가 탈레반의 중심지 칸다하르에 있는 자신의 사령부에서 테러를 꿈꾸고 있다는 것만은 틀림없는 사실이었다. 탈레반은 미국의 지원을 받는 파키스탄 사람들의 졸개들이었다. 여기서 말하는 미국은 관광객들이 사랑하는 그 미국이 아니었다. 영화와 볼거리가 많은 공간들, 얼굴에 미소를 띤 사람들의 그 미국이 아니었다. 지구촌의 모든 시민들이 즐기는 패스트푸드와 자유민주주의의 본산지인 그 미국이 아니었다. 그렇다. 죄가 있는 미국은 마치 장기게임처럼 세계를 가지고 장난을 치는 테크노크라트들의 미국이었다. 난민으로 파리에서 살고 있는 메라부딘은 날마다 내게 마수드의 소식을 전해 주었다. 공중전화로, 그는 압둘라 박사와, 때로는 마수드와, 그리고 '대장님'의 또 한명의 가까운 협력자 아레프와 자주 통화를 한다고 했다. 마수드는 모든 대원들에게 샤말리와 판지시르로 후퇴하라고 명령을 내렸다고 한다. 고지대에 진지를 구축하고 있으라고 했다고 한다. 그들은 상황을 제대로 파악하고 있었다. ISI 요원들이 지배하는 통신수단과 지휘체계와 통제수단을 갖춘 탈레반 및 파키스탄 공동의 무적함대와 맞서고 나설 필요가 없다는 것을 그들은 알고 있었다.

나는 마수드를 지켜주는 '행운의 별'이 오래도록 그의 머리 위에서 빛을 발하며 머물러 주기를 기원했다. 이 필름이 방영될 때쯤 마수드가 죽은 사람이 되어 있지 않기를, 그가 상징하는 바가 아프가니스탄을 위해 영영 사라져 있지 않기를 바랐다. 필름의 결론을 찾아내는 일은 쉽지 않았다. 하지만 열정적인 편집인 타티아나 앤드류스와 함께 마침내 해냈다. 그녀는 영상과 음향 속에 함유되어 있는 심각성을 온전히 인식하고 있었고, 자신의 작업이 상품을 제조해 내는 것이 아니라 마음에서 나오는 외침을, 그녀의 마음에서, 아프간 사람들의 마음에서, 선의를 가진 모든 사람들의 마음과 나의 마음에서 우러나오는 외침을 전달하는 것이라는 점을 인식하고 있었다. 우리는 12월에 마수드와의 인터뷰 때 촬영했던 고정된 영상들을 사용했다. 다시 말해 사진들을 사용했다. 그의 말은 너무나 느리고 신중해서, 테이프들을 도저히 종합할 수가 없었기 때문이다. 필름은 이런 식으로 끝맺어졌다. 즉, 눈 내린 살랑 도로와 터널과 얼어붙은 판지시르 정경 등 몇 가지 영상들과, 마수드와 나의 역설과 도발현장을 보여주는 마지막 시퀀스로 완성이 되었다. 노트르담 성당과 사크레 쾨르 성당이 들어 있는 눈 내리는 유리공과 모형 에펠탑을 마수드에게 선사하는 내 모습이 보였다. 그가 외국에 나오려 하지 않는 것은 가장 큰 실수였다. 그러나 그의 손을 잡아끌고서 미국 의회나 사우디아라비아나 유럽 의회의 방향을 가리켜 보여 주는 것은 프랑스인인 내가 할 일이 아니었다. 필름에서 그는 미소를 지어 보이고 있었다.

내 '해설'의 원고는 간단했다. 자세한 얘기를 하는 것은 불가능했기 때문이다. 가푸르자이의 죽음과 우리를 데리러 와주었던 아사드의 죽음에 대해 얘기할 수는 없었으니까.

이리하여 필름의 마지막 영상들에 관해 내가 원고로 작성했고 음성으로 말한 간단한 내용은 다음과 같다.

그로부터 6개월이 지났다. 나는 아프가니스탄으로 돌아왔다. 약속했던 대로. 1997년 12월, 지난 7월의 대규모 공격은 이제는 한낱 추억에 지나지 않았다. 판지시르 계곡의 어귀는 해방되었지만, 탈레반이 여전히 카불의 주인으로 남아 있었다. 무자헤딘의 어떤 내각도 구성되지 못했기 때문에, 마수드는 공격을 포기하고 말았다. 기자 몇 명이 찾아왔고, 그리고는 떠나갔다. 날씨가 추웠다. 그러니 모든 것이 얼어붙은 듯하고 고요한 것은 우연이 아니었다. 하지만 평화는 없었다. 우리는 사무실에서 마수드를 다시 만났다. 그는 여전히 이런 저런 사람들의 오만가지 성가신 요청에 시달리고 있었다. 내가 마수드에게 작은 선물을, 아주 상징적인 작은 선물을 선사하는 동안, 함께 갔던 친구 미셸이 이 사진들을 찍어 주었다. 선물은 노트르담 성당이 들어 있는 눈 내리는 유리공과 모형 에펠탑이었다. 우리는 이야기를 나누었다. 나는 촬영을 했다. 그러나 내 편지에 답을 하지 못했던 것과 마찬가지로, 숫기 없는 사람 마수드는 자신의 마음상태를 털어놓지 못했다. 그는 카메라 앞에서 단조로운 어조로 정치연설을 했다. 자신의 감정에 대해서는 한마디 말이 없었다. 나는 카메라를 내려 놓고 말았다. 그곳이 미국 의회였다면 사람들이 기립박수를 쳐주었을 것이다. 오늘날의 세계는 그렇다. 빨래 세제를 팔 듯이 정치를 파는 세상이다. 마수드, 당신은 영어를 배웠어야 옳지 않겠는가? 그랬더라면 모든 텔레비전에 방영이 되었을 것이다. 그리고, 누가 아는가? 어쩌면 당신이 역사의 흐름을 바꾸어 놓았을지도. 어둠이 내렸다. 아프간 사람 마수드는 빙그레 미소를 지어 보였다. 그리고 떠났다. 터널 안으로 들어가는 자동차가 보인다. 이 터널은 길기 때문에, 그 끝이 아득히 멀리 보인다. 가버리는 그의 뒷모습을 찍은 카메라 파인더는 어둠 속에서 보는 텔레비전 화면과 흡사하게 생겼다.

더 이상 마수드는 없다,
세계무역센터도 없다

우리의 달력은 2001년 9월 9일을 가리키고 있었다. 프랑스 파리에서 그날은 다른 일요일과 똑같은 일요일일 뿐이었다. 뉴욕에서는 머지않아 바쁜 군중이 복도와 건물의 블록 사이를 걸어 다닐 시간이었다. 멀리서, 세계무역센터의 두 타워가 점점 밝아오는 새벽 여명 속에 모습을 드러내고 있었다. 좀 더 멀리에서는, 훨씬 더 멀리에 있는 사람들의 관심을 끌지 못했던 한 나라에서 2001년 9월 9일은 끔찍한 비극의 제1막을 알리는 참극의 날로 기록될 참이었다.

우리는 아프가니스탄에 있었다. 너무나도 많은 고통을 겪은 나라, 서방세계의 어떤 정치인도 도움을 베풀지 않았던 나라, 20년도 넘는 전쟁과 빈곤이 계속되어 빈사상태가 된 나라, 파키스탄의 간섭에 의해 짓밟힌 나라, 여러 해 전부터 이슬람 극단주의 단체가 지배하고 있지만 서구의 누구도 찾아와서 위협해 주지 않은 나라.

사람들은 아프간이 어떻게 되든 말든 관심이 없었지만 서방세계에서는 이미 위험이 예견되고 있었다. CIA의 판단착오가 화약에 불을 붙였다. 그리고 전세계가 방임을 했다. 탈레반 체제가 카불에 자리를 잡았다. 그러나 누구도 탈레반과 맞서 싸우는 사람들을 돕지 않았다. 그 누구도. 전혀 아무도 없었다. 침묵이었다. 나는 미칠 것만 같았다. 슬픔 못지않은 분노가 나를 아프게 했다. 내 필름들과 내 책들은 그저 귀담아 들을 줄 아는 소수의 사람들에게만 관심을 끌었을 뿐이다. 그것들로는 아마 충분한 손님끌기가 못되었던 모양이다. 프랑스 대중이「로프트 스토리Loft Story」(프랑스에서 큰 논란을 불러일으켰던 리얼리티 TV 쇼. 「Big Brother」의 쌍방향 버전인「로프트 스토리」가 방송 되었을 때 10일만에 10만 가입자가 몰려들었다-역주) 앞에 모여 즐기는 시대였으니, 마수드의 투쟁과 같은 진짜 이야기는 아마 허구처럼 보였던 모양이다. 아프가니스탄에 관한 어떤 책도 별로 성공을 거두지 못했다. 조제프 케셀의『경기병들 Les Cavaliers』이후로, 이 나라에 관한 어떤 책도 많은 수의 독자를 끌어들이지 못했다. 그러면 2001년 9월 9일 그 일요일에, 과연 무슨 일이 일어났는가?

침착해 보이는 아랍 출신의 두 남자가 자신들을 기자라고 소개하고, 마수드가 있는 방 안으로 방금 들어온 참이었다. 이들은 3주일 전부터 마수드 장군과의 인터뷰를 기다려 왔다. 마수드 장군의 측근인 랄릴리 역시 그 자리에 있었다. 경호원 한 명이 무신경하게 칼라슈니코프를 들고 있었다. 마수드는 한번도 자신의 신변보호에 관심을 기울인 적이 없었다. 사실 그가 지금까지 무사했던 것은 순전히 행운이었고, '행운의 별' 덕분이었으며, 물론 알라신의 가호가 있었기 때문이었다. 그러나 무엇보다도 그의 대의명분이 옳았기 때문이며, 함께 싸우는 사람들이 그에게 바치는 사랑 덕분이었다.

두 남자는 질문을 하기 시작했고, 이윽고 랄릴리의 말에 매우 신경질적이 되었다. 전선에서 탈레반의 압박 때문에 정신없이 바쁘던 마수드는 피로에 지쳐 있었지만, 피로를 드러내 보이지는 않았다. 평소에 하던 대로, 그는 자신에게 발걸음을 해 준 이 사람들에게 상냥하게 대답을 해 주었다. 남들과 의사소통을 하는 것이 중요하다는 말을 귀가 따갑게 들어 왔기 때문이다.

몇 달 전에 파리와 스트라스부르를 방문한 이후로, 마수드는 이제 아프가니스탄과 같은 나라의 농촌세계와 우리의 현대세계는 전혀 다르다는 것을 깨달을 수 있었다. 그는 수백 명의 기자들이 그의 모습을 포착하기 위해 몰려들어 서로 팔꿈치를 밀치는 것을 보았다. 파리의 길거리에서 군중도 보았다. 비록 마땅히 받았어야 할 환대를 받지는 못했지만, 이 최초의 접촉에 그는 행복했다. 원조 같은 건 받지 못했다. 그저 허울뿐인 말을, 몇 가지 약속을, 파키스탄이 탈레반에 대한 지원을 중단하도록 파키스탄에 압력을 가하겠다는 약속을 들었을 뿐이다. 프랑스는 파키스탄에 무기를 팔고 있었다. 그러니 그는 허울뿐인 말을, 약속을 들었다. 그러나 또한 경의의 말도 들었다. 특히 그에게서 '평화의 사람'을 본 사람들로부터. 내가 그를 이상화했다고 생각했던 사람들은 그를 직접 만나 본 후 문득 그들 앞에 강렬하면서도 조용하고 자유를 위한 대의명분에 사로잡힌 한 남자가 있다는 것을 깨달았다. 자신이 저지른 실수를 분석할 줄 알았던 남자, 결연하면서도 평화로운 이 남자는 시간이 아프가니스탄에 유리하게 작용하고 있다고, 언젠가 평화로운 아프가니스탄이 탄생하는 데 유리하게 작용하고 있다고 생각했다. 내가 『아프간 사람 마수드』라고 책과 필름의 제목을 정했을 때, 어떤 사람들은 '아프간 사람 마수드'가 아니라 '타지크 사람 마수드'라고 지적했었다. 그렇지만 마수드는 언젠가 파쉬툰족, 타지크족, 하자라족, 투르크멘족, 우즈베크족, 누리스탄족 등이 모두가 화해할 수 있는 자신의 조국에 대해 내게 이야기했었다. 사람들이 그를 도와주기만 한다면, 선거를 치르겠다고 말하던 그였다.

파리에서 그리고 유럽의회에서, 3년 전에도 우리에게 털어 놓았듯이, 마수드는 서구와 미국에 직접적으로 피해를 입힐 수 있는 테러리즘의 위험을 경고했었다. 서방세계는 그의 경고를 귀담아들어 두었어야 옳았다. 마수드는 목소리 높여서 분명하게 말을 했다. 그것은 진실을 알고 있는 사람의 말이었다. 하지만 유감스럽게도, 사람들은 그의 말을 듣기는 했어도 귀를 기울이지는 않았다. 더욱이 미국인들은 단 한 번도 마수드에 관심을 기울여 본 적이 없었다. 심지어 대서양 저편 미국에서는 '프랑스 사람 마수드'라는 말까지 했다. 얼마나 무지한 사람들이었던가.

9월 9일 그날, 마수드의 인터뷰는 사실 거대한 흉계의 시작에 불과했다. 카메라는 아무것도 촬영하고 있지 않았다. 그도 그럴 것이 카메라는 폭발물로 가득 들어차 있었던 것이다. 카메라를 들고 있던 남자가 불현듯 몹시 신경질적이 되었고, 그 다음은 악몽이었다. 폭발이 일어났고, 몸뚱이들이 갈가리 찢겨져 나갔다. 폭탄에 의해 몸이 찢겨진 두 암살자들, 역시 즉사한 마수드의 경호원, 부상을 당한 랄릴리, 그리고 훨씬 더 중상을 입은 마수드. 며칠 후 마수드는 숨을 거두고 말았다. 그리고 그를 알던 모든 사람들의 마음 속에는 치유할 수 없는 슬픔이 새겨졌다. 그때부터 그의 부재는 이상하게도 사람들의 가슴을 짓눌렀다. 운명은 역사적인 이 국면에 한 가지 잔인함을 덧붙였다.

비극의 제2막은 9월 11일 시작되었다. 똑같은 자살 특공대의 기술이었지만, 이번 과녁은 사람들이 귀를 기울여 들어 주지 않았던 한 아프간 사람이 아니라 신성불가침해 보였던 미국의 영토였다. 수천 명의 무고한 희생자들이었다. 악랄한 테러 행위, 대참사, 또 다시 슬픔. 희생자들에게도 슬픈 일이었고, 그들의 가족들에게도 온갖 불행이 덮쳐들었다. 그렇지만 그 배후를 살펴보면, 마수드를 도울 것을 거부하고, 1992년에 카불을 폭격했던 굴부딘 헤크마티야르라는 '이슬람 괴물'을 지원했던 미국의 특수요원들을 도저히 잊어버릴 수가 없다.

비극의 제3막. 그것은 매스컴의 광기 어린 취재였다. 느닷없이, 마치 광속처럼, 아프가니스탄은 전세계 언론의 제1면에 부상했다. 나 개인적으로는 나쁜 현상이라고 생각되지 않았지만, 느닷없이, 많은 프로그램들이 말을 하고 보여주고 설명하고 알리기 위해 모든 공간들을 차지하지 않으면 안되는 상황의 함정에 빠져 버렸다. 그리하여 복잡하기 그지없는 아프가니스탄의 상황 앞에서, 수도 없는 실수들이 저질러졌다. 이 테러들을 누가 조직했는가? 마수드의 죽음과 미국 땅의 희생자들 사이에는 어떤 관계가 있는가? 아프가니스탄에 대해서 오류와 오해가 난무했다. 매스컴은 아프간 국민을 희화화하여 칸다하르와 카불에서 권력을 잡은 미치광이들로 축소시켜 버렸다. 아프가니스탄이 미국에 맞서 '지하드'(聖戰)를 벌일 준비가 되어 있다고 믿게 만들어 버렸다. 모든 것이 열에 들뜨고 히스테리컬해지고 대략적이 되었다. 대다수의 아프간 국민은 오직 평화만을 열망하는데, 사람들은 이들을 자꾸만 전쟁으로 밀어댔다. 지구가 평평하다고 생각하던 한 아프간 농민은 자기네 땅에 그리고 자기 동포들에게 죽음과 황폐함을 씨뿌리러 온 소련 사람들이 어떤 사람들인지 도무지 이해할 수가 없다고 말했었다. 그리고 파키스탄의 이중 플레이와 광신도 아랍인들로 둘러싸인 탈레반 '물라'들도 이해할 수가 없었다. 미국인들이 어떻게 생겼는지도 알 수 없기는 마찬가지였다. 아프간 농민이 피난처를 찾아 파키스탄 국경에 도착하자, 카메라들이 그를 향해 겨누어졌다. 그는 세계무역센터가 어떻게 생겼는지 알지 못했다. 우리의 세계에 관하여 아무것도, 전혀 아무것도 아는 게 없었다. 아니 차라리, 이미 최악의 것을 알고 있었다. 그것은 그의 마을에 투하된 폭탄들이었다. 아프간 사람들은 영원토록 이 세상에서 저주받은 사람들이 되도록 선고라도 받은 것일까?

이 세상은 나를 구역질나게 하고 우울하게 한다. 나는 한 친구를, 용기있고 절대적인 한 형제를 잃었다는 슬픔에 잠긴다. 나는 그의 투쟁을 존중했다. 그를 결코 잊지 못할 것이다.

2001년 9월

크리스토프 드 퐁피이

전쟁의 파편들

간단히 역사를 되짚어보자. 어쩌면 20년전인 1978년에, 이상하게도 사회주의가 기반을 갖추고 있지 못하던 아프가니스탄이라는 나라에, 단 한 차례의 쿠데타가 공산체제를 권좌에 올려 놓았던 일이 기억날지도 모르겠다.

오늘날까지도 계속되고 있는 내전은 그때 시작되었고, 국제적 시각에서 보면 소련이 개입(1979~1989)하면서 그 절정에 다다르게 된다.

미국이 베트남에서(1975년에 사이공 함락), 앙골라에서(1976년), 그리고 에티오피아에서(1977년) 패배를 기록한 냉전의 맥락 속에서, 이러한 내전상태는 팔레비 이란 국왕이 실각(1979년)한 직후에 발생했다.

1980년대의 10년 동안, 소련군은 주로 농민으로 구성된 이 나라 국민의 거의 1/3을 파키스탄이나 이란 쪽으로 몰아냈다. 아프가니스탄은 민족의식이 없는 나라인 데다가, 오히려 여러 부족들의 공동체의식이라든가 종교적 혹은 인종적 계급에 주로 영향을 받는 나라여서, 부족이나 계급간에 일관성 없는 전술상의 동맹을 맺곤 했다. 아프간 저항군의 유일한 공통점이라면 외부세력에 점령당하는 일과 외국과 동맹을 맺었던 체제를 거부하는 것이었다.

전쟁을 치르는 동안 아프가니스탄은 미국과 다양한 회교국가들로부터 상당한 지원을 받았는데, 그 중 파키스탄과 사우디아라비아가 가장 큰 비중을 차지했다. 조직면에서 다분히 허술한 게릴라전처럼 시작된 이 전쟁은 비슷한 시기에 아시아나 아프리카 혹은 라틴 아메리카에서 펼쳐진 다른 많은 분쟁들과는 달리 매스컴의 조명을 거의 받지 못했다. 그 이유는 이 전쟁이 바르샤바 조약을 체결한 국가들 밖에서, 소련에 의해 식민전쟁 성격의 전쟁으로 주도되었기 때문이다.

고르바초프가 권좌에 오르기(1985년) 전 몇 년 동안에 소련군이 취한 행동은 봉기를 진압한다는 측면에서 타격을 가하고, 난민을 양산하며, 카불 체제의 특수기관이 선동한 부족간의 분열을 기반으로 하는 정책을 실시하는 것 등으로 한정되어 있었다. 서방세계의 군대가 사용하는 테크닉과는 달리, 아프가니스탄 국경을 넘어 파키스탄에서 추격이 이루어진 적은 한번도 없었으므로, 파키스탄이라는 성역에 의존하던 저항군의 병참술을 격파하려는 시도는 이루어진 적이 없었다. 게다가, 소련은 미국이 베트남에서 했던 것처럼 징집병을 소집하는 오류를 저질렀다.

처음부터 끝까지 아프간 저항군은 늘 분열된 상태였다. 인종적 분열(파쉬툰족, 타지크족, 우즈베크족, 하자라족 등등)과 종교적 분열(수니파와 시아파), 그리고 이슬람을 어떻게 해석하느냐에 기초한 분열 등을 반영하고 있었기 때문이다. 처음부터 미국의 정보기관이, 그 뒤를 이어서는 파키스탄 정보기관이 굴부딘 헤크마티야르가 주도하는 지극히 극단적인 이슬람 단체에 주로 지원을 해주었다는 사실을 지적해 둘 필요가 있다.

고르바초프의 정책이 추구하는 목표는 다른 데 있었기 때문에, 소련군은 약 15,000명을 잃고 난 후 아프가니스탄에서 철수를 했다. 미군이 철수한 지 얼마 지나지 않아 남부 베트남에서 사이공이 무너진 식으로, 카불에서는 소련의 지지를 받았던 아프간 공산정권이 붕괴되었다.(1992)

그렇지만 아프가니스탄의 내전은 종식되지 않았다. 1992년 4월에, 덧없기는 했지만 '동맹'의 차원에서, 마수드 장군의 투사들이 카불에 투입되었다. 하지만 파키스탄 정보기관으로부터 여전히 지원을 받고 있던 굴부딘 헤크마티야르의 단체 때문에 갈등은 고질적인 분쟁이 되어버리고 말았다.

1992년부터 1995년까지 상황은 어지럽고 혼란스러웠다. 헤크마티야르는 결국 파키스탄으로부터 버림을 받았고, 그때부터 파키스탄은 자신들이 훈련시키고 무장시킨 탈레반(파쉬툰족) 쪽에 달라붙었다. 탈레반은 칸다하르와 헤라트, 이어서 카불(1996년)까지 장악했다. 그리하여 마수드 장군을 비롯한 타지크족은 판지시르 계곡지대로 후퇴했다. 한때(1995년부터 1996년까지) 농민들을 억압하고 수탈하는 군소 사령관들을 처형하고 카불에서 이슬람의 이데올로기에 걸맞은 질서를 회복했던 탈레반은 1999년 8월에는 아프가니스탄 북부의 마지막 대도시인 마자르 에 샤리프까지 점령하는데 성공했다. 그리하여 1998년도 말에는 이미 국토의 3/4이 탈레반의 통제권 안에 들어가 있었다. 오직 하자라족과 더불어 마수드가 지휘하는 타지크족만이 파키스탄과 미국의 정보기관들의 지원을 받는 파쉬툰족의 헤게모니에 기반을 둔 질서로부터 벗어나 있었다.

저자 퐁피이가 지적한 바와 같이, 파키스탄의 계획은 인도와의 분쟁에서 전략적 깊이를 획득하는 한편, 투르크메니스탄의 가스를 파키스탄 연안지대에까지 수송해오기 위해 아프가니스탄의 영토를 이용함으로써 경제적 이득을 획책하는 것을 목적으로 하고 있었다. 장장 750 킬로미터의 송유관이 걸려 있는 이 프로젝트에는 미국의 UNOCAL 기업이 이해관계에 얽혀 있다. 아프간 내전의 언저리에는 이와 같은 지엽적 목표들이 연루되어 있다.

지금까지의 간단한 요약은 19세기에서부터 1947년에 이르기까지 영국과 러시아 사이의 완충지대였던 아프간 분쟁의 복잡하기 짝이 없는 요인들에 대한 하나의 매우 도식적인 생각밖에는 제시해 주지 못한다.

이러한 차원에서 크리스토프 드 퐁피이는 마수드 장군을 통하여 전쟁을 다루어보기로 결심했다. 마수드는 다수인 파쉬툰족의 지배를 받지 않으려는 타지크족으로서, 자질이 대단한 전쟁의 수장이었다.

1981년부터 마수드가 판지시르 계곡에 건설해 놓은 구조들은 군사적 및 사회적 관점에서 아프가니스탄의 다른 저항군과는 근본적으로 다른 방식을 보여주었다. 실제로, 한꺼번에 이동이 가능한 부대를 구성한 점, 주민들을 동원했다는 점, 조직이 계곡에서 훈련을 받도록 한 점 등을 보면, 빨치산 전쟁에 대한 마오쩌둥의 모델을 적용한 것이다. 훌륭한 전략의 테크닉에다 비범한 성격까지 가세해서 마수드는 지금까지 패배하지 않고 버텨왔다. 크리스토프 드 퐁피이는 오랜 세월에 걸쳐 직접 수집한 민감한 경험을 통하여 마수드의 여정에 대한 이야기를 재조명했다.

마수드의 전투는 단 하나의 인종집단을 위한 군사적 해결책을 강요하는 시스템을 거부할 것을 목표로 한다. 그러한 측면에서 그의 투쟁은 다른 비민주국가에서 정권을 장악한 인종적 혹은 종교적 단체의 지배를 받지 않을 미래를 위해서 싸우는 많은 다른 단체들의 투쟁과 일맥상통한다.

좀 더 넓은 측면에서 보면, 오늘날의 아프가니스탄은 아프간 현지에서 양성되어 보스니아나 이집트, 알제리, 수단, 기타 다른 곳으로 확산되는 여러 나라들의 이슬람 근본주의자들의 부식토가 되어 있는 셈이다. 미국이 1998년 8월에 동아프리카 지역의 여러 미국 대사관에 가해진 테러사건들의 배후로 지목하고 있는 오사마 빈 라덴이라는 사우디아라비아의 왕족도 바로 아프가니스탄에서 살고 있다. 1980년대의 10년 동안, 아프간 단체들 중에서도 가장 극단주의적인 단체들을 무조건적으로 지원해옴으로써, 미국의 정보기관이 '사람 잡는 선무당' 노릇을 해왔으며, 고의였든 아니든 이 나라를 이슬람 근본주의와 헤로인 밀매의 교차로로 변질시켜 놓는데 한몫 단단히 했다는 것은 부인할 수 없는 사실이다.

제라르 샬리앙

우종길

1959년 충남 강경에서 출생하여 충남대 불어불문학과를 졸업하고, 프랑스 Caen 대학에서 문학박사 학위를 취득하였으며, 현재 전문 번역가로 활동중이다. 번역 작품으로는 「사르트르」(아니코엔솔랄), 「결혼, 여름 外」(알베르 카뮈), 「패션의 역사」(디디에 그룸바크), 「기계」(르네 벨레토), 「하늘에서와 같이 땅에서도」(르네 벨레토), 「신-인간, 혹은 삶의 의미」(뤽 페리), 「태양을 삼킨 람세스」(크리스티안 데로슈 노블쿠르), 「깨달음의 여행」(크리스티앙 자크) 등이 있다.

아프간 불멸의 전사 마수드

크리스토프 드 퐁피이 지음 | 우종길 옮김

초판1쇄 발행 2004년 9월 9일
개정판1쇄 발행 2021년 9월 9일

펴낸곳 꿈엔들
펴낸이 이승철
편집인 이덕완

출판등록 2002년 8월 1일 등록번호 제10-2423호
주소 경기도 파주시 새오리로 339번길 22
전화 010-5201-4688 **팩스** 0303-0335-4860
이메일 hunykhan@hanmail.net

값 19,800원
ISBN 978-89-90534-30-9